메트로폴리스의
불온한 신여성들

1920년대 런던, 파리, 베를린, 모스크바를 배경으로

**메트로폴리스의
불온한 신여성들**

x

지은이　　　　임옥희
발행　　　　　고갑희
주간　　　　　임옥희
편집 · 제작　　사미숙 · 홍보람
펴낸곳　　　　여이연
주소　　　　　서울시 마포구 월드컵로 8길 72-5, 4층
전화　　　　　(02) 763-2825
팩스　　　　　(02) 764-2825
등록　　　　　1998년 4월 24일(제22-1307호)
홈페이지　　　http://www.gofeminist.org
전자우편　　　alterity@gofeminist.org

초판 1쇄 인쇄 2020년 8월 20일
초판 1쇄 발행 2020년 8월 25일
값 20,000원
ISBN 978-89-91729-40-7 93800

잘못된 책은 바꿔 드립니다.

이 저서는 2011년 대한민국 교육부와 한국학중앙연구원(한국학진흥사업단)의 한국학 총서사업(모던코리아 학술총서)의 지원을 받아 수행된 연구임(AKS-2011-DAE-3103)

메트로폴리스의 불온한 신여성들

1920년대 런던, 파리, 베를린, 모스크바를 배경으로

임옥희 지음

목차

서론

익숙하고 낯선 신여성 현상

참정권 운동과 공적 '공간의 침입자'들

신여성 현상은 서구적인 근대화가 진행되고 수입되었던 메트로폴리스에서는 거의 어디서나 찾아볼 수 있는 공통된 현상이었다. 식민지를 경영한 유럽 제국주의 국가들에서 뿐만 아니라 식민화를 경험한 국가에서도 정도의 차이는 있었지만 신여성 현상은 출현했다. 런던, 파리, 뉴욕, 베를린, 모스크바와 같은 제국의 수도를 비롯해 경성, 상하이, 테헤란, 바그다드, 이스탄불, 봄베이, 탕헤르, 마르티니크에 이르기까지, 신여성 현상은 근대화가 수입된 곳에서는 글로벌하게 부상했다. 성적 엄숙주의가 지배했던 빅토리아조 제국의 수도 런던에서 신여성들은 치마를 입고도 자전거를 탔다. 그들은 남자의 팔에 매달리지 않아도 직립보행homo erectus이 가능함을 뽐내듯 두 팔을 휘저으며 거리를 활보했다. 프랑스령 카리브해 마르티니크의 물라토 여성들은 프란츠 파농이 통탄하다시피, 식민종주국 백인 남성들과 활보함으로써 혐오와 질시의 대상이 되었다.

일제 강점기 조선에서도 신여성 현상은 나타났다. '신체발부는 수지부모'를 따랐던 유생들은 상투를 자르느니 목을 자르겠다면서 외세의 강제적 근대화에 저항했다. 그런 시절에 장옷을 벗어 던지고 과감히 단발을 하고 '남장'을 즐겼던 경성의 모던 걸들은 민족의 수치이자 다른 한편 선망의 대상이기도 했다. 1925년 허정숙, 주세죽, 고명자 3인의 모단毛斷한 '모단 걸'들은 단숨에 경성의 스펙터클로 떠올랐다. 신여성 현상은 식민, 피식민 공간을 횡단하며 나타난 대도시의 낯설고도 새로운 풍경이었다. 근대화 공간 어디서나 신여성 현상이 출현했다면, 근대적 메트로폴리스와 신여성의 출현은 불가분의 관계인 것처럼 보인다.

물론 자기 시대의 전위에 섰던 모던 걸modern girl은 서구 근대시기에 국한된 것은 아니었다. 신화시대든 역사시대든 막론하고, 전위로서 새로운 여성들은 언제나 있었다. 외경外經에 등장하는 릴리스는 여성 상위 체위를 요구하다 사막으로 추방된 후 방랑하는 유목민의 시조가 된다. 성적 주도권을 주장한 릴리스의 추방 이후 그 자리를 이어받은 인물이 이브다. 아담에게 순종적인 짝으로 만들어주었던 이브마저 야훼의 명령을 어기고 선악과를 먹는다. 이브의 지적 호기심으로 인해 무시간적인 에덴동산에 시간이 도입되고 삶과 죽음이 발명되며 비로소 역사가 시작된다. 중세시대 잔 다르크는 여성 영웅이었지만 결국은 남장여자 복장 도착 마녀로 몰려 화형을 당한다. 가부장제의 서슬이 푸르렀던 17세기에 이탈리아 여성화가 아르테미시아 젠틸레스키Artemisia Gentileschi는 자신을 강간한 스승을 고발한다. 현대판 '미투 운동'의 선두주자였던 그녀는 스승을 유혹한 어린 창녀라는 치욕과 추문 속에서나마 자유를 얻었고, 사랑을 잃는 대신 화가로서 생명력을 얻게 된다. 당연히 머물러있어야 할 제자리인 집안에서 벗어나 공적 공간으로 나오려고 하는 순간 여성들은 어디서나 문란한 여자로 내몰렸다.

이 글에서는 자기 시대의 전위로서 모던 걸이라기보다 이제 보통 명사화된 1920년대 메트로폴리스의 신여성 현상에 분석을 한정하고자 한다. 신여성을 하나의 '현상'으로 접근하고자 한 것은 그들이 과거분사처럼 고정된 실체가 아니라 이미지, 정보, 소문, 담론을 통해 재현되고 재해석을 거치면서 구성된다는 의미에서다. 특정한 현상으로서 진정한 원본 신여성이 있고 그들의 사본으로서 모방하는 신여성이 별개로 있다는 의미가 아니다. 근대 시기의 신여성 담론은 '어떤 방식으로든지' 당대의 남성 지배체제에서 벗어나고자 했던 여성들에 관한 이야기다. 그들은 남성 지배체제에 노골적으로 혹은 은밀하게 공모하면서도 일탈했고, 충성하면서도 배신했으며, 협력하면서 저항했다. 이와 같은 모순적인 양가성의 층위를 동시적으로 들여다본다면, 가부장제 이데올로기를 내재화하고 그것에 공손하게 복종한 여성들에게서도 무의식으로 드러나는 젠더 정치성을 찾아낼 수 있고 그 역도 또한 마찬가지가 될 것이다. 유사 이래 억압받고 억눌려 산 것처럼 보이지만 사실 여성들이 남성지배의 역사에 복종하면서 수동적인 희생자 역할에 만족했던 적은 거의 없었다.

담론으로 재현된 신여성들이 보여준 노골적이면서도 은밀하고 무의식적인 가면masquerade전략에 주목한다면, 기존의 관점과 차별화되는 분석이 가능할 수 있다. 기존의 다수 선행연구는 교육받은 여성으로서 각성된 '진정한' 신여성 혹은 의식의 각성은 없으면서도 신여성의 겉모습만 흉내 내고 가장하는 모던 걸로 여성을 위계화해왔다.[1] 이 글은 '진정한' 신여성을 미메시스 하는 '모단 걸'들을 그런 분류로부터 구출하고자 한다. 신여성 안에 다양하고 다채로운 여성'들'이 동시에 존재한다면 '진정한' 원본 신여성을 특정하기란 어렵다. 신여성의 실체를 고착화하는 대신 '신여성 현상'이라고 지칭한 것은 재현된 담론으로서 신여성을 의미하고자 함이다.

근대적 신여성 현상이라고 할 때 근대화 또한 관건이다. 모든 차별로부터 해방을 선언한 근대적 계몽기획은 배제와 포함의 차별적인 논리 위에 서 있었다. 이성적으로 사유하는 계몽된 주체에서 여성은 거의 언제나 배제되었다. 주도적이면서도 자기절제와 자아의 배려에 바탕을 둔 근대적인 남성 주체가 외면하고 싶었던 또 다른 얼굴이 자기 안의 타자로서 광기와 히스테리였다. 근대성의 부정적인 측면은 거의 언제나 여성적인 것으로 연결되었다. 근대화의 이상이 과학적 합리주의, 세속화, 이성주의, 세계의 기계화였다고 한다면, 미신적이고, 비이성적이고, 감성적인 것들은 근대화의 부정성으로서 여성적인 것에 비유되었다. 자유와 평등을 말하면서도 차별과 위계, 이분법적인 구별짓기에서 벗어난 적이 없다는 의미에서 '미완의 기획'으로서의 근대화를 인정한다면, 라투르Bruno Latour가 말하듯, '우리는 결코 근대인이었던 적이 없다.'[2] 이처럼 근대의 부정성으로서 간주되었던 여성들의 노골적이면서도 은밀한 목소리에 귀 기울인다면, 현상이자 증상으로서 여성들의 낯설고 퀴어한 목소리와 만나게 될 것이다.

하나로 규정하기 힘든 신여성 현상을 다초점 렌즈로 들여다보면, 다른 이야기를 가진 익숙하면서도 낯선 여자들과 만나게 된다. 근대화의 억압된 증상으로 출현한 여성들은 다양한 모습으로 드러났다. 설명하기 힘든 이들 여성을 분석하는 과정에서 새롭게 탄생한 학문이 정신분석학이다. 근대적인 메트로폴리스의 풍경 속에서 탄생한 당대의 신학문이었던 정신분석학적 프레임을 통해 신여성 현상을 읽어보면, 그런 현상은 근대적인 문명개화론에 영향을 받은 선각자 신여성들에게

서뿐만 아니라 일상을 살아가는 여성들이 보여주는 다양한 모습에서도 찾을 수 있다. 그것은 근대적인 **현상**일 뿐만 아니라 근대화의 **증상**이기도 했다. 이들은 시대적 전위로서 거부할 수 없는 매혹의 대상임과 동시에 추문의 생산자들이었다. 매혹과 혐오, 사랑과 증오, 경이와 추문 사이를 넘나들면서 그들은 젠더의 경계를 넘고, 지배적인 섹슈얼리티를 위반했다. 그들은 남성의 사랑과 보호를 거절하고 독립적인 인간임을 선언했다. 규범적 성별 정체성을 일탈하면서 남장여자로서 밤의 뒷골목을 배회하는 뱀파이어들이었다. 여성으로서 여성을 사랑하는 퀴어한 현상을 보여주기도 했다. 자신들의 욕망과 허기를 탐욕스러운 물신으로 탕진하는 문란한 물신주의자들이기도 했다. 그들은 여성의 제자리인 집에서 벗어나 공적 장에서 남성 동지들과 경쟁하면서 붉은 혁명의 정치적 주체가 되고자 했다. 사회적 관습이 배치해준 여성의 제자리에 순종하면서도 일탈하는 새로운 유형의 여성들은 선망과 경멸이라는 양가적 정동의 대상이 되었다.

이처럼 혼성적이고 '퀴어한' 여성들을 분석하려면 근대의 발명품인 정신분석학과의 만남이 필요하다. 정신분석학의 기원의 장면에는 낯설고 기이한 여성들이 자리하고 있다. 프로이트의 정신분석학 자체가 히스테리 여성 담론을 분석하는 것에서부터 출발한 학문이라고 해도 과장은 아니다. 집안에서 엄마, 아내, 딸, 누이로 친숙했던 여성들이 낯설고 기괴하게 변신하는 모습은 근대가 초래한 병리적 현상의 하나였다. 가부장제가 할당한 여성의 '제자리'에서 일탈한 여성들과 충돌하면서 정신분석학은 스핑크스의 수수께끼를 풀고자 하는 오이디푸스처럼 머리를 싸맸다. 여성성이란 무엇이며, 여성은 과연 무엇을 원하는가?

이 글에서는 가부장제에 순응하면서도 일탈하는 여성의 욕망을 분석해봄으로써, 그들에게서 신여성 현상을 읽어내고자 한다. 그들은 하나로 고정될 수 없는 분열적이고 기만적인 여자들처럼 보일 수도 있다. '나는 생각한다, 고로 존재한다.'는 데카르트식 의식 주체가 되려는 여성들뿐만 아니라 '나는 아프다, 고로 존재한다.'고 외치는 병리적인 여성들까지, 새롭게 탄생하는 여성에 포괄하고자 한다. 계몽된 의식 주체의 자리에서 벗어나 유령처럼 떠도는 불온한 여성들은 각성한 주체들의 은밀한 타자이자 더블이기 때문이다.

이처럼 근대 초기 신여성들은 겉으로 보이는 것이 전부는 아니었다. 온갖 경계를 넘나드는 그들은 일차원적이고 평면적인 해석을 조롱했다. 그들은 근대적인 계몽의식에 투철한가 하면 전통적인 질서에 공모하기도 했다. 가부장제에 순종하는가 하면 다른 한편 그것을 배신한다. 그들은 (민족, 계급, 젠더)해방 기획의 아이콘인가 하면, 약탈적 제국주의와 공모한 배신의 아이콘으로서 취급되기도 한다. 소비자본주의와 공모하여 허영과 사치를 일삼고 남성의 재력에 의존하는 얼빠진 모던 걸인가 하면, 남성의 도움 없이 성적 주도권을 장악하고 자신들만의 코뮌을 만드는 여성들이기도 했다. 여성적인 가면 뒤에서 남성을 거세하려 한 여성들이기도 했다. 남성 동지들의 조력자가 아니라 동등한 위치를 욕망하고 남성 권력에 도전한 여성들이기도 했다. 이들 여성은 근대의 전위임과 동시에 근대적인 규범성, 정상성, 생산성을 조롱하는 근대성의 증상이기도 했다. 따라서 근대의 산물임과 동시에 근대를 조롱하는 이들의 다성적이고 혼종적인 특징을 이후 범주화해보고자 한다.

20세기 초반 문제적 여성들이 등장했다. 무리 지어 거리로 몰려나온 일군의 여성들은 '여성에게도 참정권을 달라'고 요구했다. 그들의 '과격하고' 끈질긴 요구로 인해 1920년대에 이르러 서구 백인 중산층 여성들은 정치경제적 주체로서의 위상을 어느 정도 확보하게 되었다. 서프러제트suffragette 운동을 이끈 애멀린 팽크허스트Emmeline Pankhurst 등은 1차 대전이 발발하기 이전까지 참정권 투쟁을 주도했다. 수백 명의 여성이 수감되었고 단식투쟁으로 목숨을 잃기도 했다. 완강했던 영국 정부도 전쟁이 발발하자 일손이 필요해졌고, 여성들의 요구 사항을 어느 정도 받아들이지 않을 수 없었다. 1918년 30세 이상 여성들에게 선거권과 피선거권이 주어졌다. 1919년 낸시 애스터Nancy Astor는 마침내 영국 최초의 여성 하원의원에 선출되었다. 윈스턴 처칠은 의사당 복도에서 그와 마주쳤을 때의 기묘한 기분을 마치 욕실에서 벌거벗고 있는데 여성이 불쑥 쳐들어온 것처럼 당혹스러웠다고 토로했다.[3] 낸시 애스터가 최초로 남성공간을 '침공'함으로써, 처칠은 자신이 보편적 공간에서의 '보편적' 정치인이 아니라 '남성' 정치인이라는 젠더 불안[4]을 처음으로 경험한 셈이었다.

여성이 정치 공간에 최초로 등장함으로써 남성들에게 불안을 안긴 1920년대는 대전과 대전 사이에 낀 위태로운 평화의 시기였다. 하지만 전후 여성들에게는 남성의 그늘에서 벗어날 수 있는 상황과 조건이 형성되었다. 많은 남성이 생존의 터전에서 전선으로 이동함에 따라, 여성들은 남성 중심의 기존 질서를 비집고 틈새를 열어나갔다. 1차 대전으로 많은 남성이 상이군인이 되고 주검으로 귀향함으로써, 일손이 부족해진 유럽 각국 정부는 그전까지 여성들에게는 허락하지 않았던 공적 영역과 일자리에 진출하라고 독려했다. 전시 상황이었으므로 애국과 조국의 이름으로 과거 여성들에게 허용되지 않았던 것들이 허용되었다. 국가의 이해관계와 여성의 이해관계가 어느 정도 부합했다. 전시에 여성들은 남성의 전유물이었던 구급차를 직접 몰거나 간호사를 지원했다. 노동력이 절실히 필요한 시기였으므로 여성들에게 피임과 임신중절을 허락했다. 대전과 대전 사이 '좋았던' 10년 동안 여성들은 남성들이 비운 자리를 차지하게 되었다.[5] 그들은 남성의 영토로 간주되었던 공적 공간을 야금야금 차지한 공간침입자였다.

이런 시대적 분위기와 맞물려 1920년대에는 다양한 여성운동이 출현하게 되었다. 여성운동은 통일된 하나의 모습으로 드러나지 않는다. 참정권 운동을 주도했던 영국 페미니스트들이 전시 동안 애국을 주장했다면, 다른 한편에는 반전 평화운동을 전개한 페미니스트들의 목소리도 있었다. 버지니아 울프는 영국과 독일이 전쟁을 치르는 와중에 "여성으로서 나에게 조국은 없다, 여성의 조국은 세계다."라고 선언했다. 하지만 울프가 주장한 것처럼 전시 기간에 적과 친구의 구분 없이 자매애를 발휘하기는 어렵다. 여성이라는 이유만으로 국가, 민족, 인종, 계급을 초월하여 자매애로 연대하고 공감하기는 쉽지 않기 때문이다. 프랑스 가톨릭 백인 여성과 식민지인 알제리의 무슬림 유색 여성이 여자라는 이유만으로 국가, 계급, 인종, 종교의 경계를 넘어 연대하기란 만만한 일이 아니다. 국가의 이해관계에 따라 친구와 적으로 분열되는 상황에서 영국 여성과 독일 여성이 연대하고 친구가 되고 사랑한다는 것은 이적행위가 되어버린다. 적국의 친구는 적으로 간주하라는 것이 국가가 전시에 내리는 명령이기 때문이다.

각자의 지점에서 다중적인 이해관계가 교차하고 있음에도 불구하고 여성으로서 경험한 다양한 층위의 억압의 기억과 희생의 서사를 통해 공감대 형성이 용이했으므로, 여성연대가 완전히 불가능했다고 말할 수는 없다. 선교사로 조선에 왔던 백인 신여성들은 봉건 신분제 질서에 묶여 있는 식민지 조선 여성들의 처지에 공감하고 함께 연대하기도 했다. 근대교육의 수혜자인 백인 페미니스트 여성이 식민지 신여성들에게 봉건 신분제 폐지, 계급 불평등 철폐, 민족자결 의식, 여성해방 의식을 고취할 수 있었다. 당대 신여성들은 억압의 기억으로 인해 봉건 '가부장제의 배당금'을 누리고 있었던 남성들에 비해 만인의 자유, 평등을 선언한 근대적인 해방운동에 **더욱** 친화적일 수 있었기 때문이다.

반면 식민지 남성 지식인 모던 보이들은 자기 땅과 자민족 여성을 지키지 못했다는 민족적, 남성적 열패감에 시달렸다. 그런 열패감은 아무리 거세된 식민지 남성이라고 하더라도 자기 아래 내부 식민지로서 자민족 여성을 지배하고 소유해야 한다는 가부장적인 자부심에서 비롯되었다. 그런 자부심에 상처를 입게 된 식민지 남성들의 분노는 우울과 잉심resentment으로 기환했다. 프란츠 파농의 ≪검은 피부, 하얀 가면Black Skin, White Mask≫에 따르면, 식민지 원주민 남성들은 식민 주체로

들어온 서구 백인 남성성을 자아의 거울로 삼았다. 그들은 백인성이라는 서구적 시선을 자신의 초자아로 설치함으로써 자기소외와 자기 분열에 시달렸다. 서구 백인 남성성을 모방하고 동경하면 할수록 그들은 자기비하와 무력감에 사로잡혔다. 파농에 의하면 백인 지배체제에 격렬하게 저항하는 원주민 지식인 남성들이라고 하더라도 저항의 주체라기보다는 나라를 잃고 상처 입은 자존감으로 인해 뿌리 깊은 집단적 열등감에 시달리는 존재일 뿐이었다. 게다가 상처 입은 남성들의 자존감에 위로는커녕 소금을 뿌리는 '신'여성들로 인해 그들은 두 겹으로 우울과 좌절에 빠져들었다.

자국의 여성들마저 자국 남성을 무시하는 것에 파농은 상처 입고 분노했다. 식민지의 남성 지식인들과는 달리 흑인 여성과 혼혈 물라토 여성들은 백인 남성과의 연애나 결혼을 통해 신분 상승을 도모했다. 프랑스어를 능숙하게 구사하면서 근대적 문물과 교육을 재빨리 선취한 신여성들은 가부장적인 자민족 남성보다 교양있고 '계몽된' 백인 남성을 선호하고 선망했다. 마르티니크에서 백인 남성을 선호한 신여성들은 자민족 남성을 배신한 부역자이자 창녀라는 혐오와 치욕의 대상임과 동시에 근대적인 교육을 선취한 신여성으로서 선망과 질시의 대상이었다.

궁핍과 착취에 시달렸던 식민지와는 달리, 1920년대 유럽 열강들은 제국주의적인 식민지 경영의 혜택으로 자국 내의 계급 모순, 젠더 갈등을 어느 정도 해소할 수 있었다. 전쟁이 끝난 후 노동인구가 급격하게 줄어든 유럽에서는 노동자들이 고용주와 협상하기에 유리한 조건이 형성되었다. 그들은 투쟁을 통해 '세 개의 8시간 혁명', 즉 8시간의 노동, 8시간의 수면, 8시간의 여가를 상당히 성취했다.[6] 엥겔스가 상세히 기술했던 영국 노동자계급의 끔찍한 상황은 영국 제국주의 팽창정책으로 호전되었다. 런던은 전 세계에서 몰려드는 물건들로 풍요로웠다.

"모든 혁명은 도시에서 발생했다."는 말처럼, 근대적인 소비혁명 또한 메트로폴리스에서 시작되었다. 1920년대 유럽의 대도시 여성들은 전쟁을 직접적으로 경험한 남성들과는 달리 도시가 주는 양가적인 분위기 속에서 자유와 소비의 즐거움을 맛보고 있었다. 백화점으로 통하는 일직선 도로가 시원하게 뚫리고, 전쟁의 파괴가 가져다준 여파로 여성들이 집에서 벗어나 공적인 장으로 나갈 기회가 열렸다.[7] 1920년대 신여성들은 메트로폴리스의 풍경이 주는 소란스러운 자유와 부산스러운 활력을 즐겼다. 길바닥을 쓸고 다녔던 여성들의 드레스 자락은 샤넬 라인까지 올라갔다.

메트로폴리스의 여성 산책자들은 남성 산보객들처럼 활보하고 싶어 했다. 여성들은 과거에는 남성의 것으로 간주된 것들을 다 같이 나눠 갖자고 당당히 요구했다. 그들은 성적 자기 결정권으로서 피임과 낙태의 자유를 원했다. 일자리와 소비능력을 갖추게 된 여성들은 유행과 패션을 선도하면서 엄격한 성별 노동 분업과 젠더 규범에 저항했다. 그들은 소비문화, 백화점, 카페, 유행, 취향, 패션, 자유연애, 직장여성 등과 같은 근대적 풍경의 생산자/소비자가 되었다. 그들은 근대화의 가시성을 드러내는 젠더적 기호였다.

1장
근대성과 젠더

유럽에서 1920년대는 전쟁과 전쟁 사이의 '좋았던' 10년이었다. 알브레히트 뒤러Albrecht Dürer의 판화 작품 속에서 '묵시록의 네 기사'로 등장하는 전염병, 전쟁, 기근, 죽음의 대재앙이 잠시 숨을 고른 시기였다. 유럽 인구 중 천만 명의 사망자를 낸 1차 대전은 1918년 종식되었다. 2차 대전은 아직 발발하지 않았다. 1917년 러시아 혁명에 뒤따라 발발한 러시아의 내전 또한 1922년에 끝났다. 제국주의의 식민정책에 기대고 있었던 서구 열강들은 노동해방과 계급 없는 사회를 외치는 소비에트의 건설로 긴장하지 않을 수 없었다. 혁명과 내전 이후 모스크바는 이념적으로 유럽 사회주의 지식인들에게 희망을 상징했다.

전후 런던, 파리, 베를린과 같은 유럽의 메트로폴리스들은 죽은 자들에 대한 깊은 애도와 연민, 살아남은 자들의 우울과 환희, 좌절과 희망, 피로와 활력 같은 양가적 감정들이 혼란스럽게 뒤섞여있었다. 이들 도시에서는 전쟁 후유증으로 깊은 상처와 우울과 절망에 사로잡히면서도 바로 그렇기 때문에 오늘, 여기, 현재 속에서 전망적인 쾌락과 희망적인 미래를 찾으려는 분위기가 또한 나타났다. '포탄 충격'의 후

유증으로 삶이 고통스럽다 할지라도, 생존자들은 살아남았다는 기쁨을 맛보았다. 허무와 불안에 시달리면서도 젊은이들은 자기 세대들만의 문화, 예술, 취향을 창조하고 상실의 슬픔과 고통을 삶의 쾌락으로 향유하려 했다.

젊은 세대들은 전쟁기술로부터 이전된 새로운 테크놀로지와 산업혁명의 산물들인 자동차, 전신, 전보, 전화, 영화 등에 환호했다. 이제 만국박람회, 미술관, 대학, 오페라극장, 레스토랑, 박물관, 영화관, 전신전화국, 병원, 백화점이 들어선 도시 공간에서 편안함과 안락함, 안정감을 느끼는 젊은 세대들은 혁명이나 전쟁 같은 '위험한 여행'을 끝내고 도시의 삶에 안착했다. 메트로폴리스는 그들에게 풍요와 성적인 자유를 상징했다. 그들은 더는 기성세대에게 조언을 구하지 않았다. 그들을 전선으로 내몬 자들이 바로 기득권 기성세대이기 때문이었다.

기성세대에 대한 반발로 젊은이들은 엄격한 전통과 관습적 질서에서 벗어나고자 했다. 다양한 섹슈얼리티의 표현 또한 그런 현상 중 하나였다. 강제된 이성애 정상성에서 일탈하게 되면서 대도시의 젊은이들은 다양한 성애에 눈뜨고 자신의 퀴어성을 드러내게 되었다. 미셸 푸코[1]와 역사학자인 존 디밀리오는 근대 자본주의와 더불어 퀴어 공동체가 등장하게 되는 역사적 맥락에 주목했다. 동성same-sex 사이의 성행위는 있었지만 그런 성행위와 구분되는 성적 정체성으로서 동성애의 출현은 19세기 근대 자본주의와 더불어 탄생했다고 이들은 주장한다. 푸코는 19세기 말에 등장한 근대 성과학을 바탕으로 "다양한 성적 도착"을 담론화했다.

존 디밀리오에 따르면, 산업화된 대도시의 형성은 퀴어 공동체를 가능하게 해주었다. 노동인구가 대거 대도시로 유입되면서, 임금과 급

여는 개인들에게 일정한 수준의 경제적 독립을 할 수 있게 했다. 그로 인해 이성애 혈연가족 중심에서 벗어나 레즈비언성과 게이성을 성적 정체성으로 하는 공동체가 형성되었다. 그들은 가족, 지역공동체의 관습적인 시선에서 벗어나 성적 정체성을 중심으로 코뮌을 만들었다. 자본주의적인 근대의 메트로폴리스들은 생물학적 혈연과 친족 구성체의 구속에서 벗어나도록 해주었다.

도시공간의 익명성은 시골의 지역공동체가 가진 종교적 구속력, 지역적 친밀성, 전통적 관습의 권위를 느슨하게 만들었다. 친밀한 관계가 지배하는 기존의 지역공동체에서 동성들 사이의 성적인 유대가 형성될 기회는 거의 없었다. 그에 비해 산업화된 메트로폴리스는 임노동 일자리를 제공했고 가족을 떠나 직장, 공장, 기숙사 생활을 하게 됨으로써 싱글 남성들은 경제적인 독립과 성적 해방감을 맛볼 수 있게 되었다. 혈연중심 대가족 제도에서 벗어난 그들은 대도시의 익명성 속에서 친밀성이 주는 감시의 시선으로부터 벗어날 수 있었고, 그로 인해 게이 공동체가 출현하게 되었다.[2]

그뿐만 아니라 19세기 후반부터 시작된 성과학, 정신분석과 더불어 전후 발전한 의료과학은 젠더/섹슈얼리티 연구에 주목했다. 독일인 리하르트 폰 크라프트 에빙Richard von Krafft-Ebing은 ≪성의 심리≫에서 동성same-sex끼리의 성관계를 동성애homosexual라고 처음으로 명명했다. 영국인 에드워드 카펜터Edward Carpenter는 공공연한 동성애자로서 급진적 성과학 사상의 선봉에 섰다. 채식주의자, 동물해방론자, 동성애자, 성해방론자 아나키스트로서 자기 신념에 충실했던 카펜터는 오스카 와일드가 동성애로 처벌받았던 그 시절에도 계급, 신분, 나이, 섹슈얼리티를 뛰어넘어 무학無學의 노동계급 남성인 조지 메릴George Merrill과 평생 동반자로 살았다. E.M 포스터의 동성애 소설 《모리스》의 모델이기도 했던 카펜터는 1890년대에 이미 '제3의 성', '중간자적인 간성$_{intersex}$'이라는 유토피아적인 개념을 들고 나왔다. 그는 간성을 병리적이고 비정상적인 것으로 취급한 것이 아니라 양성 공존의 비유로서 유토피아적인 앤드로지니$_{androgyny}$로 여겼다. 그는 천국을 의미하는 우라니아$_{Urania}$라는 용어에서 파생된 우르닝스$_{Urnings}$라는 이름을 이 새로운 성에게 부여했다. 또 다른 영국 성심리학자 해블록 엘리스$_{Henry\ Havelock\ Ellis}$는 미학적 섹스 도착$_{Sexo-Aesthetic\ Inversion}$이라는 개념을 만들었다. 마그누스 히르쉬펠트$_{Magnus\ Hirschfeld}$는 선구적인 트랜스젠더 지지자였다. 그는 성과학을 통해 동성애에 대한 적대와 혐오와 범죄화에 저항할 수 있다고 보았다. 1910년 《트랜스베스타이트》를 출간했고 트랜스젠더 현상을 최초로 다뤘다. 여장 트랜스젠더가 경찰에게 체포되는 것을 막기 위해 자신이 발급해준 통행증 소지자들에게는 체포를 면하게 하려고 했던, 성과학자일 뿐만 아니라 현실적인 인권운동가이기도 했다. 그는 동성애자와 트랜스젠더를 구분하기 위해 트랜스베스타이트$_{transvestite}$라는 용어를 사용했다. 로라 리히터는 1931년 히르쉬펠트에게서 MTF 전환 수술을 받기도 했다. 여러 차례에 걸친 그의 수술은 영화 〈대니쉬 걸〉이 잘 보여준다. 이처럼 근대의 성과학은 이성애 정상성에 도전장을 내민 셈이었다.

　20세기 초반 격렬하게 참정권 운동을 하던 서프러제트들[3]은 여성성을 상실한 히스테리로 취급되었으며, 또한 여성을 사이에 두고 남성과 성적으로 경쟁하고자 하는 레즈비언들은 병리적인 현상으로 간주되었다. 하지만 성과학자인 에드워드 카펜더, 드라마 작가인 버나드 쇼$_{George\ Bernard\ Shaw}$ 등은 당대의 신여성 페미니스트들에게서 우르닝스의 가능성을 엿보았다. 카펜터는 여성운동이 자신이 주장하는 선택 받은

'제3의 성', 즉 여성 안의 남성성과 여성성이라는 양성 공존 개념의 확장에 도움이 되리라고 믿었다.

매트 홀브룩Matt Houlbrook의 ≪퀴어 런던Queer London≫이 보여주다시피,[4] 1920년대 런던은 다채로운 퀴어의 공간을 형성하게 된다. 당대의 남성 노동자 중에는 다른 남성과 스스럼없이 관계하면서 동시에 여성과도 관계하는 사람들이 있었다. 하지만 그들은 자신의 비규범적 성애를 전혀 퀴어하다고 여기지 않았다.[5] 이런 현상은 이성애가 지배적인 성규범이었으므로 그 이외의 다양한 성적 스펙트럼의 분화가 세밀하게 진행되지 않았던 탓도 있었다. 그뿐만 아니라 젠더 정체성, 성적 지향성으로 인해 지역공동체와 불화한 사람들도 대도시에서는 그들만의 공동체를 만들 수 있었다. 메트로폴리스의 익명성이 없었더라면 결코 꿈꿀 수 없는 코뮌이었다. 터키탕, 레스토랑, 화장실, 술집, 댄스홀 등, 퀴어들의 만남의 장소이자 상업화된 유흥공간은 그들의 모임에 새로운 활력과 기회를 부여해주었다. 이런 공간은 경제력과 소비 능력을 갖추게 된 이들에게 힘을 실어주었다. 이성애 지배사회에서 '비체'가 된 자들이라도 그들만의 공간에서는 모멸감을 느끼지 않으면서도 성적 실천이 가능했다.

그렇다고 사회가 그들에게 관대한 것은 전혀 아니었다. 동성애에 엄격한 법집행과 사회적 불관용은 여전했다. 평상복을 입은 경찰이 게이 술집과 바를 주기적으로[6] 급습하고는 했다. 그들은 체포되어 법정에 서게 되고 재판을 받고 범죄자로 수감되는 모멸을 겪어야만 했다. 그럼에도 메트로폴리스가 주는 익명성은 퀴어 문화가 가능하도록 해주었다. 이처럼 근대적인 퀴어 문화의 형성과 메트로폴리스는 불가분의 관계에 있었다.

대도시의 퀴어 문화는 계급, 젠더의 차이로 구획되어 있었다. 그 당시 하층 남성 퀴어들은 크루징[7]을 하기 위해서라도 자신의 여성적 특징을 퀴어성으로 노출한 반면, 중산층 부르주아 남성들은 다른 남성을 성적 파트너로 선택한다는 것 이외에는 자신의 퀴어성을 드러내지 않았다. 그들은 자신의 젠더 위화감gender dysphoria, 젠더 패싱, 성적 지향성 등을 노출하지 않음으로써 자신들의 계급적 지위를 누릴 수 있었다. 침실이 아니고서는 봉인된closet 그들의 성적 정체성은 외관상 이성애자와 다를 바 없어 보였다. 그들은 여성성을 드러내는 퀴어들과는 달리 남성적이고 신중해서 일반인들의 눈에 비가시화되었다.

반면 영국의 귀족, 상층 부르주아 엘리트 집단이었던 '블룸즈버리 그룹Bloomsbury Group'은 자기 집단 안에서 성적 경향성을 드러내는 데 망설임이 없었다. 블룸즈버리 그룹은 '저명한 빅토리아인[8]들의 위선에 저항하는 신남성 모던보이들이었다. 그들은 성적으로 자유분방한 탐미주의자들이자 세련된 문화적 귀족주의자들이었다. 주로 케임브리지 출신의 인맥으로 만들어진 블룸즈버리 집단의 중심인물은 미술평론가 로저 프라이Roger Fry, 클라이브 벨Clive Bell, 소설가 E. M 포스터E. M. Forster, 프로이트 전집을 번역한 리튼 스트레이치Lytton Strachey, 경제학자 존 케인스John Keynes, 화가 덩컨 그랜트Duncan Grant, 정신과 의사 A. 스티븐A. Steven, 화가인 바넷사 벨Vanessa Bell과 작가인 버지니아 울프Virginia Woolf 자매 등으로 구성되어 있었다.

블룸즈버리 그룹은 성적으로 놀랄 만큼 자유분방했다. 그들에게는 자신의 섹슈얼리티를 전시할 '그들만의 방'과 공간이 있었다. 그들은 자신의 섹슈얼리티를 이성애 지배문화에 저항하는 예술적 표현이자 자유의 실천으로 해석했다. 그들은 동성애, 삼각관계, 다자연애, 혼

외관계에 구애받지 않았다. 배타적 소유 관계로서의 연애, 결혼을 비판했던 그들로서는 다형도착적인 섹슈얼리티의 실천에 거리낌이 없었다. 울프의 언니 바넷사는 클라이브 벨과 결혼했지만 예술사가인 로저 프라이와 오랫동안 연인으로 지냈다. 그녀는 클라이브 벨과의 사이에서 두 명의 아들을 두었고, 프라이와는 죽을 때까지 친밀한 관계를 유지했으며, 화가 덩컨 그랜트와는 딸을 낳기도 했다. 그들은 성적으로 가장 보수적이었던 빅토리아 조 시대를 조롱하는 상층 부르주아 자유주의자들처럼 보인다.

젠더/섹슈얼리티에 따라서 성애화된 메트로폴리스의 스펙트럼은 이처럼 광범했다. 남자들은 술집, 목욕탕에서 섹스 파트너를 물색할 수 있었다. 공적 공간에 접근하고 밤낮으로 이용하는 데 남성들은 아무런 제약을 받지 않았다면, 여자들의 공적 공간에의 접근은 제한적이고, 또한 문제적이었다. 여성성/가정성, 남성성/공공성으로 쉽사리 연결되므로, 공적 공간에 노출된 여성은 감시의 대상이자 공적인 근심과 염려의 대상이었다. 도시가 주는 위험은 여성들에게 집중되었다. 공간적인 불평등이 엄격했던 시절에 여성이 공적인 무대에서 레즈비언 섹슈얼리티를 전시하는 것은 추문 거리가 되지 않을 수 없었다. 여성은 이동의 제한이 있었을 뿐만 아니라, 노동시장에서 여성의 주변화는 소비 상업지구에 접근하는 데 있어 남성들과 달리 경제적인 제약이 되었다.

메트로폴리스의 퀴어 공간은 동질적이고 민주적인 곳이 아니었다. 계급, 젠더, 나이, 취향에 따라서 철저히 분리되어 있었다. 그중에서도 핵심적인 차이는 계급이었으며, 모든 소비자가 동등한 대접을 받은 것은 아니다. 런던의 이스트엔드 선술집은 값싸고 비교적 오픈된 곳이라고 한다면, 고급한 나이트클럽, 레스토랑, 바들이 밀집한 메이페어나이트 스팟Mayfair Night Spots들은 배타적인 공간이었다. 공간의 계급화, 젠더화, 성애화가 구획되었고, 사회적 지위와 계급적 위상에 따라서 만나는 공간은 분리되었다. 중산층 남성이 주도하는 모임은 비가시적이고 더욱 은밀했다. 1920년대 중산층 남성들 중에는 동성 섹스 파트너를 물색하면서도, 자신을 현대적인 의미의 퀴어로 간주하지 않는 사람들이 다수였다. 무엇보다 그들은 여성화된 남성들처럼 화장을 하거나 여성적인 제스처와 차림새로 젠더 퀴어링을 하지 않았다.[9] 전형적인 남성 복장과 절제된 매너로 관습적인 남성성을 유지함으로써 그들은 타인의 이목을 끌지 않았다. 그들은 이런 네트워크를 주도했으며, 준수해야 하는 규범 안에서 품위유지respectability를 했다. 하층민 퀴어들과는 달리 일반적인 젠더 규범대로 행동했으며, 엘리트 남성성의 특권으로 인해 그들의 퀴어성은 눈에 띄지 않을 수 있었다. 이런 공간은 배타적이고 값비싼 '신사' 전용 공간이기 때문이었다. 이렇게 본다면, 메트로폴리스는 젠더, 섹슈얼리티, 계급에 따라 분리 구획된 셈이었다.

하지만 전후 퀴어는 성적 도착이자 퇴폐일 뿐만 아니라 이적 행위로 매도되기도 했다. 독일과의 전쟁을 치렀던 영국은 동성애를 독일적인 악덕으로 비난했다. 동성애는 타락하고 부패한 독일적인 악이자 남성을 나약하게 만듦으로써 국가수호에 위협적인 세력이라는 혐오의 대상이 되기도 했다. 전쟁과 전쟁 사이, 동성애 공포는 도덕적 공포로 연결되고 도덕적 십자군 운동을 야기하기도 했다. 소돔과 고모라와 같은 도착적 성애로 매도된 동성애는 다른 한편 노엘 펨버튼-빌링Noel Pemberton-Billing과 같은 원조 파시스트들이 출현하는 데 빌미를 제공했으며,[10] 우생학적으로 열등하고 병리적인 감염원으로 간주되었다.

젊은 세대라고 하여 한결같이 자기 시대의 동시성을 즐기면서 동질적으로 사는 것은 아니었다. 근대적인 대도시의 삶에서 탈락하고 '다른 한편meanwhile'의 시간대를 살고 있는 사람들에게 도시의 삶은 결코 만만하지 않았다. 전쟁은 끝났지만 그들에게 급변하는 대도시의 삶은 혼란 자체였다. 대도시가 주는 변화의 속도에 뒤처진 사람들을 기다린 것은 또 다른 생존의 전쟁터였다. 질주하는 테크놀로지의 속도전에서 살아남은 자들에게 도시는 희망이자 미래이지만, 속도전의 패잔병들에게 도시의 삶은 절망과 패배의식을 부추기기도 했다. 가진 자들에게 도시는 자유롭고 편리한 곳이지만, 도시의 하부구조를 지탱해주는 빈민들에게는 처소도 없고 몫도 없는 '추방의 장소'이기도 했다.[11]

근대는 이성이 신을 대체한 시대였으며, 당시의 지배적인 감정은 '회의'였다. 무엇보다 근대의 탄생은 신을 의심하는 데서 비롯되었다. 미신적인 공포에서 벗어나 확실성에 도달하려면 의심하고 또 의심해야 했다. 데카르트는 모든 것을 의심함으로써 더는 의심할 수 없는 절대적인 확실성을 추구했다. 의심하고 의심하지만 의심하고 있는 '나' 자신을 더는 의심할 수 없다. 회의하는 주체가 모든 인식의 토대가 되었으며, 그것이 '코기토'의 핵심이었다. 신이 사라진 시대, 지배적인 정서로서의 회의감은 한편으로 합리적 이성에 도달하게 하는 탁월한 도구적 감정이었다. 그로 인해 미신적이고 불합리한 감정들(열정, 분노, 슬픔, 공포, 고통, 수치심, 연민, 증오)이 억제될 수 있을 것으로 보였기 때문이다.

이성의 시대, 이성적인 남성은 여성화된 감정들, 슬픔, 공포, 광기를 억압해야만 했다. 냉정한 이성의 시대에 열정은 비합리적 감정으로 간주되었다. 열정passion, 수동성passivity, 고통suffering은 라틴어 passio에서 유래했다. 수동성은 행위를 주도하는 것이 아니라 어떤 행위에 지배되는 것이며, 주도적으로 행동하는active 것이 아니라 대상에 따라 반응하는 것reactive이다.[12] 열정이 수동성으로 연결되는 것도 그것이 주체의 자발적인 감정이라기보다 대상으로 인해 야기된 것으로 보기 때문이다. 타인의 변덕스러운 감정에 굴복하고 휘둘리는 데서 고통이 뒤따르게 된다. 열정적이라는 것은 냉정을 유지하지 못하고 취약성에 노출된다는 뜻이다.

근대적 이성의 관점에서 볼 때, 주체를 수동적으로 만드는 주체할 수 없는 눈물과 슬픔, 미쳐 날뛰는 분노, 미신적인 공포, 감상적인 연민 등은 억압되어야 할 감정들이다. 타인에게 쉽사리 휘둘리는 열정, 연민, 공감은 이성적 판단에 영향을 미치는 부정적인 감정이다. 이처럼 감정은 냉정한 판단과 이성적 사유를 통해 초월에 이르지 못하도록 한다는 점에서 동물적인 차원으로 간주되었다.

이성/감정의 위계뿐만 아니라 감정들 사이에도 위계가 있다. 신분제 위계질서에서 아래 사람들이 억압해야 할 감정이 분노였다. 분노는 위험하고 동물적인 감정으로 격하되었다. 하지만 근대적인 혁명기를 거치면서 분노의 감정은 격상되었다. 분노의 감정은 정의를 실현하는 남성적 감정으로 재해석되었다. 반면, 슬픔과 눈물은 나약하고 여성적인 감정으로 여겨졌다. 혁명의 시대가 끝나고 부르주아가 지배계급이 되었을 때 분노는 또다시 교양있는 시민계급에게는 억압되어야 하는 저급한 감정으로 평가절하되었다. 여성의 분노는 병리적 현상인 히스테리로 간주되었다.

근대적 진화론의 창시자인 다윈에 의하면 진화과정을 통해 격상시킬 수 있는 감정이 있는가 하면, 인간 이하의 동물적인 감정들도 있다. 다윈에게 있어 극단적인 공포로 머리끝이 빳빳하게 서고, 격렬한 분노로 이를 가는 것은 동물적인 조건을 인정하는 것이나 다를 바 없다.[13] 감정은 통제되어야 하고 적절하게 표현되어야 하는데, 자기감정을 다스릴 수 없다면, 교양있고 이상적인 근대인에 미치지 못한다. 이성으로 적절하게 다스릴 수 없는 감정은 동물적이고, 허약하고, 여성적인 것으로 간주된다. 사회정의를 실현하는 데 필요한 감정으로서 분노가 아니라 소심한 짜증, 설명 불가능한 광기, 여성의 히스테리가 발명된 것도 감정의 서열화, 젠더화에 따른 것이라고도 볼 수 있다.

산업화, 도시화는 감정의 젠더화와 무관하지 않다. 게오르그 짐멜 Georg Simmel은 "남녀를 불문하고 모든 사람에게 공정하고 타당한 객관적 진리"[14]로 나타나는 근대도시의 정신적 삶을 조명하고자 했다. 〈메트로폴리스와 정신적인 삶〉에서 짐멜은 근대적인 도시 환경에서 비롯된 집단적 경험을 '충격'으로 개념화한다. 충격은 근대라는 특정한 시대에만 국한된 감정적 현상은 아니다. 그럼에도 짐멜이 근대적 감정으로 충격을 꼽은 것은 그것이 대도시인들의 집단적 감정구조로써 근대적인 삶의 에토스가 되었기 때문이다. '사회적 형식'으로서 충격은 단지 개인이 경험한 특별한 자기감정이라기보다 집단적인 감정 형식이라고 볼 수 있다.

근대에 이르러 충격이 삶의 지배적 정동이 된 것은 근대의 대도시가 가져다준 급격한 변화와 낯선 풍경, 그리고 감각 자극들 탓이었다. 개인의 감각이 따라잡기 힘든 속도와 넘쳐나는 낯선 자극으로 인해 대도시인들은 긴장 상태를 유지하게 된다. 일상생활이 전쟁터인 대도시에서 긴장과 스트레스는 항시적이다. 항시적으로 과도한 각성 호르몬이 분비되는 상태여서, 그들은 신경과민상태가 된다. 열차, 전차, 자동차 등이 발산하는 진동과 빠른 속도는 근육을 포함한 개별 감각 기관을 피로하게 만든다. 현란한 속도로 인해 인체의 생리적, 인지적 행동도 변화한다. 감각들이 속도전을 따라잡으려고 신경 각성 기어를 고속으로 변환시키기 때문이다. 신경과민은 자기 보존 본능에서 비롯된다. 이런 과민 상태는 내외부적인 자극의 급격한 증가나 끊임없는 변화에 대비하기 위한 것이다. 도시는 인공적인 자극으로 가득 찬 공간이다. 시골과 달리 도시의 삶은 현란한 자극들이 날마다 포탄처럼 쏟아진다. 그로 인해 대도시인들이 집단적으로 경험하는 정서적 구조가 충격이다. 따분한 시골의 삶이 소처럼 반추하는 권태로움이라면, 도시의 삶은 아찔한 현기증을 유발한다.

근대적 시공간의 젠더화

도시의 지배적 정동이 현기증과 충격이라면, 그것은 자연 상태가 주는 평화롭고 권태로운 삶과는 다르다. 여기서 자연에 비유되는 여성적인 것은 반복적인 자연의 순환적 주기를 따르는 것으로 간주된다. 반면 근대화, 도시화로 상징되는 남성적인 것은 일직선적인linear 시간의 진보와 발전을 표상한다.

근대 사회에서 일어나는 공간의 속도전은 시간 개념의 변화와 동시적이다. 근대 사회는 순환되는 자연적 시간과 지역적인 시간local time 을 인위적이고 기계적인 하나의 시간대로 통일함으로써 획일화된 시공간을 탄생시켰다. 전 세계적인 시간의 통일은 '시간의 제국주의'를 완성시켰다. 시계적 시간은 근대인들의 삶의 리듬을 기계적으로 분절하는 계기가 되었다. 기차의 발명은 지방마다 상이한 시간을 통일함으로써 기계적인 시간의 탄생을 예고했다. 근대인들에게 삶의 속도 변화를 가져다준 기차가 처음부터 편리하거나 낭만적으로 비춰진 것은 아니다. 표준화된 시간은 지역 시간과 삶의 속도를 파괴하고 시간표대로 움직이도록 모든 사람에게 강제했다. 철도는 자연적인 흐름에 따라서 순환하는 시간을 철저히 분절하고 계량했다. 이제 누구에게나 획일적인 기계적 시간이 탄생하게 되었고 정확한 기계적 시간관념이 체화되기 시작했다.

당시 사람들이 획일적인 시간의 탄생과 마주하면서 느꼈던 당혹감과 반감은 조셉 콘래드Joseph Conrad의 소설 ≪비밀요원The Secret Agent≫(1907)에 잘 드러나 있다. 이 소설은 한 무정부주의자가 기계적 시간의 상징인 그리니치 천문대를 폭파하려다 미수에 그친 사건에서 영감을 얻어 쓴 것이다. 시간의 제국주의를 폭파하려 했던 그 사건이 보여주다시피, 이제 사람들은 빠짐없이 표준화되고 기계화된 시간 혹은 철도의 시간표에 순종하면서 살게 되었다. 홉스봄은 ≪혁명의 시대≫에서 산업혁명 과정에 나타난 어떠한 기술혁신도 "철도만큼 새 시대의 힘과 속도를 극적으로 일반인들에게 확실히 드러내 보여주었던 것도 없었다."[15]면서, 과거의 신들과 왕들마저 근대의 동력혁명이 가져다준 속도 앞에서는 무력감을 느꼈을 것이라고 토로한다.

시공간의 근대적 변화와 더불어 메트로폴리스는 감정 형식의 젠더화로 재배치되었다. 이성적이고 계몽된 남성은 대도시의 기계적인 시간의 분절, 감각의 파편화를 그다지 위협적으로 느끼지 않았다. 이성적, 과학적 지식을 갖춘 남성들은 전근대적인 미신이나 공포에서 벗어나 공적인 영역과 전문화된 행위에 참여했다면, 근대계몽 교육과 과학으로부터 배제되었던 여성들은 불합리한 공포나 미신적인 두려움에 사로잡히기 쉬웠거나, 혹은 대상과의 거리 유지가 어려워서 냉정하고 객관적이기 힘들었다. 전통적이고 감성적인 여성은 대상과 냉정한 거리보다는 진밀한 관계를 얼망하는 것으로 제시되었다. 짐멜은 공정한 거리 유지가 필요한 공적 영역을 남성의 공간과 연결한다. 객관성과 보편성이라는 규범은 사실상 남성 특유의 존재 양식으로 규정된 이성, 지성, 합리성에 근거한다. 이와 같은 남성적인 보편 기준에서 일탈하는 예외들은 여성적인 속성으로 간주된다. 이렇게 본다면 짐멜이 말한 도구적 이성의 주체로서 남성이라는 보편적 지위는 여성화된 '배후의 감정'들을 '구성적 외부'로 솎아낼 때 가능해지는 것이다. 비이성적인 여타의 감정들을 여성적인 것으로 억압할 때 남성은 이성적인 공적 공간의 주체로 탄생하게 된다.

마샬 버먼Marshall Howard Berman 또한 근대적 주체를 자연과 감정을 통제하는 이성적 주체로 설정한다.[16] ≪단단한 모든 것은 자취 없이 사라진다≫에서 그는 유기적 총체성, 신분적 위계질서, 종교적 권위와 같이 전근대를 지탱해주었던 견고한 것들은 근대와 더불어 녹아내렸다고 주장한다. 근대화와 더불어 전통시대의 유기체적인 공동체는 도구적 이성의 '차가운 얼음장'에 복종해야 한다. 근대적인 이성적 주체는 변덕스러운 육체와 감정을 억압하고 통제한 효과로 탄생한다. 버먼은 그런 근대적 남성 주체의 원형을 흥미롭게도 신화적인 영웅들인 율리시스, 오이디푸스, 파우스트 등에서 발견한다.

오이디푸스는 여성 괴물인 스핑크스의 수수께끼를 푸는 지적인 남성 주체의 전형이다. 율리시스는 사이렌의 유혹에 넘어가지 않는 자기절제와 합리성, 모험심을 갖춘 근대적인 기업가적 주체다. 파우스트는 지적 모험과 과학적 탐구를 위해 감상적 사랑을 극복하는 근대적 시민 주체다. 사랑에 빠졌을 때는 그레첸의 배려, 헌신, 위안이 파우스트의 나르시시즘을 충족시켜준다. 하지만 사랑이 사라지는 순간 드넓은 세계로 나가려는 파우스트에게 매달리는 그레첸은 의존적이며 순응적인 전통적 여성이 되어버린다.

34

율리시스-오이디푸스-파우스트 계열의 근대적 남성 주체와 달리 스핑크스-사이렌-그레첸 계열의 여성들은 감정적이고 히스테리컬한 전근대적 비주체 여성이 된다. 그와 같은 여성적 속성은 근대적 남성 주체에게는 통제의 대상이다. 버먼은 이처럼 근대적 개인을 가족적, 유기체적, 공동체적 유대에서 벗어난 자율적 남성으로 설정하면서, 남성의 타자로서 여성은 전근대적, 자연적, 유기적 존재로 등치시킨다.

이와 같은 젠더 이분법으로 파악해본다면 여성적인 것은 자족적이고 충만한 존재이지만 사회적, 상징적 질서 이전 단계에 머물러 있는 비역사적 존재가 된다. 도시와 남성이 분화된 공간을 상징한다면, 자연으로 상징되는 여성은 미분화상태다. 여기서 근대와 전근대의 구별은 주로 유기적 총체성/인공적인 파편화, 자연/문명, 미분화/분화라는 이분법적인 사고에 근거한다. 이런 이분법은 궁극적으로는 성별 이분법으로 젠더화, 위계화된다. 그것이 리타 펠스키가 말하는 근대성의 젠더화이다.[17]

이런 젠더 위계화에서 성욕보다 여성의 미분화 상태가 더 잘 드러나는 곳은 없다. 남성에게 성욕은 한 군데로 집중되어 있지만 여성에게 성욕은 전 범위에 걸쳐 있다. 이 말은 자족적이고 충만한 섹슈얼리티 덕분에, 여성은 남성 타자에게 오히려 의존하지 않는다고 주장하는 것이나 다를 바 없다. 게오르그 짐멜에게 여성은 "여성이라는 가장 근원적인 정체성 속에서 내재적으로 규정된 성욕의 절대성 속에서 살아간다. 이러한 여성의 본질은 다른 성과의 관계를 필요로 하지 않는다."[18] 여성의 성애는 자족적이어서 타자에게 의존하지 않아도 된다는 것이다.

남성은 자신의 육체, 그것을 초월하려는 욕망으로 인해 갈등한다면, 여자는 그런 불화와 갈등에 시달리지 않는다. 남성과 달리 여성은 오히려 리비도 충동의 부재와 취약한 초자아에 시달린다. 그렇게 되면 여성은 욕망과 도덕이 지배하는 상징계의 외부에 존재하게 된다.[19] 짐 멜에게 도시적인 것은 곧 남성적인 것이며, 그것은 에너지, 동력, 새로운 욕망과 요구가 들끓는 시공간이다. 반면 그런 격랑과 소용돌이 속에서도 여성은 무성생식의 평온함을 유지한다. 그와 같은 여성의 미화는 상징계 안에서 여성의 자리를 격상시킨 것이 아니라 오히려 여성을 사회 이전의 상상계에 위치시킨다. 그로 인해 여성은 외부적 갈등에 상처, 갈등, 모순, 욕망을 느끼지 못하는 평온한 자연적 존재가 되어버린다. 여성은 근대적인 도시의 풍경 속에서 액자 속 그림처럼 얼어붙은 미학적 대상이 된다. 이런 특징의 부여는 사실상 여성은 변화에 둔감하고 무시간적이라고 주장하는 것이다.

짐멜이 정의하는 예술이야말로 여성성의 정의와 닮아있다. 짐멜에게 예술은 근대적 경험이 초래한 분열을 초월하여 주체-객체의 간극을 치유하는 절대적 현존과 충만함을 약속하는 것이다. 하지만 자족적인 여성은 그 자체로 완벽한 예술이므로 구태여 예술을 창조할 필요성을 느끼지 못한다. 자기만족적인 여성은 사회적인 것과 거리를 두기 때문에 초월적 통일성이라는 구원에의 약속을 구현한 존재다. 여성 또한 근대 문화예술의 생산에 참여할 수는 있겠지만, 참여하면 할수록 탈여성화, 분열, 파편화되어 자기소외에 시달리게 된다. 그런 이유로 여성에게 가장 이상적인 장소는 사적인 공간인 가정이라는 결론에 이르게 된다.

오토 바이닝거Otto Weininger는 유대인이면서도 극도의 반유대주의이자, 인종차별주의자, 안티페미니스트였다. 23세에 자살함으로써 천재의 신화가 된 그는 남성은 형식, 여성은 질료라는 아리스토텔레스의 논리를 반복하면서 '여성은 남성의 죄'라고 단언한다. "가장 높이 서 있는 여성이라도 가장 밑에 있는 남성보다 한참 아래에 있다"[20]고 주장한 그는 흥미롭게도 여성혐오에 바탕하여 유대인 혐오를 설명했다. 가장 남성적인 유대인마저도 아리아인에 비하면 너무나 여성적이고 그런 맥락에서 여성성으로서 유대성을 그는 혐오했다.[21] 하지만 오토 바이닝거가 스스로 주장하다시피 반유대주의는 자기 안에 유대인성이 있기 때문이고, 동성애자로서 여성혐오는 자기 안에 여성성을 혐오한 것이었다. ≪성과 성격≫에서 바이닝거는 남성적인 특징은 영혼과 도덕성이고, 여성적인 특징은 섹슈얼리티와 감성과 물질성이라고 주장했다. 여성적 원리는 무無, 자연, 질료, 물질성, 생물학적 재생산을 구현한 것이다. 남성적 원리는 유有, 영혼, 형식이다. 바이닝거는 근대성을 분석하면서 짐멜과 동일한 결론에 이르면서도 그것을 상반된 젠더의 이해관계로 해석한다. 바이닝거는 근대성의 특징을 이성, 지성, 합리성, 무감각, 냉담함이라고 본다는 점에서 짐멜과 유사하다. 그런데 바이닝거는 그런 근대성이 남성적인 속성이 아니라 여성적인 속성이라고 주장한다. 그는 근대화를 냉혹하고 위협적이고 파괴적인 여성화 과정으로 서사화한다. 여성적인 것은 비도덕적, 파괴적이라는 점에서 악마적인 것이 된다.[22]

결과적으로 프로이트가 ≪문명과 그 불만≫에서 주장했다시피 여성은 문명의 외부이므로 객관적인 문화 창조에 기여한 것이 없어진다. 자족적인 여성이 무엇이 아쉬워서 적극적으로 문명과 문화 발달에 이바지하겠는가! 갈등과 불화를 느끼지 못하는 여성은 자기 진화를 하려고 경쟁할 이유도 없다. 스스로 자족적이므로 문명을 통해 영속적인 방식으로 자신의 정신을 객관화하려는 야심이 여성에게는 없는 셈이 된다. 여성은 결핍이 없으므로 진화할 필요도 없고, 경쟁하고픈 욕망도 느끼지 못한다.

이처럼 여성은 여성 자체로서 존재하기보다 거의 언제나 도구화되고 대상화된다. 여성은 시인의 뮤즈이거나 신비로운 자연이거나 이상화된 성모이거나 혐오스러운 창녀가 된다. 남성이 자신을 초월하는 데 필요한 대상으로 여성을 도구화하고 은유화함으로써 여성 자체를 삭제하는 현상이 다름 아닌 미소지니misogyny다. 보들레르에게서 뮤즈로 기능하지 않는 여성은 혐오의 대상으로 뒤집힌다. 아름다운 구원의 여인상, 영원한 여인상과 같이 남성 시인이나 예술가의 뮤즈로 액자 속에 동결되지 않는 여성은 혐오의 대상이 된다. 보부아르식으로 말하자면 천상의 영예를 미끼로 현실의 여성을 지상의 굴욕에 종속시키는 것이 미소지니다. 보들레르가 주장한 것처럼 생리적 욕구에 따라 배고프면 먹고 목마르면 마시고 발정이 나면 교미하는 자연적 존재가 여성이라고 한다면, 그처럼 전-역사적이고 전-사회적인 여성은 어디에도 없었다.

근대성의 젠더화에서 보다시피 근대성=이성·분열·남성성 / 전근대성=감성·통합·여성성으로 배치하려고 하지만 그것은 불가능한 기획이 된다. 도시의 차가운 합리성은 남성적인 것이 아니라 오히려 남성을 파괴하고 거세시키는 여성적인 속성으로 비유된다. 바이닝거가 말한 악마적인 여성의 속성이 오히려 근대적인 것이 되기도 한다. 냉혹함, 무자비, 무감각, 자기소외, 분열은 계산적이고 도구적인 남성의 속성이라고 주장되기도 하지만, 바이닝거에 의하면 바로 그 동일한 현상이 여성적인 속성으로 해석된다. 근대 시기와 더불어 많은 여성이 악마, 레즈비언 뱀파이어, 팜므 파탈로 구성되는 것 또한 급변하는 시대를 주체적으로 받아들이는 여성들의 모습에서 느끼는 남성들의 불안이 투사된 것이다. 이렇게 파악해본다면 남성적인 것의 타자로서 여성적인 것은 젠더 정치에 따라서 배치된 것임이 드러난다. 이처럼 동일한 현상이 젠더 위계질서와 권력 관계에 따라 다르게 배치된 것이라고 한다면, 언제든지 여성적인 것은 남성적인 것이 되고, 남성적인 것이 여성적인 것으로 자리바꿈할 수 있다.

남성 히스테리는 형용모순이다. 합리적, 이성적으로는 설명하기 힘든 여성의 근대적인 병리적 증상을 설명하기 위한 용어가 히스테리이기 때문이다. 근대는 이성의 시대임을 선언했지만, 이성의 시대는 아이러니하게도 전쟁의 광기를 드러냈다. 엄청난 파괴력을 가진 근대적인 전쟁에서 남성들이 경험한 포탄 충격은 남자라면 강인하고 사나이다워야 한다는 남성성의 신화를 폭파시켰다. 전선에서 전우들의 몸뚱이가 산산이 조각나는 것을 목격했거나 혹은 상이군인으로 귀향한 수많은 전쟁 부상병들은 전쟁이 끝났음에도 그 후로도 오랫동안 '정상적인' 일상을 살아가는 것이 힘들었다.

여성에게 고유한 증상이라고 믿었던 히스테리 증상이 전쟁 후 남성에게도 나타났다. 근대화와 더불어 남성은 이성·지성·냉정·합리성과 여성은 감정·감성·공감과 연결됨으로써 감정의 젠더화가 진행되었다면, 포탄 충격은 그런 기획이 신화였음을 보여주었다. 그로 인해 포탄 충격은 정동과 질병을 젠더화하려고 했던 근대적 기획에 충격한 방을 가했다. 젠더화 자체는 정치적으로 배치되는 것이며, 남성성/

여성성은 빗금의 경계를 넘나든다. 여성화된 남성, 남성화된 여성은 서로를 타자로 삼아 정치적으로 구성된다.

포탄 충격은 젠더 경계를 허물어내는 근대적 증상의 하나로서 남성 히스테리의 일종이다. 테크놀로지의 발전으로 근대전의 파괴력은 고전적인 전쟁의 파괴력과는 비교가 되지 않을 정도로 높아졌다. 인체의 수용한계를 넘어선 과도한 감각자극으로 인해 나타난 전후외상 경험의 하나가 포탄 충격shell shock[23]이다. 포탄 충격은 심리학자 찰스 마이어스Charles Myers의 심리적 개념이다. 참호 속에서 지속적인 공포에 시달리던 병사들은 정신적으로 무너져서 무력감과 죽음 공포에 사로잡혀 비명을 지르며 '여자들처럼' 히스테리컬해졌다. 혹은 아예 얼어붙어 말이 없어지고 자극에도 무감각해지는 증상을 보였다. 병사들은 기억을 상실하거나 감정을 전혀 느끼지 못하는 정신적 트라우마를 겪었다. 그 당시 남자가 공포심을 표현하는 것은 그 자체로 남성답지 못한 것이며, 여자처럼 구는 것이라고 비난받았다. 포탄 충격은 근대전을 경험한 남성들에게서 드러난 여성화된 증상이었다.

히스테리는 근대에 이르러 여성적인 질병이 되었다. 미셸 푸코가 밝히다시피, 근대는 여성 육체의 히스테리화를 수반했다. 히스테리는 근대적인 여성의 질병이었으며 역으로 근대화된 여성은 병리적인(신경증, 히스테리) 현상에 시달리는 존재로 간주되었다. 히스테리가 근대화된 신여성들의 질병으로 간주되던 시절, 나약한 여성적인 모습을 보이는 병사는 두려움에 온몸을 떠는 겁 많고 나약한 여성적인 존재로 취급받았다.

버지니아 울프의 ≪댈러웨이 부인≫(1924)에 등장하는 셉티머스가 보여주다시피, 1차 대전 후 포탄 충격을 경험한 남성들은 전쟁 후 외상 신경증에 시달렸다. 셉티머스는 참호에서 전우인 에반스의 사지가 산산조각으로 찢겨나가는 장면을 목격하지만, 전우의 죽음 앞에서도 지극히 담담했다. 그런 현상은 목숨이 오가는 절체절명의 상황에서 비롯된 이성적인 자제력, 냉철한 분별력의 소산으로 간주될 수 있었다. 전쟁터의 광기 앞에서 이성적 판단력이 생존을 가능케 해줄 확률이 높았기 때문이다. 하지만 셉티머스의 냉정함과 침착함은 자기통제에 따른 냉철한 상황 판단에서가 아니라 감정의 마비에서 비롯된 것임이 드러난다. 모든 감각을 마비시켜 무감각해짐으로써 그는 죽음의 공포에서 살아남았다.

전쟁터에서는 살아남았지만 귀향 후 셉티머스는 포탄 충격의 후유증으로 산 죽음을 살아간다. 화창한 6월의 어느 하루, 사람들은 길거리에 모여 하찮은 일에도 소리 지르고, 웃고, 말다툼을 하고 있다. 그런 소란과 외부 자극은 셉티머스에게 전달되지 않는다. 셉티머스의 사랑 하나 믿고 런던으로 따라온 이탈리아인 아내 레지아가 그의 어깨에 기대도 아내의 온기와 염려는 그에게 닿지 못한다. 남들이 보지 못하는 환시, 남들이 듣지 못하는 환청에 시달리는 그는 한없이 고통스럽고 철저히 고독하다.[24] 그를 자살로 내몬 것은 전쟁이 준 상처였다. 그렇다면 그의 죽음은 자살이라기보다 일종의 전사戰死로 보아야 할 것이다. 비록 전쟁터에서는 살아남았지만.

도리스 레싱의 〈작고 개인적인 목소리A Small Personal Voice〉에서도 젊은 재향군인 아버지는 전쟁을 경험한 후 영혼의 불구자가 되어버린다. 과거 한때에는 삶의 즐거움, 친절함, 동정심, 연민으로 넘쳤던 아버지의 모습은 온데간데없다. 밝고 다정했던 아버지 자리에는 예민하고 폭력적이고 '히스테리컬'하면서도 넋이 빠져버린 낯선 남자만 남아 있었다.

포탄 충격을 히스테리아로 명명하는 것은 1920년 남성들에게는 견딜 수 없는 모욕이었다. 이 용어를 사용하는 것 자체가 환자들에게 낙인이자 거세였다. 그 당시 히스테리컬이라는 단어는 "마치 어떤 사람이 공짜로 무언가를 얻으려는 듯 탐욕스럽다는 사회적 의미가 있었다. 이러한 신경증을 지닌 피해자는 본인의 나약함, 괴팍함, 의지박약 때문에 고통받고 있다고 생각하는 의사들에게서 동정을 얻을 수가 없다."[25]

여성의 고유한 병력으로 여겼던 히스테리 증상이 남성에게도 나타난다면, 그것은 그 자체로 남성에게 낙인이 된다. 그것은 여성화를 의미했고 달리 말해 거세된 남성이라는 사회적 함의를 지녔다. 왜냐하면 포탄 충격 환자들은 히스테리 여성 환자들과 흡사한 모습을 보였기 때문이었다. 루이스 일랜드Lewis Yealland는 〈전쟁 히스테리아 장애Hysterical Disorders of Warfare〉에서 모욕, 처벌, 위협을 통해 이 '게으르고 비겁한' 환자를 치료해야 한다고 주장했다. 그는 환자들의 실어증, 감각마비, 운동마비를 전기충격요법으로 치료하고자 했다. 일랜드는 환자들에게 여자들처럼 나약하게 굴지 말고 전쟁터에서 영웅처럼 행동하고 자기감정을 충분히 절제하고 통제해야 한다[26]고 훈계했다. 전쟁터에서 경험한 외상으로 인해 신경이 곤두서서 악몽을 꾸고 고통스러워하고, 충동적이며 무모하게 자신을 위험에 노출하는 불안 증세는 처음에 포탄 충격으로 일컬어졌다. 그러다가 남성 히스테리 증상의 하나인 포탄 충격은 부정적 뉘앙스를 피하고자 '전쟁 후 외상 신경증'이라는 포괄적 병명을 갖게 되었다.

전쟁으로 인해 훼손된 사지를 갖게 된 남성들에게서 종종 발견된 증상이 환상 사지phantom limb통이다. 전쟁터에서는 생환했지만 사지가 찢긴 부상자들은 없어진 사지에서 생생한 통증과 증상을 호소했다. 이런 전쟁부상자를 치료하면서 환상 사지라는 용어를 만든 사람은 위어 미첼Weir S. Mitchell이다. 그는 미국 남북전쟁 때 부상당한 환자들을 치료하면서 무수히 많은 절단 환자의 치료 경험과 실험에서 환상 사지 현상을 발견하게 된다. 환상 사지 현상은 단지 신경학적인 것만이 아니라 심리적·사회문화적 현상이 각인되어 있음을 알 수 있다. 환상 사지는 전쟁의 포탄으로, 혹은 사고로 잃거나 질병으로 인해 외과적인 수술로 사지를 제거하였음에도, 제거된 자리에서 통증을 계속 느끼는 환상 현상이다. 히스테리성 마비는 장기 마비가 초래하는 실제적인 신경해부학적인 마비와는 달리 상식에 바탕을 두어 마비 현상이 나타난다. 말하자면 히스테리성 마비는 몸이 작동하는 방식에 대한 상식적인 관점을 따르기 때문에 신경생리학적인 지식에 바탕을 둔 것이 아니다. 그와 유사하게 환상 사지는 사지가 운동하는 방식에 관한 상식적인 믿음을 기반으로, 팔 다리가 떨어져 나갔음에도 부재한 사지가 여전히 기능을 수행한다고 느끼거나 혹은 통증을 느낀다. 환상 사지는 우리가 '상상계적인 해부학'과 같은 몸 도식body schema을 갖고 있기 때문에 출현한다.[27] 생후 3개월이 되지 않은 유아는 감각지각의 미분화와 미발달로 인해 자기 몸을 자기 마음대로 움직일 수 없다. 그래서 아이는 자기 몸이 산산조각으로 파편화되어 있다고 상상한다. 그러다가 거울을 보는 순간 자기 몸이 온전한 전체라고 인식하게 된다. 자기 몸이 완전한 전체라고 믿는 환상이 상상계적 해부학을 구성한다. 하지만 거울에 재현된 자신의 이미지와 자신은 동일한 것이 아니므로 상상계적 해부학은 오인에서 비롯된 것이다. 그럼에도 불구하고 유아는 자신의 몸 이미지를 상상계 속에서 지도화하고, 그런 이미지에 맞춰 사지의 움직임을 시각적이고 상식적인 이미지에 따라서 파악하게 된다. 환상 사지통은 이런 환상적인 몸 이미지에서 비롯되는 통증인 셈이다. 따라서 히스테리, 건강염려증처럼 환상 사지는 우리의 몸이 수동적이고 생물학적으로 고정된 것이 아니라 사회문화적으로 구성되는 것이며 유동적이고 유연한 것임을 드러내 보여주는 현상이다. 절단되고 훼손됨으로써 존재하지 않는 사지에서 생생한 통증을 느끼는 남성의 환상 사지통이 해부 생물학적인 사실과 다른, 환각과 환상에 따른 증상이라고 한다면, 그것은 젠더의 경계를 넘나드는 히스테리컬한 증상이 되는 셈이다.

전통적으로 시각은 어떤 감각보다 인식적으로 우월한 것으로 인정
받아왔다. 시각은 촉각, 후각, 미각과 같은 여타 지각 관계를 규정하는
압도적인 감각이며, 무엇보다도 정신분석학의 인식경제에서 특권적
인 지위를 누려왔다. 근대와 더불어 탄생한 프로이트의 정신분석[28]만
큼 시각의 우월성을 주장한 이론도 드물다. 프로이트의 정신분석학은
남근의 시각적 현존을 이론의 중핵으로 삼았다. 프로이트는 근대적인
핵가족 안에서 젠더/섹슈얼리티/욕망의 탄생을 '가족 로망스'로 설명
하고자 했다. 가족 로망스의 삼각형 모델에서 젠더 구분은 남근의 유
무에 달려있다. 남근의 소유자는 남자아이로, 남근의 결여자는 여자아
이로 규정된다. 남자아이는 엄마를 사랑의 대상으로 욕망하지만, 엄마
를 사랑하면 경쟁상대인 아버지의 처벌이 두렵다. 아버지의 말을 듣지
않고 '아버지의 법'을 어기면 자신의 소중한 물건이 절단될 수도 있다
는 두려움은 거세 불안을 불러일으킨다. 남자아이는 아버지에게 거세
당할까 두려워 엄마에 대한 욕망을 회수한다. 남자아이는 아버지와 남
성적인 젠더 동일시를 통해 앞으로 얻게 될 아버지의 자리를 고대하게

된다. 그때가 되면 엄마를 제외한 모든 여성은 자기 욕망의 대상으로 삼을 수 있기 때문이다.

남자아이가 거세 불안 때문에 욕망의 대상을 포기한다면, 반면 남근이 없다는 점에서 이미 결핍이자 거세된 여자아이는 어떤 이유로 욕망의 대상으로서 엄마를 포기해야 할까? 여자아이는 남자아이를 보는 순간, 남자아이의 남근에 비해 자신에게는 형편없는 물건(클리토리스)을 준 것에 실망하여 엄마에게서 등을 돌리고 아버지로 향하게 된다. 여자아이는 이제 아버지를 욕망의 대상으로 삼아야 한다. 아버지에 의해 남자아기를 얻어 남근을 얻는 수밖에 없기 때문이다. 여자아이는 정상적인 섹슈얼리티를 갖기 위해 한때는 사랑의 대상이었던 엄마에게서 등을 돌리고 한때는 연적이었던 아버지를 욕망하면서 적과 동침해야 한다. 이 모든 과정에서 핵심은 남근의 현존/부재이고 그것을 보고see 거세를 알게know 되는 시각 경제에 의존하고 있다. 그러므로 프로이트의 가족 로망스에서는 '보는 것이 곧 아는 것'이 된다는 점에서 시각이 인식적으로 특권적 위치를 점하게 된다.

프로이트의 인식경제는 시각을 중심으로 위계화된다. 프로이트는 시각을 특권화하면서 남성적인 것으로 상정하고, 냄새와 후각을 폄하하면서 여성적인 것으로 성차화한다.[29] 그런 인식모델에 따르면 눈은 코보다 우월한 감각지각 기관이다. 시각의 우월성/후각의 열등성은 남성의 우월성/여성의 열등성으로 연결된다. 시각은 추상성, 객관성에 의존한다면, 냄새는 즉물성, 직접성에 의존한다. 냄새는 대기 중에 진한 유혹의 향기를 전달한다. 여성의 생리현상은 강렬한 냄새를 풍긴다. 냄새와 후각의 가치 절하는 항문 성애를 비롯하여 여성적 섹슈얼리티 전체에 대한 혐오감을 수반한다. 그런 현상은 여성에 대한 원초적인 혐오감으로 연결된다. 여성의 향기는 역겹고 혐오스러운 것이 된다. 피의 냄새와 생리혈의 냄새는 동물적이고 즉각적이다. 원시적인 후각 대 승화된 시각적인 섹슈얼리티의 차이는 남근 경제를 지탱하는 지주가 된다. 끈적거리며 흐르고 암내를 풍기는 여성의 섹슈얼리티는 거리가 유지되는 쾌적한 시각과는 달리 승화, 매개, 추상화 과정을 거치지 않는다. 시각에는 치명적인 냄새가 없다. 시각적 승화는 매개적이고, 추상적인 섹슈얼리티를 추구하는 것이다. 피의 냄새를 풍기는 월경을 금기시하는 것은 원초적 섹슈얼리티로 퇴행하는 것을 방지하려는 문명의 저항이라고 프로이트는 주장한다. 하지만 미셸 몽트를레 Michèle Montrelay가 지적하다시피, 참을 수 없는 여성의 향기가 남성의 정신 경제의 안정성을 위협하고 유혹하기 때문에 두려워한 것은 아닐까? 남근은 시각적이고 가시적이지만, 여자의 냄새는 더욱 유혹적이고 거부할 수 없을 정도로 강렬하기 때문이다.

프로이트가 감각의 위계화를 추구했다면, 발터 벤야민은 감각의 민주화를 추구했다. 벤야민은 시각을 무의지적 시각으로 확장하고, 촉각을 재해석하여 '시각적 촉각'이라는 개념을 끌어낸다. 보는 것은 눈으로 만지는 것이다. 시각은 눈으로 만지고 맛보는 행위다. 시각적 자극에 여타의 감각이 반응하지 않는 것이 아니다. 이처럼 시각적 촉각이라는 감각기관의 재배치를 통해 무의식적인 충격에 우리는 자동으로 반응하게 된다. 이를 통해 벤야민은 다양한 감각들의 상대적 자율성을 긍정하기에 이른다.[30] 벤야민에 따르면 외부의 충격은 학습을 통해 신체적 감각을 재배치한다. 각 개인은 주변 환경을 지각하는 방식을 통해 자신의 존재 조건과 균형을 이룸으로써 새로운 주체로 구성된다. 시각으로 접촉한 것들은 감각의 재배치를 통해 반응한다. 자극이 적었던 시대에는 정신집중을 통해서 충격을 흡수한다면, 과도한 자극이 넘쳐나는 곳에서 사람들은 정신 분산[31]을 통해 반응하게 된다. 자극이 과도해지면 모든 감각을 분산하여 재배치한다. 시각, 청각, 촉각을 분산함으로써 공감각적으로 자극에 반응하게 되면, 각각의 감각들이 자율성을 갖게 된다. 보는 것과 듣는 것과 만지는 것이 공감각적으로 수행된다. 벤야민에 이르면 이전에는 시선에만 집중되었던 감각에서 미각, 촉각까지 의미가 확산된다.

근대적인 기술혁명의 예술적 형식인 영화에 지대한 영향을 받은 벤야민은 과도한 외부적 자극에 반응하는 근대인의 모습을 영화적 비유에서 찾는다. 그가 주목한 것은 광학적인 기계의 눈이었다. 벤야민은 광학적 무의식을 가시화하기 위해 근대 심리학에서 말하는 신경감응 개념을 차용한다. 벤야민은 현실에서의 운동을 이미지의 운동으로 번역하는 영화 촬영은 광학 장치의 수용과정에서 분산된 기계적 리듬을 제공하기 때문에 '시각적 무의식'을 기록하는 장치라고 보았다. 여기서 말하는 시각적 무의식이란 카메라의 눈이라는 기계적인 기록의 공간 내부에 의식하지 못하는 공간이 담겨 있다는 뜻이다.

무의지적인 감각지각의 변화과정을 통해 대도시인들은 번잡한 선술집, 군중, 인파, 사무실 타자기, 정거장, 공장, 교통량, 확성기 등 온갖 소음을 버텨낸다. 그로 인해 감각의 감옥이 폭파되어 파편이 사방으로 튕겨 나가는 와중에서도 대도시인들은 태연하게 산보하고 모험으로 가득 찬 여행을 할 수 있게 되었다. 제임스 조이스James Joyce의 ≪율리시스≫에서 〈스킬라와 카리브디스〉 장은 현란한 대낮의 소용돌이, 자동차의 경적, 신문사의 부산스러움, 인쇄소의 윤전기가 돌아가는 소음들로 넘쳐난다. 근대판 율리시스인 블룸은 청각적인 것들을 '암초가 가득한 스킬라와 카리브디스의 파고를 헤치고 나가는 항해'라는 신화적인 집단 무의식의 시각 이미지로 번역한다. 블룸은 자신에게 폭포처럼 쏟아져 들어오는 감각지각을 단지 시각이 아니라 동시적으로 작동하는 다양한 감각(청각, 후각, 촉각)으로 번역하여 재배치한다. 소설 속에서 아내 몰리의 불륜으로 자존심 구기고 비참해진 남편이자 비체화된 유대인으로서 블룸이 시각보다 여타 감각에 의존하는 것 자체가 여성화된 그의 모습을 반영하는 셈이다.

벤야민의 시각적 무의식은 의식의 잉여 공간에 출현하는 아우라 같은 것이다. 시각적 무의식의 세계는 사진을 통해서 포착할 수 있다. 고속 촬영이나 저속 촬영은 평소 현실적인 인간의 시각과 지각으로는 포착되지 않지만 자기 신체가 행하고 있는 행동을 가시화해줄 수 있는 기술이다. 따라서 "정신분석을 통해 무의식의 충동을 아는 것처럼 우리는 카메라를 통해 비로소 무의식의 시각을 체험한다."[32]

벤야민의 시각적 무의식은 롤랑 바르트Roland Barthes가 사진에서 발견한 푼크툼과 흡사하다. 바르트는 ≪밝은 방≫에서 스투디움studium과 푼크툼punctum을 구별한다. 스투디움은 사진 속에 동결된 장면, 즉 사진에 찍혀 있는 그대로의 장면이다. 엄밀히 말하자면 사진에서 스투디움 또한 시각적 인식이 작용한다는 점에서 문화적 코드와 해석이 개입한다. 하지만 스투디움과 달리 푼크툼은 보는 사람의 경험, 취향, 잠재의식, 자유연상에 따른 주관적 관점이다. 사진에서 잉여이자 무의식으로 남아 있는 것과 만나게 될 때 관객은 폐부를 강타당한 듯한 강렬한 자극과 충격을 받는다. 푼크툼이라는 말 자체가 '찌르다punctionem'라는 라틴어 어원을 가지고 있다. 푼크툼은 명료하게 이름 붙일 수 없지만 사진의 스투디움이 주는 가시성을 넘어서 관객이 비가시적인 시각적 무의식으로 만나게 될 때 느끼는 혼란스럽고 강렬한 자극이자 통증이다.

서구 철학 전반이 시각의 우월성을 주장해왔던 것과는 달리, 벤야
민은 다른 감각 지각, 촉각, 미각에 인식능력을 부여함으로써 '여성화
된' 감각으로 폄하되었던 감각들의 경제성에 주목했다. 시각적 무의식
은 인식능력에 있어서 시각적 진리의 허구성을 밝혀주는 것이기도 하
다. 오감의 재번역을 통해 촉각과 미각, 통각을 긍정하는 벤야민의 통
찰에 의지하여 시각의 인지능력에서 배제되었던 여성적인 감각지각을
긍정할 수 있다. 벤야민은 정신 분산이라는 감각의 파편화 속을 태연
히 뚫고 나가는 사람들의 정신적인 삶에서 느끼는 공허와 부식을 먼지
의 알레고리[33]로 설명하면서 여성적인 것과 연결시킨다. 부패하고 썩
어가는 해골과 먼지는 이성의 억압 아래 매몰된 여성적 감각의 해방을
뜻하는 알레고리다.

근대적 복장의 정치(1): 댄디즘과 동성애

조지 오웰은 1920년대를 '전대미문의 무책임한 시대'[34]라고 통탄했다. 1차 대전으로 인해, 수많은 죽음과 '부서지는 살덩어리'[35]를 경험했던 세대들은 현재를 즐기고 과거와는 다른 쾌락을 추구하고자 했다. 현실에서 파국을 경험한 전후의 젊은 남성들 사이에서는 좋았던 그 시절의 '모권적 신비$_{matriarchal\ mystery}$'를 숭배하는 문화가 퍼져나갔다. 신화적인 신비로운 모성을 이상화하는 퇴행 현상이 문화예술 영역에서 진행되었다. 다른 한편 전후 상류층 남성들 사이에서 퇴폐주의, 쾌락주의, 사회적 잉여, 유미주의로 비난받았던 댄디즘이 새로운 유행으로 귀환했다. 1920년대 남성 트랜스베스타이트는 복장 도착, 일탈적 동성애로 연상되어 처벌받고 역겨움의 대상이 되었다면, 댄디즘은 귀족적 소비 취향을 내세움으로써 계급적, 성적 하위문화의 한 형태인 크로스드레싱[36]과 자신을 구별 짓고자 했다. 스콧 피츠제럴드가 《밤은 부드러워》에서 섬세하게 표현하듯, 전쟁이 끝나자 새로운 사치품 생산이 불붙기 시작했고,[37] 댄디들은 그런 고가 사치품의 소비자들이었다.

19세기 수도 파리의 댄디즘을 이론화한 샤를 보들레르에 의하면 댄디즘이 보여준 복장의 정치는 혼란스러운 시기에 등장한 '일종의 종교'였다. 혁명 이후 오래된 귀족은 경제적으로 추락하면서 내리막길을 걸었다. 자유민주주의로 이행하는 혼란스러운 시기 동안 부르주아 계급은 경제적 패권뿐만 아니라 사회문화적인 지배력까지 장악하고자 했다. 그들은 귀족의 문화를 비판적으로 흡수했고, 하층 노동자계급의 대중문화를 억압하고 경멸했다.

댄디들은 부르주아의 속물성에 저항하면서 귀족적인 섬세한 의례와 세련된 미학주의로 맞섰다. 그들은 졸부이자 속물인 부르주아의 재력이나 거칠고 가난한 노동자들의 시간과 노력으로는 구입할 수 없는 타고난 감수성과 신성한 재능을 강조하면서 새로운 문화적 귀족의 지위를 획득하고자 했다. 그것이 댄디즘의 복장 정치라고 보들레르는 주장한다. 말하자면 댄디즘은 19세기 계급 질서의 재편 과정에서 왕성한 생식력을 드러낸 부르주아 남성들과는 달리 쇠퇴하고 거세된 남성 귀족들의 잔여 문화투쟁이었던 셈이다.

귀족의 복장 정치인 댄디즘에 맞서 토마스 칼라일Thomas Carlyle은 부르주아 남성성을 신사의 이미지와 연결했다. ≪의상철학≫에서 그는 부르주아의 신사 이미지와 경합하는 댄디즘을 귀족주의 문화의 모방에서 비롯된 것이라고 비판했다. 그에게 댄디즘은 타인의 노동에 기생하는 기괴하고 인위적이며 연극적인 형식이었다. 반면 부르주아 신사들은 근면함, 생산성, 진정성을 추구했다. 댄디즘의 부자연스러운 인공성과 사치와 허례허식에서는 진정성을 찾을 수 없다는 것이었다. 칼라일에게 댄디즘은 귀족주의 멋, 사치, 향락, 방탕, 소비에 바탕하고 있는 기생적인 미학이었다. 새로운 지배계급으로 부상한 부르주아들은 신사의 이미지를 통해 자기 계급의 정당성을 확보하고자 했다.

하지만 찰스 디킨스의 ≪위대한 유산≫에서 하층 노동자 출신 핍
Pip처럼 교육을 통해 교양을 갖춤으로써 신사가 될 수 있다면 계급적
이미지는 사회적으로 구성되는 것이 된다. 부르주아 계급은 자신들이
배반한 노동계급의 활력과 분노를 두려워했다. 19세기는 노동운동이
지속되었던 혁명의 시대였으므로, 그런 두려움의 전도된 표출이 노동
계급 하위문화에 대한 경멸이었다. 부르주아 계급이 귀족체제를 무너
뜨린 것처럼, 노동계급의 저항이 그들을 언제 붕괴시킬지 모른다는 불
안이 남아 있었기 때문이다. 레이먼드 윌리엄스의 감정구조the structure of
feeling 38로 말하자면, 쇠약해진 귀족 문화와 활기 넘치는 부르주아 지배
문화, 그리고 부상하는 노동계급 하위문화가 서로 각축하고 있었다.

댄디즘의 여성화된 남성성과 노동계급의 '조야한' 남성성 양자를
비판하기 위해 부르주아 계급은 복장의 젠더 정치를 동원했다. 부르주
아들은 댄디즘의 연극성과 인공성이야말로 여성화된 것이라 매도했
다. 댄디즘의 화려한 제의적인 복장과
장식은 나약하거나 퇴폐적인 여성의 이
미지로 등치되었다. 그들에게 댄디즘은
사치와 방탕을 즐기는 타락하고 '과거
가 있는' 나쁜 여성 이미지로 간주되었
다. 댄디즘의 연극성과 인위성은 진정
성과는 거리가 먼 가면을 쓴 여성적인
것이었다. 그로 인해 여성화된 남성들
의 멋 부리기는 젠더 도착이자 도착적
성애인 동성애로 연결되었다. 오스카
와일드Oscar Wilde는 화려한 실크 블라우

오스카 와일드

스, 초록색 바지, 분홍색 넥타이, 멋진 장발로 유명한 댄디였다. ≪도리언 그레이의 초상≫에서 꽃미남 도리언 그레이가 보여준 댄디즘은 여성화된 남성 귀족 문화의 한 형태였다. 과거의 영광과 권력을 상실한 귀족 문화는 미학적이고 동성애적인 문화로 코드화되었다. 20세기 초반에 이르면 동성애자였던 오스카 와일드의 책을 읽는 것만으로도 동성애적 표지가 된다.

다른 한편으로 부르주아들은 노동계급에 대해서는 자기 처자식을 부양할 수 없는 무능한 남성으로 경멸했다. 남성 노동자들은 윤리 도덕적으로 타락한 존재로 취급되었다. 부르주아들은 성별 노동 분업을 통해 사적·공적 영역을 엄격하게 구분하고 여성을 가정경제에 예속시켰다. 부르주아 가정의 여성들은 경제적 무능력으로 인해 보호받는 존재들이 되었다. 부르주아들은 집안의 천사 역할을 담당하는 가정주부를 이상적인 여성의 역할로 만들었다. 그로 인해 부르주아 부상기에 가정에 머물러 있는 여성들은 집안의 천사로, 집 바깥으로 나가는 여성들은 거리의 여자로 이분화되었다. 정숙하고 경건한 부르주아 중산층 여성들은 노동계급의 여성들보다도 수동적으로 보호받는 아내의 역할에 묶여 있게 되었다. 부르주아들은 자기 계급의 도덕성을 다름 아닌 자기 여자들의 덕목인 정숙함에서 찾았다. 반면 여성에게 할당한 집을 벗어나 바깥으로 나가 웃음을 흘리면서 일하는 직업여성들은 창녀화 되었다. 노동계급 여성들은 성적으로 헤프고 부도덕하고 질 나쁜 여자로 취급받았다. 여성들을 보호해주지 못하고 바깥으로 내돌리는 것은 남자의 무능과 무책임 탓이었다. 부르주아들이 보기에 노동계급 남성들은 자기 계급 여자들을 보호할 만한 경제적 능력과 윤리의식이 없었다. 그들은 과도한 음주, 도박, 성적 문란, 사생아 생산, 아내 버리

기, 자식 팔아먹기를 능사로 아는 군상들로 매도되었다.[39]

산업자본주의 시대 댄디즘의 복장의 정치성을 찾아본다면, 그들은 대량생산된 것들에 경멸을 보내면서 이국적인 취향, 예술품, 장신구, 장식품, 귀금속, 보석, 에나멜, 인테리어와 같은 사물을 통해 물신 숭배적이고 관음적인 묘사에 치중했다. 리얼리즘적인 문법을 파괴하는 아포리즘, 역설, 패러디, 모방과 같은 언어적 장치 또한 댄디즘의 한 표식이었다. 그와 같은 텍스트의 정치는 생식력과 활력이 넘치는 부르주아 남성성에 대한 대항 담론의 의미가 있었다.

반면 페미니스트인 제시카 펠드만Jessica Feldman은 여성적인 것으로 매도된 댄디즘을 동일한 논리 위에서 구출하고자 한다. 그녀에게 댄디즘은 인위성, 연극성, 초연함, 무감각함, 허영심, 잔인함, 공격성의 '포즈'를 취하는 것이다.[40] 포즈는 가면이자 그런 척하는 것이다. 가면과 가식은 여성적인 것과 동격이 된다. 여성화된 남성으로서 댄디는 독립적이고 지배적인 부르주아 남성과 의존적이고 가정적인 여성이라는 관행적인 성별 이분법적 대립을 해체한다.[41] 그들은 부르주아의 도구적 합리성, 생산성, 속물성을 조롱했다. 댄디들은 근대 산업자본주의 시대의 남성적 가치인 합리성, 유용성, 경제성을 패러디하고 조르주 바타유Georges Bataille가 말하는 것처럼 사치와 낭비, 인공적인 미학의 쓸모없음에서 쓸모와 의미를 찾았다.

기계적 생산성, 대량생산성을 찬미하는 근대 산업주의적인 시대정신을 경멸하면서, 댄디들은 여성화된 귀족 문화의 하나로서 탐미와 쾌락을 추구했다. 댄디들은 부르주아 속물주의와 기계적 생산성에 저항하는 것으로 '여성적인 나르시시즘'을 전유했다. 보들레르가 화장품, 보석, 의상, 장신구, 패물에 의존하는 여성들의 인공성에 매혹된 것처럼, 댄디들은 그런 사물들이 갖는 보철화된 인공성을 애용했다. 댄디들의 보철화된 인공성은 엄격한 젠더 문법의 경계를 크로스하고 트랜스하는 것이었다. 이들은 성별 이분법의 특권적 기표들의 경계를 가로지르는 존재들이었다.

부르주아들에게서 여성화된 존재로 매도된 댄디들이 그렇다고 하여 여성들과 연대할 수 있는 것은 아니었다. 오히려 여성적인 것을 전유한 그들은 여성을 자연으로 매도했다. 이들은 한편으로 부르주아의 왕성한 생식력을 여성적 다산성으로 경멸하면서 그런 부르주아 문화에서 거세된 자신들을 인공적인 미학으로 포장했다. 기계적 생산성 혹은 인공적인 것이 불멸의 예술로 은유화 된다면, 자연적인 것은 원시적이고 소멸할 몸이 되어버린다. 그들은 자신을 미학적 인공물인 예술품으로 만드는 데 열심이었다.

엘런 모어스Ellen Moers가 관찰했듯, 댄디는 "세련된 취미의 실행을 통해 오직 자신의 완성에 전력하는 인간"[42]이자 인공적 예술품이었다. 오스카 와일드가 ≪도리언 그레이의 초상≫에서 말하듯 그들은 '삶 자체가 가장 위대한 최고의 예술'[43]이고자 했다. 댄디들은 인공적인 여성성을 전유함으로써 자연적인 여성성을 동시에 혐오할 수 있었다. 속물적인 부르주아 규범에 경멸을 보내는 댄디와 유미주의자들은 여성의 다산성, 풍요를 혐오했다. 아이러니하게도 화장, 복장, 장신구 등으로 여성스럽게 장식한 댄디의 여성화된 나르시시즘은 여성적인 것을 경멸하면서 자신의 우월성을 입증하는 것으로 작동했다.

댄디들은 가부장적인 부르주아 권력을 비판하면서 사회적 약자의 무력한 요소늘을 섧은 닝싱직 요소로 결합시켰다. 댄디즘은 성숙하고 이성적이고 책임져야 하는 헤게모니적 남성성 이미지와는 대립되는 것이었다. 그들은 근육이 아니라 지적이고 섬세하고 예민한 것을 남성적인 것과 등치했다. 토마스 만Thomas Mann의 소설 ≪베니스에서의 죽음≫에서 작가인 아셴바흐처럼 그들은 그리스적인 미소년의 아름다움에서 남성적인 것을 찾았다. 서구 근대의 예술적 전통은 이런 맥락에서 동성사회적이었다. 장 콕토Jean Cocteau, 오스카 와일드, 마르셀 프루스트Marcel Proust, 앙드레 지드André Gide, 스테판 말라르메Stephane Mallarme, 폴 베를렌Paul Verlaine, 샤를 보들레르Charles Baudelaire, 카를 위스망스Joris Karl Huysmans, 토마스 만Thomas Mann, E. M. 포스터 등은 문학을 통해 자신들의 동성애 혹은 동성사회적인 취향을 댄디즘으로 표현했다.

댄디즘의 재해석에도 불구하고 그것은 퇴폐적이고 쾌락적 탐미주의로 여전히 비판받았다. 댄디즘의 복장 도착은 사회적 책임을 수용하는 남성이 되기를 거부하고 성인 세계의 요구를 거부하는 '여성적인 나르시시즘'으로 해석되기도 했다.[44] 말하자면 빅토리아조 성인 남성에게 강요되었던 사회적 책임감과 성숙한 이성적 존재이기를 거부한 것이 댄디즘 현상이라는 것이다. 페터 지마Peter Zima는 댄디즘이 부르주아 생산성, 실용성을 조롱하는 것에서 출발했지만 그것에 기생하고 있었다는 점을 부인할 수 없다고 주장한다. 그들은 시장의 양적 교환가치에 모든 것을 종속시키는 자본주의 시장에 저항할 수 있는 질적이고 미학적인 것들을 창조하려 했지만,[45] 그런 시도는 절반의 성공이자 절반의 실패로 끝났다.

1920년대에 귀환한 모던한 남성들의 댄디즘을 두고 각자의 입장과 시대적 분위기에 따라서 이처럼 다양한 해석이 가능해진다. 댄디즘은 하나의 문화와 해석으로 고정된 것이 아니다. 해석 투쟁 과정에서 어떤 입장에서 어떻게 배치하는가에 따라 댄디즘의 용도와 정치성은 다양한 모습으로 드러나게 된다.

1920년대 댄디즘이 귀족화, 여성화를 의미했다면, 남성 크로스드 레싱은 댄디즘에 비해 하위문화로 간주되었다. 남성의 크로스드레싱은 여성의 크로스드레싱보다 훨씬 더 위험한 것으로 여겨졌다. 근대적 성과학의 영향 아래 있었던 당대 사람들은 남성 크로스드레싱을 도착적 성애로서 동성애와 연결시켰다. 번쩍거리는 싸구려 장신구에 하이힐을 신고 어색한 걸음걸이로 공원이나 술집 주변을 배회하는 남성 크로스드레서들은 외설적이고 역겹게 여겨졌다. 여자 같은 차림새와 걸음걸이, 여성으로의 패싱_{passing}은 경찰의 단속을 피하기 힘들었다. 20년대 후반으로 가면서 대도시의 퀴어들은 점차로 잠재적인 범죄자로서 단속과 처벌의 대상이 되기 시작했다. 엄격한 성별 이분법으로 인한 젠더 분리의 경계선을 위반하는 것은 사회적 혼란과 무질서를 전파하는 위협적인 행동으로 간주되었기 때문이다. 남자답지 않은 남자는 여성화된 남자이자, 이성애 관행에 뿌리내리고 있는 사회적 구조에 순응하지 못하는 불량하고 불결한 퀴어들이 된다. 그들은 엄격한 젠더 표현과 성별 정체성에 부합하지 못하는 비체[46]들이었다. 크로스드레싱은 비가시화된 도착적 성애자들이 자기 존재를 드러내려는 욕망으로 간주되었고 공권력은 그런 욕망을 기존의 지배적인 이성애 사회질서 유지에 위협적인 것으로 보았다.

매트 홀브룩이 ≪퀴어 런던≫에서 밝히다시피, 도착적인 의도를 전시하는 크로스드레서의 육체[47]와 젠더는 동성애를 연상시켰다. 법적 담론과 재판과정을 통해, 그들의 트랜스 젠더화된 몸들은 불결하고 불쾌한 도착으로 규정되기 시작했다. 마조리 가버_{Marjorie Garber}가 말하듯, 퀴어에 대한 불안은 기존 사회질서가 규정해놓은 엄격한 성적, 젠더 경계를 위반하는 근대적 증상에서 비롯된 것이었다. 1920년대에 걸쳐 ≪존불John Bull≫ [48]은 매주 도착적인 성애에 관한 재판 기사를 실었다. 그들의 젠더 수행은 사회적 혼란을 초래하는 범죄로 간주되었고, 현대판 소돔과 고모라를 연출하는 존재들로 비하되었다. 향수, 장신구, 화장한 몸은 부자연스럽고 치명적인 도착행위가 되었다.

댄디즘이 다양한 모습이듯, 남성 크로스드레싱은 계급, 인종, 종교, 직업, 교육 수준 등에 따라서 다양한 모습으로 연출되었다. 홀브룩이 보여주다시피, '정상적인' 노동자 계급에서도 동성 간의 성행위는 있었다. 런던 웨스트엔드의 빈민가 노동자계층의 하위문화에서 남성 노동자들은 성적 자유를 누렸다. 남성 노동자들은 그들과 어울리면서도 다른 한편으로 경박한frivolous 크로스드레서quean를 경멸하고 조롱할 수 있었다. 남성적인 남성 노동자들은 성적으로 능동적이고 지배적이며, 주도적이라는 점에서, 수동적이고 여성화된 크로스드레서들과는 다를 뿐만 아니라 우월하다는 자부심을 가졌다. 그에 비하면 신사계급 동성애자들은 하위문화로서의 크로스드레싱에 매혹과 혐오를 동시에 갖고 있었다. 사회적으로 존중받는 계급인 그들은 거리의 문화, 선술집, 공중화장실에서 행해지는 문란하고 난잡한 관계와 거리를 유지하면서도 매료되는 양면적인 태도를 보였다. 하지만 그들은 사회적 존중과 지위를 유지하기 위해서라도 자신들의 섹슈얼리티를 경박하게 전시하고 노출할 수가 없었다.

근대적 복장의 정치(2): 신여성과 크로스드레싱

1920년대 여성의 크로스드레싱은 그다지 낯선 풍경이 아니었다. 1920년대 젠더 역할과 다양한 성적 정체성의 표현들은 오늘날 상상하는 것보다 훨씬 자유로웠다.[49] 전후 런던은 계급, 젠더, 인종 질서의 혼란과 무질서에다 기존의 전통과 사회적 관행이 뒤집힌 '뒤죽박죽topsy-turvydom'의 시대였다. 화장을 하고 크로스드레싱을 한 남자와 짧은 머리에 헐렁한 배기 바지를 입고 다니는 여자들처럼 다양한 성별 정체성, 성별 표현과 성적 경향성들이 혼란스럽게 혼재했다. 런던은 퀴어들이 비가시성의 울타리에서 벗어나 자기 존재를 드러내고 있었다. 전후 많은 여자들이 공적 공간으로 진출하게 되었고, 초기 크로스드레싱을 한 여자들은 모던한 하이패션이자 유행 현상으로 인기를 누렸다.

1920년대 초기 여성의 크로스드레싱은 19세기적인 남성 복장 선호의 연장선으로 볼 수 있다. 여성들은 남성 복장만으로도 여성으로서 누리지 못하는 자유와 특권을 누릴 수 있었다. 여성이 남성으로 변장하는 것은 오래된 관행이었고 특별히 근대적인 현상이라고 할 수는 없다. 셰익스피어의 ≪십이야≫에 등장하는 쌍둥이 비올라는 남장(세자리오란 남자 이름으로) 덕분에 여성으로서의 제약에서 벗어나 플롯을 주도적으로 끌고 나가게 된다. 젠더 정체성의 혼란으로 야기된 한바탕 소동은 비올라가 여자임이 밝혀지면서 성별이 제자리를 찾고 성별 질서가 회복됨으로써, 로맨틱 코미디는 이성애 질서로 포획되고 해피엔딩으로 마무리된다. 19세기 여성 모험가들 또한 비올라처럼 남성 복장을 주로 했다. 여성 혼자 여행하는 것이 금기시되었던 19세기 시절, 용감한 여성들은 여성이라는 제약에서 벗어나기 위해 크로스드레싱을 하고 사막을 횡단하고 세계를 가로지르기도 했다.

19세기의 연속선상에서 여성의 크로스드레싱은 여성의 독립과 자유를 의미했다. 그런 만큼 전후 메트로폴리스 런던에서 여성들의 크로스드레싱은 유행 현상이 되었다. 20세기 초반 여성의 바지 착용이 금지되었지만, 1920년대에 이르면 대중문화, 소설, 영화, 잡지, 신문 등에 재현된 여성의 크로스드레싱은 위협적인 것이 아니라 낯설지만 이목이 집중되는 신기한 현상으로 받아들여졌다. 이디스 모드 헐_{Edith Maude Hull}의 대중 로맨스 소설 ≪족장_{Sheik}≫의 영화 판본에서, 다이애나 메이요_{Diana Mayo}는 결혼하라는 부모의 성화에서 벗어나 독립과 자유를 추구하려고 사막 여행을 계획한다. 남복으로 변장한 그녀는 동행해주겠다는 오빠의 보호마저 뿌리치고 가이드 한 명을 데리고 사하라 사막으로 모험을 떠난다. 사막에서 그녀는 파리에 유학한 족장 아메드에게 납치되고 강간당하고 사랑에 빠지게 된다. 로맨스물에서 강력한 남성의 힘과 지배에 굴종하는 것을 사랑으로 전환시킬 때 작동하는 것이 여성의 강간환상_{rape fantasy}이다. 하지만 독립적인 여성을 이성애 로맨스로 순치시키고 봉합하는 로맨스 장르의 문법에서 여성이 단지 강간의 희생양만이 아니라고 주장한다는 점에서 강간환상의 이중성이 있다. 여성이 자신의 욕망을 수치로 여기거나 처벌받지 않고서도 충족시킬 수 있는 것이 강간환상이기 때문이다. 이 사막 로맨스는 동양적 폭군의 전형인 자신의 납치범에게 굴복하는 데서 성적 쾌락을 느끼는 여성에게 죄책감 따위는 불필요하다는 알리바이를 제공해준다.[50] 오히려 마초 혼혈 아랍계 남성을 순치시키고 계몽시키고 문명화시키는 것이 독립적인 '사고뭉치' 백인 여성이다. 메이요가 고집을 피우면서 사막을 횡단하려다가 다른 부족장의 포로가 되고, 그녀를 구하려던 아메드가 치명상을 입는다. 생명의 은인인 그를 치료하는 과정에서 크로스드레싱 아래 감춰두었던 메이요의 여성다움이 드러나게 된다. 게다가 아메드는 아랍인이 아니라 영국인과 스페인인 부모 사이에서 태어났지만 사막에서 부모를 잃고 아랍부족에게 입양된 것으로 드러난다. 영국 제국주의 경영은 사랑의 이름으로 정당화된다. ≪족장≫은 인종차별, 젠더차별, 종교차별이 교차하는 텍스트이지만, 다른 한편 메이요의 크로스드레싱이 당대의 젠더 경계를 넘어설 수 있는 장치로 작용했다는 점에서 1920년대 여성들에게 폭발적인 환영을 받았고 베스트셀러가 될 수 있었다.

메이요가 크로스드레싱을 하고 사막으로 떠나는 것은 남성의 보호와 도움 없이 여성 스스로 자유와 독립을 찾겠다는 선언이었다. 제국주의적 탐험, 이주, 정복, 식민화는 남성의 영역이었다. 19세기 여성 탐험가들을 조명하는 논의에서 제국주의 담론과 영국의 지배적인 여성성에 대한 통념 사이에 긴장과 갈등이 존재했지만,[51] 모험 서사에서 여성들이 크로스드레싱을 하는 것은 위협적이라기보다 전통에서 벗어나려는 모던한 현상으로 받아들여졌다.

콜레트와 미시   미시

전후 보이시한 복장은 여성들 사이에 인기가 있었고 남성적인 스타일은 적극적이고 활동적으로 사회에 참여하는 모습으로 비쳤다. 그들은 자유롭고 성적으로 거침없어 보였다. 그런 태도는 전통적인 가치를 거부하는 새로운 여성들의 모습으로 받아들여졌다. 그럼에도 불구하고 대중문화에서 재현된 여성들의 크로스드레싱은 결국 그들이 남성 복장을 벗고 남성의 도움으로 여성의 제자리를 찾는 것으로 마무리된다. 젠더 혼란은 기존 질서로 봉합되고 여성은 제자리로 돌아가게 됨

으로써 크로스드레싱 자체는 위협적인 것이 아니라 매혹적인 것으로 간주되었다.

시도니 가브리엘 콜레트Sidonie-Gabrielle Colette[52]와 한때 연인이었던 소피 마틸드 드 모르니[53]는 남장을 했다. 소피 모르니는 본명보다는 미시Missy라는 애칭이나 맥스 아저씨Uncle Max라는 별명으로 더 잘 알려졌던 인물이다. 미시는 공공연한 남장 레즈비언이었다. 미시가 자궁절제술과 유방절제술까지 시술한 트랜스섹슈얼, 혹은 트랜스젠더라는 소문도 분분했다.[54] 미시의 경우, 그녀가 레즈비언이라는 사실보다는 그녀의 남성 복장, 남성적 태도가 오히려 더 추문 거리였다. 당시는 여성이 쓰리피스 남성 정장을 입는 것은 법으로 금지된 시절이었지만 미시는 손잡이에 황금장식이 된 지팡이를 짚고 신사 차림의 연미복을 날렵하게 빼입고 보란 듯이 시가를 피웠다. 콜레트는 클로딘 시리즈(≪학교에서의 클로딘≫, ≪파리에서의 클로딘≫등)의 실제 작가였지만, 출판업자이자 작가이기도 했던 남편의 필명인 윌리Willy로 이 시리즈를 출판했다. 파리의 젊은 여자들이라면 전부 읽었다고 할 만큼 이 시리즈는 폭발적인 인기를 누렸지만, 이혼 전까지 인세는 남편의 차지였다. 미시를 만나면서 콜레트는 자신의 문학적 재능을 편취했던 남편 앙리 고티에 빌라르의 그늘에서 벗어났다. 콜레트는 성적으로 '자유분방'했고 다사다난하면서도 당당한 삶을 살았다. 재혼한 남편의 아들이자 열여섯 살 연하였던 베르트랑과 사랑에 빠지기도 했다. 사랑하는 데 있어 그녀는 제도적인 섹슈얼리티를 넘어서 있다는 점에서 '다형 도착적'이었다. 연하든, 연상이든, 혼외든, 혼전이든, 이성애든, 동성애든 거칠 것이 없었다. 1906년 콜레트는 이혼을 하고(법적으로는 1912년에 이혼) 미시와 함께 살면서 배우로 무대에 섰다. 콜레트는 미시를 설득해 물랭루주 무대에서 무언극을 하기도 했다. 〈이집트의 꿈〉에서 콜레트는 방부처리 된 미라로 분장했다. 고고학자로 분장한 미시는 미라의 붕대를 에로틱하게 풀어나갔다. 한 명은 양복으로 크로스드레싱을 하고 다른 한 명은 반나체인 두 여자가 무대에 선 채로 감사의 키스를 길게 주고받자 관객석에서 난리가 났다. 욕설과 아우성이 쏟아졌고 무대 위로 온갖 물건들이 날아들었다. 경찰이 출동하고서야 간신히 소요는 진정되었다. 언론은 일제히 도덕적 타락, 성적 타락, 품위를 실추한 천박함을 들먹이며 두 여자를 비난했다.

강제적 근대화가 진행된 1920년대 조선에서도 여성 크로스드레싱이 목격되었다. 일본이 수입한 서구 근대의 문물과 책들은 재빨리 번역되어 읽히고 있었다. 조선에서 단발랑斷髮娘으로 알려진 강향란은 기생이었다. 이화여전 최초의 입학생이 기생이었던 것은 그들이 양갓집 규수가 아니므로 세인들의 이목에 구애받지 않아도 되는 신분이었기 때문이다. 하층 천민들은 억압적인 봉건 질서에서 벗어나려는 각성이 빠를 수밖에 없었다. 당시 신식교육을 통해 봉건 신분제 질서에서 벗어나려는 욕망은 강렬했다. 기생이었던 강향란은 양복에 모자를 쓰고 강습소에 나가 남자들과 함께 수업을 받음으로써 장안의 화제가 되었다.[55] 기생이었던 강향란의 단발은 교육받은 신여성들의 모습으로 외관상 양가집 규수와 천민 기생의 신분 질서를 복장으로 허물어내는 행위였으며 남자와 같은 대접을 받으려고 했다는 점에서 젠더 질서를 위배하는 자기 선언이었다.

크로스드레싱을 통해 성별화된 젠더 역할의 경계를 넘고자 했던 여성들의 새로운 시도는 처음에는 양풍의 모던한 모습으로 비쳤지만 얼마 가지 않아 사회의 강력한 저항에 부딪히게 되었다. 기존의 젠더

동아일보에 실린 양복 입고 모자를 쓴 강향란의 모습

표현에서 일탈하는 여성들에 대한 신경증적인 불안과 불만이 터져 나왔다. 남성처럼 단발하고 양복을 입은 여성들은 단지 복장의 경계를 위배하는 것만이 아니라 일탈적인 젠더 표현을 통해 남성과 대등하게 경쟁하고 교육받고 존중받고 싶다는 여성해방적 욕망을 보여주었기 때문이다. 남성화된 여성은 남성성을 훼손시키는 증상이며 사회의 근본적인 구조를 흔들어 놓는다는 점에서 위협적으로 받아들여졌다.

초기에 크로스드레싱은 무해할 뿐만 아니라 가벼운 패러디의 한 형태로 재현되었다. 젠더 역할을 위배하지만 동성애의 한 형태로까지 간주되지는 않았다. 여성해방 운동과 참정권 운동의 줄기찬 저항에도 불구하고 여성들이 성적으로는 여전히 수동적인 존재로 받아들여졌기 때문이다. 문제는 다른 곳에 있었다. 크로스드레싱은 여성이 집이라는

1장_ 근대성과 젠더

제자리를 벗어나 공공의 영역으로 진출하면서 남성화된다는 것에 대한 두려움이었다. 통이 넓고 헐렁한 바지 안에서 걷고 있는 다리의 임자가 누군지 알 수 없다는 두려움은 여성의 남성화로 인해 젠더 위계질서와 성별 역할을 훼손하는 것에 대한 불안을 야기했다. 여성들이 자유분방하게 성적 자유를 누리게 됨으로써 성별 노동 분업으로 고착시켰던 공적 영역/사적 영역 사이에 젠더 경계 침범과 혼란이 발생했다. 전후 상대적으로 자유로웠던 1920년대를 지나 여성의 크로스드레싱은 경멸, 부인, 역겨운 것으로 간주되었다.

크로스드레싱은 전후 여성들이 공적 영역으로 나오게 됨으로써 대중적인 유행 현상이 되었지만 그들 여성이 남성들과 경쟁하려고 하자 가부장제의 반격이 시작되었다. 반면 대중의 응시로부터 벗어나 자기들만의 해방구에서 살았던 파리의 레프트뱅크 레즈비언 커뮤니티는 다양한 크로스드레싱을 통해 사피즘Sapphism을 수행했다. 레즈비언이라고 하나로 묶이는 것은 아니다. 프랑스 사회의 계급구조 속에서 사회적 위상에 따라 성적 선호와 성경험은 조심스럽게 표현될 수밖에 없었다. 하층계급 부치들은 법적으로 취약하기 때문에 사피즘을 드러낼 때 대단히 신중해야 했다면, 상층 부르주아와 귀족 여성 레즈비언들은 그런 점에서 성적 표현에서 비교적 자유로웠고, 남성 동성애자들에 비해 상대적으로 보호받았다. 상류층 귀족 여성들은 성적 경향을 마치 선택 가능한 취향처럼 '자유롭게' 연출했다. 하지만 그들은 남편과 가문의 명성을 보호하기 위해 추문이 퍼져나가지 않도록 조심해야만 했다.

파리 사회가 레즈비언을 보는 시선은 이중적이고 모순적이었다.

레즈비언에 대한 대중적인 이미지와 현실 사이, 그리고 남성의 시선으로 본 레즈비언과 레즈비언으로서 구체적 경험 사이에 간극이 있었다. 외관상 성적 경향성의 수행이 자유로운 듯 보였지만 자세히 들여다보면 그렇지 않은 분위기가 레즈비언들을 괴롭혔다.

마르셀 프루스트가 〈사라진 알베르틴느〉, 〈소돔과 고모라〉 등에서 보여주다시피 남성 모더니스트들이 재현한 레즈비어니즘은 댄디즘처럼 여성 혐오에 깊이 뿌리내리고 있었다. 보들레르는 ≪악의 꽃≫의 원제목을 ≪레스보스의 여인들_Les Lesbienne≫이라고 할 정도로 레즈비언에 매혹과 혐오를 동시적으로 표현했다. 보들레르는 남성 댄디즘의 인공성을 숭배하면서 자연으로서 여성에 대한 깊은 혐오를 표출하기도 했다.

근대 초기에 이르기까지 레즈비언 여성들에게는 남성의 시선으로 재현된 문학만이 있었을 뿐 그들만의 문학이 없었다. 그뿐만 아니라 남성 문학 속에서 재현된 레즈비언 이미지는 19세기적인 의학적, 성과학적, 법적, 심리적 연구에 바탕하고 있었다. 19세기적인 성과학 연구에 따라 레즈비언 성애는 미성숙한 단계여서 이성애로 가는 일종의 통과의례로 받아들여지기도 했다. 이성애로 가기 위한 통로이므로 사피즘은 그다지 위협적인 것으로 간주되지 않았다. 반면 파리의 레프트뱅크 레즈비언들은 독자적인 성애와 독립적인 서사로서 사피즘을 정립하고자 했다. 그리스 여성 시인인 사포에게서 레즈비언 시학과 섹슈얼리티를 차용한 파리의 레즈비언들은 사포를 관음증의 대상으로 만드는 남성 작가들로부터 그녀를 구출해냈다. 현대적인 레스보스를 창조하려는 노력은 르네 비비앙_Renée Vivien, 내털리 바니_Natalie Clifford Barney, 에바 팔머_Eva Palmer 등 파리의 레프트뱅크 레즈비언들에 의해 시도되었다. 그리스의 레스보스 섬에서나 가능했던 레즈비어니즘은 파리에서도 공적

내털리 바니의 초상화

으로는 금지되었다. 내털리 바니의 생제르망 살롱의 닫힌 문 뒤에서만 레즈비언들은 안심하고 자신들의 성적 경향성을 드러낼 수 있었다. 공적 장소에서 공공연한 노출은 조심해야만 했지만, 적어도 파리의 레프트뱅크는 그런 의미에서 은밀한 해방구였다.

레즈비언들의 크로스드레싱은 젠더 정체성의 교란과 젠더 교차의 신호로 작용한다. 파리에 도착하면서 거트루드 스타인Gertrude Stein은 과거에 입었던 여성스러운 복장을 벗어 던졌다. 그녀는 그리스 샌들, 풍성한 외투, 모직 스타킹을 신었다. 이런 중성적인 복장은 그녀에게 마음 놓고 산책하고 활보할 수 있는 자유를 주었다. 이런 복장은 건장한 그녀의 체격을 감춰주면서 중성적으로 보이게 해주었다. 오빠의 그늘에

내털리 바니와 르네 비비앙

의존하면서 소극적이었던 과거와 달리, 짧게 자른 머리, 중성적인 옷
차림만으로도 그녀는 자신감을 회복했다. 바뀐 복장은 그녀에게 자신
감에 덤으로 편안함을 가져다주었다.

그에 비해 래드클리프 홀Radclyffe Hall은 댄디 복장으로 크로스드레싱
을 했다. 홀의 연인인 우나 트러브리지Una Troubridge는 영국 해군제독인 어
니스트 트러브리지의 부인이었다. 조각가이기도 한 그녀는 댄디한 남
성복장을 선호했다. 로메인 브룩스Romaine Brooks가 그린 그녀의 초상화에
서 그녀는 연미복 차림과 단발을 하고 외알 안경을 걸친 날렵한 모습
이다. 그들은 크로스드레싱을 통해 젠더/섹슈얼리티의 경계선을 넘나
들었다.

로메인 브룩스가 그린 우나 트러브리지의 초상화

근대적 크로스드레싱을 연구하면서 수전 구바Susan Gubar는 여성 모더니스트들은 자유로운 동시에 적절한 복장을 통해 사회적으로 규정된 엄격한 여성성에서 벗어났다고 지적한다. 구바는 여성 동성애와 크로스드레싱을 여성 모더니즘 정치와 연결하고자 한다. 기존 질서 안에서 법적 투쟁을 통해 여성해방을 성취하고자 했던 자유주의 여성운동은 한계에 봉착하게 된다. 선거권을 쟁취했지만 여성 노동자들의 삶이 그다지 나아진 것은 없었다. 선거권 쟁취라는 목표를 달성하고 난 뒤 여성운동은 추진력을 잃고 방향성을 상실했다. 이에 반해 1920년대의 분위기 속에서 크로스드레싱은 여성 모더니스트 예술가들을 레즈비어니즘으로 연결해주었다는 점에서 젠더 정치의 한 형태가 되었다. 크로스드레싱은 불확실한 젠더 이주의 반영[56]이라고 수전 구바는 지적한다. 크로스드레싱을 복장 도착이 아니라 복장의 젠더 정치로 읽어낸 것 자

거트루드 스타인

체가 후세대 페미니스트들의 재해석 덕분이기도 하다.

복장의 정치는 젠더 차별에 대한 저항의 한 형태다. 거트루드 스타인은 동시대인들이 강박적으로 사로잡혔던 엄격한 젠더의 경계를 넘어서고자 '비규범적 성별 표현'으로서 크로스드레싱을 했다. 그녀는 세속적인 문화적 분류가 보여주는 속물스러움에 경멸을 느끼며 대안적 모더니즘 예술을 창조하고자 했다. 전통적이고 관습적인 젠더 역할에서 벗어나려는 복장의 정치가 예술에 있어서도 동시대인들과는 다른 모더니즘 예술을 탄생시켰다고 구바는 말한다.

하지만 '복장의 은유=예술의 급진성'이라는 등식이 과연 성립하는가? 구바에 따르면 스타인은 권위의 표시로서 남성 복장을 하고 남성의 권위를 강탈하려 했다. 남성/여성의 이분법을 넘어서려는 노력은 남성적인 모더니즘 문법에서 벗어난 여성적인 글쓰기로 나가는 추진력이 되었다. 가부장적인 규칙을 해체하는 것은 복장뿐만 아니라 퀴어한 언어 사용일 수 있다는 맥락에서, 구바는 복장 정치와 문학적 실험을 곧장 연결하고자 했다.

수전 구바는 레즈비언 페미니즘/크로스드레싱, 모더니즘적인 예술적 실험을 연결하면서, 파리 레프트뱅크 집단의 다양한 동기와 다양한 형태의 복장 정치를 제대로 구분하지 않았다. 크로스드레싱이 여성 자아를 재규정하는 복장의 수사학을 탐구하려는 정치적 진술이라는 점에 일단 동의한다[57] 하더라도 그들 사이의 사회적 계급, 정치적 지향, 젠더 도치inversion/성 도착[58]을 구분하지 않고 이성애 규범 안에 그것을 재배치해 버렸다. 구바는 '비규범적 성적 지향'이자 '비규범적 성별 표현'인 레즈비언 크로스드레싱을 단순히 이성애 상투형을 도치시킨 것으로 읽어내는 데 그친다. 이런 해석은 모든 레즈비언이 강제적 이성애 규범에 저항한다는 공통분모를 가지며, 모든 레즈비언은 성적 지향에 있어 동일하다는 것을 전제한다. 그러다 보니 크로스드레싱을 통해 동일한 방식의 성적 지향성이 표출된 것이라는 구바식의 분석이 나오게 되었다.

파리 레즈비언들의 복장의 정치는 다양했다. 내털리 바니와 르네 비비앙은 그리스 여사제 복장을 하고 제주를 바치는 여인들을 연출했다. 반면 남성 복장의 채택은 동성애 코드의 한 부분으로서 남성적 정체성과 남성적 권위를 가장무도masquerade하는 것이었다. 조앤 리비에르Joan Riviere가 〈가면으로서 여성성〉에서 진정한 여성성이 곧 가면이라고 한 것처럼, 복장의 정치는 진정한 여성성/남성성의 확실한 구분을 교란하고 드랙을 연출한다. 그것은 맥락과 상황에 따라서 수행되고 연출되는 것이지 하나의 젠더/섹슈얼리티로 고착된 것이 아니다. 그것은 관중이 누구냐에 따라서 달라질 수도 있다. 따라서 복장의 정치는 남성으로 행세하기passing 위한 것만은 아니었다.

다른 한편으로 파리 래프트뱅크 레즈비언들이 보여준 가면으로서 크로스드레싱은 자기경멸의 표시라고 구바는 주장한다. 하지만 "다른 여성에 대한 사랑을 표현하려는 노력"[59]은 여성적 자아의 나르시시즘적인 확장이 아니라 레즈비언 관계에 참여한다는 것의 공적인 공지였다. 그것은 사회적으로 규정된 '규범적' 여성성에 저항하는 것이었다. 또한 여성적인 것을 부정함과 동시에 남성적인 권위를 위협하는 것이자 남성 권위를 비하하고 훼손하는 것이었다. 크로스드레싱이 남성성/여성성의 엄격한 구분을 도치, 도착시키는 행위로서 반사회적 혹은 비사회적 행위이기는 하지만, 그렇다고 그것이 이성애 가부장제의 규범과 가부장제적 지배로부터 해방되었다는 표시는 아니었다.

그들의 크로스드레싱은 여성 억압을 의식하고 인정한 것이라기보다 오히려 정반대일 수도 있다. 귀족적인 크로스드레서들은 자신들이 원하는 대로 입고 살고 싶은 대로 살 수 있었다. 그들은 자신들의 사회적 계급과 지위로 인해 보호받을 수 있는 여자들이었다.[60] 남자든 여자든 그들은 다른 사람들보다 신분, 재력, 권력에 있어서 자신들의 우월성을 드러내고 거들먹거릴 수 있었기 때문이다.

계급사회에서 구분은 중요하다. 복장의 가장무도회에 참여한 여성들은 전반적으로 경제적 필요에 의해 지배받는 사람들의 사회적 예의범절의 한계를 벗어난 존재들이었다. 그들은 낮 동안에는 똑바로straight 갖춰 입고 밤에는 성적 환상을 연출하면서 크로스드레싱을 했다. 동성애 욕망을 드러냈을 때 이성애 지배 사회로부터 처벌받을 수 있었다.

하지만 그들은 그런 위협으로부터 어느 정도 벗어나 있었을 뿐만 아니라, 그들에게 크로스드레싱으로서 동성애는 자신들이 가진 신분, 재력, 권력을 전시하는 것이기도 했다.

재력과 권력을 가진 귀족 부르주아 여성들의 크로스드레싱은 자유의 한 표시였다. 그들에게 크로스드레싱이 재력, 권력을 과시하는 풍경에 불과했다면, 하층계급 여성들에게 크로스드레싱은 위험을 감수해야 하는 모험이기도 했다. 그런 면에서 복장의 정치는 계급의 젠더 정치와 교차한다. 알려져 있다시피 잔 다르크는 백년전쟁에서 프랑스를 승리로 이끌었고 샤를 7세를 왕위에 즉위시킨 소녀였다. 샤를 7세의 즉위 후 다시 침입한 잉글랜드 군대와 마지막 전투에서 패배한 잔 다르크는 포로로 붙잡혔다. 그녀가 화형에 처해진 궁극적인 이유는 크로스드레싱 때문이었다. 종교재판을 주재한 보베의 주교 코숑Cauchon은 "잔이 여성의 복장을 거부한 것은 교회에 대한 불복종을 의미한다"고 선언했다. 하층민 여성이 남성 복장을 포기하지 않는 것은 화형에 처할 만한 신성 모독죄에 해당했던 것이다.

다른 한편 남성 복장의 채택은 전통적인 여성의 성별 역할을 교란시켰다. 순응적인 여성성, 결혼, 모성이라는 사회적 기대에 부응하지 않는 비 관습적인 복장 양식은 여성들끼리 모여서 사랑할 수 있도록 해주었다. 유사한 성적 경향성을 가진, 그래서 기존의 섹슈얼리티와 젠더 정체성에 회의하는 여성들이 모여들었다. 내털리 바니, 르네 비비앙, 에바 팔머 등이 채택한 님프 같은 복장은 여성성을 과장하고 강화하면서도 과도한 여성성을 패러디한다. 래드클리프 홀은 대놓고 레즈비언 욕망을 표출했다. 그녀의 초상화는 모호해 보인다. 성적 정체성과 고통스러운 고독에 사로잡힌 모호하고 불안한 태도가 홀에게서는 드러난다. 래드클리프 홀은 ≪고독의 우물≫ 속 스티븐 고든처럼 작은 가슴, 운동선수 같은 가는 옆구리, 단단한 허벅지와 긴 다리를 가진 남성적인 몸이었다. 그 몸은 자부심의 대상이자 동시에 혐오감의 대상이었다. 홀에게 댄디 복장은 '귀족적인' 여성적 핏에 잘 어울렸다. 여성 크로스드레싱은 귀족의 표시일 뿐만 아니라 그 당시 여성 댄디즘의 한 표현이었다.

래드클리프 홀의 초상화

1920년대 노동하는 여성들의 크로스드레싱은 여성의 공적 영역으로의 진출과 직결되었다. 코코 샤넬은 복장의 혁명을 가져다주었다. 가난한 노동계급의 딸이었던 그녀는 복장의 정치경제적 의미를 제대로 인식했다. 샤넬의 혁명은 여성들을 코르셋과 페티코트로부터 해방시켜주었다. 샤넬은 20세기 초반에 과거의 복장을 과격하게 변화시켰다. 1차 대전 중 여성이 노동력으로 투입되면서 여성의 복장이 급격하게 변모했다. 전후 벨 에포크Belle epoch 시대의 남성과 여성의 옷이 보여주었던 우아한 차이가 사라져버렸다. 여성이 크로스드레싱을 하는 것은 괴상한 것이 아니었다. 남성의 권위를 차용하기 위해서가 아니라 일터에서 일하는 데 편한 복장이 요구되었기 때문이다.

복장의 정치는 욕망의 민주화라는 측면에서 의미를 가진다. 당시 한반도에서는 과거였더라면 화류계 여성들이나 했을 법한 몸차림을 여염집 여자들, 여학생들이 하게 되었다. 기생은 여학생을 흉내 내고 여학생은 기생을 흉내 내면서 복장으로 뚜렷하게 구분되었던 신분의 경계를 여성들이 자발적으로 무너뜨린 측면이 있다. 탕녀, 기생, 유녀, 매소부, 창녀의 구분이 어려워 여학생과 탕녀의 경계선이 무너지고 풍기가 무너졌다고 통탄하지만, 신분에 따른 성도덕에 관한 경계도 무너지도록 만든다는 점에서 소비자본주의가 여성에게 가져다준 긍정적인 측면을 살펴볼 수 있다. 1920년대는 근대의 이면이자 증상으로서 여성적인 현상이 부각되었다. 이처럼 크로스드레싱과 퀴어한 풍경 속에서 여성들은 자신들의 욕망을 드러내고 젠더, 섹슈얼리티의 경계를 넘어서고자 했다.

다음 장부터는 근대의 특정 시공간 속에서 부각된 신여성 현상을 범주화하여 좀더 자세히 살펴보고자 한다.

2장

폭식하는
물신주의자들

19세기에 이르러 남성은 공적 영역, 여성은 사적 영역이라는 성별 노동 분업이 급속하게 진행되었다. 부르주아 계급뿐만 아니라 차티스트 운동을 통해 노동계급 남성들까지 정치적 주체가 되면서 남성들은 공적 영역을 차지한 반면, 중산층 여성들은 숙녀이자 '집안의 천사'가 되어 집안에 유폐되었다. 근대 자본주의 시대 공적 영역으로 진출할 수 없었던 중산층 여성에게는 가정주부[1]라는 특정한 여성의 일자리가 할당되었다. 부르주아 계급 여성이 사적인 공간에 머물며 육아를 전담하게 되면서 모성이 발명되었다. 각별한 모성과 특별한 아동기의 발명은 19세기적인 사건이었다.[2]

이들 집안의 천사가 수행하는 일들은 무임금 노동이었다. 모든 것을 화폐로 환산하는 자본주의 시대에도 여성들이 수행하는 집안일은 보수가 지불되지 않았다. 자본주의 사회에서 무보수 노동은 무한한 가치를 가짐과 동시에 무가치한 것이 된다. 그런 노동에 해당하는 것이 집안에서의 가사노동, 보살핌 노동, 감정노동 등이었다. 아내, 엄마로서 여성이 담당하는 '보이지 않는' 집안일은 화폐로 교환되지 않는다는 점에서 경제적 활동으로 간주되지도, GDP와 같은 경제지표에 포착되지도 않는다.

하지만 애덤 스미스의 '보이지 않는 손'이 닿지 않는 곳에 '보이지 않는 젠더'가 있다.[3] 우리가 저녁 식사를 할 수 있는 것은 그가 주장하듯, 상인들의 이익 추구 덕분만은 아니다. 쇼핑을 통해 구입해 온 식자재로 누군가가 요리해야만 가족의 식탁에 음식이 차려질 수 있다. 아이는 혼자 태어나지도 홀로 크지도 않는다. 자본주의 시장경제에서 고립된 채 가정에서 수행하는 여성들의 생산 노동은 주변화되어 있고 재생산 노동은 모성에서 비롯된 무한한 사랑의 행위가 된다. 시몬느 드 보부아르가 말한 제2의 성이 있다면, 제2의 경제가 있다. 여성이 가정에서 행하는 무임금 노동은 제1의 경제를 가능하게 하는 보이지 않는 손으로 작용한다. 그렇지만 가내 경제의 중심에 있는 여성의 노동은 영도$_{zero}$이므로 보이지 않고 쉽게 잊힌다. 여성에게 공적 진출은 막혀 있고 집안에서 하는 일은 무보수이기에, 여성은 경제적 측면에서 무력해질 수밖에 없다. 임금노동이 디폴트인 자본주의 사회에서 무임금 돌봄노동에 봉사하는 여성들의 희생, 헌신, 배려, 의존성은 마치 여성의 자연스러운 본성으로 포장된다.

≪자기만의 방≫에서 버지니아 울프는 여성에게 고정된 수입이 보장될 때, 그것이 개인의 인격 또한 변화시킨다고 주장한다. 그로 인해 울프는 투표권과 경제권 중에서 선택해야 한다면 여성의 경제권을 선택하겠다고 말한 바 있다.[4] ≪자기만의 방≫의 화자들에게 돈은 마음의 여유와 풍요를 가져다 준다. 울프는 여성의 주머니에 고정적인 수입이 들어오게 되면, 남성에게 경제적으로 의존해야 한다는 것에서 비롯된 분노, 씁쓸함, 신랄함이 사라진다고 보았다. 고정된 수입이 들어오는 순간, 여성들은 구차하고 비굴한 감정노동에서 어느 정도 벗어나게 된다. 성별 노동 분업으로 인해 공사영역의 젠더화가 진행되자, 노동계급 남성은 공적 영역에서 일하는 생계 부양자가 된다. 그들은 독립적인 정치적, 경제적 주체가 되었다. 가족이라는 사유화된 성$_{castle}$에

서 남편은 성주이고 여성은 정숙한 숙녀로 칭송되었지만, 중산층 숙녀들이 돈을 벌 수 있는 곳은 거의 없었다. 그래서 버지니아 울프는 중산층 여성들이 '집안의 천사'에서 벗어나 소설이나 잡문, 싸구려 대중소설, 감상적 로맨스 할 것 없이 글을 써서 돈벌이가 가능해진 것을 혁명적인 일대 사건이라고 선언했다. 그런 맥락에서 울프는 저임금이나마 일자리를 가진 하층 노동자 여성들의 고달픈 삶이, 남편의 경제력에 기생하고 있는 중산층 여성들의 무력하지만 여유로운 삶보다 차라리 자기해방의 가능성이 크다고 보았다.

자본주의 시대 생산자로서 노동하는 여성과 소비자로서 기생하는 중산층 여성은 계급, 젠더의 경계선을 따라 분리되었다. 가정이라는 감옥에서 간수이자 수인으로서 살았던 중산층 여성들에게 욕망을 배출할 수 있는 영역은 그다지 많지 않았다. 그들에게는 주로 소비자로서 역할이 주어졌다. 그로 인해 자본주의와 가족주의에 부역하는 그들의 삶에서 여성주의적인 정치성은 없다고 단죄되었다. 하지만 이들 소비자로서 여성들이 가부장제에 기생하면서 공모하고 계급 재생산을 공고히 하며 자본주의 체제에 희생, 봉사, 부역 만을 행한 것은 아니다. 자본주의 시장의 측면에서 볼 때 그들의 탐욕스러운 물신적 욕망은 한편으로는 가정의 영역을 시장으로 내보내고 시장을 집안으로 끌어들이는 공모와 협상을 통해 여성의 제자리를 변형시키고 여성의 욕망을 성취해나간 측면이 있었다. 심리적 측면에서 볼 때 소비에 탐닉하는 물신주의 여성들은 자신을 페티시 대상으로 연출하여 남성의 거세 공포를 위로해주는 동시에 공포스러운 과잉 쾌락으로 남성의 결여를 노출함으로써 이성직이고 규범적인 남성 주체의 나르시시즘에 틈새를 내는 지점이 있었다.

페티시와 여성적 주이상스

소비자본주의에서 여성의 욕망은 소비를 통해 취향과 생활양식으로 '문화번역'되었다. 20세기 초반부터 여성들은 자기 계급의 취향과 라이프스타일 자체를 구매할 수 있게 되었다. 그런 교육을 담당한 것이 자본주의의 대성전인 백화점이다. '제국의 수도 파리'의 '봉 마르셰_{Le bon marche}' 백화점은 계급의 취향화와 취향의 계급화를 자극했다. 귀족과 그랑 부르주아는 대중적인 소비공간을 그다지 필요로 하지 않았지만, 그들을 선망하는 중하층 신흥 부르주아들에게 오페라 하우스와 같은 그곳은 꿈의 공간이었다.

섬세한 계급적, 문화적 구별짓기는 졸부가 된 신흥 중산층 여성들의 속물근성을 자극했다. 외출복 드레스와 살롱에서 입는 드레스가 같은 것은 수치로 여겨졌다. 계절과 장소와 지위에 적합한 패션과 유행, 머리 모양, 화장, 복장의 문법이 형성되었다. 바캉스 의상, 스포츠 의상, 사냥철 의상들이 세분화되었다. 자신이 속한 계급의 불문율을 지키려면 응분의 몸치장을 해야 했다. 소비공간으로서 백화점은 라이프스타일을 선도함으로써 신흥 중산층 계급의 여성이 갖고 있던 사치에 대한 죄의식을 없애는 데 성공했다. 설령 사치스러운 상품을 샀더라도 그것은 계급의 품위와 의무를 다하는 것이므로 어쩔 수 없는 선택이라고 합리화할 수 있었다.

하지만 토지 귀족이거나 그랑 부르주아가 아닌 전문직 남성의 빠듯한 수입으로는 유지될 수 없는 계급의 품위와 그에 합당한 사치를 누리기 위해 남편을 부패와 파멸로 몰아넣은 물신적인 여성들은 뱀파이어로 간주되었다. 조지 엘리엇George Elliot의 ≪미들마치≫에 등장하는 의사 리드게이트는 아름다운 로저먼드를 자신의 결핍을 채워줄 수 있는 이상적인 여성으로 여겼다. 로저먼드는 자신의 미모와 교양이 그의 결핍을 채워줄 페티시가 될 수 있을 것으로 믿었다. 그것은 애당초 불가능한 약속이었다. 상속받을 유산이 없었던 부르주아 가문의 아들인 리드게이트는 아내의 내조로 자신의 야심과 존재의 결핍을 충족시킬 것으로 보았다. 반면 시골 중산층의 딸인 로저먼드는 자신의 허영과 사치를 충분히 채워줄 수 있는 그랑 부르주아 남편을 상상했다. 그녀는 남편의 재정 능력에 아랑곳하지 않고 부르주아의 품격에 맞는 라이프스타일을 유지하려다 남편 몰래 빚을 지고 결국 빚더미에 올라앉는다. 빚에 허덕이던 리드게이트는 전염병을 퇴치할 수 있는 의료분야의 개척자로서 명예롭고 영광스러운 커리어를 선택하는 대신 부패의 유혹에 넘어가게 된다. 리드게이트가 명분과 대의와 야심을 실현하지 못한 것은 전적으로 로저먼드의 허영 탓이었을까? 다른 관점에서 본다면, 리드게이트는 자신이 생각하는 것만큼 엄청난 지성과 이성적 판단을 갖춘 인물은 아니었다. 로저먼드의 유혹에 넘어가 그녀를 선택할 때 파국은 예견되어 있다. 그럼에도 소비 자본주의 시대 욕망을 최대한 자극하면서도 그런 욕망에 복종하는 여자들은 남자의 고혈을 빨아먹는 뱀파이어로 단죄되었다.

20세기 초반에 이르러 남성이 비운 자리를 여성들이 대신하기도 했지만, 부르주아 남편의 경제력에 의존해야 했던 가정주부에게 여가 시간의 용도는 집안에서 무료하게 시간을 보내거나 지역사회에서의 봉사활동이 거의 전부였다. 그들에게 백화점은 숨 쉴 수 있는 출구가 되었다. 여성들은 백화점이나 아케이드와 같이 집 바깥에 나가서 전시되어있는 휘황찬란하고 사치스러운 '신문물'을 보면서 흥분했다. 그들은 물건 앞에서 호흡이 가빠졌다. 그들은 눈앞에 펼쳐진 상품에 현혹되어 관능적인 흥분상태에서 쇼핑의 즐거움에 빠져들었다. 이때 쇼핑의 즐거움은 성적 열정의 승화된 표현으로 묘사된다.[5] 빅토리아조 정숙한 중산층 여성들은 성욕이 없다고 간주되었다. 불감증자들로 여겨졌던 여자들이 물건을 보고 성욕을 느낀다는 것이야말로 '도착적인' 현상이었다.

소비혁명과 더불어 발명된 것이 여성의 도벽이라는 근대적인 병리현상이다. 도둑질은 물건값을 지불할 능력이 없는 빈민층의 행위인 반면, 도벽은 충분한 경제력을 갖고 있으면서도 훔치는 행위에서 스릴과 희열을 느끼는 병리적 현상이다. 도벽과 도둑질 사이에는 심리적인 구별뿐만 아니라 계급적인 위신과 구별짓기가 담겨있다. 돈깨나 있는 중상류층 여성들이 사람들 앞에서 창피를 당하지 않도록 면죄부를 주는 것이 병리적 증상으로서 도벽이다. 기타야마 세이이치의 ≪멋의 사회사≫[6]에는 물건을 슬쩍하다 붙잡힌 여성들의 재판 기록이 실려 있다. K 남작 부인이 훔친 물건은 구두, 비단, 향수였다. 부인은 어머니와 여동생과 함께 훔치다 현행범으로 체포되었다. 도벽이 있는 여성들이 가장 선호한 물건이 값비싼 모피류였다. 또 다른 상류층 부인은 해달 모피로 만든 망토 속에 물건을 슬쩍했는데 훔치는 동작이 프로가 맨손으로 훔치는 것 못지않게 빨랐다고 적혀 있다. 이처럼 재력이 충분한 상류층 여성들도 훔치는 쾌감 때문에 물건을 슬쩍했다.

유혹적인 물건은 전시되어 있는데 그런 '세계'를 살 돈이 없으면 훔치고 싶은 욕망이 발동한다. 백화점의 유리창을 깼던 것은 서프러제트들만은 아니었다. 욕망을 한껏 자극해 놓았지만 구매력을 갖지 못한 사람들 또한 백화점의 유리창을 깼다. 하층계급이 타인의 사유재산을 무상으로 가져가는 것이 도둑질이다. 에밀 졸라의 소설 ≪여인들의 행복 백화점≫에 등장하는 가난한 드 보브 부인은 욕망을 채울 재력이 없어서 도둑질의 유혹에 넘어간다.

에밀 졸라는 '보뇌르 데 담 백화점'에서 사치품의 소용돌이에 빠져들어 익사할까 두려워 전율하면서도 다른 한편 차라리 거기에 몸을 던져서 망쳐버리고 싶다는 거역하기 어려운 욕망에 사로잡힌 여성들을 묘사한다. 졸라는 사치품이 던지는 아우라 앞에서 떨리는 마음으로 경배하는 여성들의 욕망을 마조히즘에 비유한다. 그들은 사치품의 유혹에 넘어가지 않으려고 안간힘을 쓰지만 결국은 유혹에 넘어가 물건을 구매하지 않을 수가 없다. 그들은 교묘한 유혹자의 손에 걸려들어 정절을 잃는 여성들로 묘사된다. 파리의 봉 마르셰 백화점의 사장이었던 아리스티드 부시코는 바람둥이가 여성의 마음을 읽어내듯 '여자는 무엇을 원하는가'라고 질문한다. 자신이 무엇을 욕망하는지 모르는 여성들에게 욕망을 창조해 주라는 것이 그의 명령이었다. 욕망의 발명이 그의 백화점이 해야 할 사명이었다.

봉 마르셰 백화점

백화점의 쇼윈도는 '문명의 선물'이었다. 여자들은 '등불로 몰려드는 날벌레처럼 윈도 앞에 모여 감탄사를 연발'했다. 봉 마르셰는 손님들이 자기도 모르게 혁하고 숨이 막힐 정도의 불의의 충격을 통해 경이로움을 불러일으키도록 디스플레이에 힘썼다. 봉 마르셰 백화점은 단지 상품을 파는 곳이 아니라 꿈의 공장으로서 영화관, 오페라 하우스처럼 스펙터클을 연출했다.[7] 1923년 화이트세일 때는 북극이라는 주제에 따라 아르데코풍으로 배치한 백곰과 펭귄이 홀에 들어온 손님을 맞이했다. 화이트 세일이란 리넨, 면직물과 같은 백색 천을 이용하여 만든 와이셔츠, 블라우스, 타월, 시트, 식탁보 등을 세일하는 것이다. 20세기 초반까지만 하더라도 변변한 세제가 없었기에, 세탁을 해줄 하녀들이 없다면 새하얀 속옷을 입는다는 것은 최고의 사치였다. 마법적인 공간에서 여성들은 온갖 핑계를 동원하여 물건의 마법에 빠져들었다. 이런 물건들은 계급적, 성애적 결핍을 충족시켜 줄 페티시가 되어 신성한 아우라를 발휘했다.

화려한 상품 앞에서 드러난 여성들의 흥분은 성적 도착 현상으로서 근대 초기 여성들이 보여주었던 물신주의fetishism의 한 형태였다. 유물론자들이 말하는 상품숭배 현상으로서 물신주의와 정신분석학에서 말하는 성적 도착으로서 페티시즘fetishism은 상호 연결지점이 있다.[8] 유물론에서 말하는 물신주의는 인간이 자기가 만든 물건을 경배하면서 물건을 신처럼 섬기는 자기소외 현상을 뜻한다. 생산성 향상을 위해 복잡한 분업 과정을 거쳐 조립된 물건들은 생산자에게 낯선 것으로 다가온다. 노동자는 원재료에 복잡다단한 공정과정을 더해 완성된 거친 결과물로서의 상품과 대면하게 된다. 이런 분업으로 인해 그들은 자신이 완성품의 톱니와 나사로 기능했던 그 생산 공정의 전체적인 과정을 알지 못하게 된다. 만든 자가 자기가 만든 제품을 알지 못하는 아이러니한 현상이 발생한다. 그렇게 되면 생산품은 생산자의 통제에서 벗어나 마치 자율적인 힘을 가지고 생산자 위에 군림하는 것처럼 보인다. 자신이 제작한 생산품이 생산자에게 낯설게 다가온다. 그 결과 상품은 노동자의 자기소외의 공간적 결과물이 된다. 인간 노동력이 외화된 상품은 신비한 아우라에 둘러싸여 신비롭게 보인다. 그로 인해 인간이 물건을 지배하는 것이 아니라 물건이 인간을 지배하는 역전 현상이 초래된다. 자기 노동의 외화된 상품을 신처럼 숭배하는 현상이 유물론에서 말하는 자본주의 사회에서의 물신주의다.

유물론에서 말하는 물신주의 현상은 불투명한 자본주의 사회를 설명하는 특권적인 장치로 기능했다. 물신주의 현상은 자본주의가 사회 전체에 뿌려놓은 불투명한 안개같은 것이다. 하지만 유물론적 입장에 서게 되면 물신현상이 은폐했던 현실세계가 보인다. 과학적 유물론은 자본주의의 안개 너머에 있는 역사의 진리를 파악하게 해준다. 자본주의의 물신현상으로 인한 자기소외와 허위의식에서 벗어나게 되는 순간, 노동자 대중은 역사적 발전법칙을 파악할 수 있는 앎의 집단적 주체가 될 수 있다. 여기서 우리는 각성된 혁명적 주체의 탄생을 목격하게 된다. 역사적 혁명과업을 완수할 노동 계급주체로서 여성 노동자와, 자본주의 물신현상과 공모하면서 소비에 몰두하는 부르주아 여성들이 단지 여자라는 이유만으로 계급을 뛰어넘어 서로 연대할 수 있는 가능성은 원천적으로 차단된다.

유물론의 물신현상 설명은 여성의 성적인 욕망을 전혀 포착하지 못한다. 하지만 손에 닿지 않는 물건이 주는 고통의 바다에서 익사하지 않으려고 그것에 손을 대는 순간 온몸으로 퍼져나가는 짜릿한 흥분, 창피와 위험을 무릅쓴 대가로 손에 넣게 된 것들_{things}로 인해 여성은 무아경에 빠져든다. 사물 앞에 굴복하고 꿇어앉아 열렬히 경배하는 가운데서 찾아오는 고통스러운 희열은 마치 천사의 창에 찔려 치명적인 고통 가운데서 희열의 절정에 이르는 성 테레사의 그것과 유사해 보인다. 자본주의 소유경제의 경계에 균열을 내는 도벽은 위험과 창피가 가져다줄 치욕을 넘어, 물건이 자신의 결여를 충족시켜 줄 것이라는 환상 속에서 고통스러운 쾌락과 마주하는 것이다. 이렇게 본다면 유물론의 물신은 고통스러운 쾌락이 주는 여성적 주이상스_{jouissance}로서 페티시와 만나게 된다.

무엇보다 프로이트가 말하는 페티시는 엄마의 결핍을 가려줄 수 있는 물건에 애착을 갖는 성적 도착 현상이다. 그에게 페티시는 남자아이가 거세 공포로부터 살아남기 위한 성적 생존 메커니즘이다. 구강기에서 항문기를 거쳐 오이디푸스 단계로 넘어가게 되면서 아이의 다형 도착적인 성애는 생식기 주변에 집중_{cathexis}된다. 리비도가 생식기 주변으로 집중하는 시기가 성기기다. 이 시기 남자아이는 엄마에게는 남근이 없다는 것을 인식하게 된다. 엄마의 거세를 인식하면서도(그래_{yes}, 엄마는 거세되었어), 부인함으로써(하지만_{but}, 엄마는 거세되지 않았어) 아이는 거세된 구멍을 베일로 가리고자 한다. 남아는 자신도 엄마처럼 거세될지 모른다는 두려움으로 인해 엄마의 구멍을 은폐할 만한 대리물을 찾게 된다. 그것이 페티시인데 애착이 집중적으로 실린 _{cathexis} 물건, 즉 마법적인 연물戀物이다.

페티시는 엄마의 남근을 대신해 줄 수 있도록 엄마의 육체를 파편화하고 환유적으로 대체한 것이다. 머리카락, 발, 귀, 신발, 우단, 모피, 스카프 등과 같은 페티시는 아이가 느끼는 거세 불안을 달래주는 것들이 된다. 그런 이유로 프로이트는 남성 페티시를 성적 정상화 과정으로, 남아가 거세 공포를 극복하는 한 방식이라고 보았다. 이렇게 본다면 남아에게 거세의 장면을 본 충격을 가려주는 행복한 정신적 장치가 페티시다. 프로이트에 의하면 그런 물건에 '마법적으로' 리비도를 싣게 됨으로써 아이는 거세 공포와 타협하고 손쉽게 성적인 만족을 얻게 된다.

이런 맥락에서 본다면 여성적 페티시는 형용모순이다. 그에게 페티시는 탁월한 남성적 도착의 한 형태다. 이미 거세된 여성이 거세 불안을 막기 위해 페니스 대체물인 페티시를 찾을 이유가 없다. 그러므로 여성적 페티시는 없다고 프로이트는 단언한다. 그 이후 페티시의 성차화를 반박하려고 수많은 페미니스트가 머리를 싸맸다. 마치 프로이트가 여성성의 수수께끼를 풀려다가 골치가 아파서 벽에 머리를 박고 싶었던 것처럼 말이다.

프로이트와 달리 멜라니 클라인Melanie Klein에 오면, 거세를 위협하는 존재는 아버지가 아니라 어머니다. 아이의 환상 속에서 거세시키는 어머니의 젖가슴에는 남근까지 포함되어 있다. '아이가 궁극적으로 두려워하는 것은 어머니 젖가슴 속에 있는 아버지의 남근이다.' [9] 멜라니 클라인이 주장한 남근을 가진 젖가슴은 원시적 초자아로 기능한다. 초자아로서 어머니는 아이의 상상 속에서 무소불위의 힘을 휘두른다. 이처럼 잔혹한 어머니는 단지 거세가 아니라 생사여탈권을 쥐고 있으므로 아이에게는 공포의 대상이 된다. 그러므로 아이는 두려움을 주는 태곳적 어머니를 대신하여 연물에 집착하는 것이 아니라 오레스테스처럼 아예 어머니를 없애고 싶은 살모충동을 느낀다. [10] 오레스테스는 왕이자 남편인 아가멤논을 살해하고 여왕의 권력을 행사하는 어머니 클라이템네스트라를 살해해야만 자신이 그녀로부터 분리되어, 부계의 적자로서 왕권을 탈취할 수 있게 된다. 모친살해는 오레스테스에게 죄의식을 불러일으키지만, 그런 살해의 제스처를 통해 그는 상징적 능력을 획득하게 된다.[11] 하지만 무력한 아이는 박해에서 벗어나려고 모친살해 충동을 억제하고 그것을 오히려 모친숭배로 뒤집어놓는다. 대상과 주체 자신의 경계가 분리되지 않은 상태이므로 아이에게는 어머니의 전능성이 곧 자신의 전능성이기도 하다. 따라서 아이는 모친살해 충동을 모친숭배로 쉽사리 뒤집어놓을 수 있다.[12] 이렇게 본다면 살모 충동과 모친숭배는 동전의 양면이다. 멜라니 클라인에게는 이처럼 전능하고 막강한 어머니가 가능하도록 해주는 것이 다름 아닌 페티시로서 남근적인 어머니다. 아이의 환상 속에서 남근적인 어머니는 아이의 결핍을 충족시키는 전능한 물신이 된다.

로라 멀비Laura Mulvey는 《페티시즘과 호기심》에서 거세위협에 대한 남성의 공포는 이처럼 여성에 대한 과잉 이상화를 통해 여성을 페티시의 대상으로 만듦으로써 남성 주체의 관음증을 가능하게 해준다[13]고 주장한다. 시선과 이미지의 차원에서뿐만 아니라 여성의 겉과 속의 차이, 아름다운 외면 안에 무서운 내면이 도사리고 있다는 가정은 서사의 차원에서도 자주 사용된다. 로라 멀비에게 판도라의 상자는 여성의 아름다움과 위험한 호기심에 대한 이중성을 상징한다. 판도라의 이미지는 여성성이 갖는 전혀 다른 이중적인 지형을 응축하고 있다. 내면의 공간은 모성적 여성성(자궁, 집)에 대한 함축을 나타내겠지만 그것은 또한 감춰진 비밀의 공간(상자, 방)과도 연결된다. '여성스럽다'가 '비밀스럽다'로 연결되는 현상은 여성성이 내면/표면의 축으로 나눠진다는 말이 된다. 그것은 프로이트가 〈여성성〉에서 여성은 상형문자와 유사하게 비밀스러운 수수께끼여서 해독이 필요하다고 말한 것과 흡사하다. 여성의 표면(가면)의 아름다움은 위험과 공포와 죽음을 감추기 위한 베일이다. 따라서 어머니의 숨겨진 상처에 대한 응시를 왜곡해서 눈으로 볼 수 있는 표면에 투자하는 것이 페티시즘의 구조[14]인 셈이다.

그와 달리 나오미 쇼어Naomi Schor는 여성의 감춰진 상처 자체를 페티시즘의 오래된 모순을 해결할 수 있는 전략으로 차용한다.[15] 쇼어는 조르주 상드George Sand의 작품 ≪발렌틴Valentine≫을 분석하면서 '여성적' 페티시즘을 이론화한다. 이 작품에서 신분이 낮은 베네딕트는 귀족 여성인 발렌틴을 보고 억제할 수 없는 열정에 사로잡힌다. 하지만 발렌틴은 두 사람의 감정이 절정에 이른 순간 순결을 지키겠다고 성모 마리아에게 맹세한다. 그것을 보면서 베네딕트는 영웅적으로 자기감정을 승화시킨 뒤 죽음 같은 황홀경에 이른다. 발렌틴은 기절한 베네딕트를 깨우려고 차를 가져온다. 그 순간 벌떡 일어난 베네딕트는 그녀의 작은 발에 키스한다. 그러자 스타킹을 신은 발렌틴의 작은 발은 분홍색으로 물든다. 베네딕트가 발에 키스하는 순간 발렌틴은 뜨거운 찻잔을 엎지르고 상처 입는다.

작은 발은 전족처럼 남성적 페티시의 전형적인 장면으로 해석될 수 있다. 하지만 쇼어는 남성적 페티시로서 작은 발 대신 여성적 페티시로서 발렌틴의 상처를 든다. 남성에게 찢어지고 갈라진 상처는 거세를 환기함으로써 미소지니misogyny와 두려움의 대상이자 불순한 얼룩이 된다. 남성에게 훼손된 상처는 몸의 온전성에 걸림돌이 된다. 남성의 시선으로 보자면 칼로 벤 것 같은 여성의 생식기는 이미 결여이자 훼손으로 다가올 수 있다. 여기서 쇼어는 여성적 페티시로서 상처는 얼룩이나 거세가 아니라고 주장한다. 여성의 몸에 가해진 상처는 여성성으로부터 도피하는 얼룩도 아니고, 가부장제 아래서 경험하는 여성의 조건에 대한 여성적 항의도 아니다. 베네딕트의 키스가 아니라, 상처가 주는 고통스러운 쾌락이 여성적 주이상스가 된다. 그렇다고 하여 여성적 페티시는 거세의 공포가 두려워 상처를 봉합하면서 '하지만$_{but}$'이라고 거세를 부정하는 것은 아니다. 여성적인 페티시는 긍정$_{yes}$, 부정$_{no}$ 어느 쪽으로 고정시키는 것이 아니라는 점에서 쇼어는 상처와 거세를 '퀴어링$_{queering}$'하고자 한다.

쇼어는 사라 코프만$_{Sarah\ Kofman}$의 통찰을 빌려와서 "여성적 페티시는 성적 도착$_{perversion}$이라기보다는 여성적 수수께끼를 여성의 입장에서 설명하고자 고안된 하나의 전략"[16]으로 간주한다. 조르주 상드 작품의 등장인물들은 복장 도착을 통해 남성/여성의 캐릭터를 정체화할 수 없도록 만든다. 이것은 부르주아 사회가 구조화한 성차의 경계를 가로지르면서 흔들어놓는다. 그것이 조르주 상드가 말하는 정체화될 수 없는 성차의 퀴어링으로서 페티시다.

여성적 페티시가 몸 자체이자, 어느 것으로도 고정되지 않는 비결정성이라고 한다면, 그것은 무한히 대체되는 알레고리적 장치와 다르지 않다. 여성에게 페티시는 복장 도착, 크로스드레싱, 가면무도회, 도벽, 화장, 변장, 위장, 장신구 등과 같이 한없이 미끄러져 나갈 수 있다. 비결정성의 알레고리로서 여성적 페티시를 말하게 되면 유물론에서 말하는 물신주의와 연결될 수 있는 가능성이 열린다. 프로이트의 물신이 어머니의 육체를 파편화 대상으로 숭배하는 것처럼, 마르크스주의의 물신주의는 한 가지 상품에 만족하지 못하고 소비하고 소비하면서 n개의 물건으로 무한히 미끄러져 나가는 것이다. 소비하고 또 소비하고 삼키고 또 삼켜도 구멍은 채워지거나 가려지지 않는다. 구멍과 틈새와 허기에서 벗어날 수 없는 것이 물건을 숭배하는 물신주의자들의 지속적인 결여다. 결여의 구멍은 끊임없이 새로운 물건으로 가려도 결코 가릴 수 없다. 이렇게 본다면 소비하는 여성들은 아무리 먹고 채워도 결코 만족하지 못하는 고통스러운 쾌락과 마주하는 물신주의자가 된다.

물신주의자들은 소비를 통해 소유가 아니라 소멸-쓰레기-을 생산한다. 이들은 남성적 지식을 먹어치우고 남성의 불안을 자극하고, 사치스러운 물건을 소비하고 용도 폐기한다. 그들의 소비는 허기진 욕망을 대리 보충하는 것과 다르지 않다. 그것은 충족과 만족을 모르는 허기이자, 소유가 아니라 소멸이다. 그들은 자본주의적인 사유재산의 축적이 아니라 욕망의 소멸을 지향한다. 물건의 용도가 아니라 용도 폐기를 통해 그것을 절멸시키고 파괴하는 데서 물신주의자들은 주이상스를 맛본다. 욕구 충족에 실패하고 만족은 지연됨으로써 욕망은 무한대의 페티시로 치환된다. 탐욕스러운 뱀파이어처럼 남자, 물건, 성애를 탕진하는 퀴어한 물신주의자들은 자본주의의 소비문화를 지탱하는 존재이자 동시에 소비가 재생산의 회로에 포섭되는 것을 방해하는 존재이기도 하다. 그런 맥락에서 자본주의의 구멍을 막으면서도 드러내는 존재들이 퀴어한 물신주의자 여성들이다.

　F. 스콧 피츠제럴드의 소설 ≪위대한 개츠비≫에 등장하는 청년 장교 개츠비는 데이지를 만나 사랑에 빠진다. 가난한 중서부 출신 개츠비와 남부 명문가 출신 데이지의 첫사랑은 불발로 끝난다. 개츠비는 1차 대전이 발발하자 유럽 전선으로 떠난다. 그 후 데이지는 거부이자 명문가 장남인 톰 뷰캐넌과 결혼한다. 전쟁이 끝난 후 유럽에서 돌아온 개츠비는 낙후된 중서부 고향으로 되돌아가지 않는다. 뉴욕으로 간 그는 금주법이 실시되었던 1920년대에 수상한 거래로 졸부가 된다. 그의 저택은 마리 앙투아네트 양식의 음악실, 왕정복고 시대 양식의 객실들, 로코코 풍의 침실들, 드레스룸, 당구장, 로마식 욕조를 설치한 욕실이 구비되어 있었다.

　개츠비는 졸부라는 자격지심에서 벗어나기 위해 최고급 취향으로 도배한 맨해튼의 웨스트 에그에 있는 자신의 대저택으로 데이지를 초대한다. 순진한 개츠비는 돈이면 데이지의 사랑을 얻을 수 있을 것으로 믿는다. 개츠비는 명차들을 구입하고, 데이지의 관심을 끌려고 주말이면 뉴욕의 명사들을 초대하여 화려하고 사치스러운 파티를 열면서 흥청거린다. 마침내 데이지가 그의 저택을 방문한 날, 개츠비는 가격을 헤아리기 힘든 값비싼 수제품 셔츠들을 데이지 앞에 무더기로 던진다.

부드럽고 값비싼 셔츠가 더욱 높이 쌓였다. 산호 빛, 푸른 사과 빛, 라벤더색, 그리고 옅은 오렌지색 줄무늬, 소용돌이 무늬와 창살 무늬 셔츠들인데 모두 남색으로 그의 이름 첫 자가 박혀 있었다. 그때 데이지가 셔츠 더미에 털썩 얼굴을 묻고 엉엉 울기 시작했다.[17]

데이지의 눈물의 의미는 무엇일까? 개츠비의 위대한 사랑 때문에 감동했을까? 데이지는 "정말 아름다운 셔츠네요. 너무너무 슬퍼요. 이렇게 아름다운 셔츠를 본 적이 없어요."라고 울먹인다. 그녀는 개츠비가 런던에서 공수해온 실크 셔츠의 아름다움에 감격한다. 목소리에서부터 '돈으로 가득 찬' 데이지는 자수성가한 '위대한' 개츠비가 사랑하기에는 부족한 부르주아 여성이다. 데이지는 오로지 사랑에 충실한 개츠비와 파렴치하고 거칠 것 없는 약탈적 남성성을 전시하는 톰 뷰캐넌 사이에서 동요한다. 톰은 애쉬 밸리에서 자동차 정비소를 운영하는 윌슨의 아내와 불륜 관계를 거리낌 없이 즐긴다. 톰의 문란하고 야비한 행각에도 데이지가 그를 떠나지 못한 것은 무엇보다 그가 가진 부와 힘에 굴복하는 마조히즘의 경제를 즐긴 것으로 보인다. 부와 사치에 중독된 데이지는 자수성가라는 미국의 꿈을 쟁취하고자 하는 노동계급 남성의 뇌수까지 먹어치우는 탐욕스러운 물신주의자를 떠올리게 만든다. 데이지는 그런 꿈의 허구성을 야비하게 짓밟아야만 기득권 상층 부르주아의 삶이 가능하다는 잔인한 현실을 안개처럼 감싸는 아름다운 베일처럼 보인다.

자본주의 시초 축적기 동안 여성의 사치와 소비는 자본축적에 걸림돌이라는 점에서 비난의 대상이었다. 하지만 사회학자 베르너 좀바르트Werner Sombart는 여성들의 물신주의가 자본주의 성장의 동인이었다는 색다른 주장을 내놓았다. 막스 베버에 따르면 청교도적인 노동 윤리와 생산 경제에서는 절약과 근면이 자본주의 정신이자 성장동력이었다. 이에 반해 좀바르트는 ≪사치와 자본주의≫에서 유럽의 물질적 풍요를 가져온 물품은 생필품이 아니라 사치품이었다고 주장한다. 예를 들어 단 것의 소비를 즐기는 여성의 취향은 자본주의 발전을 견인했다. 설탕, 코코아, 차, 커피 이 네 가지 기호품은 자본주의 발전에 지대한 영향을 미쳤다. 코코아 가공과 원당의 정제, 가공기술의 획기적인 발전은 원거리 무역을 자극했다. 성당에서나 사용되었던 사치재인 유리와 거울은 개인적 공간을 장식하는 데 활용되었다. 말하자면 물신주의 여성을 매개로 쾌락과 사치의 민주화, 대중화가 전파되었다는 것이다.

좀바르트에 의하면 개인적인 사치는 쾌락을 순수하게 감각적으로 즐기는 것에서 기인한다.[18] 눈, 귀, 코, 입을 자극하는 감각의 제국은 점점 더 강도를 높이게 된다. 감각을 자극하는 수단들은 더 많은 자극과 더 많은 사치를 부른다. 유행은 지루함을 견디지 못하고 사치는 쉽사리 신물이 날 수 있다. 그러므로 사치는 더욱 새롭고 세련된 것을 추구한다. 그에 따르면 감각들을 보다 강하고 세련되게 자극하고자 하는 욕망의 밑바탕에는 성생활이 깔려 있다. "감각의 즐거움과 성애는 결국 동일한 것이기 때문이다."[19] 따라서 인간의 본성상 부의 축적과 자유로운 성생활은 자연스럽게 사치를 불리오게 된다. 성생활이 자유롭게 표현되는 곳에서는 사치도 유행한다. 반면 성생활이 위축되는 곳에서 재화는 낭비되지 않고 축적된다.

소비와 사치를 가능하게 해주는 에로스 경제는 자본주의의 근본 동력이었다. 그는 사치가 불러온 사회적 관계의 변화에 주목함으로써 인간관계의 세속화에 기여한 결정적 동인을 에로스에서 찾는다. 유럽의 남녀관계를 바꾼 것은 정치적 혁명이 아니라 사랑과 사치였다. 그는 중세부터 로코코 시대에 이르기까지, 유럽 상류사회 내부에서 장기간에 걸쳐 벌어진 사랑의 세속화 과정을 추적한다. 종교가 지배적 생활 규범이 되었던 중세 시대 남녀 간의 사랑은 신에 대한 봉사에 예속되거나 결혼제도 등에 구속당했다. 하지만 개인의 탄생을 알린 르네상스 시대를 거치고 바로크·로코코 시대에 이르면서 육체는 해방되고 남녀관계는 변화되었다.

이런 변화를 유도한 것이 자유연애였다. 신에 대한 신성한 사랑, 가족 재생산을 위한 헌신이 아니라 세속적이고 자유로운 개인의 욕망에 바탕을 둔 자유연애는 혁명적인 산물이었다. 결혼제도와 '신성 가족'에 구속되지 않는 자유연애의 전문가인 신여성들이 등장했다. 그들이 다름 아닌 고급 창녀Kurtisane, 정부Maîtresse, 매춘녀Cortigiana 등으로 불리는 새로운 계층의 여성들이었다. 이들은 오랜 세월 존재해왔지만 이 시기에 이르러 사회적 분위기 자체가 그들을 허용하고 전시하고 소비하도록 해주었다.

'돈으로 살 수 있는' 연인들과의 비합법적인 연애 관계는 거대한 규모의 사치를 불러왔다. 상류층 남성들은 연인의 환심을 사기 위해 온갖 형태의 과시적 사치를 벌였다. 그로 인해 '애첩 경제'가 탄생했다. 좀바르트에 의하면 자본주의를 낳은 사치의 근간에는 이처럼 사회적 차원에서 남녀관계의 위상 변화가 있었다. 상류층의 사치 경제는 신흥 부르주아 자본가계급, 그리고 대중들에게로 점점 확산되었다.

허영심 많은 고급 창녀들은 향신료(후추, 클로브, 설탕, 계피, 육두구), 향수(벤조인, 사향, 백단, 향, 호박), 옷감 염료(인디고, 랙, 퍼플, 헤나), 귀금속과 보석(산호, 진주, 상아, 자기, 유리, 금, 은, 다이아몬드), 옷감(비단, 양단, 벨벳, 아마포, 모슬린, 모직물) 등 사치품을 통해 탐욕스럽게 소비를 진작시켰다. 19세기까지 4대 사치 기호식품인 설탕, 커피, 카카오, 차의 증가는 여권의 신장과 다르지 않다고 좀바르트는 주장한다. 그가 말하는 여성을 섬기는 '구식 페미니즘'은 단 것을 사랑한 페미니즘이었던 셈이다.

좀바르트의 독특한 해석에 따르면 사치품에 대한 섬세한 취향과 문화적 상상력을 가진 이들은 남성 귀족이나 왕과 교황들이 아니라 고급 창녀, 정부와 같은 일군의 여성들이었다. 마리아 미즈가 비꼬듯 "사치스러운 의복, 집, 가구, 음식, 화장품에 중독되었던 허영심 많은 고위층 창녀 때문에 자본주의가 발전했다"는 것에 페미니스트들은 물론 동의하지 않는다.[20] 자본주의 자체가 여성억압과 계급불평등의 구조화라 보고 비판하는 페미니스트들의 입장에서는 자본주의 체제를 공고히 하는 매춘 경제를 비판하지 않을 수 없다. 여자들의 사치스런 소비 성향과 연애 경제로 인해 유럽의 초기자본주의 발전이 가능했다는 좀바르트의 입장은 여성을 생산자가 아니라 소비자로 간주하는 것이며, 여성이 소비의 주체라기보다 소비 대상으로서 사치재 상품과 다르지 않다는 말이 된다.

하지만 노예무역을 통해 들어온 이런 기호식품들은 여성들 뿐만 아니라 유럽의 세속적인 계몽지식인늘이 선호하는 물건이기도 했다. 검소하다고 알려진 애덤 스미스였지만 커피에 각설탕을 넣는 사치만

101

2장. 폭식하는 물신주의자들

은 즐겼다. 그 당시는 각설탕 하나가 금 1g과 맞먹는 가격이었다. 바로 그 애덤 스미스는 수제 사치품—비단실, 카펫 등—에 들어가는 엄청난 노동량을 감안하면서 비생산적이고 사치스러운 악습을 통탄했다.[21] 하지만 그런 사치품 생산을 위해 물질적 재화의 생산이 폭발적으로 증가해야 한다는 점을 고려했었더라면, 애덤 스미스는 "비생산적인" 사치에서 "생산적인" 사치로 이행했다고 감탄했을 것이라고 좀바르트는 주장한다.[22] 이로써 좀바르트는 사치품의 급속한 증가는 봉건 귀족들의 정부와 고급 창녀와의 '비합법적인 사랑으로 얻은 합법적인 자식인 사치가 자본주의의 발생으로 나가게 했다'[23]는 독특한 주장에 이른다.

베블런Thorstein Veblen은 《유한계급론》에서 사치와 소유를 추구하는 모든 마음은 다른 사람보다 무언가를 더 소유하려고 하는 충동, 남보다 뛰어나고 싶은 과시욕에서 기인한다고 보았다. 가진 자들은 엄청난 과시적 소비를 통해 남들보다 뛰어나다는 것을 뽐내고 싶어 한다. 부를 자랑하는 데 가장 적합한 대상이 전리품처럼 획득한 여성들이었다. 자기 부인과 정부에게 얼마만큼 사치할 수 있게 해주느냐가 귀족, 부르주아, 졸부 남성들의 자부심이었다. 《위대한 개츠비》에서 개츠비는 데이지의 사랑을 얻으려고 불법, 탈법을 마다하지 않았다. 그는 금주법이 실시되던 시절 불법인 밀주를 팔아서 엄청난 부를 축적한다. 그렇게 부를 축적하고 싶었던 이유는 오로지 데이지의 사랑을 얻기 위해서였다. 개츠비가 숭배한 데이지는 이상화된 물신이다. 자신이 투사한 이미지로서의 데이지를 사랑한다면, 그의 사랑은 나르시시즘의 확장에 불과하다. 개츠비는 데이지의 실제 모습에 맹목이 된다. 야망을 갖고 있었던 개츠비는 자신이 갖추지 못한—중서부 백인 하층 노동계급이라 제대로 교육받지 못함으로써 불법으로 졸부가 되었으나 세련된 품위를 갖추지 못한 — 것들을 보지 않으려고 자신의 결핍을 데이지(남부 전통적인 귀족의 딸이자 오래된 가문과 신분이 주는 아우라를 가진)라는 페티시로 막고자 한다. 개츠비의 열정은 페티시적인 향유와 불가분의 관계다.

사치스러운 유한계급에게서 '베블런 효과'를 찾아볼 수 있다. 베블런만큼 타인의 노동에 기생하는 유한계급의 작태를 맹렬히 공격한 이론가도 드물다. 하지만 아이러니하게도 20세기에 이르러 그의 분석은 유한계급의 소비 형태를 정당화하는 데 활용되었다. 좀바르트의 사치와 자본주의 분석이야말로 베블런 이론의 패러디처럼 보인다. 유한계급은 가격이 비쌀수록 부를 과시할 수 있으므로 비싼 상품을 구입한다. 졸부들에게는 마약, 최음제, 흥분제, 포르노그래피, 고급 매춘부 등 무엇이 되었든 희소 재화여서 값비싼 것이면 고귀하고 명예로운 것이 되었다. 술, 마약, 흥분제를 마음대로 복용하여 인사불성이 되고 폭력, 패악, 방탕을 부리는 것이 특권층의 우월한 신분을 드러내는 것으로 간주되었다.[24] 이런 악덕의 징후들은 우월한 신분의 표시로 용인되고 고귀한 신분의 미덕처럼 변질되었다. 다른 한편 값비싼 사치재는 빈곤계층과 여성들에게는 윤리 도덕적인 이유를 붙여 금지시켰다. 이처럼 베블런 효과는 시장의 경제적이고 합리적인 수요 공급법칙을 따르지 않는다. 그것은 계급을 구별 짓기 위해 아낌없이 소비하려는 사회적 심리가 반영된 것이다. 이처럼 계급이 사라진 시대에 계급의 과시적인 표지는 소비에서 뚜렷하게 드러난다. 시장은 보이지 않는 손에 의해 합리적으로 돌아가는 것이 아니다. 구별이 없다고 선언한 세상에서 더욱 구별 짓기가 성행한다.[25] 베블런 새화는 가치가 있어서 비싼 것이 아니다. 비싸기 때문에 가치가 형성되고 그로 인해 구별 짓기가 가능해진다.

이렇게 본다면 여성은 특수한 형태의 베블런 재화다. 좀바르트가 '애첩 경제'라고 불렀던 여성들은 고급한 사치품이었다. 뷰캐넌에게 데이지가 그랬던 것처럼 부르주아 남성들에게 부인은 일종의 베블런 재화였다. 결혼 외부에 존재하는 여성들은 매춘 경제를 통해 사치재를 소비할 수 있게 되었지만, 다른 한편으로 그들은 남성의 전리품이자 페티시로서 기능한다는 이중적인 측면을 동시에 가지고 있었다.

사치, 유행, 패션, 유혹, 향락은 거의 언제나 여성적인 것과 등치되어 왔다. 특히 시초 자본 축적기에는 청교도적인 금욕과 근면함이 윤리적인 것으로 부상했다. 이런 시대에 소비하는 물신주의 여자들은 남성을 유혹하여 파괴하는 팜므 파탈의 이미지로 부각되었다. 그런 여성의 이미지에 저항하는 것이 소비하는 여성들의 정치성이다. 베블런에서 보다시피 사치재는 언제나 가진 남성들의 것이었다. 그들의 재화를 재분배하도록 해주었다는 점에서 소비와 사치하는 여성들은 한편으로는 긍정적이지만 그런 재분배가 가부장제를 유지하는 방식으로 작동해왔다는 점에서 소비의 젠더 정치는 양가적이었다.

폭식하는 물신주의 여성들에게 유행과 패션은 불가분의 관계다. 그들은 사치품에 대한 문화적 상상력을 선도한 인물들이었다. 그들은 당대의 패션과 유행과 소비를 주도했다. 1909년 셀프리지 백화점이 런던에서 문을 열었다. 셀프리지는 백화점을 개장하기도 전에 이미 엄청난 광고 세례를 퍼부었다. 처음으로 화려한 화보 수준의 광고들이 등장했다. 그 광고에서 한 여성이 관객을 향해 유혹하듯 미소 짓는다. 그녀의 등 뒤에 실크해트를 쓴 남성이 은근한 시선으로 그녀를 비스듬히 지켜보고 있다. 그들 뒤쪽에서 두 사람을 힐끔힐끔 훔쳐보면서 두 여성이 수군거리고 있다. 이 장면은 두 사람이 부적절한 관계임을 암시한다. 보수적인 빅토리아조 영국인들이 보기에는 천박하기 짝이 없는 광고였지만,[26] 다른 한편으로 황홀한 소비공간으로서 백화점이 여성들에게 어떤 욕망을 자극하고 있는지를 보여준다.

셀프리지 백화점 광고

에밀 졸라가 ≪여인들의 행복 백화점≫에서 묘사하다시피, 초기 백화점은 은밀히 데이트를 즐기는 곳이기도 했다. 백화점 초기 여직원들은 살아 움직이는 마네킹처럼 관음증의 대상이었다. 여성이 공적 공간으로 진출하여 일자리를 갖게 된 것이 근대에 이르러 가능했던 만큼, 백화점의 여직원들과 같은 공적 시선에 노출된 직업여성들은 쇼윈도를 기웃거리는 남성들에게 시선의 쾌락을 제공했다. 투명한 유리창 너머로 훔쳐볼 수 있는 대상이라는 점에서 그들은 매춘부 취급을 받았다. 여성의 제자리에서 탈주하는 여성들은 거의 언제나 성적으로 공공재 취급을 받았다. 이들 여성은 공적 공간의 침입자로서 비난의 대상임과 동시에 선망의 대상이 되었다. 20세기 초반 백화점으로 인해 살롱이 아닌 공적인 공간에 남녀가 모일 수 있게 되었을 뿐만 아니라 위 광고가 암시하듯, 백화점은 실크해트를 쓰고 젠체하는 관음증적인 신사들이 여직원들을 은밀하게 즐길 수 있는 공간이었다.

　여성들에게 백화점은 혁신적인 소비문화 공간이었다. 봉 마르셰 백화점은 처음으로 위생적인 화장실과 세면실을 설치했다. 19세기까지 여성들은 혼자 외출하기도 힘들었다. 외출을 하더라도 거리에서 이용할 수 있는 공중화장실이라고는 거의 없었다. 봉 마르셰가 여성들의 압도적인 지지를 받은 이유는 여성들이 편하게 이용할 수 있는 화장실 때문이었다. 백화점은 쇼핑을 하지 않더라도 화장실이 급한 여성들이 찾을 수 있는 곳이었다.[27] 깨끗하고 위생적인 화장실 덕분에, 용무가 급해진 여성이 집으로 돌아가지 않아도 되었다. 화장실은 공적 공간으로 나가는 것을 꺼리는 여성들에게 오히려 집과 유사한 공간이라는 느낌을 줌으로써 안심하고 바깥으로 나오게 하는 심리적인 역할까지도 하게 되었다. 화장실의 정치라고 할 수 있는 '하부구조의 배려' 덕분에 숭상층 여성들은 공적 공간에서 느긋하고 자유롭게 쇼핑을 할 수 있게 되었다.

투명하고 화려한 채색 유리, 아케이드, 오페라 하우스 같은 실내장식, 뮤직홀 등, 백화점은 상업의 성당이었고, 백화점의 상품광고는 고급 예술의 경지에 이르렀다. 앙리 마티스, 조지아 오키프와 같은 표현주의 화가들도 돈벌이를 위해 백화점 카탈로그를 그렸다. 그뿐만 아니라 그곳에 가면 모든 것이 주제별로 전시되어 있고 구비되어 있으므로 한꺼번에 일습의 소비가 가능했다.

백화점은 이제 여성의 욕망, 유행, 패션, 취향을 선도하는 문화의 공간이 되었다.[28] 여성의 욕망을 드러내는 한 장치가 유행이라면, 유행은 자본주의적 근대성의 특수한 현상이다. 그래서 "유행은 주체와 대상 사이의 변화된 관계를 형상화한다"고 인류학자 수전 벅모스Susan Buck-Moss는 긍정한다. 유행 상품은 물건을 사는 주체와 상품으로서의 물건 사이의 관계를 변화시킨다. 유행을 따르는 것이 단지 수동적인 것만이 아니라 상품으로서 여성이 또 다른 상품과의 관계를 변화시킬 수 있는 가능성을 보여주는 것이다. 유행에 따른 변화는 상품생산의 새로운 변화에서 기인한다. 유행 상품을 입는 순간 자신의 지위와 계층이 바뀔 수 있을 것이라는 환상이 살갗에 달라붙는다. 모두가 평등해진 대중사회에서 자신의 계급적 지위를 드러내고 개성을 과시하는 것이 유행이고 패션이기 때문이다.

중세 시대 패션과 유행은 신분의 알레고리 형식 중 하나였다. 중세에 합당한 의상은 사회질서가 각인된 것이었으며 "신이 중심인 사회의 반영인 동시에 개인이 거기서 차지하는 위치의 기호였다."[29] 태어나는 순간 혈연에 따라 신분이 고착된다는 점에서 중세는 "탄생이라는 우연한 사건이 사회적 조건을 결정지었던" 시대이다. 생물학이 운명으로 수용되던 시절, 의복은 사회적 위계와 신분 질서를 반복하고 강화했다. 사회적 신분 질서를 강화하는 복장의 질서를 허물어낼 수 있는 가능성을 보여주었다는 점에서 근대의 대중 소비문화가 가져온 유행은 정치적 의미를 지닌다. 여자들에게 유행의 변화는 새로운 사회적 자유를 보여주는 가시적 지표였다. 의복 하나만으로 젠더 정체성, 신분적 위계, 집단 사이의 권력 관계의 교란이 가능했기 때문이다. 직업여성, 정숙한 여학생, 공장 여성 노동자가 동일한 유행을 따르게 되면, 그들 사이의 계급, 젠더, 정체성의 경계가 어느 정도 허물어지게 된다.

유행은 끊임없이 새로운 것을 추구한다. 끊임없이 새로운 패션과 유행을 선취함으로써 여성들이 사회적 자유와 변화를 앞당겼다는 사실은, 여성은 가족적이어서 진화와 발전이 없었다는 짐멜의 주장을 무색하게 만든다. 패션에 대한 여성의 관심은 자신이 현재 살고 있는 삶의 영역과 다른 영역을 경험하고 싶은 욕망이고 따라서 현재에 대한 저항의 한 지표로 읽어낼 수 있다. 유행은 반복이 아닌 새로움을 숭배한다. 아무리 가까운 과거라 하더라도 모든 과거는 기억이 아니라 망각되어야만 유행이 가능해진다. 역설적으로 유행은 옛 것을 망각하게 함으로써, 낡은 것을 새로운 것으로 재생산한다. 벤야민은 유행의 변증법에서 시간, 죽음, 유행 사이의 알레고리를 발견한다. 역설적이게도 유행은 재빨리 망각함으로써 옛것이 새것이 되고, 재빨리 사멸함으로써 불멸을 꿈꾼다. 아이러니하게도 끊임없이 변하는 유행이 불멸을 꿈꾸고 죽음을 조롱한다. 이처럼 유행을 통해 여성은 자연성을 버리고 보철화, 사이보그화된다.

벤야민에게 여성의 디산성은 '옛 자연[30]'이 창조성을 의인화한 것이다. 옛 자연의 한시성은 죽음이 아닌 삶에 기원한다. 근대 이전 인간이 자신의 불멸성을 증명하는 방식이 여성의 다산성이었다. 자연의 풍요를 상징하는 여성의 다산성은 근대에 이르면 전근대적인 자연으로 취급되어버린다. '기계적 생산성'을 찬미하는 근대 산업주의 시대에 이르면, 여성의 유기체적인 재생산은 원시적인 것이자 자본주의 사회를 위협하는 것이 된다. 도시 군중이 형성되고 도시인구가 폭발적으로 증가하는 시대에 여성의 다산은 축복이 아니라 저주다. 피임이 가능해진 시대에 다산은 자랑이 아니라 수치다. 인구가 폭증하는 시대에 여성의 다산은 자본주의 핵가족과 같은 가족의 구조변동에 걸림돌이 된다. 맬서스가 ≪인구론≫에서 통탄하듯 기하급수적으로 인구가 폭발하는 시대에 여성의 다산성은 빈곤의 상징이다.

벤야민은 근대 시기 세계의 수도 파리를 묘사하는 여러 단상에서 근대, 유행, 지옥, 여성, 먼지 사이의 알레고리적 관계에 관한 파편화된 기록을 남기고 있다. 그에게 근대성은 한편으로 황금시대이지만 다른 한편으로는 지옥의 시간[31]이다. 그에게 근대의 양면성은 유행으로 바라본 여성의 양면성과 맞닿아 있다. 아름다워지려는 여성의 지난한 노력은 지옥의 반복적 형벌을 연상시킨다. 벤야민은 여성이 유행에 그토록 매달리는 심리는 여성의 사회적 위치가 낮다는 것의 방증이라고 말한다. 유행은 결코 늙고 부패하지 않는 화석화된 아름다움이다. 유행은 절대로 나이를 먹지 않는다. 이것이 바로 유행이 여성에게 주는 강렬하고 가장 은밀한 만족이다.[32] 여성의 사회적 지위가 낮기 때문에 경제적 안정을 가져다줄 '재산 꽤나 있는 남자'[33]를 잡으려면 여성은 인조인간처럼 늙지 말아야 하고, 뱀파이어처럼 변함없이 아름다워야 한다. 남성을 유혹하려면 지옥처럼 고통스러운 유행이나마 따라야 한다. 숨쉬기 힘든 코르셋을 입어야 하고, 거식증에 이르도록 다이어트를 해야 하고, 목이 부러질 정도의 올림머리를 해야 하며, 발이 기형이 되어도 스틸레토 힐[34]을 신어야 한다.

게다가 사랑은 유한한 재화이므로 함부로 남용하면 남자에게서 버림받을 수 있다. 심지어 임신한 몸으로 버림을 받는다면 안정된 직장과 안정된 수입이 없는 여성들은 추락하지 않을 수 없다. 여성은 사랑이 아니라 자기 이해관계에 충실해야 살아남을 수 있었다. 여성의 생존전략 중 하나가 유행이라는 점은 아이러니가 아닐 수 없다. 언제나 버림받을 수 있다는 불안으로 인해 여성은 유행에 매달린다. 여성은 유행에 매달려 영원한 젊음을 꿈꾼다. 유행은 인간과 자연의 인공적인 화해라는 유토피아적인 꿈의 끔찍한 역전을 통해 인공적이고, 보철화된 여성을 발명한다. 기계 인간 사이보그를 상상하는 것도 필멸의 인간이 불멸을 욕망하는 데서 비롯된다. 유행은 자연적인 조건[35]을 극복하고 인공성을 통해 죽음을 초월하고자 한다. 벤야민이 지적하듯 유행은 화석화된 죽음의 영역으로 여성을 깊이 유인하는 역설적인 매개물이 된다.

유행은 리비도적인 욕망을 상품으로 향하게 만드는 힘을 가지고 있다. 성적 물신주의는 근대적 성애의 특징으로서 유기체적 세계와 비유기체적 세계 사이의 장벽을 낮춘다. 유행은 살아 있는 육체의 파편화를 조장한다. 자연적인 노쇠와 투쟁하기 위해 유행의 새로움과 연대하는 근대적 여성은 자신의 생산력을 억압하고 마네킹을 흉내 내며, 죽은 사물, 화려하게 치장한 주검의 모습으로 역사에 진입한다.[36] 불멸을 꿈꾸는 유행은 가능한 재빨리 변해야 한다는 역설과 마주친다. 나이를 먹어가는 여자는 철 지난 욕망의 대상들과 함께 아케이드로 모여든다. 여성은 유행의 진실을 밝히는 열쇠다. 육체를 성적 상품으로

변형하는 유행이 죽음을 회피할 수 있는 유일한 방법은 죽음을 흉내내는 것이다.[37]

자동인형은 부르주아 문화의 발명품이었다. 인형 놀이는 기계화된 행위를 습득하는 여자아이들의 훈육게임이 되었다. 여자아이들의 목표는 영원한 젊음을 간직한 자동인형이 되는 것이었다. 여성이 인형처럼 굴고 인형이 여성처럼 구는 상호 반전은 자본주의적-산업주의적 생산양식의 특징을 집약적으로 보여준다. 인간을 자연화하고 자연을 인간화한다고 약속하는 기계가 오히려 양자를 상호 기계화하고 보철화한다. 보철화되는 여성의 혈관에는 돈이 흐르고 외관에는 옷이 입혀진다. 그렇게 하여 대중문화 시대에 계급, 젠더, 섹슈얼리티의 구별 짓기와 복장의 정치는 서로 교차하게 된다.

백화점은 상품이 전시되고 연출되는 무대였다. 이 무대에서 소비하는 여성들은 서비스를 받는 주인공이었고, 백화점은 세속적인 교회였다. 여성들은 물신 앞에서 예배$_{service}$를 올림과 동시에 서비스$_{service}$를 받는 양가적인 존재가 되었다. 소비자본주의 사회에서 소비자들은 소유를 통해 존재하고, 물품$_{goods}$을 통해 선$_{good}$에 이르는 세속적인 종교의 전당을 발견했다. 상품은 사람과 물건의 관계를 뒤집어놓았다. 소비하는 여성들은 물신을 섬기게 되었고 가리지 않고 폭식하는 물신주의자가 되었다. 상품에 매혹된 여성들은 물신 앞에서 예배하게 된다.

고통이 주는 쾌락 속에서 오르가슴을 맛보는 이들 여성은 규범적 이성애를 벗어난 퀴어한 존재들이다. 물건이 주는 도착적 쾌락으로 일그러진 얼굴로 고통스럽게 황홀경에 이르는 여성들은 ≪앙코르 앙코르≫에서 성녀 테레사가 보여준 종교적인 법열과 성적인 황홀경이 겹쳐진 모습을 연상시킨다.[38] 불가능한 만족에서 고통스러운 희열을 느끼는 것이야말로 죽음 충동으로시 여성적 주이상스다. 그것은 생산의 회로에 리비도가 집중되는 것이 아니라 그로부터 탈주하는 리비도다.

그렇다고 탐진하는 것에 희열을 느끼는 여성들이 마조히즘적인 쾌락에 온몸을 떨고 있는 수동적 소비자인 것만은 아니다. 이들은 수동적으로 유혹당하는 것만이 아니라 주도적으로 유혹하는 자들이기도 하다. 좀바르트가 보여주었다시피 자본주의적 가부장적인 사회에서 소비하는 여성, 자기 욕망에 충실한 여성은 성적으로 헤픈 여성으로 등치된다. 사치와 낭비와 식탐이라는 소비경제와 성적 경제는 유비적으로 연관된다. 탐욕스럽게 소비하는 여성들은 게걸스럽게 남자를 먹어치우는 폭식의 이미지로 연결된다. 유혹적이지 않고 검소한 요부란 있을 수 없다. 이처럼 가부장적 사회가 바라는 것을 충족시켜주지 않는 여성은 한순간에 요부로 바뀌고 남성을 파산과 파멸로 이끈다. 소비하는 탐욕스러운 여성들은 남성을 경제적으로 착취함으로써 '쾌락주의적인 자기 향락에 빠질 수 있을 뿐만 아니라 이성적인 남성의 권위를 허물고 남성의 권력독점에 대한 보복을 수행한다.'[39]

통제 불가능한 여성의 욕망은 오염, 부패, 범죄, 퇴폐와 연결될 뿐만 아니라 계급 질서를 해체하려는 위협적인 힘이 된다. 소비주의의 성장이 도덕적 혁명, 즉 욕망의 민주화를 가져올 수 있기 때문이다. 하층계급 여성들이 자기 분수도 모르고 소비하고 낭비할 때, 중산층 어머니들이 아이와 가사를 팽개치고 물건에 현혹될 때, 여자들이 낭비와 사치를 일삼으면서 남자를 닥치는 대로 소비할 때, 가부장적인 질서는 위협받는다. 하녀가 안주인을 모방하고 안주인이 창녀를 흉내 내고 여학생이 기생을, 기생이 여학생을 흉내 낸다면 계급 질서는 유지될 수 없기 때문이다. 통제 불가능한 여성의 욕망을 단속하고 훈육하는 것이야말로 계급과 가부장적 질서를 유지하는 기초가 된다.

여성의 사치와 낭비는 자본주의가 말하는 도덕인 절약과 축적을 한편으로 위반한다. 만약 남성의 권위와 권력이 돈과 자본에 의해 보증되는 것이라면 여성들의 충동적인 소비는 남성의 질서를 위반하면서 일탈하는 것이다. 남자들의 경제적 지원으로 자신을 과시하고 미학적으로 치장함으로써 엄격한 계급적 질서를 파괴하면서도 동시에 그것을 욕망하는 것이 소비하는 여성들이다. 옷을 바꿔 입듯 남자를 소비하는 여성이 있다면, 그녀는 물신주의 팜므 파탈이 되지 않을 수 없다. 그들이 애인을 소비한 대가로 얻은 것은 가혹한 사회적 처벌이었다.

남성과의 관계에서 탕진은 '불감증'인 여성에게 다른 쾌락을 제공했다. 에밀 졸라의 《나나》에서 배우이자 창녀이며 이성애 '불감증'인 나나는 왕성한 소비욕에서 쾌감을 맛본다. 자신의 변덕스러운 소비욕망을 채워주는 남자들을 나나는 경멸했고 그들을 파멸시키는 것을 자랑으로 여겼다.[40] 나나는 뮈파 백작, 육군 장교 필립, 은행가 스테이네르 등 무수한 남자들을 가리지 않고 닥치는 대로 털어먹고 뜯어먹고 집어삼켰다. 침략군으로서 나나가 지나간 곳은 초토화되었다. 용광로처럼 모든 것을 녹여버리는 나나의 탐식과 탕진 앞에서 그들의 농장, 목장, 포도밭, 운하, 공장, 탄광은 간식거리에 불과했다.[41] 하층민 함석쟁이 딸로서 여직공, 창녀, 배우를 전전했던 나나는 지주, 귀족, 부르주아 계급의 재산이 '뼛골까지 빨리고 털린' 노동자, 농민의 피땀에서 축적된 것임을 온몸으로 경험했다. 나나는 상층 계급 이성애 가장들을 먹어치우는 쾌락에 중독되었다. 나나의 입과 질은 계급적, 성적 투쟁의 잔인한 도구였다. 그리하여 하층계급에서 발효한 세균의 운반자로서 나나는 상층 귀족계급의 썩고 부패한 오물 속에서 '보석처럼 번쩍이며 날아다니는 황금빛 파리였다.'[42]

이처럼 에밀 졸라는 《나나》에서 탕진하는 여성의 양가성을 예리하게 포착했다. ≪나나≫에서 나나는 여배우, 성녀, 창녀, 소비자, 팜므 파탈로 끊임없이 미끄러져 나간다. 나나의 성기는 수신인이 결정되지 않은 이야기들을 쓴다. 그녀의 몸은 수많은 구두가 문지방 위를 넘나드는 진정한 공화국이자 공공장소다. 계급이 서로 다른 사람들이 똑같은 쾌락을 추구하게 되면 신분적 위계질서는 사라지게 된다. 여왕의 신체를 모든 계급이 공유하게 되면 공화정이 되어버린다. 성애의 공화국에서 신분 질서는 사라지고 그곳은 외설적이고 민주적인 공간이 된다. 그와 마찬가지로 나나의 육체는 하층 노동자, 부르주아, 귀족의 정액이 무차별적으로 뒤섞이는 공적 친교의 사적인 장소로 드러난다. 나나의 육체는 모두가 공유하는 공화국의 신체가 된다.

다른 한편 나나는 유혹적인 팜므 파탈, 잔혹한 사디스트로 은유 된다. 그녀는 희열과 공포, 고통과 환희를 동시에 보여준다. 이성애 불감증자 나나는 뮈파 백작과 S/M을 실행하는 것에서 천진한 쾌락을 맛본다. 나나는 사디스트가 되고 백작은 동물되기 놀이에 빠져든다. 뮈파 백작은 개가 되어 나나가 던진 향수뿌린 손수건을 입으로 물고 기어온다. 그나마 이것은 즐거운 행위였다.[43]

나나의 소비 욕망은 남자들의 재산, 육체, 명성을 무심하게 삼켜버리는 심연이다. 그녀는 돈, 섹슈얼리티, 죽음 사이에 은유적 연관성을 보여준다. 그녀에게 빠져 돈, 명예, 재산, 가족을 전부 잃고 자살하고 파산하는 남자들이 넘쳐난다. 성적인 절정consummation은 경제적 소비+성적인 절정이라는 이중적 의미가 있다. 나나의 탐욕스러운 버자이너는 남근을 삼키고 거세하는 도구다. 나나의 인생에서 사치의 필요성이 늘어감에 따라 남성에 대한 식탐도 증폭된다. 그녀의 질은 폭식하는 입이다. 여성의 식욕과 성욕은 동시적이고 동물적인 것으로 강조된다.

정신분석학에서 황금은 배설물—똥, 아이, 정액—으로 등치 된다. 황금을 근거로 하는 남근의 화폐경제에서 돈, 정액, 욕망의 흐름은 방탕과 낭비, 축적과 보존의 모델에 바탕을 둔다. 배설하지 않고 축적하는 것이 항문기적인 태도다. 축적경제에서 정액의 낭비—재생산 없는 정액—는 심각한 것이다. 나나는 배설과 낭비를 통해 재생산, 재투자가 되지 않도록 만든다는 점에서 반자본주의적이다. 그녀는 자신에게 정액을 낭비하는 남성들을 도구로 취급한다. 자신이 사고 싶은 물건을 얻기 위한 사용설명서로 그들을 활용한다.

나나는 그런 상품을 구입하고서는 곧장 버린다. 그녀에게 물건은 합리적 용도 혹은 사용가치 때문에 구입하는 것이 아니다. 단순히 소멸시키고 사치하고 낭비하기 위해서이다. 그녀에게 물건은 자신의 에로스 권력을 확인하는 것에 불과하다. 그녀는 무차별적으로 돈을 낭비하고 파괴하고 소비하고 없애버리기 때문에 그녀의 다리 아래로는 황금의 강물이 흘러간다. 그녀는 부르주아적인 에토스와는 상반되게 상품을 경멸하고 낭비한다. 그녀의 낭비는 부르주아의 자기 절제, 엄격성, 단정함, 자본 축적을 비웃고 조롱한다. 그녀는 자신의 치명적 매력을 에로스 자본으로 활용하여 애인을 소비하고 버린다. 정액이 재생산으로 귀환하지 않도록 만드는 그녀의 소비는 탕진과 망각의 강으로 합류된다.

3장
레프트뱅크 레즈비언 코뮌

「동시대의 비동시성으로서 파리의 레즈비언들」

진보주의자들은 인간 공동체의 삶이 과거보다 현재가, 현재보다 미래가 진보할 것으로 낙관한다. 그래서 '진보에 관한 이론은 본질적으로 저축은행 이론에 가깝다.' 진보는 '거대한 지적 저축은행'이자, '자동적인 저축은행'이다. 여기서 자동적이라고 함은 전체 인류가 그곳에 저축은 하면서도 절대로 인출은 하지 않을 것이라는 의미이며 또한 예금이 스스로의 힘에 의해 영원히 불어날 것이라는 의미다.[1]

진보주의자들은 역사가 퇴행하거나 반동적이지 않아서 인류공동체가 투자한 것들을 잃는 법 없이 점점 더 불어날 것으로 여긴다. 하지만 역사는 투자한 돈을 회수할 수 없을 만큼 파산하기도 하고 반동의 시절로 되돌아가기도 한다는 점에서 진보의 꿈은 악몽으로 드러나기도 한다. 역사는 '동질적으로' 동시적으로 발전하지 않는다. 벤야민이 말하는 진보의 '새로운 천사'[2]는 미래를 향해 '일직선'으로 나가지 않는다. 새로운 천사는 과거를 쳐다보면서 미래에 등을 돌린 채 폭풍에 떠밀려 간다. 그런 천사 앞에 폐허 더미가 수북이 쌓인다. 벤야민은 수북이 쌓인 산해 너머가 다름 아닌 진보의 흔적이라고 보았다. 우리가 상상했던 진보는 과거의 잔해 더미이자 억압된 증상으로서 미래로부터 귀환한다. 과거의 잔해로 남아 있었던 것들은 어긋난 시간의 틈새로 뚫고 나와 미래로부터 현재로 귀환한다. 이렇게 하여 현재의 순간은 어긋나고 시대착오적인 과거와 미래가 뫼비우스 띠처럼 만나게 된다.

아이러니하게도 진보의 잔해 더미로 인해 우리는 과거 사람들과 '동시대인'으로 만난다. 아감벤은 〈동시대인이란 무엇인가?〉에서 동시대인이란 '자기 시대에 시선을 고정함으로써 현재의 빛 아래 잔존한 무의식적인 어둠을 자각하는 자들[3]이라고 말한다. 프리드리히 니체는 《반시대적 고찰》에서 진정한 시대적 고찰은 반시대적이며 폐해이며 질병[4]이라고 주장한다. 어둠을 자각하는 것은 반시대적인 시대착오 덕분에 가능해진다. 그것은 '너무 늦은' 형태이자 '너무 이른' 형태로, '아직 아닌' 형태이자 '이미'의 형태[5]이므로 언제나 어긋난 시간으로 다가오게 된다. 그렇게 본다면 동시대인은 자기 시대와 불화하는 자, '소모적인 역사적 열병에 고통 받는 자[6]들이다. 이들은 자기 시대의 요구에 순응하지 않으므로 반시대적 인물로 취급받는다. 그들의 시대착오성으로 인해 그들은 우리와 동시대인이라는 역설적 존재가 된다.

그와 같은 동시대인들이 20세기 초반 파리 센강 왼쪽 지구에 모여든 여성들이었다. 그들은 당대의 시대착오적인 인물들이자 병리적 '징후'였다.[7] '강제적' 이성애가 지배하는 사회에서 그들은 레즈비언 섹슈얼리티를 자부심으로 여겼다. 당대의 헤게모니적 이데올로기에서 일탈한 레프트뱅크 레즈비언 여성들은 아감벤의 용어를 빌리자면 시대착오성으로 인해 동시대인으로서 지금, 여기로 귀환하고 있다. 21세기에 이르러서도 동성애의 커밍아웃은 사회적 편견의 시선 아래 불이익을 감당해야 한다.[8] 그렇다면 한 세기 전인 1920년대 파리의 레즈비언들이 자신의 정체성을 애도하면서도 자부심을 갖는 것은 어떻게 가능

· 1920년대 파리의 레프트뱅크 레즈비언들. 내털리 바니, 자넷 플래너, 주나 반스

했을까? 그들의 존재 자체가 역사는 일직선으로 진행되는 것이 아니라 퇴행, 역행, 반동과 진보, 우연이 교차하는 불균질적인 시간성임을 증거하는 것일 수 있다.

고대 그리스 레스보스섬의 미틸레네처럼 1920년대 파리에서 섬처럼 살았던 레프트뱅크 레즈비언들은 국외 체류자들(주로 미국, 영국 출신으로 파리에 살았던 외국인 여성들)로서, 당대 지배문화의 주변부임과 동시에 파리 문화예술의 중심을 형성하기도 했다. 파리에서는 외국인들이었음에도 그들은 파리 문화예술의 중심일 수 있었던 특수한 집단이었다. 그들에게 동성애자이면서 '여성이라는 이중적인 결격사유'[9]는 고통스러운 증상이자 자부심이었다. 그들은 낯선 파리에서 고국보다 자유로움과 친밀감을 느꼈다. 그곳에서는 레즈비언이라는 성 정체성으로 인해 박해받지 않았다. 그들은 '자유로운' 문화를 찾아 자발적으로 파리에 모여늘었다. 파리는 _1들만의 해빙구로 기능 했다.

게일 루빈Gayle Rubin은 '레즈비언 르네상스'의 중심에 파리의 레프트

3장_레프트뱅크 레즈비언들

121

뱅크 여성들이 있었다고 말한다. 그들은 동시대 파리의 '일반적' 레즈비언들과는 구별되는 남다른 게이 의식을 갖고 있었으며 당대 동성애 운동의 선두주자였다[10]는 것이다. 1920년대 파리의 레프트뱅크 레즈비언들은 1970년대 뉴욕의 레즈비언들보다 자유와 자부심으로 빛났다. 젠더/섹슈얼리티의 시공간에서 20년대 파리의 로컬 타임은 70년대 뉴욕의 그것보다 앞서 있었다. 돌이켜본다면 여성 해방을 언급하기 전에 레프트뱅크 레즈비언들은 섹슈얼리티 해방을 선취했던 사람들이었다. 그들은 어떻게 그럴 수 있었을까? 20세기 초반 '레즈비언 르네상스'를 가져다주었던 레프트뱅크 여성들은 별무리로 빛났다가 2차 대전과 더불어 20세기 중반에 이르면 성적 무의식의 징후로 잔존했다. 이처럼 어떤 문화, 사회적 현상은 하늘의 별무리가 되기도 하지만 시간이 흐르면 추락하여 심연으로 가라앉거나 혹은 여름날 밤하늘에 떠다니는 희미한 반딧불로 명맥을 유지하기도 했다.[11]

과거에 망각되었던 것들이 페미니즘 운동 내부에 때늦은 증상으로 회귀하여 현재를 변모시킨다. 혹은 현재의 징후는 때늦은 과거의 억압을 재구성하여 미래로부터 귀환하기도 한다. 이런 때늦음의 경험, 사후적인 시간성의 경험이 연대기적 시간에 충격을 가함으로써 비동시적인 것이 동시성으로 다가오게 된다. 과거의 증상으로서 레즈비어니즘은 때늦은 70년대에 귀환함으로써 페미니즘 진영에서 레즈비언 논쟁을 재점화시켰다. 잔존하는 과거의 무의식적 징후는 현재를 변화시키는 시대착오적인 유령으로 되돌아온다. 말하자면 그들의 부상과 추락의 반복은 당대 가부장제의 헤게모니, 페미니즘의 목소리, 사회 정치적 분위기와 무관하지 않다.

파리 레프트뱅크 레즈비언 공동체의 일원이었던 내털리 바니/르네 비비앙, 거트루드 스타인/앨리스 B. 토클라스, 주나 반스/셀마 우드의 생애와 작품은 오랜 세월 내밀한 어둠 속에서 '그림자의 몫'으로 남아 있었다. 그들은 과거와 미래가 겹쳐진 '시간의 몽타주'를 통해 되살아나고 있다. 오랜 봉인이 해제되자 그들은 후배 세대 페미니스트의 노력에 힘입어 21세기에 부활하고 있다. 후세대 페미니스트들은 어둠 속에서 그림자로 잔존했던 그들을 빛 가운데로 이끌고 나왔다. 특히 그들은 레즈비언 시학을 위한 모델로서 복원되고 있다. 그들은 레즈비언이었을 뿐만 아니라 작가, 예술가들이었다. 그녀들의 텍스트가 희미한 흔적으로 남기고 있는 것들을 '징후 독법'으로 살펴봄으로써, 오늘날 레즈비언 시학과의 시차가 드러나게 될 것이다. 신화가 되어버린 이들의 성적 아방가르디즘은 그 '시대착오성'으로 인해 제2물결 페미니즘과 동시성으로 만나게 되었다.

레프트뱅크 레즈비언들은 파리의 지배적인 분위기와 견줘보았을 때도 전위적이었다. 1차 대전이 있기까지 프랑스 여성들은 영국의 서프러제트 운동과 같은 과격한 여성 운동에 부정적이었다. 그들은 남자들과 똑같은 방식으로 싸우기보다는 여성의 매력을 발휘하고 우아한 매너를 배움으로써 교양 있는 중산층 여성답게 보이는 것에 만족했다. 그들은 남성들과 노골적으로 맞서 싸우면서 여성다움을 잃기보다 여성적인 유혹 전략[12]을 통해 남성을 뒤에서 조종하는 것이 더 나은 것으로 보았고, 가부장제에 정면 도전한다면 얻는 것보다 잃는 것이 더 많을 것으로 생각했다. 보수적인 프랑스 교회는 조르주 상드와 같은 크로스드레서들을 '도발적이고 외설적'[13]이라고 단죄했다. 하층 노동자의 사생아로 태어나 힘든 시절을 보냈던 코코 샤넬은 여성 노동자들에게 편안한 옷을 만들어줌으로써 복장의 혁명을 가져다주었다. 하지만 전통적인 프랑스 중산층 여성들은 코코 샤넬 같은 인물조차 여성의 덕목을 훼손시키는 문란하고 타락한 창녀로 취급했다.

　20세기 초반에 이르기까지 프랑스 여성들은 선거권 운동을 하면서 남자처럼 구는 히스테리컬한 페미니스트들에게 적대적이었다. 참정권, 낙태권 등을 요구하면서 공적 장으로 뛰쳐나온 페미니스트들이야말로 부끄러운 줄도 모르는 문란한 여자들이며 단정한 여성들까지 수치스럽게 만든다고 비판했다. 그들은 남자, 남편, 교회가 자신들을 기꺼이 보호해줄 것으로 믿었다. 그들은 기존의 남성질서에 도전하는 여성들을 곱지 않은 시선으로 보았다. 하지만 20세기 초반까지 당대 프랑스 여성들의 정치적, 경제적, 법적, 직업적 지위는 영미 여성의 지위와 비교해 보았을 때 대단히 주변화되어 있었다. 순종의 대가로 그들이 얻은 것은 보호와 동시에 무시였다.[14]

　보수적인 프랑스 중산층 여성들과 비교해본다면 레프트뱅크 레즈비언 여성들은 예외적인 미국인(경멸적인 의미에서 양키) 국외자들이었다. 그들의 성적 급진성은 경박하고 자유롭고 거친 미국 여자들이기 때문에 가능한 것으로 여겨졌다. 그들은 편협한 청교도주의와 위선적인 성도덕으로부터 도망쳐 온 여성들인 만큼 성적으로 '온건한 고모라'[15]이자 예술적, 정치적인 레즈비언 코뮌을 형성했다. 전통적인 여자들이 보기에 그들의 자유로움은 남자 주인이 없는 탓에 조신하지 못한 여자들이 누릴 수 있는 '경박하고' '천박한' 자유였다. 그들은 파리에 사는 미국 여자들이었으므로 국외자가 누릴 수 있는 자유가 있었다. 하지만 레프트뱅크 레즈비언들이 자유로웠다면, 무엇보다 그들 대다수가 잘 교육받은 상층 부르주아 엘리트 여성들이었으며 경제적으로 독립적이었던 것과 결코 무관하지 않다. 물론 그들 내부에서도 계급,

민족, 인종적으로 다양한 편차가 있었다. 젊은 시절 콜레트_{Colette}는 남편의 경제력에 의존해야 했다. 주나 반스_{Djuna Barnes}는 자신이 페미니스트가 아니라고 주장했으며, 타인의 부에 의존해야 할 정도로 가난했다. 유럽 대륙에 파시즘의 광풍이 불었을 때 인종적으로 반유대주의에 부지불식간에 동조하는 자도 있었다. 래드클리프 홀처럼 정치적으로 파시즘에 동조적인 안티-페미니스트도 있었다. 자신을 평생 여자의 육체에 갇힌 남자의 영혼으로 여겼다는 점에서 홀은 동성애 레즈비언이라기보다 트랜스젠더 이성애자였다. 거트루드 스타인은 동화된 유대인으로서 자민족에 대해 인종차별적인 태도를 보였고 여성을 경멸했다. 레즈비언일 뿐만 아니라 예술가였던 그들은 자신의 레즈비언성을 표현하는 데도 제각기 달랐다. 내털리 바니, 르네 비비앙, 주나 반스, 거트루드 스타인의 레즈비언의 언어와 서식지에 대한 해석은 레프트뱅크 내부에서도 차이를 보일 뿐만 아니라 영국의 레즈비언 시학을 발굴하려 했던 래드클리프 홀, 그리고 버지니아 울프와도 각기 다른 목소리를 내고 있다. 레즈비언 안에서 '레즈비언 스펙트럼'은 다양하며, 레즈비언이라는 사실이 '정치적 올바름'을 보장해주는 것은 아니었다. 물론 이들의 레즈비어니즘은 당대 프랑스 남성 소설가(프루스트 등)의 눈으로 묘사된 레즈비어니즘과도 분명한 차이를 드러내고 있다.

그런 다양한 스펙트럼에도 불구하고 이 장에서는 무엇보다 20년대 파리의 신여성이자 레즈비언 페미니스트의 전위로서 그들의 삶과 예술을 조명하고자 한다. 파리라는 메트로폴리스에서 성적으로 급진적인 레즈비언 신여성으로서 그들이 보여준 서사들은 1920년대 페미니즘의 역사에 한 장을 차지할만한 모델들이라고 볼 수 있기 때문이다.

내털리 바니: 폴리아모르 사피스트polyamory sapphist

파리의 제이콥 거리에 위치한 내털리 바니의 살롱은 60년 동안 소수 문학인들, 소수 성애자들의 집결지였다. 그녀는 평생 재정적으로 남성에게 의지할 필요가 없었다. 그녀는 철도사업으로 엄청난 거부가 된 앨버트 바니의 딸로서 미국 오하이오 주에서 태어났다. 아버지로부터 엄청난 유산을 물려받았고, 어린 시절부터 자신의 레즈비언 정체성을 확실히 인식하고 있었으므로 남성으로부터 자유로웠다.

공식 교육을 전혀 받지 못했고 어린 나이부터 일자리를 찾아서 유랑했던 주나 반스와 그녀는 계급적인 기반이 달랐다. 화가였던 어머니를 따라 영국에서 공부했지만 가부장적인 영국 문화에서 배울 것이 없다고 생각한 그녀는 파리에 남기로 결심한다. 그 후 프랑스 기숙학교에서 교육을 받았고, 불어에 능통했으며 자신의 작품을 전부 불어로 썼다. 영미 문화의 청교도주의에 깊은 반감을 품었던 그녀는 파리에 영구적으로 정착했다.

20세기 초반까지 동성애는 19세기적인 성과학에 바탕하고 있었으므로 비정상이며 병리적인 질병으로 간주되었다. 성과학자인 해블록 엘리스는 동성애를 '선천적 기형'으로 간주했다. 칼 하인리히 울리히스_{Karl Heinrich Ulrichs}에게 남성 동성애자는 '남자의 몸에 갇힌 여자의 영혼'과 같은 병리적 충동[16]에 사로잡힌 자들이었다. 이런 시각이 지배적일 때에도, 내털리는 동성애를 도착이나 정신 병리적 현상으로 간주하지 않았다. 이런 맥락에서 그녀는 당대의 지배적인 성과학을 넘어선 '예외적인' 레즈비언이었다. 레프트뱅크 서클에서도 그녀의 입장은 독특한 편이었다. 그녀는 레즈비언을 성적 '도착_{perversion}'이 아니라 성적 '전향 혹은 개종_{conversion}'이라고 불렀다.[17] 내털리는 레즈비언들에게 자부심을 가지도록 요청했다.

래드클리프 홀은 내털리가 보여준 레즈비언으로서의 자부심이 그녀의 살롱에 모여든 신의 저주이자 낙인이었던 동성애자들에게는 "폭풍우가 몰아치는 바다에서 등대 같은 존재였다"고 묘사한다. "폭풍우가 위세를 몰아 모든 것을 산산이 부수고 휩쓸고 간 후, 난파선의 파편들과 사람들만이 둥둥 떠다녔다. 그 불쌍한 조난자들이 간신히 고개를 들었을 때, 그들의 시야에는 오직 발레리 시모르만이 있었다!"[18]고 ≪고독의 우물≫의 화자는 토로한다. 홀의 작품에 등장하는 레즈비언들의 대모인 발레리 시모르는 실존 인물인 내털리 바니가 모델이다. 레즈비언으로서 그녀가 보여준 자부심은 동성애 혐오의 바다에서 난파당한 레즈비언들, 크로스드레서들, 트랜스젠더/퀴어들에게는 등대의 불빛과 같았다. 그래서 그녀의 집에 모여 있을 때면 모두가 지극히 정상이며 스스로 용감하다고 느끼게 되었다고 래드클리프 홀은 말한다. ≪고독의 우물≫에서 홀은 이성애 사회에서 저주이자 낙인인 퀴어들이 발레리 시모르의 집에 모여들이 그렇게 위안과 용기를 얻었다고 고백한다.

내털리의 살롱은 거의 60년 동안 프랑스와 미국의 지식인, 예술가,

문인들이 모이던 문화예술의 중심이었다. 특히 그녀는 페미니즘과 레즈비어니즘을 전파하는 데 열심이었고 여성 작가들의 후원자 노릇을 했다. 사포클럽에 드나들던 스물두 명의 여성들 중에서 열세 명과의 복잡한 연애관계로 인해 그녀는 자신의 문학적 재능보다는 '여자 돈 주앙'[19]으로 유명세를 누렸다. 조지 윅스George Weeks가 그녀의 전기에서 밝히다시피 내털리는 당대 최고의 레즈비언이었고, 그 사실에 기쁨을 느끼며 레즈비언 의식을 고취하는 데 평생 헌신했다. 그녀는 레즈비언을 정신병리적 질병이자 교정과 치유의 대상으로 보는 19세기적인 관점을 수정하는 데 열심이었다. 그녀는 홀과는 달리 레즈비언을 '여성의 몸에 갇힌 남성의 영혼'으로 보지 않았다. 그녀는 당대의 편견을 뛰어넘어 자신의 성적 경향성에 자부심을 가졌다. 레즈비어니즘야말로 억압적인 결혼, 가족, 섹슈얼리티로부터 여성을 자유롭게 해준다고 역설했다.

내털리 바니는 자신이 성장한 미국 청교도의 영향을 거의 받지 않았다. 서구 문화의 영혼과 육체의 이분법적 전통의 위계를 그녀는 간단히 무시해버렸다. 영혼을 구원하기 위해 몸의 쾌락을 희생해야 한다는 기독교 문화에 반발하면서 그리스의 이도교 문화에 심취했다. 여성의 전통을 발굴하기 위해 그리스어를 배우고 파리의 레프트뱅크에 레스보스의 사피즘Sapphism을 이식하고자 했다. 한때 연인이었던 르네 비비앙과 함께 그녀의 집 정원에서 사포의 황금시대를 재현하기도 했다.[20]

내털리의 정원에서 열린 이교적 의식

어린 시절부터 그녀는 서구 문화가 여성의 독립성을 억압해왔다는 것을 분명히 깨달았다. 자기 부모의 삶을 보면서 그녀는 이성애 결혼 제도가 남성의 욕망을 실현해주기 위해 여성에게 굴종을 강제하는 제도라고 여겼다. 상층 부르주아로서 형식적인 결혼생활을 유지하고 있었던 그녀의 부모는 각자 외도를 했다. 아버지 앨버트 바니는 끊임없이 바람을 피우고 알코올에 의존하고 아내와 자식들에게는 권위적이었다. 반면 화가로서 온전히 자신을 실현할 수 없었던 엄마는 자기 그림의 모델들과 친밀한 관계였고, 남편과 사별 후 아들 또래의 남자 모델과 재혼했다. 내털리는 부모의 위선적인 결혼생활에 환멸을 느끼고 결혼의 함정에 빠지지 않겠다고 결심했다. 그녀는 단지 가부장제에 반항한 것이 아니라, 청교도적 서구문화와 강제된 이성애 일부일처 결혼 문화를 넘어서는 것을 인생 목표로 설정했다.

그녀에게 파리는 자기가 하고 싶은 대로 할 수 있는 유일한 도시였다. 92세로 생을 마감하는 날까지 70년 동안 그녀는 파리에서 살았다. 파리야말로 내털리 바니의 무분별한 삶을 자유롭게 품어준 분별 있는 도시였다. 하지만 그녀의 전기는 그녀의 문학적 소양보다는 레즈비언 뒷담화가 주를 이뤘다. 그녀의 작품은 그다지 진지하게 다뤄지지 않았다. 모든 작품을 불어로 썼고 영어로는 번역되지 않았다. 그 점은 예술가로서 그녀가 망각되는 데 한몫을 했다. 또한 내털리에 관한 연구가 힘든 것은 출판 당시에는 읽혔지만 책 형태로 남아 있는 것이 거의 없었기 때문이다. 당시 출판된 시집의 부수는 고작 500권 정도였다. 이제 원고 형태로 남은 그녀의 작품들이 다시 세상에 나오기 시작하고 있다. 그녀의 원고는 2000년부터 봉인이 해지되어 열람이 가능해졌다. 이 점은 그녀의 한때 연인이었던 르네 비비앙의 경우도 마찬가지이다.

어머니 앨리스 바니는 딸이 정략결혼을 하고 정치가나 기업가의 아내 노릇을 하느라 신세계와 구세계를 떠돌며 남편을 내조하는 일에 일생을 바치지 않도록 그녀를 전폭적으로 지원해주었다. 아버지의 경제적 부와 어머니의 정서적 지지 덕분에 그녀는 프랑스에서 문학 공부를 하고 그리스어를 배워 사포를 번역하는 등 지적 활동을 마음껏 즐길 수 있었다. 내털리는 첫 시집을 출판하여 아버지에게 보냈다. 아버지는 레즈비언 사랑을 다룬 외설적인 시집 내용에 격노했다. 그는 시집을 몽땅 사들여 소각했다고 전한다. 그 당시 시집의 시장 규모가 500부가 고작이었으므로 앨버트 바니가 마음먹고 수거하려고 했다면 어려운 일은 아니었을 것이다. 반면 엄마는 남편이 권위와 독재로 딸을 지배하고 교육시키는 것에 반발했다. 내털리는 아버지를 사회적 속물, 권위주의자, 자기 성질을 통제할 수 없는 변덕쟁이, 여자를 소유물로 보는 가부장으로 여겼다. 그녀는 앨버트 바니의 겉으로 드러난 정직과 체면치레 등을 부정과 기만의 가면으로 받아들였다. 내털리에게 결혼은 여성을 희생시켜 남성의 욕망에 종속시키는 것을 정당화하는 제도였다.

그녀에게 결혼제도는 가정에서 남성의 안녕과 복지를 위한 것이라면, 화류계는 집 바깥의 세계에서 남성의 사회적 평안과 성적인 만족을 위한 것이었다. 아버지는 딸이 상류층 사교계에 입문하길 원했지만 그녀는 오히려 파리의 화류계에 발을 들여놓았다. 그녀는 결혼과 가정이 남성의 특권을 유지하는 제도라는 것은 빨리 간파했지만 화류계가 남성의 특권을 위한 공간이자 가부장적인 제도임을 알아차리기까지 시간이 걸렸다. 피상적으로 볼 때 고급 화류계 여성들(졸라의 소설 속 나나, 파리의 드 푸지와 같은 여성들)은 남성 위에 군림하면서 권력을 휘두르는 것처럼 보였기 때문이다.

좀바르트가 주장했다시피 고급 창녀, 애첩, 정부들이 누린 사치가 자본주의를 추동했다고 할 정도로 그들이 누린 호사와 권력은 얼핏 보면 대단했다. 좀바르트처럼 내털리는 처음엔 불평등한 성별 권력 관계를 전복시키고 남성을 정복하는 한 방법이 화류계 생활이라고 보았다. 겉으로 보기에 고급 화류계 여성들은 남성들을 쥐락펴락할 수 있는 권력을 휘두르는 것처럼 보였다. 에밀 졸라의 나나가 그랬던 것처럼, 그들 여성은 자율성, 독립성을 가진 것처럼 보였지만 사실은 권력, 재력, 명예를 가진 남자들에게 종속적임을 내털리는 알게 되었다. 남성의 애정이 식는 순간 그들의 권력은 허무하게 소멸되었다. 그녀는 화류계도 자기 부모가 살았던 세계나 마찬가지로 가부장제에 봉사하는 장치임을 깨달았다.

그녀는 화류계 명사인 리안 드 푸지Liane de Pougy와 사랑에 빠졌다. 두 사람의 사랑 이야기를 푸지가 나중에 책으로 펴냈고 베스트셀러가 되었다. 프랑스의 '유혹이론'[21]이 주장한 것처럼 푸지는 엄청난 힘과 권력을 가진 것처럼 보였을지라도 그녀가 봉사한 대상은 남자들이었다. 푸지는 권력자들의 구애를 받았지만, 그들의 쾌락에 봉사하고 그 대가로 보석, 집, 모피, 마차, 부를 챙겼다. 하지만 이런 선물들은 그녀를 점점 더 매춘에 매달리게 하고 구애하는 남자들에게 경제적으로 의존하게 만들었다. 내털리는 푸지를 남성 의존성에서 벗어나게 하려고 했으나 뜻대로 되지 않았다. 내털리는 이성애 세계에서 푸지를 구출하려고 했지만 실패했고, 결국 두 사람은 친구가 되었다.

푸지 다음으로 내털리를 좌절케 한 사례가 르네 비비앙Renée Vivien이다. 내털리는 비비앙이 자살하는 것을 막지 못했고 다르게 살도록 하지도 못했다. 육체적 쾌락을 추구하는 것과 영혼의 충실성과 신의와는 아무런 관련이 없다는 점을 비비앙에게 설득하지 못했다. 그녀는 비비앙에게 낭만적인 애도보다는 에로틱한 쾌락을 즐기라고 주문했다. 자신의 욕망을 각성하고 스스로를 해방시키라고 했다. 하지만 자기 이론과는 달리 현실에서 내털리는 대부분 일대일 관계에 충실한 여성들과 만났다. 자유분방한 다자 관계를 유지했던 내털리였지만 일단 자기 열정이 지속될 때까지는 자기 연인들이 그녀에게만 충실할 것을 기대했다.

그녀는 선택한 사람과 자유롭게 사랑하는 것을 철학으로 삼았으며 그들과 애정이 식고 난 뒤에는 친구가 되었다. 무엇보다 친구를 소중히 여겼으며, 함께 사포 서클의 구성원이 되었다. 그녀의 모든 연인들이 원칙적으로는 그녀의 철학을 받아들였지만, 현실적으로는 배타적 소유로서의 사랑에서 벗어나지 못했다. 비비앙을 죽음으로 몰아간 것은 내털리의 바람기라고 하지만, 그보다 비비앙의 낭만적 사랑과 죽음의 이상화와 기독교 윤리[22]에서 비롯된 것이라고 지적하는 연구자도 있다.

내털리 바니와 버지니아 울프 두 사람 모두 사포의 시를 읽으려고 그리스어를 배웠다. 남자 시인들이 사포를 소녀들의 유혹녀라고 폄하하거나 혹은 사포적인 섹슈얼리티(레즈비언)는 아예 존재하지 않는다고 주장하는 것에 반대하여, 두 사람은 사포의 시와 사피즘(사포식 섹슈얼리티로서 레즈비언 사랑)을 발견하려고 했다. 여성 시인으로서 사포의 발견은 19세기 말 여성들 사이의 자매애, 우정, 사랑의 기획에 일대 사건이었다. 레스보스섬은 런던 파리의 여성들에게 유토피아로 여겨졌다. 그들은 레스보스의 미틸레네를 런던과 파리에서 실현하고자 했다. 하지만 파리에 비해 런던은 섹슈얼리티 문제에서 훨씬 보수적이었다. 그것은 런던이 가부장적 지배가 더욱 엄격했다거나 혹은 지식인 집단에서 남성 동성사회적인 헤게모니가 더 강고했기 때문이 아니다. 파리가 레즈비언 섹슈얼리티에 관용적이었던 것은 그것이 남성 관음증의 대상이었다는 사실이 한몫했다. 1890년대 레즈비언은 파리의 상상력을 지배했다. 여성들끼리의 사랑은 성적 도착으로 여겨졌고, 남성들에게 그것은 도착적인 성애로 관음증의 대상이었다. 남성 동성애와 달리 여성 동성애는 독자적인 성애로 범죄화되지 않았다. 여성 동성애는 이성애 남성 폭력에 신물이 난 여성들끼리 대리만족의 대용품이거나, 이성애로 성숙되기 이전의 과도기적인 성애이거나, 혹은 나르시시즘적인 자가성애로 간주되었다. 여성 동성 파트너는 거울에 비친 자기 이미지의 더블이자 자기반영self-reflexive이었다. 이성애 삽입 성교만을 정상적으로 보는 관점에서 본다면 여성 동성애는 자위행위에 불과했다.[23] 19세기 말에서 20세기 초반에 이르기까지 레즈비언은 주로 외설적인 매춘여성이거나 비정상적인 여성으로 간주됨으로써 이중적으로 주변화되었다. 여성 동성애는 위협적이기는 커녕 남성 관음증의 대상이 되기도 했다. 그런 맥락에서 파리에서 레즈비어니즘에 관대한 태도는 여성혐오의 한 형태였다. 그럼에도 외관상 레즈비언에 대해 파리 사람들은 이국적이고 낯선 성적 취향의 하나로 간주했다.[24] 하지만 내털리 바니는 레즈비언을 병이자 도착이며 제3의 성으로 축출하려는 관점을 반박하기 위해 대안적 레즈비언 문화를 발굴하고자 했다. 그녀는 사포에게서 레즈비언 섹슈얼리티뿐만 아니라 여성 저자, 여성 시학의 모델을 찾았다.

거트루드 스타인과 버지니아 울프가 실험적인 언어형식의 전위성을 통해 레즈비언 시학을 구축하려고 했다면, 내털리 바니는 서사의 내용과 시학을 통해 특정한 여성 연인을 향한 사랑의 노래를 연시 형태로 재현했다. 그녀는 파리에서 받았던 문학 수업의 영향으로 엄격한 형식을 지켰으며, 의고擬古적인 프랑스어를 가져와 사랑을 표현했다. 내털리 바니가 살았던 20세기는 문학사조가 낭만주의에서 모더니즘으로 바뀌던 시기였으므로 그녀의 낭만적인 스타일은 상투적이고 감상적이며 시대착오적인 것처럼 보였다.[25] 그 결과 내용은 급진적이지만, 형식은 낡고 전통적인 어울리지 않는 조합이 이뤄졌다. 그녀는 의식적으로 시대착오적인 형식을 고수했다. 가장 오래된 시적 형식을 차용하여 정치적, 철학적, 성적으로 전복적인 내용을 담는 이 간극이 주는 시대착오성을 그녀는 적극적으로 활용했다. 내털리 바니의 시적 내용은 조지 윅스가 지적한 것처럼 추문 거리였지만 고전적인 형식으로 인해 비평가들은 그녀의 시를 문학적 전통 속에 위치시켰다.

세기말 프랑스 남성 작가들이 묘사한 레즈비언은 여성 혐오의 한 형태였다. 에밀 졸라의 나나, 고티에의 양성애적인 모팽Maupin부인, 발자크의 레알 후작 부인, 프루스트의 알베르틴느는 여성 동성애에 대한 남성 관음증을 자극하는 여성들이었다. 그들은 레즈비언의 포르노화를 통해 관음증을 충족시키면서도 여성 혐오를 공유했다. 20세기 전반 남성 작가들에게 사포는 성적 약탈자, 포식자로 여겨졌지만, 내털리 바니에게 사포는 이성애 규범을 벗어나서 자신의 섹슈얼리티를 노래한 여성 모델이었다. 사포를 전유함으로써 내털리는 남성 욕망의 대상으로 기능하는 전통적인 여성의 역할을 거부하고, 여성들 스스로의 욕망을 말하게 되었다.

내털리는 궁정풍 연애에서 구애하는 남성의 역할을 남성적인 레즈비언에게 맡기지 않았다. 그녀는 남성이 자신의 욕망과 열정을 레즈비언들에게 투사하는 남성 작가들의 형식을 전복시켰다. 거트루드 스타인의 코드화된 레즈비언 문법이나, 버지니아 울프의 여성적인 문장과는 다른 방식으로, 그녀는 사포의 이미지를 자신의 목적에 맞게 재창작함으로써 파리의 레스보스를 만들어내려고 했다. 그녀는 '레즈비언 포르노그래피' 전문가들인 남성 멘토들에게 자문을 구한 뒤 그들의 말을 무시해버렸다.[26] 그녀에게 레즈비언 사랑은 특별히 멜랑콜리하고 고통스러운 것이 아니라 여느 사랑이나 다를 바 없는 것이었다.

내털리의 작품인 ≪A. D.의 부활 이후의 삶A. D.'s After Life≫은 수도원이 파괴되면서 죽은 수녀가 무덤에서 부활하는 것으로 시작한다. 고딕 장르에서처럼 달밤에 자살자는 깊은 숨을 들이쉬면서 소생한다. 자살자 A. D.가 왜 자살했는지는 스토리상으로는 알 수가 없다. 자살자는 사랑의 갈등과 실망으로 자살한 것처럼 보이지만, 어떤 상처와 고통이 그녀를 자살로 내몰았는지 설명하지 않는다. A. D.는 여성으로서 받은 구속과 억압을 말하지만 꿈결처럼 모호하다. 게다가 발자크의 ≪세라피타_Seraphita≫에게 바치는 오마주처럼 그녀는 성적으로 모호한 양성구유를 노래하고 있다. 하늘의 양성구유 세라피타/세라피투스가 분열된 현실에서의 사랑의 패배를 내려다보고 있다는 식으로 노래한다.

A. D.는 르네 비비앙의 삶과 자살을 떠올리게 만든다. 아마도 바니는 죽은 비비앙을 기리고 싶었던 모양이다. 망자에게 명예를 부여해주는 시는 죽음 뒤에도 살아남는다. 죽은 자를 죽게 내버려 둔다면 그것은 사랑의 빈곤을 증거하는 것이다. 사랑의 역사를 열심히 기록하여 세계의 아름다움을 덧붙여야 한다는 것이 그녀가 예술을 하는 이유이기도 했다. 침묵의 빈곤 속에서가 아니라 언어의 풍요 속에서 기록하는 것이 과거를 기억하고 명예롭게 하는 것이라고 그녀는 믿었다. 그녀의 언어 속에서 르네 비비앙은 유령처럼 귀환한다.

내털리에게 예술은 무분별의 한 형식이다. 무분별의 관점에서 보았을 때, '그녀의 삶 자체가 작품이었고, 그녀의 글쓰기는 그 결과물이었다.'[27] 니체처럼 그녀에게 신중함과 기억은 불모이며 무가치한 것이었다. 무분별한 이야기들 속에서 살아남았던 사람들이 스토리를 만든다. A. D.가 유령처럼 그녀의 무분별한 이야기 속에서 살아남아 후세대에게 귀환하고 있다는 점에서 그녀는 자기 이론대로 살았다고 볼 수 있다.

르네 비비앙: 레즈비언 거식증자

르네 비비앙의 삶과 시에 관한 논의는 과거와 달리 다양해졌다. 과거에 그녀가 주로 내털리 바니와의 사랑과 관련하여 스캔들로 소비되었다면, 70년대 이후 페미니즘의 부상과 더불어 후세대들이 그녀의 작품을 발굴하려 노력한 덕분에 다양한 논의가 가능해졌다. 릴리언 패더만Lillian Faderman은 비비앙이 보들레르로부터 지대한 영향을 받아 그로부터 레즈비언 이미지와 상징적 시어를 차용했다고 주장한다. 비비앙은 레즈비언 사랑을 '인공성, 악, 죽음, 향수'[28]로 묘사한다. 그래서 비비앙의 시어들은 사랑과 죽음, 황홀경과 쓸쓸함, 매혹과 거부라는 낭만적인 양가감정이 지배적이었고, 그로 인해 레즈비언에 대해서도 양가적인 태

르네 비비앙

도를 보인다는 것이다. 패더만이 고딕적인 상상력과 낭만주의의 영향을 받은 비비앙을 묘사했다면, 엘리지 블랭클리Elyse Blankley는 그와는 상반된 주장을 펼친다.[29] 블랭클리에 따르면 비비앙은 레즈비언 사랑을 병적인 것으로 묘사하는 보들레르, 프루스트식의 상징주의적 모델에서 벗어나려고 노력했다. 그녀는 비비앙이 선병질적이고 퇴폐적이며 순진하고 유치한 미학주의자라는 상투적인 결론을 뒤집으려고 했다. 게일 루빈 또한 "사포와 거트루드 스타인 사이에 놓여 있는 비비앙은 근대 서구 세계에서 실제로 표현 가능했던 유일한 레즈비언 문화를 대표"[30]하는 작가라고 칭송했다. 루빈의 입장에서 르네 비비앙은 '시대착오적인' 동시성을 선취한 탁월한 레즈비언 작가였다.

무엇보다 다시 쓰기에 능숙한 비비앙은 사포를 가모장적인 관점으로 재해석했다.[31] 그녀는 릴리스, 이브, 카시오페아, 아프로디테, 바스세바, 클레오파트라, 제인 그레이 부인 등을 통해서 여성 계보, 여성신화, 여신 이야기를 여성적 관점으로 재배치했다.[32] 보들레르와 같은 상징주의 시인들이 아니라 연인이었던 내털리 바니의 영향 아래, 독립, 자유, 풍요, 비옥, 다산 이미지를 통해 비비앙은 여성의 영혼을 지배하는 육체적 구속으로부터 벗어나고자 했다. 그녀는 육체와 영혼, 예술과 삶, 현실과 상상력을 결합시켰다.

비비앙은 사포의 시를 읽으려고 그리스어를 배웠고 이교도 신화, 전설, 문학을 광범하게 읽고 공부했다. 신화 속 남성의 자리에 여성을 기입함으로써 그것을 레즈비언 신화로 재활용하고 재배치했다. 그녀가 다시 쓴 우주의 창조 서사 〈세속적 창세기The Profane Genesis〉에 따르면, 우주가 탄생되기 전 영원한 두 가지 섭리인 야훼와 사탄이 있었다. 야훼는 힘의 화신이었다면, 사탄은 간계의 화신이었다. 야훼가 남자와 여자를 빚었다. 야훼는 호머에게 영감을 불어넣고 ≪일리아드≫와 ≪오디세이≫를 노래하도록 하면서 전쟁의 대학살을 칭송하고 도시를 불바다로 만들도록 했다. 호머는 전쟁으로 남편을 잃고 애도하는 여인들의 슬픔과 눈물을 노래하는 대신 신의 영광과 남성의 용기를 노래했다.

하지만 비비앙은 야훼가 아니라 사탄에게, 전쟁이 아니라 '다른' 사랑을 창조했다. 그녀가 다시 쓴 사탄의 서사에 의하면 "사탄은 사포에게 영감을 고취시키고 덧없이 사라지는 사랑의 형상을, 장미의 강렬한 향기를, 크레타 여인의 비밀스러운 춤을, 죽음의 고통과 미소를, 비웃는 불멸의 오만을, 여인의 황홀한 키스를 노래하도록 했다."[33]

그녀는 이처럼 독립적이고 주권적인 여성의 모델을 찾아서 헤맸다. 그녀는 일찌감치 여성들의 이야기herstory에 따른 여성의 서사적 전통을 발굴하고자 했다. 그녀의 글에는 여전사, 아마존, 양성구유, 여신들로 넘쳐난다. 그녀의 산문 작품의 상당수는 숭고한 여성 반역자들에 대한 이야기들이다. 고결한 처녀, 전혀 구속받지 않는 창녀, '사랑 없는 왕실 침대의 노예로 사는 대신에 가난과 자유를 선택한 왕비' 같은 인물들이 빈번히 등장한다.

비비앙의 〈와스디의 베일The Veil of Vashti〉은 구약성경 〈에스더 서The Old Testament Book of Esther〉의 경외 편에 해당한다. 경외 편에 따르면 아담의 최초 아내는 이브가 아니라 릴리스였다. 그녀는 아담에게 여성 상위 체위를 주장하다 쫓겨났다고 한다. 심지어 쫓겨난 뒤에도 릴리스는 야훼의 위협에 전혀 굴하지 않고 사막으로 가서 악마들과 야합했다. 기독교는 가부장권에 저항하는 릴리스를 변질시켜 사막의 요부, 마녀, 검은 여왕, 악마의 반려자로 저주했다. 릴리스는 생명 창조의 권한을 빼앗겼고 남신이 인간의 창조주가 되었다. 야훼는 아담의 갈비뼈 하나로

온순한 아내 이브를 만들어주었다. 가부장제에 공손한 이브가 쫓겨난 릴리스의 자리를 대신한 것처럼, 에스더는 와스디가 폐위된 뒤 왕비로 책봉된 착한 여인이었다.

와스디 왕비는 아하수에로 왕의 명령을 거역했다. 왕의 명을 어긴 그녀를 처벌하지 않는다면 여자들이 남자를 우습게 알고 여성 봉기가 일어날 것이라고 왕의 책사들은 경고했다. 와스디 왕비가 "공주는 왕자의 노예가 아니며, 가정의 주인은 남편이 아니다. 여자들은 자유롭다. 하렘의 정부도 모두 자신의 주인이자 가정의 주인"[34]이라고 선언했기 때문이다. 비비앙의 이야기에서 와스디의 도발은 신중한 숙고 끝에 의도적으로 기획된 것이었다. 사막으로 유배한다는 통보받았을 때, 와스디 여왕은 다음과 같이 선언한다.

> 이제 나는 인간이 사자처럼 자유로울 수 있는 사막으로 간다…아마도 그곳에서 나는 아사할 것이다. 맹수에게 잡아먹힐지 모른다. 고독에 지쳐 죽어갈 것이다. 하지만 릴리스의 반란으로 나는 자유로운 최초의 여자다. 내행동은 모든 여자들의 주목을 받을 것이다. 아버지와 남편의 집에서 노예로 살아가는 모든 여자들은 몰래 나를 부러워할 것이다. 나의 영광스러운 반란을 생각하면서…[35]

가톨릭이었던 비비앙은 처녀성을 칭송하는 시들을 많이 썼지만 가부장제와 같은 방식으로 칭송한 것은 아니었다. 그녀에게 처녀성은 남성적 에로티시즘의 폭력과 유린에 저항하는 전략이었다. 수전 구바의 말처럼 그녀에게 처녀성은 포식자 남성의 에로스에 방어벽을 치는 것이다. '산에서 불어오는 바람이 참나무를 쓰러뜨리는 것처럼/에로스가 영혼을 찢는다. 나는 언제나 처녀로 남아있을 것이다. 평온한 눈처럼 처녀로 남아 있을 것이다.'[36]라고 결심한다.

수전 구바는 그녀의 처녀성을 불모가 아니라 풍요로 간주한다.[37] 하지만 처녀성은 어디까지나 잠재력으로 남는 것이며, 적극적인 활력이나 비옥함은 아니다. 그것은 남성의 성적 착취에 맞서는 보호장치이자 남성적인 생식력과 힘에 대한 방어벽이며 자구책이다. 그것은 남성의 포식성에 대한 결사적인 자기보호 장치로서의 처녀성이다. 그녀가 주장한 처녀성은 남성의 욕망을 충족시키면서 아비가 확실한 아이를 낳아줌으로써 가부장제의 재생산과 공모하는 일에서 벗어나기 위한 것이다. 그것이야말로 동정생식으로서의 레즈비언 섹슈얼리티다. 이처럼 비비앙은 영혼 / 몸의 분열을 어떻게든 통합하려고 노력했지만 실패했다.

당대 사회는 레즈비언을 재생산이 불가능하다는 점에서 불모성, 황무지로 비판했다. 레즈비언 섹슈얼리티는 중추신경계의 질환이자 비정상적인 성행위이거나 혹은 선천적인 것이라고도 주장했다. 다른 한편 알비노와 마찬가지로 레즈비언은 태생적인 것이므로 그들을 비난하지 말아야 한다고 주장하기도 했다. 이에 반해 비비앙에게 레즈비언 섹슈얼리티는 원치 않는 임신의 공포에서 벗어나기에 더할 나위 없이 좋은 섹슈얼리티였다. 레즈비언 관계는 이성애 관계와는 달리 성적인 지배-복종의 관계가 아니라 동등하고 수평적인 관계다. 이성애 관계에서 여자는 남성의 소유물이며 성적으로 여성은 수동적이거나 수동적인 것처럼 굴어야 한다. 이성애 섹슈얼리티는 여성을 남성적 욕망의 포로로 만든다. 반면 레즈비언은 관능적 감각을 여성 자신의 욕망으로, 자신의 목소리로 표현하는 것이라고 그녀는 주장했다.

한편으로는 진보적인 퀴어 의식이 있었지만 다른 한편으로 비비앙은 섹슈얼리티 자체에 깊은 죄의식을 느끼고 있었다. 어린 시절 친구이자 연인이었던 비올레 실리토Violet Shillito의 때 이른 죽음은 그녀를 금욕적인 가톨릭 신자로 회귀하도록 만들었다. 내털리 바니는 비비앙이 점점 더 섹슈얼리티를 죄와 죽음으로 연결시키면서 금욕주의자가 되는 것에 당혹스러워했다. 내털리에게 동성애는 완벽한 사랑의 형태이고 즐겁고 활력에 찬 것이다. 내털리는 몸을 보존하고 몸의 쾌락을 말하고 몸을 통해 자신을 표현함으로써 여성 동성애에 각인된 두려움과 죄의식을 제거하려고 했다. 그런 내털리의 입장에서 볼 때 레즈비어니즘을 퇴폐적 섹슈얼리티나 자기 파괴적인 것으로 귀결시키는 비비앙이 곤혹스럽지 않을 수 없었다. 가부장제가 레즈비언들에게 자기파괴를 하도록 내린 선고에서 전혀 벗어나지 못하는 비비앙을 보면서 내털리는 안타까워한다.

비비앙은 친구 실리토의 죽음에 대한 죄의식의 한 형태로 금욕과 자기 유폐의 삶을 살아간다. 여기서 니체식으로 말하자면 처벌과 죄는 다르다. 처벌은 계산 불가능한 것을 계산하여 등가로 교환하는 것이다. 연인을 죽인 살인자에게 얼마만큼의 처벌을 가하면 정의가 실현된 것이라고 할 수 있을까? 사실 아내 살인과 등가치로 교환할 수 있는 처벌이란 불가능하다. 그럼에도 법적인 처벌은 등가치를 계산한다. 반면 죄는 잔인함과 몰인정에서 유래한다기보다 사랑과 희생에서 유래하는 것이다. '기독교 신의 천재적인 수완'[38]은 '신 스스로가 인간의 죄 때문에 자기를 희생한 것이다. 유한한 인간이 신의 무한한 희생과 사랑을 어떻게 갚을 수 있겠는가. 신이 인간의 죄 때문에 자신을 희생함으로써 채권자가 오히려 채무자의 죄를 대속하고 희생했으니 말이다.[39] 따라서 인간이 느끼는 죄의식은 아무리 갚아도 갚을 수가 없다.

실리토에 대한 기독교적인 비비앙의 죄의식은 '더 많은 고통'[40]을 갈망함으로써 고통의 쾌락에 탐닉하는 것처럼 보인다.

반면 다자연애로 끊임없이 비비앙을 고통스럽게 만들었던 내털리에게는 비비앙이 자기 처벌의 한 형태로 멜랑콜리 거식증자가 된 것처럼 보였다. 그런 증상은 자기파괴에 이를 때까지 사랑한 자신을 배신한 내털리에게 복수하는 한 방법이었다. 이처럼 사랑으로 인해 더 많은 애도와 고통을 요구하는 자기 처벌의 내면 풍경은 르네 비비앙의 장편소설 ≪한 여인이 내게 나타났다Une Femme m'apparut≫에 잘 드러나 있다.

이 소설은 여성들 사이의 치열하고 격정적인 사랑과 죄의식, 죽음 충동을 다룬 것이다. 이 작품은 화자(르네 비비앙)와 밸리(내털리 바니)의 사랑과 좌절에 바탕을 둔 자전적 소설이다. 화자가 보기에 밸리는 다자연애로 인해 도무지 신뢰할 수 없는 연인이다. 밸리가 여자 돈 주앙처럼 끊임없이 여자들을 뱀파이어처럼 먹어치우면서 바람을 피는 바람에 화자는 견디기 힘들다. 밸리는 레즈비언임에도 남자들의 구애를 단호하게 거절하기는커녕 적당히 즐기기까지 한다. 남녀를 막론하고 구애자들에 둘러싸여 있는 호색한 사포를 바라보면서 화자는 한없이 고통스럽지만 참고 견딘다. 그나마 밸리가 그녀를 완전히 떠나버릴까 두렵기 때문이었다. 그녀가 내털리에게 보낸 편지가 보여주다시피, 밸리에 대한 화자의 사랑과 실연은 그녀를 너무나 고통스럽게 만든다.

그 모든 걸 감수하면서도 여전히 당신을 사랑하는 내가 이런 말을 하게 되다니, 마음속 깊이 슬픔이 차올라요. 하지만 당신의 어떤 점이 날 병들게 했는지, 당신이 내게 가했던 그 고통, 그 모욕, 그 상처를 당신은 망각하고 있어요. 아마도 무의식적이었겠지만, 당신이 가했던 치명적인 고통으로 인해 내가 아직도 피 흘리고 온몸이 멍투성이인 것을 당신은 정녕 잊었나

봐요. 당신에게서 멀리 떠나 있으니, 이제 나는 괴롭지 않아요. 여자든 남자든 가리지 않고 모든 이에게 키스하고 장사꾼처럼 미소 짓고 추파를 던지는 당신을 보면서 견뎌야 했던 그 고통, 그 질투, 그 분노에서 나는 이제 놓여났어요…[41]

사랑은 배타적 소유 관계가 아니므로 우정을 강조하면서 끊임없이 또 다른 사랑에게로 날아가는 밸리를 지켜보며 화자는 견딜 수 없는 고통을 경험한다. 화자의 더블이라고 할 수 있는 샌 지오바니는 그녀가 매달릴수록 밸리는 더욱 도망칠 것이라고 말해준다. 화자도 그 점을 모르는 바가 아니다. 비비앙이 주장한 것과는 달리 레즈비언 섹슈얼리티라고 하여 사랑의 권력 관계가 없는 것은 아니다. 리비도 경제에서 사랑을 많이 주면 줄수록 주는 사람은 약자가 된다. 사랑의 약자는 매달리면 매달릴수록 사랑은 멀어져 간다는 것을 알고 있지만 자기 의지로 어쩔 수가 없다. 그래서 샌 지오바니의 입을 빌려서 화자는 자신을 타이른다. 그녀는 양성애자인 샌 지오바니를 자신의 분신이자 대리 자아로 창조한다. 샌 지오바니는 비비앙의 신화 다시 쓰기에 등장하는 완전체인 양성구유다. 그녀에게 양성구유는 괴물이 아니라 남녀가 공존하는 양성성이다. 샌 지오바니의 모습은 비비앙이 오마주를 바친 발자크의 세라피타/세라피투스와 흡사하다.

화자의 건전한 분별력을 상징하는 샌 지오바니는 그녀에게 조언한다. "질투 어린 비애감과 사나운 기세를 떨쳐내지 않으면, 너는 밸리를 잃고 말 거야. 네가 그녀에게 덮어씌워 질식시키고 있는 어두운 안개 속에 그녀는 머물려고 하지 않을 거야. 그녀에게는 신선한 공기와 공간과 햇살이 필요해." 밸리는 얼마 지나지 않아 그녀를 떠나고 화자는 한없이 그녀를 그리워하면서 멜랑콜리 거식증자가 된다.

이 소설은 화자인 비비앙의 입장에서 기록되고 있다. 그녀는 사랑의 일방적인 희생자로 보인다. 비비앙은 거식증에 시달리다가 자살로 치닫는다. 이 모든 고통이 그녀의 사랑이 배신당한 탓이라고 말할 수는 없다. 비비앙이 순결주의와 금욕주의의 종교에 집착했다면, 내털리는 쾌락주의 종교의 신봉자였다. 금욕주의와 쾌락주의는 한 뿌리에서 자라나온 다른 가지다. 금욕주의자는 자신의 고통과 우울을 더 크게 절규함으로써 우울을 넘어서는 쾌락을 맛본다. 그래서 니체는 금욕주의적 이상은 감정의 자극제이자 흥분제라고 조롱한다. 말하자면 금욕주의는 '인간의 영혼이 모든 사소한 불쾌, 침울, 우울로부터 해방될 정도로까지 그것을 공포, 얼음, 불꽃, 그리고 황홀에 담가 세례하는 것'[42]과 관련이 있기 때문이다.

비비앙은 더 많은 고통의 쾌락을 요구함으로써 실연의 고통과 우울을 넘어서려고 하는 것처럼 보인다. 화자의 애끓는 고통은 내털리의 쾌락과 맞닿아 있다. 비비앙이 고통의 쾌락으로 나아간다면, 내털리는 쾌락의 고통을 즐긴다는 점에서 양자의 쾌락과 고통은 동전의 양면이다. 비비앙은 여성의 성적인 자율성과 자유를 주장하면서도 영혼의 순결성/육체의 문란한 타락이라는 가부장적 프레임에서 벗어나지 못한다. 그 당시 여성들은 신앙심이 강하여 고통을 참고 견디며 인내하는 존재로 간주되었다. 경건하고 죽음 충동에 매혹되는 것이 여성성의 한 특징처럼 이야기되기도 했었다. 어린 시절 절친한 친구였던 비올레 실리토에게 품었던 사랑은 순결한 사랑이자 우정이라는 생각을 비비앙은 서른두 살의 짧은 생애 동안 간식하고 있었다. 하지만 두 사람 사이의 친밀성의 관계야말로 섹슈얼리티가 삭제된 레즈비언 스펙트럼의 하나였다.

헬렌 도이치Helene Deutsch는 〈여성적 동성애에 관하여On Female Homosexuality〉에서 여성적 마조히즘을 주장한다. 여성적 마조히즘은 아버지에게 거세되고 싶다는 욕망이다.[43] 그런 마조히즘 성향이 여성의 자아와 갈등을 일으키는 일부 여성들(레즈비언)은 '정상적 이성애' 획득에 실패한다. 그런 경우 자존심을 위해서 그들은 "고통 속에서 행복을 찾거나 아니면 포기 속에서 평화"를 찾는다. 그런 주장은 재생산과 모성, 출산의 고통을 인내하는 여성이라야만 정상적인 여성으로 간주하는 것이다. 또한 가부장제가 강제한 이성애로부터 일탈하는 레즈비언을 병리적인 것으로 만들어 가부장제로 재포섭해 들이는 전략이다. 르네 비비앙의 삶과 시는 헬렌 도이치의 이론을 구체화하는 사례처럼 보인다.

이 둘의 관계에서 가장 심각한 갈등의 결정체는 일부일처제, 즉 일대일의 관계였다. 내털리는 질투, 분노, 증오, 소유욕, 독점욕 등은 일부일처제로부터 유래했으며, 여성이 부차적인 지위에 머문 것 또한 그와 같은 성적 소유체계 탓이라고 보았다. 내털리는 의존성 아닌 상호독립성을 바탕으로 관계를 맺어야 하며, 사랑에서 정절을 강요해서는 안 된다고 주장했다. 그녀에게 정절은 사랑과 욕망의 죽음을 의미했다.

르네 비비앙의 문제는 일부일처제 윤리를 내재화하고 있었다는 점이다. 그 점은 내털리와 접점을 찾기 어려웠다. 그녀는 가모장제의 여신처럼 자신의 하렘을 사랑하는 여인들로 채웠던 내털리를 이해하기힘들었다. 비비앙에게 사랑은 영원한 것이며, 한 사람에게 성적으로 충실함을 뜻했다. 그녀는 다자관계가 아니라 배타적 사랑을 요구했다. 내털리가 다른 여성들과 서로 유혹하고 희롱하면서도 여전히 비비앙을 사랑한다고 힘주어 말할 때, 비비앙은 그녀의 진심을 믿을 수 없었다. 그런 비비앙에게 내털리는 만일 자신을 사랑한다면 자신을 이해하려고 노력해야 하고, 만약 그 점을 이해했다면 성적 활력을 사유재산처럼 소유하려 들지 말라고 설득했다.

비비앙은 이해하려고 애썼다. 그러나 계속되는 내털리의 외도로 인한 괴로움을 참을 수 없었다. 비비앙은 내털리의 성적 편력이 자신에게는 고통의 근원이라는 사실을 깨닫기 시작했다. 정서적으로 견딜 수 없는 이런 관계에서 벗어날 수 있도록 해준 사건이 비올레의 죽음이었다. 비올레의 죽음이라는 상황은 내털리의 관능을 죽음과 같은 배신으로 연결지었다.

비비앙은 1909년 죽은 친구 비올레를 뒤따라 천주교로 개종했다. 죽음 충동에 사로잡혔던 그녀는 자살로 치달은 거식증으로 서른두 살의 나이에 요절했다. 반면 내털리 바니는 1972년 92세까지 천수를 누리며 즐기다가 자연사했다. 내털리 바니는 90세에 이르러서도 삼각관계로 인해 세 여자가 다 함께 사랑과 고통을 경험했다고 전한다. '그녀가 죽었던 70년대는 이제 막 잊힌 선배 레즈비언들에 대한 탐구가 시작되던 무렵이었고, 두 여성의 유산이 갓 재발굴되던 시점이었다.'[44] 2000년대에 이르러 제약에 묶여 있던 그녀의 작품, 시, 일기, 서신들이 연구자들에게 개방되어 이용할 수 있게 되었다.

대다수 여성 문인들이 그랬다시피 한때는 비비앙 또한 반짝 절정의 시기가 있었지만 그 이후 긴 망각의 시간을 견뎌야 했다. 살아생전 그녀는 퇴폐적인 작가 혹은 보들레르의 아류 시인으로 간주되었다. 요절한 뒤 그녀는 술, 약물, 거식증, 죽음 충동, 자살의 욕망에 사로잡혔던 인물로서 20세기 초반의 남성 문인들 사이에서 문학적 아이콘으로 소비되었나. 파시즘化 되어가는 유럽 분위기 속에서 그녀는 현실적인 정치적 감각은 전혀 없는 위험한 인물로 간주되었다. 혹은 그녀의 탈

정치성 때문에 순수문학의 상징처럼 읽히기도 했다. 2차 대전에 이르기까지 그녀의 시는 감상적인 여류 문학으로 취급되었다. 그 이후 후세대의 재평가 작업이 시도되면서, 비비앙은 벨 에포크 시대의 레즈비언 시인으로 확실히 자리매김되었다. 1960년 후반 1970년대에 이르러 미국뿐만 아니라 프랑스에서 게이 레즈비언, 그리고 페미니즘의 해방운동으로 인해 비비앙의 텍스트들은 가부장제와 이성애를 파열시킬 수 있는 전복적인 담론으로 재전유되었고, 다양한 해석이 가능한 작가로 부상했다.

그녀는 의식화된 레즈비언 페미니스트 작가로서 '레즈비언 르네상스'를 가져다준 인물로 칭송되기도 한다. 게일 루빈은 그녀에게 '레즈비언 르네상스'의 모델이라는 오마주를 바쳤다. 하지만 후세대인 일레인 마크스Elaine Marks는 르네 비비앙에 대한 게일 루빈의 찬사는 너무 과장되어 있으며 오히려 루빈 자신의 이해관계에 따라 비비앙의 한계를 간과했다고 비판한다.[45] 그녀는 〈르네 비비앙에 대한 독법〉에서 게일 루빈과 프랑스 국수주의 이론가인 샤를 모라스Charles Maurras가 르네 비비앙을 자신들의 입장에 맞춰서 어떻게 '배치'하면서 맹목의 지점을 드러내고 있는지 분석한다. 그녀가 속한 시대였던 벨 에포크를 배경으로 삼는다면 그녀에 대한 또 다른 해석들이 가능해진다는 것이 일레인 마크스의 입장이기도 하다. 그 시대는 자연, 사랑, 여성이 숭배 받던 시절이었다. 벨 에포크 시대는 레즈비언을 포함하여 예술적 혁신시대였다. 파리 레즈비언 커뮤니티는 파리의 문화적 중심지였다.

하지만 벨 에포크에 대한 해석 또한 다양하다. 근대는 신의 죽음이 선언된 시대였다. 사회적 다원주의가 지배하여 우생학의 광풍이 불었다. 사회적 다원주의는 이분법적인 범주에 사로잡혔다. 진화와 진보가

손을 맞잡고 사회진화생물학에 바탕을 둔 우생학이 전파된 시대이기도 했다. 우월/열등, 백/흑, 아리안/유대인, 남/여, 질서/무질서의 이분법에서 열등한 축에 해당하는 존재들은 경쟁에서 '자연'도태되어야 한다는 논리가 무성해졌다. 벨 에포크의 이면으로서 사회적 다윈주의는 오늘날까지도 이어져 내려오고 있다. 그러므로 르네 비비앙을 제대로 이해하려면 사포, 보들레르, 콜레트, 내털리 바니 뿐만 아니라 니체, 프로이트, 샤를 모라스도 포함시켜야 한다는 것이 일레인 마크스의 주장이다.[46]

마크스에 따르면 샤를 모라스는 군주제를 주창한 프랑스 우익 민족주의자 이데올로그였다. 모라스는 프랑스 혁명 이전의 왕정 시대를 황금시대로 상상한다. 그에게 프랑스의 절대왕정 시대는 에덴동산이었다. 그가 보기에 프랑스 전통과 문명을 위협하는 새로운 지성이 에밀 졸라와 같은 좌파들이었다. 좌파에 대항하기 위해 그는 전통적인 종교적, 철학적 지성의 결집과 보수의 연대를 강조했다. 가톨릭주의자인 그에게 인생은 신을 중심축으로 회전했다. 신이 없으면 무슨 범죄든 가능해진다. 모든 것이 회의의 대상인 시대에, 이제 신 아니면 무無가 대안으로 작동한다.

그는 르네 비비앙을 여성적 낭만주의자로 이해하고 지성의 미래로 표상했다. 그가 인용하는 르네 비비앙과 게일 루빈이 인용하는 비비앙[47]은 전혀 다르게 다가온다는 점에 일레인 마크스는 주목한다. 두 사람의 접근법은 서로 대척점에 있다. 전자는 민족주의 우파이며 후자는 좌파 레즈비언 페미니스트이다. 양자의 해석을 대질시켜보면 르네 비비앙의 문학사적 위치는 양극단을 오가게 된다. 프랑스의 우익 인종차별적 민족주의자가 읽어낸 비비앙, 그리고 전위적인 레즈비언이 읽어낸 비비앙의 모습은 정치적 배치와 해석 투쟁의 한가운데 놓여 있는 셈이 된다.

게일 루빈은 비비앙을 레즈비언 르네상스를 가져다준 레즈비언 혁명가로 극찬했다. 그러다보니 비비앙의 시에서 핵심이라고 할 수 있는 성적 정체성에 대한 번민과 형이상학적 고민에는 맹목이 되었다고 마크스는 비판한다. 루빈과는 달리 샤를 모라스는 좋았던 왕정복고 시절로 되돌아가고 싶은 욕망을 비비앙에게 투사한다. 모라스가 언급한 여성 작가들은 프랑스 출신이 아닌 이국적인 인물들이다. 국외자인 그들은 아무리 노력해도 타고난 프랑스인이 될 수 없다. 그들은 프랑스 고전 전통에 서 있는 인물들이 아니라 영미문학 전통을 고수하는 낭만주의 여성들이다. 그들은 다정하고 경건하고 인내한다는 점에서 여성적이다. 모라스는 성별 이분법을 민족주의, 국가주의로 연결시킨다. 남/녀의 관계는 프랑스/외국의 관계가 된다. 프랑스 고전 전통 대 영미 낭만적 전통을 남/녀의 차이로 성별 이분화하여 프랑스적인 것은 남성적이고 우월한 것, 이국적인 것은 여성적이고 열등한 것으로 등치시킨다.[48] 이와 같은 모라스의 기획에 부합한 작가가 르네 비비앙이었다.

그가 비비앙과 같은 여성 작가들의 시에 끌린 이유는 모성성과 진실성이라는 여성적인 특징을 발견했기 때문이었다. 모라스에게 여성적인 것은 행복, 운명, 슬픔, 인내, 죄의식과 같은 모호한 정동의 정치에 호소하는 것이다. 모라스는 자연이 여성에게 부여한 절대적 프로그램인 모성성이 있다는 점에서 그녀의 시를 인정한다. 자연=여성이라는 개념에서 여성은 열등한 것이고 도피할 수 없다는 점에서 운명적이다. 그러므로 여성은 자연적이고 열등하거나, 혹은 자연 질서를 파괴하는 사상가라는 괴물이 되기를 욕망한다. 그런데 모라스에 의하면 여성적인 르네 비비앙은 괴물적인 사상가를 욕망하지 않는다. 비비앙의 시가 보여준 종교적 성격은 특히 여성적인 것으로 간주된다. 그와 동시에 모라스는 비비앙이 남자들을 괴물, 침입자, 호색한, 코믹한 장난감으로 보는 비밀스러운 집단에 속해 있다는 점에 주목한다. 그런 세계는 위험하다. 그들의 세계에서 결혼은 무덤이다. 그들에게 남녀의 결합은 가장 저급한 결합이다. 이들은 성적으로 자족적이다. 이것은 본질적인 여성성에 위험한 요소들이다. 모라스는 이런 모순적인 주장을 동시에 펼친다. 레즈비언은 위험하다. 하지만 그들은 위험하지 않다. 모라스는 이들 여성은 검열 대상이라기보다 응원할 대상이라고 주장한다. 왜냐하면 그들은 남성의 자리를 차지하려는 여성이 아니라 열등한 것으로 취급받아온 여성성을 보호하려는 자들이다. 고로 위협적이면서 동시에 위협적이지 않은 존재라는 것이다.

1905년 샤를 모라스가 위험하다고 보았던 비밀스러운 작은 집단(레즈비언 커뮤니티)을 1976년의 게일 루빈은 레즈비언 르네상스로 여겼다. 모라스는 비비앙의 작품에서 국수적 민족주의를 보았다면, 루빈은 레즈비언 섹슈얼리티의 혁명성을 보았다. 모라스는 비비앙에게서 보들레르의 아류를 보았다면, 루빈은 68세대 이후의 레즈비언 의식을 보았다. 모라스에게 비비앙의 텍스트는 전통적이라면, 루빈에게 비비앙의 삶과 텍스트는 전복적이다. 모라스에게 전복적인 성격은 사악한 것이며, 루빈에게 그것은 영웅적인 것이다. 루빈에게 비비앙의 텍스트는 이성애 특권과 남성적인 편견에 도전하는 것이다.

20세기가 되면서 동성애는 동성 '행위'가 아니라 동성애 '정체성'으로 범주화된다. 루빈은 레즈비언 정체성이 갖는 혁명성을 강조하기 위해 이런 변화와 교차되고 있는 계급, 젠더, 섹슈얼리티, 인종, 종교, 국가의 배치를 보지 않는다. 유대인들에게 이런 변화가 국가주의, 인종주의, 애국주의, 민족주의, 성차별주의와 같은 온갖 문제들과 그로 인한 자긍심과 모멸감, 영웅심과 열등감이 서로 뒤엉키는 시공간이라는 점을 고려하지 않고, 루빈은 한 세기 전 레즈비언 커뮤니티가 있었다는 사실만으로 환호한 셈이다.[49] 게다가 르네 비비앙을 레즈비언의 기원이자 조상으로 상징하는 것은 가족 은유와 혈연에 바탕을 둔 동질적인 레즈비언 정체성과 집단성에 근거한 것이 된다. 그렇게 되면 그녀의 작품이 보여주었던 퀴어한 친족들의 행위성을 삭제하고 레즈비언 정체성 하나로 환원시키는 것이 되어버린다.

다른 한편 릴리언 패더만이 ≪남자들의 사랑을 넘어서_Surpassing the Love of Men_≫에서 주장하다시피, 르네 비비앙은 프랑스 퇴폐주의 문학에 영향을 받아서 그들 남성 작가가 본 레즈비어니즘을 모방하고 그대로 가져왔다고 비판받는다. 패더만은 남성의 시각으로 본 레즈비어니즘이 아니라 '진정한' 레즈비언들의 경험이 있다고 주장한다. 진정한 레즈비언이냐, 아니냐 하는 식으로 접근하는 것은 일레인 마크스와 같은 후세대들이 보기에는 생산적이지 못하다. 이들 모두 자신들의 분석에 맹점을 드러내고 있다. 결과적으로 자신의 범주에 맞춰서 상상적 르네 비비앙의 존재를 하나로 동질화, 정체화함으로써 텍스트가 시간 속에서 스스로 파열하면서 생성하는_becoming_ 것들을 억압해버리게 된다고 일레인 마스크는 지적하고 있다.

하지만 일레인 마크스 또한 포스트 페미니스트로서 비비앙을 재/해석하려는 관점을 갖고 있다. 그렇다면 비비앙의 전유는 자기 시대의 요청과 이해관계와 분리될 수 없다. 르네 비비앙의 아카이브를 퀴어링하고 그녀의 레즈비언 정치성에 세월의 얼룩으로 남은 흔적을 재배치하는 것이 마크스의 입장이라고 할 수 있기 때문이다.

주나 반스: 레즈비언 우울증자

앞서 언급했다시피 파리의 레프트뱅크 레즈비언 작가들은 한동안 망각되었다가 1980년대에 이르러 재발굴되었다. 그 무렵 그들의 미발표 일기, 편지, 에세이, 작품, 자서전, 사생활 등에 관한 봉인이 대부분 해제되었다. 이들의 부상에는 여성 시학을 발굴하려는 후세대 페미니스트들의 노력이 가세했다. 한때는 인기를 누렸지만 문학사에서 잊힌 여성 문인들을 재조명하는 작업이 제2 물결 페미니즘과 더불어 활발해졌다.

특히 1920년대 할렘 르네상스를 가져왔던 흑인작가들, 레즈비언 문인들에 대한 발굴 작업은 기존 문학사와 문단이 주류 백인 남성 이성애 중심주의에 기반했다는 점을 비판할 수 있도록 해주었다. 그로 인해 과소평가되었던 버지니아 울프, 넬라 라슨Nella Larson, 이디스 워튼Edith Wharton, 거트루드 스타인, 래드클리프 홀, 윌라 캐더Willa Cather , 주나 반스, 힐다 둘리틀H. D. 등이 재조명되었다. 이들 여성 작가들의 부활은 샤리 벤스톡Shari Benstock, 메리 린 브로이Mary Lynn Broe, 수진 랜시Susan Lanser, 제인 마커스Jane Marcus 등 후세대 페미니스트들의 적극적인 발굴 노력과 무관하지 않았다. 특히 레프트뱅크 레즈비언들에 샤리 벤스톡이 쏟은 노력은 지대했다.

신랄한 냉소를 머금은 젊은 여자가 페기 구겐하임Peggy Guggenheim의 옷을 걸친 채 침대에 앉아 담배를 피우면서[50] 글을 쓰고 있는 장면을 상상해보자. 제임스 조이스의 명성에 위축되지 않고 그를 스스럼없이 '짐'이라는 애칭으로 부를 수 있었던 여자. T. S 엘리엇이 ≪나이트우드≫를 격찬하면서 서문을 쓸 정도로 관심을 보였던 여자. 딜런 토마스Dylan Thomas가 이 작품을 '여성에 의해 쓰인 가장 탁월한 세 작품 중 하나'라고 경탄했던 '여성' 모더니스트 작가로 대접받는 여자. 제임스 조이스의 천재성에 매료되어 유럽에서 금서가 되었던 ≪율리시스≫를 미국에서 출판할 수 있도록 하면서 셰익스피어 컴퍼니 서점을 운영했던 실비아 비치와는 달리 조이스의 천재성에 경배하지 않았던 여자. 어느 날 홀연히 사라져 가난 속에서 은둔했던 신비스러운 여자. 후세대 레즈비언 페미니스트들이 레즈비언 모델로 그녀를 특정했을 때 오만하게 "난 레즈비언이 아니라 셀마 우드를 사랑했을 뿐이야"[51]라고 말했던 여자. 퀴어한 레즈비언으로 신화가 된 그 여자가 주나 반스다. 어린 시절 동생들을 보살피면서 살아남기 위해 닭목을 비틀던 거친 모습과 우아한 숙녀의 모습을 동시에 가진 여자. 문란하고 거칠고 천박한 부치인가 하면 헤밍웨이의 말대로 대단한 숙녀였던 반스.[52] 반스는 자신을 레즈비언으로 고정시키는 것을 거부했지만 그로 인해 비난받지 않았다. 오히려 그것은 유연한 레즈비언으로서 탈정체성의 정치적 발언으로 받아들여졌다.

레프트뱅크 레즈비언들은 오랫동안 작품으로 평가된 것이 아니라 사생활과 뒷담화와 추문으로 세인의 입에 오르내렸다. 주나 반스도 그런 소문의 중심에 있었다. 월터 윈첼Walter Winchell은 반스를 부치 레즈비언이며 교육받지 못한 교양 없고 천박한 여성으로 묘사했다. 그녀는 치명적으로 아름답고 오만하고 과도하게 연극적인 측면이 있다는 비난도 따라다녔다.[53]

게다가 반스의 가족까지 기괴하고 특이했다. 가족끼리 근친상간, 강간, 친밀성, 공격성, 수동성으로 점철되어 있었고 그런 가족사가 반스의 자아를 형성했다. 할머니인 자델 반스와 손녀인 주나 반스는 한 침대를 사용했으며 근친상간적 관계였다. 할머니는 참정권 운동을 했던 페미니스트 기자였고 작가였다. 반스의 아버지는 자녀들에게 공적인 교육을 시키지 않았다. 자녀들은 가족농장에서 방치되다시피 했다. 반스의 마지막 작품인 ≪안티폰Antiphon≫에서 가족은 불화, 반목, 폭력이 난무하는 지옥이다. 디는 가족을 먹여 살릴 수 없을 뿐만 아니라 이제 가족의 짐이 된 여배우 아우구스타의 딸인 미란다는 엄마에게 분노를 폭발시킨다. 오빠와 아빠가 자신을 강간할 때 엄마는 왜 말리거나 막아주지 못 했냐고 엄마에게 마구 퍼붓는다. 엄마는 아들들에게 버림받은 분노로 미란다를 죽도록 두들겨 패고 기진해서 죽는다. 이 희곡은 반스의 자전적인 스토리로 알려져 있다.[54]

그녀는 18세 때 52세 남자와 결혼했다. 그 뒤 뉴욕으로 탈출하여 그곳에서 그림, 음악, 시, 연극을 배웠으며 돈을 벌려고 연극평을 쓰기도 하고 패션 잡지 등에서 기자로 일했다. 패션 잡지 기자로서 제임스 조이스, 코코 샤넬과 같은 명사들과의 인터뷰를 위해 1920년대 파리로 건너갔다. 그곳에서 셀마 우드Thelma Wood를 만나서 10년 동안 함께 살았다.

그녀는 너무 아름다워서 모두가 숭배함에도 정작 본인은 자신의 아름다움을 혐오했다고 한다. 작품이든 사회관계든 그녀의 모든 성취를 미모 탓으로 돌리는 것에 반스는 진저리쳤다. 거트루드 스타인을 만났을 때, 그녀는 반스의 다리가 아름답다고 말했다. 반스는 그 일로 해서 평생 스타인을 용서하지 않았다고 한다. 작가에게 다리가 아름답다고 말한 것은 작품에 대해서는 더는 할 말이 없다는 것과 다르지 않다고 여겼기 때문이다.

거트루드의 파트너인 B. 토클라스는 반스를 질투했다. 반스는 미모로 인해 욕망하는 남성의 시선을 의식해야 했고 여성들의 질투어린 시선을 견뎌야 했다. 사진을 찍을 때 그런 부분이 잘 드러난다. 그녀는 정면으로 카메라를 응시하지 않았다. 그녀에게는 미모로 인해 자신의 재능이 매몰된다는 피해 의식이 있었다. 자기보호를 하려는 그녀의 태도는 오만한 것으로 읽혔다. 그녀는 자신의 아름다움에 무임승차한다는 평가로부터 평생 자유롭지 못했다.

미모와 매력 자본을 가진 그녀가 바로 그로 인해 평생 불행해했다는 전설은 아이러니가 아닐 수 없다. 그녀는 많은 여자와 관계하면서 헤어졌다 만났다를 되풀이하는 셀마 우드를 사랑함으로써 상처받고 불행해졌고 은둔했으며 잊혔다. 이것이 후세대 페미니스트들이 발굴한 그녀에 관한 대략적인 역사다.

에즈라 파운드Ezra Pound는 그녀를 유혹하려다 실패하자 자기 가슴에 품고 싶을 만큼 매력적이지 않았다고 변명했다고 샤리 벤스톡은 전한다. 파운드는 부치 스타일의 주나 반스의 텍스트에서 남근공포증 phallophobia을 감지하고 그녀의 작품에 전혀 공감하지 못했다. ≪나이트우드≫의 서문을 쓴 엘리엇T.S.Eliot에게 보낸 그의 편지는 끔찍하다. 파운드는 반스의 글쓰기를 '개코원숭이 같은 글쓰기'라고 혹평했다.

그는 엘리엇의 평론가적 안목을 신뢰하지 않았다. 자신이 엘리엇의 멘토였다는 자부심이 있었기 때문이었다. 엘리엇의 〈황무지〉가 파운드의 충고로 분량이 절반으로 줄어들었고 그 결과 문학사에서 모더니즘을 대표하는 시가 되었다는 일화는 이제 전설이 되었다. 자신을 엘리엇의 멘토로 여겼던 파운드는 엘리엇이 보여준 주나에 대한 평가를 받아들일 수 없었던 것이다. 그래서 그녀가 과대평가되었다고 악평했다.

사실 파운드는 남성 비평가의 눈치를 보지 않는 주나 반스의 독립성에 화가 났다. 반스가 자신의 평가에 개의치 않고 자신의 문학적 권위를 숭배하지 않는 것에 비위가 상했고, 엘리엇, 조이스가 그녀를 높게 평가한 것에 심술이 났다. 그 당시 비평가들은 주나의 작품을 어떻게 평가해야 할지 곤혹스러워했다. T. S 엘리엇과 딜런 토마스처럼 ≪나이트우드≫가 처음 출판되었을 때 모더니즘의 걸작이라고 평가하는 남성 시인도 있었다. 하지만 파운드처럼 대다수 남성 비평가들의 눈에 그녀의 작품은 모더니즘의 아류로 비쳤다.

다른 한편 일군의 페미니스트들은 그녀의 작품을 모더니즘 미학의 극단으로 간주했다. 레즈비언이라는 주제를 모호하고 미학적으로 처리해버린 그녀의 작품에서 레즈비언 문학의 정치성을 찾을 수 있을지 회의했다. 이처럼 논란이 분분함에도 불구하고 캐롤린 앨런Carolyn Allen은 리얼리즘적인 래드클리프 홀을 레즈비언 문학 1세대로, 모더니즘인 반스를 레즈비언 문학 2세대로 간주하기도 한다.

주나 반스에 대한 뒷담화 정치와 기존의 평가를 벗어나서 그녀를 다시 읽어내기란 결코 쉽지 않다. 젊은 시절 아득히 먼 곳을 주시하면서 카메라의 응시를 피하고 있는 반스의 모습은 아름답지만, 노년 시절 병들고 악화된 건강으로 인해 의도적으로 카메라를 주시하지 않는 그녀의 모습은 황량해 보인다. 아이러니하게도 무절제한 생활로 젊은 시절부터 건강이 좋지 않았던 그녀는 건강했던 친구들보다 오히려 훨씬 더 오래 살았다. 친구들은 전부 떠났다. 함께 추억할 사람은 사라지고 수전증에 시달리면서 쓴 편지들은 독자들을 안타깝게 한다.

그녀의 글들을 다시 읽고 기억한다는 것은 일종의 애도 행위가 된다. 그런 애도를 통해 기억하는 행위는 살아있는 후세대의 책무이기도 하다. 1963년 내털리 바니에게 보낸 편지에서 동시대인들의 칭찬과는 달리 자신에 대한 학자들과 작가들의 무관심 사이의 편차를 보면서 그녀는 "나처럼 잘 알려지지 않은 것으로 유명한 작가는 없을 것"이라고 탄식했다. 회고록은 과거의 재구성을 통해 현재를 기록하는 수단이다. 그것은 죽음을 물리치고 대중적인 관심을 갱생시키도록 해준다. 그녀는 그리니치빌리지에서 90세로 죽기까지 그곳에서 은둔했다.

주나 반스

명랑한 레즈비언 소품 ≪숙녀 연감≫

반스의 ≪숙녀 연감Lady's almanac≫은 프루스트의 ≪소돔과 고모라≫에서 외설적이고 병리적으로 묘사되고 있는 여성 동성애를 반박함으로써 프루스트의 시각을 교정할 작정으로 가볍게 쓴 것이라고 전해진다. 모릴 코디Morrill Cody가 지적하듯 래드클리프 홀의 ≪고독의 우물≫이 동성애를 진지하고 비극적으로 다루고 있다면, ≪숙녀 연감≫은 레즈비언 코뮌을 가볍게 풍자한다. ≪고독의 우물≫에서 발레리 시모르는 우울한 레즈비언 사도들을 거느리고 험난한 파도를 헤치며 나가는 구원의 여사제이다. ≪숙녀 연감≫은 ≪고독의 우물≫에서 시모르 역할에 해당하는 에반젤린 뮈제 여사Dame Evangeline Musset를 가볍게 조롱하는 여유와 유머를 잃지 않는다. 이 작품은 셀마 우드가 앓아누웠을 때 위로를 위해 쓴 소품으로 알려져 있다. 그야말로 달력처럼 1월에서부터 12월까지, 주나가 직접 그린 그림, 시, 노래, 이야기로 구성되어 있다. 이 가볍고 명랑한 소품은 상류 사교계의 여성인 뮈제 부인을 통해 또 다른 여성들에게 말을 건네는 방식으로 전개되고 있다.

에반젤린 뮈제 부인은 수호성인이자 보호자이며 레즈비언들의 횃불이다. 그녀는 내털리 바니가 모델인 것으로 알려졌다. 그 이외에도 파리 레프트뱅크 레즈비언들이 등장한다. 래드클리프 홀, 그녀의 연인인 우나 트러브리지 등. 수수께끼의 봉인은 해제되었고 등장인물들이 누가 누구인지 이제 거의 암호가 풀린 상태이다. 그렇다고 하여 이 소품이 읽기에 편해졌다는 말은 아니다. 여전히 악의적인 비문과 비약, 레프트뱅크 레즈비언 집단에서만 통용되었던 암호 같은 표현들로 가득하기 때문이다.

≪숙녀 연감≫은 이성애 폭력성에 맞서 레즈비언 성적 실천과 행

위를 명랑하게 묘사한다. 그런 묘사는 분명하지 않고 꿈결같이 몽롱하고 모호하다. 소유와 폭력에 바탕을 둔 이성애 세계에서 레즈비언 섹슈얼리티는 그림자의 몫이다. 이성애 가부장적 세계에서 여성은 자신의 욕망을 거부당하고, 남성의 욕정의 대상이 된다. ≪숙녀 연감≫은 이성애/동성애에 대한 기존의 평가를 완전히 뒤집어놓는다. 비체화된 성애로서 레즈비언 섹슈얼리티는 비정상적인 도착이 아니라 이성애를 조롱하고 풍자할 수 있는 대안으로 묘사된다. 이 소품은 가부장제 신화를 전복시키고 여성을 위한 대항문화를 제안하고 있다. 여성의 미덕을 사포적인 것에서 찾기 때문이다. ≪나이트우드≫에는 절망적인 우울과 애도의 분위기가 지배한다면, ≪숙녀 연감≫은 행복했던 시절에 쓰인 만큼 명랑하고 유머러스한 분위기가 지배한다.

　이 소설 속에서 뮈제 부인은 이성애의 위험으로부터 여성들을 구출한다. 내털리 바니는 모든 여자가 갖고 싶어 하는 반면 모든 남자가 부인하고 싶은 책이 ≪숙녀 연감≫이라고 말한[55]바 있다. 그럴 정도로 뮈제 부인은 가부장제 가치와 제도를 신랄하게 조롱한다. 1월에 시작하여 열두 달이 지나고 뮈제 부인은 12월에 이르러 성인의 반열에 오른다. 레즈비언이라고 하여 반스의 조롱과 풍자의 대상에서 예외는 아니다. 그렇다고 하여 이 작품이 내털리 바니의 레즈비언 코뮌을 희생시킬 정도로 풍자한 것은 아니었다. 반스는 호전적인 레즈비언도 아니었고, 전투적 레즈비언의 공격성을 좋아하지도 않았다. 이 작품은 작가 자신도 그다지 진지하게 취급하지 않았고 그 당시 논평가들 사이에서도 진지하게 다뤄지지 않았다. 그냥 가볍고 코믹한 소품 정도로 취급되었다. 이 소품은 울프의 ≪올랜도≫처럼 레즈비언 주제를 노골적이지 않고 몽롱하고 비유적으로 묘사함으로써 문학작품으로서도 인기를 누리게 되었다.

≪숙녀 연감≫은 타로처럼 여성의 성취를 찬양하는 책력, 보호해주는 수호여신들의 별자리, 여성이 서로를 위로해주는 자장가를 짓고자 한다는 점에서 가부장제 문화에서 여성 신화 다시 쓰기에 해당한다. 여기서 여성들은 달마다 여성의 이야기, 여성의 역사, 여성의 황도, 여성의 우주라는 유토피아를 창조한다. 남성에게 순종하지 않고 맞설 때, 남성의 정욕에 몸을 맡기기보다 거부할 때, 여성의 몸을 여성의 자율적 통제 아래 둘 때, 여성은 존중받을 수 있다고 이 작품은 역설한다.

≪숙녀 연감≫은 여성의 섹슈얼리티를 찬양하고 여성이 자신에 대한 욕망을 표현할 수 있는 언어를 발견하고자 한다. 이성애, 레즈비언 모두를 포괄하는 그런 여성의 언어는 혀에 있다. 혀는 섬세한 성적 도구로서 화장터 장작더미의 불길처럼 날름거리며 핥아주는 성기다. 클리토리스를 발육이 부진한 페니스로 간주하면서 그것의 불완전성, 불충분함을 이론화한 19세기적인 성과학에 대한 해독제로서 그녀는 혀를 제시한다. 남성의 페니스가 아니라 여성의 '혀'가 곧 여성의 섹슈얼리티를 대변하는 것이다.

클리토리스 백작 부인이 등장함으로써, 여성은 스스로 쾌락을 즐기는 자율적 존재가 된다. 여성의 섹슈얼리티는 온몸에 고르게 펼쳐져 있고 온몸이 성감대이므로, 성기 하나에 집중된 남성의 단일한 리비도 경제와는 다르다. 이 작품은 남근 이성중심주의가 만들어놓은 여성에 대한 이미지를 여성의 관점에서 다시 쓰고 있다. 남성이 입혀놓은 옷을 여성들은 벗어던진다. 그래서 ≪숙녀 연감≫은 이중적인 작업을 한다. ≪숙녀 연감≫은 남성이 만든 여성의 이미지를 전복시키고, 그 대신 여성의 다양성, 다형 도착적인 섹슈얼리티를 그 자리에 앉힌다.

하지만 가부장제 법칙을 솎아내는 대가는 고통스럽다. 여성들은 남자들의 세계에서 인내하고 참고 견딘다. 9월이 되면 여성은 밀물과 썰물과 달들의 주기에 몸을 맡긴다. 여성은 뭍으로 올라온 물고기[56]이자 인어다. 여성은 어긋난 시간과 장소 속에 던져져 있다. 여성의 조건 자체가 이처럼 위태롭고 복잡하다. 그래서 여성들은 '제'자리에서 탈구되어 유랑한다. 가부장제 아래 자리가 없고 장소가 없어서 여자는 슬프다.

아내에 대한 남편의 질투는 아내를 높이 평가해서가 아니라 두려움 때문이다. 남자는 아내가 남의 아이를 낳아서 자기를 배신함으로써 오쟁이 진 남편이 될까봐 두려워한다. 남근 이외의 섹슈얼리티를 알지 못하므로 남자는 당혹스럽고 상처 입은 자존심 때문에 운다. 반면 남자의 갈비뼈로 만든 여자는 이성애에 복종하는 것이 슬퍼서 눈물 흘린다. 뭍으로 올라온 물고기 신세인 여성은 자기 자신의 세계로 귀향하지 못하는 난민이자 불법체류자다. 여자들은 땅 위에서는 걷지 못하는 인어공주가 된다. ≪숙녀 연감≫은 여성의 눈으로 여성을 보고, 여성이 자신의 몸과 맺는 관계에 주목하도록 해준다. ≪숙녀 연감≫에서는 여성의 몸이 주는 쾌락을 수용하고 찬양하고 있다.

≪나이트우드≫: 밤과 꿈의 숲에서 만난 비체들의 코뮌

아네트 콜로드니Annette Kolodny는 ≪나이트우드≫가 성적 도착의 세계를 탐구한 것이라는 요란한 초기 비평가들의 입장과는 달리, '정상적인' 독자에게는 전치된 사회, 성적 현실을 지각하고 거기서 거주하는 사람의 정신을 탐구하는 것이라고 말한다. 유럽 도시의 밤거리를 도착적인 성적 정체성을 갖고 배회하는 등장인물들의 탈/젠더화된 몸 안에 깃든 정신을 탐구하고 있는 것이 ≪나이트우드≫이므로, 당대의 독자들이 이 시대착오적인 소설과 접하면서 경악한 것은 그다지 놀랄 일도 아니다. 20세기 초반 독자는 노라의 관점 즉 익숙한 서구 청교도가 말하는 '정상적' 관점을 가지고 세계를 보고 있었기 때문이다. 노라는 자신의 행동을 도착으로 해석하도록 교육받아온 인물이다. 그녀는 여성은 성적으로 정결하고 금욕적이어야 한다는 청교도적 세계관을 내재화한 인물이다.

≪숙녀 연감≫에는 반스가 셀마 우드와 열정적인 사랑에 빠져있을 때의 여유와 유머가 묘사되어 있다면, 자전적 소설 ≪나이트우드≫에는 셀마를 잃어버린 반스의 우울과 애도가 짙게 깔려 있다. 이 작품에서 1920년대 파리는 사회 부적응자 미국인들, '유랑하는' 유대인들, 가난한 트랜스젠더들, 트랜스베스타이트, 동성애자, 다양한 퀴어들로 넘쳐난다. 유럽에서 유대인, 게이 레즈비언, 장애인, 극빈자들은 강제수용소로 실려 가기 전 태풍의 눈 같은 평화[57]의 시기를 누렸다. 다형 도착적 사랑의 고통을 감내하는 마조히즘적인 쾌락이 지배하는 이 작품에서 낮과 밤, 빛과 어둠, 한낮의 꿈과 한밤의 각성, 쾌락과 고통, 아폴로적인 것과 디오니소스적인 것의 경계는 모호하고 몽롱하다. ≪나이트우드≫에서 퀴어한 사랑의 상처와 상실의 고통은 여느 사랑과 다를 바 없지만, 당대의 역사적이고 시대적인 분위기로 인해 그들의 사랑 위로 재앙과 같은 잿빛 먼지가 내려앉았다.

≪나이트우드≫에서 퀴어들은 낮 동안 하늘 중천에 떠 있는 달처럼 언제나 이미 존재했지만, 낮의 빛 때문에 가려져 있다가 밤의 숲에서 모습을 드러낸다. 그렇다고 이 소설이 오늘날 '우리 여기 있다. 우리를

보라'고 외치는 성적 소수자 집단의 정치적인 목소리를 대변하는 것은 아니다. 이성애 지배사회에서 배제된 사회적 비체들의 모습을 그대로 보여줄 뿐이다. 그들은 성의 위계질서[58]에서 다양한 스펙트럼을 차지하는 존재들이고, 이성애 사회의 가장자리에 서성이는 자들이었다. 로빈과 노라가 여유 있는 레즈비언들이라고 한다면, 서커스단의 퀴어들은 성적으로 최하층에 위치한다. 그럼에도 이들은 메트로폴리스 파리의 해방구에서 애도와 위로의 코뮌을 만들고 있는 것처럼 보인다.

남작행세를 하는 펠릭스 폴크바인에게는 유대인 핏줄이 절반쯤 섞여 있다. 유럽제국의 궁정과 귀족에 열광하지만 '최대한 낮게' 몸을 낮추고 비굴하게 경의를 표하면서 살아야 하는 저주받은 유대인으로서 그는 결코 귀족이 될 수 없다. 모계인 헤트비히 폴크바인은 합스부르크 왕가의 핏줄이었지만, 그녀는 마흔다섯의 노산으로 펠릭스를 낳고 이레 만에 죽었다. 자식을 통해 귀족의 핏줄을 물려주고자 했던 펠릭스의 아버지 귀도 폴크바인은 아들이 태어나기도 전에 죽었다. 그리하여 펠릭스는 유서 깊은 귀족이 되기는커녕 '남세스럽게' 유랑하는 유대인 고아로서 당대 사회의 비체가 된다.

유대인의 정체성에서 벗어나려고 귀족 행세를 하지만 펠릭스는 서커스에 매료되고 그곳에서 동질감을 느낀다. 서커스는 비체들의 코뮌이다. 그들은 펠릭스의 귀족에 대한 흠모를 조롱하듯 다들 귀족의 별칭을 갖고 있다. 여장남자인 프라우만Frau Mann, 혹은 '브로드백 공작부인'은 교태를 드러내고 전시함으로써 서커스 이외에 매춘으로 생계를 유지하는 것처럼 보인다. 프라우만의 궁핍은 공중그네를 탈 때 입고 있는 타이츠의 깁고 기운 사타구니 부분으로 드러난다. 그들은 서로를 '브로드백 공작부인' '나자 공주' '폰 팅크 남작' '부포 왕'[59]으로 호명한

164

다. 마치 한때는 귀족의 후손이었던 것처럼, 퀴어한 자신들의 존재를 감추면서도 드러내는 것이 그들의 귀족 호칭이었다.

서커스 공연장에서 만난 매슈 단테 오코너는 샌프란시스코 출신의 아일랜드계 미국인이며 젠더퀴어 크로스드레서로서 남자를 사랑한다. 그는 유랑하는 유대인 무리처럼 세계를 떠돌다가 메트로폴리스 파리로 흘러들어온 돌팔이 산부인과 의사다. 호텔에 든 29호실 숙녀가 의식을 잃었다는 호텔급사의 다급한 전갈에 매슈는 그 방으로 간다. 여자 손님의 향수를 자기 몸에 몇 방울 뿌리고 탁자 위에 놓인 100프랑 짜리 지폐를 슬쩍 훔쳐서 나간다. 공짜 술을 얻어 마시고 훔친 루즈를 짙게 바르고 향수를 뿌리는 비루하기 그지없는 그는 남근이 아니라 자궁을 갖고 싶어 하는 결핍된 남성이면서 여자가 되고 싶은 젠더퀴어다.

하지만 이 작품에서 매슈는 생물학적 자궁 대신 이야기의 자궁을 갖고 있는 근대적인 음유시인이다. 매슈는 노라/로빈의 사랑 이야기에서 주변적인 인물이지만 그의 장광설은 이 난삽한 이야기에 서사의 목소리를 부여한다. 그는 기괴한 스토리텔링으로 술과 밥을 얻어먹는 과객이다. 그는 한밤의 공원에서 '꼬맹이 타이니'를 바지에서 꺼냈다가 단속 경찰에 걸려 즉결심판에 넘어갔던 경험을 떠벌린다. 관대한 판결로 풀려나오면서 판사의 성적 경향성이 혹시 자기 과는 아닌지 궁금해한다. 하릴없이 교회에 들어가서 '타이니 오툴'을 쥐고 자위를 하지만 발기마저 제대로 되지 않아 좌절하고 눈물 흘린다. 매슈의 행위는 신에게 삿대질하는 신성모독이라기보다 오히려 자신처럼 결핍된 존재를 세상에 내놓은 신에 대한 원망과 자기 애도와 수치심으로 범벅된 눈물의 방출이나. 밤마다 거리를 헤매고 디니며 시랑을 구걸하면서 소돔과 고모라를 연출하는 자신을 환멸하는 동시에 구원을 청한다.

빈곤한 자들의 집합체인 노라의 살롱은 미국 전역에서 가장 기이한 코뮌이다. 그곳에는 시인, 급진주의자, 거지들, 예술가들, 사랑에 빠진 자들, 가톨릭과 프로테스탄트들, 브라만, 흑마술과 의술에 손댄 이들 모두가 벽난로 앞에 앉아 온갖 수다를 풀어놓는 곳이다. 노라는 그들을 위해 제 주머니를 털었다. '저를 배반할 돈을 제 주머니에 지참하고 다니는 사람이 노라였다.'[60]

노라는 서커스에서 로빈을 만나 사랑에 빠지고, 정착하지 못하고 몽유병자처럼 밤의 숲을 전전하는 로빈으로 인해 고통받는다. 자기 살롱을 빈자들의 코뮌으로 허여한 것과는 달리 사랑에 있어서 그녀는 청교도적이고 독점적이어서 기존 가부장제의 코드에서 전혀 벗어나지 못한다. 노라는 사랑의 코뮌주의자인 로빈을 사적으로 소유하려 하지만 그것은 불가능한 꿈으로 드러난다. 이 소설의 핵심이면서 빈 공간으로 존재하는 로빈 보트는 몽유병자처럼 보인다. 불면증에 시달리는 로빈은 밤마다 술집을 전전하면서 술에 취해 거리를 방황한다. 그녀가 몽유병자처럼 방랑하는 이유가 무엇인지 텍스트는 말해주지 않는다. 로빈이 자신의 이야기를 하는 경우도 거의 없다. 그녀는 타인의 시선으로 묘사된다. 그녀는 텍스트의 텅 빈 기표로 기능한다. 로빈은 그녀를 중심으로 돌아가고 있는 주변 행성 인물들의 욕망이 투사되는 투명한 스크린이다.

소설의 후반에 이르면 놀랍게도 그녀는 펠릭스 남작에게 '신성한 바보'[61] 아들인 귀도Guido를 낳아주고는 훌쩍 떠나버린 것으로 밝혀진다. 로빈은 소년의 몸을 지닌 키 큰 소녀였다. 로빈이 귀도를 낳았다는 사실은 헤트비히 폴크바인이 펠릭스를 낳았던 것처럼 기괴하게 다가온다. 그녀는 어느 것 하나로 결정되지 않는 인물이다. 이제 독자는 로빈이 어느새 노라 플러드와 함께 있는 것을 보게 된다. 노라는 로빈에게 매달리지만 결코 붙잡을 수 없다는 것을 알고 있다. 노라와 로빈은 1923년 뉴욕에서 만나 파리로 오지만 1927년 로빈은 제니 페더브릿지와 함께 있다. 로빈은 노라를 버리고 제니와 함께 미국으로 떠난다. 마지막 장에서 노라는 로빈을 처음 만나던 장면으로 되돌아가 있다. 이처럼 서사적 시간은 뫼비우스 띠처럼 꼬여 있고 이 장면은 노라의 데자뷰처럼 처리된다.

　로빈이 떠난 뒤 상실을 받아들일 수 없었던 노라가 한밤중에 찾아간 사람이 매슈 오코너다. 비루한 여장남자 매슈와 상실감에 사로잡힌 노라의 대화가 꿈결같이 몽롱하고 긴 호흡으로 이어지는 장이다. 밤이 모든 것을 지배하는 이곳은 낮의 정상성이란 구속에서 모든 것이 풀려나오는 공간이다. 노라는 느린 걸음으로 의사가 사는 꼭대기 층으로 올라간다. 의사가 이리도 가난한 줄을 그녀는 미처 몰랐다. 헤게모니 남성성을 조롱하는 젠더퀴어인 매슈는 남자에게 부여된 특권과는 거리가 멀다. 의사는 여성용 플란넬 나이트가운 차림으로 누워 있다. 그의 방은 비루하고 남루한 갈보집 같은 공간처럼 보인다. 루즈를 짙게 바르고 눈썹 화장까지 한 매슈는 노라의 느닷없는 방문으로 인해 발각된, 여자 잠옷을 입고 가발을 쓴 자기 모습을 감추고 싶어 하지도 않는다. 이 장면에서 노라는 의사가 크로스드레서 젠더퀴어임을 알게 된다. 매슈는 비체 중에서도 비체다. 슬픈 어릿광대 여장남자인 매슈와 청교도 레즈비언으로서 '밤의 파수꾼'인 노라가 상처 입고 회복할 수 없는 상실감에 젖는 것으로 이 장은 끝난다.

　이 소설의 제목을 두고 반스는 ≪밤의 해부≫라고 하려고 했으나 엘리엇이 ≪나이트우드≫라고 하는 게 낫다고 주장했다고 한다. 밤과 낮은 다르다. 낮은 교양, 질서, 조화를 상징한다. 낮은 아폴로의 이성적이고 현실적인 원칙이 지배하지만, 밤은 환상과 환각이 지배한다. 밤은 쾌락원칙을 넘어서 죽음 충동으로 나가는 곳이다. 밤은 잠자는 시간이라고 생각하지만 심지어 자는 순간에도 정체성에 변화가 일어나는 곳이다. 밤은 파편화된 타자의 삶의 조각들과 만나는 꿈의 공간이다. '나'의 삶은 타자의 꿈이다. 내 삶이 타자의 꿈을 욕망하는 것이라고 한다면 심지어 자는 순간마저도 안정되고 고정된 '나'는 없다. 타자의 꿈으로 인해 내 삶은 상처 입고 피 흘리게 된다. 타자의 욕망에 볼모잡힌 것이 나의 삶이므로, 내 삶은 타자에 의해 상처받고 부서지지 않을 수 없다.

《나이트우드》에서 밤마다 꿈속으로 찾아오는 타자의 그림자는 내 삶의 흔적이 된다. 그러므로 타자의 그림자가 작품 속 도처에 드리우고 있다. 상실했지만 세상 속으로 떠나보내지 못하고 내 안으로 떠나보낸 타자는 유령처럼 귀환하여 나의 자아와 합체한다. 사랑의 상실로 우울증자가 된 노라는 프로이트를 기억나게 한다. 프로이트는 《자아와 이드》에서 유령으로 귀환한 타자는 나의 자아 안에 납골당으로 안치되어 자아의 성격 구조를 변화시킨다고 보았다. 사랑을 상실한 자아는 타자의 유령에게 자기 공간을 내어준다. 떠나보낼 수가 없어서 나에게로 귀환한 타자가 나를 삼켜서 나를 지배함으로써 '나'가 곧 타자의 자리에 앉게 된다. 노라는 로빈을 도무지 떠나보낼 수가 없어서 로빈을 자기 안으로 삼킨다. 자기 안에 설치된 로빈은 노라의 초자아가 되어 잔혹하게 그녀를 처벌한다. 로빈으로 인해 우울증자가 된 노라는 넋이 나간 채beside herself, 밤거리에서 방황한다.

서로 겹쳐진 두 여성의 이중적 이미지에서 여성적 정체성과 섹슈얼리티의 파열을 볼 수 있다. 레즈비언 연인은 대리자아alter-ego이자 나르시시즘적인 분신으로 간주된다. 하지만 여성의 성적 자아, 제2의 자아는 사회로부터 억압받는다. 제2의 성적 자아는 무의식이라는 은밀한 밤의 숲에서 살지 않을 수 없다. 그로 인해 여성들은 제정신을 박탈당할 위협에 처한다. 자신의 그림자이자 더블이며 유령의 흔적으로 인해, 통제할 수 없는 것을 통제하려고 하다가 노라는 정신줄을 거의 놓치게 된다. ≪나이트우드≫에서 여성은 몸으로 인해 이처럼 분열되어 있다. 로빈은 노라가 상실한 그녀의 더블이자, 자기 안의 그림자이자 흔적으로 존재하므로 상처 입고 애도하지 않을 수 없는 대상이 되어버린다.

아르테미스 여신처럼 로빈은 여성 사냥꾼이자 주변에 개와 사슴을 거느리고 숲속을 달리는 무리의 우두머리다. 노라 플러드가 이 소설에서 공격적이고 합리적인 사회를 대표하는 청교도처럼 보인다면, 로빈은 늑대의 무리와 함께 들판을 가로지르는 야생의 삶을 재현한다. '기관 없는 텅 빈 신체'로서 로빈은 동물 되기, 개 되기와 겹쳐진다. 마지막 장에 이르러 로빈의 이미지는 개와 수간으로 겹쳐지고 있다. 노라는 로빈에게서 자기 자신의 타자성과 기괴함uncanniness을 동시에 본다. 로빈의 모습이 나 자신의 모습이면 어쩌나[62]하는 불안과 혐오는 동시에 두려움과 매혹의 원천이기도 하다. 로빈은 노라가 여태껏 학습해왔던 윤리적 규범에 반하는 인물이다. 가부장제 시선으로 보자면 로빈은 젠더/섹슈얼리티의 무법자다. 노라가 상실한 대상으로서 로빈은 노라의 무의식적인 꿈일 수 있다. 가부장제 이성애 윤리는 여성의 문란한 성을 타락의 표시로 보고 신의 이름으로 처벌하고자 한다. 여성의 자궁은 신성한 그릇이므로 더럽혀서는 안 된다. 하지만 노라 플러드는 청교도 윤리가 타락으로 규정한 것에 매혹된다. 로빈을 사랑하기 전까지 전혀 알지 못했던 타락의 장면을 그녀는 보게 된다.

노라의 사랑은 동성애이면서 나르시시즘적이다. 그것은 자기발견에 대한 사랑이기도 하다. 그녀가 로빈을 사랑하는 것은 사회가 그녀에게 억압한 것들을 로빈이 구현하고 있기 때문이다. 로빈에게서 억압된 자기 모습을 보고 그녀와 사랑에 빠진다는 점에서 그녀의 레즈비어니즘은 여성적 나르시시즘의 한 형태다. 자기 안의 퀴어한 타자로서 로빈을 식민화한다는 점에서 그녀의 애도는 폭력적인 나르시시즘으로 연결된다. 사랑을 배신한 로빈으로 인해 고통받는 노라는 로빈의 방랑을 성적 방종, 잔인함, 약탈적인 야수성으로 억압하면서도 욕망한다는 점에서 사랑의 희생자가 아니라 가부장제의 파수꾼이기도 하다.

셀마 우드는 ≪나이트우드≫에 묘사된 자신을 보고 분개했다고 한다. 셀마에게 지친 반스는 셀마와의 관계뿐만 아니라 레즈비언 코뮌에도 등을 돌린다. 페기 구겐하임의 시골 별장에 머무는 동안 그녀는 자신을 파괴함으로써 셀마에게 복수하려는 듯 돌리 와일드와 관계한다. 그 관계 또한 셀마와 맺었던 관계의 반복이었다. 후일 내털리 바니는 90세에 72세의 주나에게 편지를 보내면서 괜찮은 관계는 없었냐고 묻는다. 내털리 바니는 알코올 의존증인 주나에게 사랑은 술보다 더 나은 약물이라고 조언한다. 하지만 인생의 후반기 반스는 은둔자로 살았다. 언제나 그녀를 원하는 사람들은 있었지만 그녀는 모든 사회적 관계를 접었다.

거트루드 스타인은 20세기 초 미국의 상층 부르주아들이 흔히 그랬다시피 구대륙의 세련된 귀족문화를 흠모하면서 수시로 여행했던 부유한 유대계 미국인 가정에서 태어났다. 유럽문화에 심취했던 부모 덕분에 스타인은 어린 시절 유럽에서 살았다. 미국으로 돌아와서 래드클리프 여대에 진학했고 윌리엄 제임스의 지도 아래 심리학을 공부했다. 이후 존스 홉킨스 의대에 진학했지만 적성에 맞지 않아 중도하차했다. 미국에서 보낸 대학시절 그녀는 학업과 연애 모두 실패했다. 그녀의 소설 ≪Q.E.D≫에서 보여주다시피 삼각관계의 연애는 좌절로 끝났다. 하지만 그 사건은 자신의 성적 경향성을 확실히 각성하는 계기가 되었다. 확고한 삶의 목표를 찾아서 그녀는 파리로 건너갔다. 미국에서의 삶과 달리 파리는 스타인의 창작 의욕과 호기심을 자극했다. 작가가 되겠다는 확실한 인생의 목표가 생겼다.

막내였던 스타인이 열네 살 때 부유한 부동산 사업가였던 아버지가 죽고, 다음 해에는 어머니가 죽었다. 스타인은 오빠 레오와 함께 파리에 정착하게 되었다. 부모를 일찍 여읜 그녀는 오빠 레오에게 거의 모든 것을 의존했다. 무명의 작가지망생이었던 그녀는 ≪앨리스 B 토클러스의 자서전 *The Autobiography of Alice B. Toklas*≫으로 단숨에 작가로 이름을 얻었다. 평생의 동반자였던 토클러스의 목소리로 카무플라주했던 이 작품은 당대의 전위예술인 큐비즘과 주변의 지인들에 관한 이야기들을 유머러스하게 전시했다. 그녀는 1차 대전 후 사회에 대한 환멸로 방황했던 세대를 일컫는 '잃어버린 세대lost generation'의 대모이자 모더니즘 문학 살롱의 주인이 되었다. 내털리 바니의 문학 살롱과 함께 그녀의 살롱은 래프트뱅크의 핵심적인 위치였다. 안목있는 예술작품 수집가였던 그녀는 될성부른 작가들 또한 수집했다. 그녀의 살롱에는 후일 명성을 얻게 되는 작가, 화가, 예술가들이 수없이 드나들었다. 젊은 시절의 파블로 피카소Pablo Picasso, 어니스트 헤밍웨이Ernest Hemingway, 윌리엄 포크너William Faulker, 피츠제럴드F. Scott Fitzgerald, 루이스 싱클레어Lewis Sinclair, 에즈라 파운드Ezra Pound, 셔우드 앤더슨Sherwood Anderson, 앙리 마티스Henri Matisse, 앙리 루소Henri Rousseau, 조르주 브라크Georges Braque 등.

자신의 살롱에서 친구들과 함께 있는 거트루드 스타인과 토클러스

2차 대전이 발발하고 나치가 프랑스를 점령했다. 파리의 수많은 유대인들도 강제수용소로 이송되었다. 나치에 협력했던 페탱Philippe Pétain의 뷔시 정권 아래서도 그녀는 파리를 떠나지 않았다. 충분히 떠날 수 있었음에도 파리에 남아 반유대주의 정권에 부역했던 그녀에 대해 자발적인 정치적 선택이었다거나 혹은 살아남기 위한 생존전략이다 등으로 아직까지 논란이 오간다. 살아생전 공개적으로 밝히지 않았던 그녀와 토클러스의 관계는 그녀의 사후에 비로소 세상에 알려졌다. 두 사람은 외관상 '전형적인' 이성애 일부일처로 살았다. 토클러스와의 관계를 통해 스타인은 '아내'를 거느린 주인으로서 오빠의 영향에서 벗어나 자율적인 삶을 누렸다.

스타인의 정치적 입장은 문제적이었다. 남자들과 토론하는 공간에 다른 여자들을 들이지 않았다. 아내와 함께 거트루스 스타인의 살롱에 빈번히 출입했던 헤밍웨이가 그녀에게 문학적 조언을 구하고 문학에 관한 열띤 토론을 하는 동안, 토클러스는 헤밍웨이의 부인과 함께 거실에서 수다를 떨었다. 스타인은 여성은 남성에 비해 열등하다는 생각에서 벗어나 본 적이 없었다. 그녀는 오토 바이닝거처럼 여성 천재는 있을 수 없고 여성은 자아의식조차 없다고 보았다.[63] 바이닝거처럼 그녀 또한 남성성을 추구하는 레즈비언 정도만이 자아의식을 가질 수 있다고 여겼다. 레즈비언이야말로 남성에게 경제적, 지적, 성적으로 의존하지 않고 남성성에 가장 근접한 존재라는 이유에서였다. 그녀는 자신을 여성으로 여기지 않았고 유대인이지만 유대인으로도 여기지 않았다. 그녀는 여성으로서 열등성을 극복하기 위해 남성들과 부단히 경합한 남성적인 여성이면서 가부장제의 미소지니를 내재화하고 있었다. 그녀의 살롱에는 남성 작가, 예술가들로만 항상 붐볐다. 그들과의 대화에서 스타인은 토론을 주도했다. 스타인이 여성이라는 사실을 제외한다면, 스타인/토클러스의 관계는 이성애 중심 사회를 위협할 요소라고는 전혀 없는 것처럼 보였다.

벤스톡이 주장하듯 스타인은 문화의 영역에서 남성을 주도하는 멘토 역할을 톡톡히 했다. 남성들 세계에서 차지한 그녀의 위상은 예술적 목표와 심리적 동기를 부여했다. 그녀는 남자들이 가진 창조적 생산성, 지적인 '천재'를 알아보는 탁월한 안목이 있었으므로, 자신이 남자들보다 지적으로 우월함을 보여주려고 온 힘을 다했다. 그래서 남성 모더니즘 작가들과는 다른 방식으로 자신의 예술적 경향을 표현하고자 했다. 그녀의 시에는 진한 분노, 불안, 슬픔, 공포와 같은 감정이 드러나지 않는다. 이런 서사적 전략은 독자로 하여금 그녀의 작품과 깊은 감정의 교류나 공감을 어렵게 만들고, 얄팍한 재치와 말장난에 말려들어 조롱당하는 기분이 들게 만든다. 스타인은 낭만적이고 과잉된 감정의 표출 자체를 모던하지 못한 여성적인 것으로 여겼기 때문이다. 장난스런 반복과 언어유희, 자동기술과 같은 그녀의 넌센스 문체는 큐비즘 화풍의 문학적 번역으로 읽히기도 한다. 큐비즘이 보여준 네모들의 무한 반복처럼 '장미는 장미고 장미고 장미다 ···A rose is a rose is a rose is a rose···'를 반복한다. 서사는 없고 무의미한 언어 실험들이 난무하는 그녀의 작품을 두고 수전 손택Susan Sontag은 "모든 흥미로운 작가들에게는 역경이 있고 문제의식이 있다면 거트루드 스타인에게는 문제의식이 없다. 그런 점에서 그녀는 그다지 좋은 작가는 못 된다"고 평가했다.

스타인은 일찌감치 조이스의 천재성을 인정했지만 시샘했다. 그녀는 피카소의 천재성을 알아보고 초기 작품을 많이 구입했다. 그녀와 피카소는 미술과 문학이라는 다른 예술적 영토에 거주했으므로 시샘하지 않고 그를 마음 편히 인정해주었다. 피카소는 그림으로, 스타인은 추상적 언어로 말했다. 그래서 두 사람의 우정은 오랜 세월 가능했다. 토클러스의 완벽한 보살핌 아래 있었던 스타인은 은밀한 자기 문체만큼이나 집안에서 은둔했다. 다른 문인, 예술가, 작가들을 자기 집으로 불러들였지만 자신이 그들의 모임에 참석하는 일은 거의 없었다. 셰익스피어 앤 컴퍼니에서 열리는 낭독회 정도에 나갔지만 그것도 자신의 작품을 낭송하기 위해서였다. 그녀는 실비아 비치Sylvia Beach가 자신이 아닌 조이스를 후원했다는 것 때문에 분노했다고 한다. 실비아 비치가 조이스의 《율리시스》를 출판하자 비치와의 관계를 단절했다. 그러다가 실비아 비치와 조이스의 사이가 틀어지자, 스타인은 비치와 다시 관계하기 시작했다.

스타인과 조이스는 1930년에 이르기까지 두 사람 모두 파리의 하늘 아래 있으면서도 만나지 않았다. 스타인은 자신이 조이스보다 문학적인 선배라는 점을 의식하고 있었다. 《율리시스》가 세상에 나오기 전인 1905년에 이미 《미국인의 성장The Making of Americans》을 발표했던 그녀가 아닌가. 조이스가 자신을 방문하는 것은 당연한 예의라고 생각해서 그가 방문하지 않는 것에 분개했다고 한다. 스타인은 자기 시집을 자비 출판했지만 조이스는 한 번도 자비 출판을 하지 않았다. 두 사람의 생활 방식은 계급, 젠더, 섹슈얼리티, 국적, 종교만큼이나 서로 달랐다. 스타인은 한 곳에서 40년 동안 한 번도 이사하지 않았다면, 가난에 시달렸던 조이스는 20년 동안 20번 이사했다. 하지만 두 사람 모두 배우자들로부터 엄청난 보호와 보살핌을 받고 살았으며, 사생활은 거의 알려지지 않았다.

스타인은 여성으로서 자기혐오가 강했다. 파리에서는 자유롭게 남성적인 권위를 누리면서 살 수 있어서 좋아했던 것으로 알려져 있다.[64] 내털리 바니는 페미니즘의 입장에서 그녀의 모습에 충격을 받았다. 토클러스는 전형적인 아내 역할이었고 스타인은 권위적인 주인의 모습이었다. 스타인이 글을 쓰고 피곤하면 잠을 잘 동안 토클러스는 요리하고 뜨개질하고 원고를 교정하고 타이핑하는 아내, 비서 역할까지 겸했다. 두 사람의 모습은 지배적인 가부장제를 위협하기는커녕 반복하는 것처럼 보였다.

스타인은 자신 이외의 다른 여성들의 작품에 무관심했다. 여성작가를 자신의 경쟁상대로 여기지 않았기 때문이었다. 그녀는 문학적으로는 모더니즘의 추종자였지만 정치적으로는 모던한 것과는 거리가 멀다 못해 반동적이었다. 그녀는 미국의 민주주의는 인정하면서도 다른 한편으로 왕정복고시대를 이상으로 여겼다. 그녀가 이민에 찬성했다고 하지만 이민을 받아들여야 하는 이유는 인종차별적이고 우생학적인 이유에서였다. 신선한 피, 건강하고 재능있는 이민의 유입은 사회의 정체화를 방지한다. 바로 그렇기 때문에 인종적, 지적으로 선별해서 이민을 받아야 한다는 것이었다. 그녀는 오토 바이닝거처럼 여성화된 유대인 남성을 경멸한 인종차별주의자였다. 그것이 나치의 강제수용소 정책에 동조한 이유였을 수도 있다. 유대인이지만 반유대주의자였으며, 레즈비언이지만 여성을 경멸했고, 정치와 경제에 무지했고 사회주의에 적대적이었다.[65] 스타인은 자신을 명예 남성으로 여겼고 여성의 지적 능력을 경멸했다. '정치적으로 올바른 것'이 무엇인지에 관해서는 무관심하고 무지한 것처럼 보였다.

그렇다면 자신을 남성으로 생각하는 것이 그녀의 작품 활동에 어느 정도의 영향을 미쳤을까? 그녀에 대한 평가는 극단적이다. 1920년대 그녀의 살롱에 드나들던 남성작가들은 그녀 앞에서는 립서비스를 했지만 속으로 대단치 않은 작가로 여겼다. 그들은 스타인이 대접하는 차는 즐겼지만 그녀의 시는 무시했다. 캐논처럼 반복되는 리듬감과 음악성이 있음에도 스토리가 없는 무의미한 시들은 대중에게는 난해하게 다가왔다. 예술수집가로서의 그녀의 안목도 폄하의 대상이었다. 1920년대 남성 모더니스트 작가들 사이에서 막강한 영향력을 발휘했음에도 그녀는 오랫동안 조롱의 대상이기도 했다. 그녀의 생활 방식, 섹슈얼리티, 예술적인 취향까지 속물적이라고 조롱받았다. 조르주 바라크Georges Braque는 스타인이 큐비즘에 관해 제대로 알지 못한 예술수집가라고 꼬집었다.

후세대 페미니스트로서 샤리 벤스톡은 이 지점에서 유보적인 태도로 접근한다. 그녀는 스타인이 남성적 페르소나를 택하고 남성적 정체성으로 글을 쓴 것과 페미니즘의 정치성과의 관계를 조심스럽게 말한다. 강단의 직업적인 학자들이 아니면 그녀의 작품을 읽는 사람은 거의 없었던 시절, 벤스톡과 같은 후세대 페미니스트들의 발굴 노력에 힘입어 스타인의 문학은 재해석되었다고 해도 과언이 아니다. 스타인은 여타 여성 작가들의 관계를 흔들고 동요시키는 지점이 있는가 하면, 다른 한편으로 남성 모더니스트들과의 관계도 관습적이지 않다고 벤스톡은 지적한다. 스타인은 기존의 여성 작가라는 관습적인 개념을 흔들어놓았다. 가부장제에 부역한 레즈비언이라는 해석에서 벗어나 스타인의 존재는 동성애, 이성애 여성 모두에게 위협적인 지점이 있었다[66]고 벤스톡은 재평가한다.

그녀는 여성의 몸을 혐오했지만, 그녀의 글쓰기가 보여주는 실험은 레즈비언적인 몸에서 비롯된 것임에 주목해야 한다. 문법의 검열적인 기능 자체가 가부장적인 언어의 속성이라고 한다면, 그런 언어적 권위를 해체하는 실험적이고 전위적인 글쓰기가 곧 레즈비언의 언어가 될 수 있음에 스타인은 주목했다. 그녀는 전통적인 '남성의 특권을 찬탈'하고자 했다[67]고 앤 포터Katherine Anne Porter는 주장한다. 그녀의 언어의 핵심은 레즈비언 사랑의 비밀을 품고 있다. 그녀의 작품은 가부장적인 언어가 강요하는 방식으로는 이해되지 않는다. 그래서 그녀는 '언어의 크로스드레서'[68] 역할을 했으며 그녀의 레즈비어니즘은 탈가부장적인 문법 속에서 서식지를 발견했다.

스타인은 이성애라는 카무플라주의 정치 속에서 레즈비언의 마음을 숨겨놓은 언어적 크로스드레서였다. 그런 비밀이 봉인되어 있었으므로 사후 60년 동안 그녀의 시는 무의미의 시처럼 읽혔다. 그녀의 시에서 의미를 발생시키는 중핵은 이성애로 가장무도회를 하고 있는 레즈비언 퀴어이자 언어적 트랜스젠더 전략이라고 재해석할 수 있다. 스타인은 게이라는 단어를 처음 사용했다. 그 이후 게이라는 단어를 빈번히 사용하지만 그것이 정작 무슨 뜻인지 파악하기 힘들게 해놓았다. 1920년대 독자들에게 그것은 수수께끼처럼, 풀어야 할 암호처럼 은밀하게 다가왔다. 《Q.E.D》에서 게이라는 단어는 100번이나 사용되었다. 게이라는 단어의 초상화를 통해 동성섹스는 은밀하게 암호화되었다. 이처럼 문장 자체의 퀴어성이 게이성으로 연결되었다. 여자이면서 명예 남성이자 언어의 크로스드레서였던 스타인의 젠더 퀴어성을 조명해보는 것이야말로 그녀의 레즈비어니즘이 새롭게 주목받아야 할 이유가 될 것처럼 보인다.

또 다른 측면에서 그녀가 파리 가부장적 남성들에게 위협적이었다고 한다면 그것은 그들과 예술적 주도권을 두고 미학적인 권력투쟁을 했기 때문이다. 하지만 그녀는 여성의 글쓰기 일반이 아니라 한 개인으로서 '한 여성의 글쓰기'[69]의 천재성이 남성들의 것보다 우월함을 증명하겠다고 노력했다는 점에서 한계를 보인다. 위에서 살펴보았다시피 레프트뱅크 레즈비언이라고 하여 다 같은 목소리를 냈던 것은 아니다. 노골적으로 레즈비언으로서 자부심을 말하고 레즈비언으로의 개종을 말했던 내털리 바니가 있는가 하면, 동성애 우울증을 종교적인 고통으로 승화시킴으로써 여성적 주이상스를 느낀 르네 비비앙도 있다. 반스처럼 청교도적인 일대일 관계를 주장하기도 하면서 배타적 소유에 근거한 사랑에서 벗어나지 못하는 레즈비언 멜랑콜리아도 있다. 스타인처럼 평생 레즈비언 관계를 클로짓_{closet}하고 이성애자의 모습으로 살았지만, 언어적 실험형식에서는 가부장제의 언어적 권위를 찬탈하고 레즈비언적인 목소리를 담아내고자 한 퀴어한 언어적 크로스드레서도 있었다.

　다음 장에서는 파리의 레즈비언 해방구가 아니라 런던에서 일어난 레즈비언 글쓰기를 조명해보고자 한다.

4장

유쾌한 사피즘과 퀴어 멜랑콜리아

1차 대전의 후유증으로 영국의 남성 작가들은 이성의 황혼과 '서구 문명의 종언'을 경험했다. 런던은 대영제국의 수도로서 과거의 영광에 집착했지만, 전후 T. S. 엘리엇, 제임스 조이스, 윈덤 루이스Wyndham Lewis 등 일군의 작가들은 역사의 진보에 회의적이었고 정치에 무관심했다. 그 시절 많은 작가들을 위로하고 구원해준 문학 사조가 넓은 의미에서 모더니즘[1]이었다. 과거의 유산이었던 리얼리즘은 전쟁 세대에 의해 공격의 대상이 되었다. 모더니스트들은 사실주의의 폐허 위에서 서구 문명을 재건할 방법을 '시적 언어의 혁명'에서 찾았다.[2] 그들은 역사의 악몽으로부터 언어의 집으로 도피했다. 서구의 이성적 질서는 붕괴했고, 과거의 유산은 유실되었고, 미래의 희망은 보이지 않았다. 과학과 철학에서의 합리주의, 실증주의, 사회진화론은 전통적인 종교적 권위를 붕괴시켰다. 데카르트의 코기토는 프로이트의 무의식에 자리를 양도했다. 근대적인 테크놀로지와 제국주의적 팽창정책은 결국 유럽을 파국으로 이끌었다. 그로 인해 당시 유럽은 위기, 쇠설, 설망, 불안, 마비, 무의미, 혼돈 같은 정동의 레짐이 지배했다.[3]

남성 모더니스트들은 1차 대전을 묵시록적인 계시로 보았다. T. S. 엘리엇은 전쟁으로 황폐해진 상황에서 개인의 재능보다 전통적 질서의 연속성을 갈망했고[4] 타락한 현재로부터 전통적 질서로 도피했다. 그는 낭만주의자들처럼 자신의 개성을 드러냄으로써 전통적 질서를 교란시키지 말아야 한다고 생각했다. 엘리엇에 따르면 개성은 전통적 질서 속에서 촉매로 작용할 때 총체성에 봉사하게 된다. 모더니스트들은 현실에서는 산산조각 난 진리와 영원 불멸성을 이처럼 예술에서 찾았다. 전쟁을 중심 주제로 한 전쟁 세대[5]에 비해 전쟁의 구경꾼이었던 여성 작가들의 '사소한' 경험들은 남성 이론가들에게 무시당했다. 전쟁의 프레임으로 보자면, 전쟁 경험과 무관한 여성 경험과 여성 작품들은 탈정치적인 것으로 평가절하될 수밖에 없다.

이처럼 전쟁이 미친 영향이 젠더에 따라 다를 수 있다는 점에 페미니스트들은 주목했다. 전쟁이 남성들을 황폐화하고 거세시켰다고 하여 여성들에게도 마찬가지 영향을 미쳤다고 볼 수는 없다. 참호 속에서 전쟁을 경험하지 않았던 여성들은 무인지대의 주인 없는 땅no man's land에서 자유를 맛보았다. 남성들이 비운 자리를 차지하게 되면서 여성들은 가부장제의 성적 속박, '집안의 천사' 역할에서 일시적으로 벗어났다.

버지니아 울프는 여성들이 직업을 가지려면 무엇보다 집안의 천사라는 유령에서 벗어나야 한다고 주장했다.[6] 울프의 ≪세월≫에 등장하는 엘리너는 런던 상공으로 적기의 공습이 감행되던 날 저녁 매기와 레니의 집으로 간다. 공습이 끝나고 등화관제가 해제되자 엘리너는 새로운 세상을 위해 건배하자고 제안한다. 그들은 갑자기 웃고 싶은 욕망을 느끼면서 새로운 세상을 위해 건배한다. 데이비드 미첼은 ≪펀치

≪Punch≫에 실린 만화에서 두 여성이 나누는 대화를 인용하면서 전시가 여성들에게는 해방구였음을 암시한다. 한 여성이 "전쟁이 오래갈 것 같진 않지?"라고 묻자 "오래가기엔 너무 좋았지"라고 다른 여성이 대답한다. 영국에서 대전이 끝날 무렵 남성 일자리의 50퍼센트를 여성이 차지했다. 샌드라 길버트의 주장처럼[7] 전쟁에 대한 공식 역사와 여성들의 비공식적인 전쟁 경험 사이에는 편차가 있었다.

전쟁은 끝났지만 20년대는 또 다른 성별 전쟁~war of sex~[8]의 시대였다. T. S. 엘리엇의 〈전통과 개인의 재능〉을 비틀어서 수전 구바와 샌드라 길버트는 〈전통과 여성의 재능: 모더니즘과 남성주의〉에서 문학 전통 속에서의 성 전쟁을 기술했다.[9] 그 시기 동안 여성들은 금기시되었던 남성 복장(바지)과 작업복을 걸치고 일터에서 작업했다. 1차 대전 동안 남성들은 문자 그대로 전쟁터의 참호 속에 갇혀 있었다면, 뒤에 남은 여성들은 모두 남성의 땅~All Man's Land~의 마지막 사다리까지 올라가서 그곳을 여성의 땅~Herland~으로 만들고자 했다. 여성들은 남성이 사라진 땅에서 기존의 비대칭적인 젠더 권력 관계에서는 맛볼 수 없었던 자유를 누리게 되었다.[10] 남성의 기준에서는 폐허였던 곳이 여성의 기준에서는 무정부적인 유토피아였다. 전쟁이 그런 해방 기능을 했다는 것은 역사의 아이러니이다. 푸코의 언어를 빌리자면, '여성들에게 이 시대의 젠더 해방 정치는 다른 수단들에 의해 지속된 전쟁'[11]이었다. 전쟁은 낡은 것들을 파괴했다. 파괴 속에서 새로운 것들이 출현했다. 성별 위계질서와 성별 분업이 붕괴된 가운데 등장한 낯선 여자들은 낯설고 기괴한 사랑을 말하기 시작했다. 여자들이 남자 복장을 하고 자유와 해방을 외치면서 여자들~끼리~의 사랑을 말했다.

1928년 런던에서 버지니아 울프는 ≪올랜도≫를, 래드클리프 홀은

≪고독의 우물≫을 발표했다. 울프의 ≪올랜도≫는 일종의 SF다. 16세기 영국의 귀족 소년이었던 올랜도는 400년에 걸쳐 살면서 기존 성별 경계를 넘나드는 유쾌한 젠더 불법체류자다. 16세기 소년 귀족 올랜도는 20세기에 이르러 신여성으로 젠더 이주를 한다. 이 작품은 울프가 여성 귀족인 비타 새크빌과의 사랑에서 느꼈던 것들을 올랜도에게 장난스럽게 투사했다고 전해진다. 울프는 올랜도의 젠더 전환을 양성적 알레고리의 하나로 위장했다. ≪올랜도≫는 젠더 전환을 통해 사피즘을 가벼운 놀이처럼 위장함으로써 사회적 검열을 통과한 반면, ≪고독의 우물≫은 여성들 사이의 사랑을 사실적으로 가시화함으로써 사회적 처벌을 받았다. 전후 엄격한 젠더질서로 복귀하려는 분위기 속에서 전자와 달리 후자는 '도착적인' 성적 경향성을 진지하게 부각시켰기 때문이다.

블룸즈버리 그룹에 속했던 부르주아 여성 작가인 울프는 전위적인 모더니즘 미학주의자로 잘 알려져 있다. 그녀의 작품 속에서 램지 부인, 댈러웨이 부인은 저명한 학자, 저명한 정치가의 부인으로서 얼핏 보면 빅토리아조 집안의 천사 역할에 충실한 것처럼 보인다. 다른 한편 일상 속에서 울프는 제인 마커스가 '빅토리아조의 치마를 두른 게릴라 전사'[12]라고 할 만큼 급진적 페미니스트의 면모를 보였다. 페미니스트 울프는 여성 노동자를 위한 직업훈련원에서 강의를 했고, ≪자기만의 방≫에서는 여성들에게 참정권 운동보다 고정된 수입이 더 필요하다고 역설했다. ≪3기니≫에서 울프는 반전 평화운동을 주장하면서 '여성에게 조국은 세계다'라고 외치기도 했다.

반면 실생활에서는 보수적이고 파시즘에 동조했던 래드클리프 홀은 작품 속에서는 자전적인 레즈비언 사랑을 사실적으로 묘사했다. 홀은 여성이어서 참전할 수 없는 것을 비통해했고 남성들처럼 전쟁터에서 종횡무진하고 싶어 했다. 1차 대전 중 그녀는 구급차 운전병으로 지원했다. 두 작가는 동시대를 살았지만 사회, 역사적 관점에서 다양한 편차와 시차를 드러내고 있다.

기존 가부장제 프레임으로 볼 때, 버지니아 울프는 블룸즈버리 그룹에 속한 선병질적인 여류작가였다. 1920년대까지만 해도 그녀는 작품보다 오히려 뒷담화로 소비되었던 것처럼 보인다. 블룸즈버리 집단은 자유로운 성윤리로 자주 추문 거리를 제공했으며 '누가 누구와 잠자리를 같이 했다'라는 호기심의 대상이었다. 버지니아는 어린 시절 이복오빠들로부터 받은 성적 트라우마, 비타 새크빌과의 레즈비언적 관계, 히스테리, 거듭된 자살 시도와 우울증, 남편 레너드 울프와의 무성애적인 친구 관계, 언니 바네사와의 근친상간적인 자매애 등으로 인해 세인의 관심거리가 되었다.

버지니아 울프는 블룸즈버리 그룹의 모더니즘의 영향뿐만 아니라 당대의 신학문이었던 정신분석학의 영향도 받았다. 울프 부부가 경영한 호가스 출판사에서 제임스 스트레이치의 번역으로 프로이트 전집이 출간되었다. ≪등대로≫에서 어린 제임스는 어머니를 괴롭히는 아버지 램지 씨를 죽이고 싶다는 오이디푸스적 살부충동을 여과 없이 드러낸다. 프로이트는 전오이디푸스 단계에서 인간의 양성성을 인정한 바 있다. 오이디푸스 이전 단계의 유아는 양성적 존재이며, 양성 모두 엄마를 사랑의 대상으로 삼는다. 하지만 근친상간 금지와 동성애 금지에 의해 유아 시절의 양성성은 여성성/남성성으로 엄격하게 분리되어 자연화, 안정화, 정상화한다고 프로이트는 설명했다.[13]

울프 또한 인간은 원래 양성적이었지만 가부장제로 인해 그런 이상적인 상태가 훼손되었다고 보았다.[14] 여기서 말하는 양성성은 생물학적인 양성구유라기보다 문화적으로 구성된 양성성이다. ≪올랜도≫에서 울프는 남성성/여성성을 엄격하게 구별하는 당대의 시대적 분위기를 조롱하듯, 올랜도의 사피즘을 양성성으로 실험한다.

인류의 원형으로서 양성구유에 관한 문학적 상상력은 플라톤의 ≪향연Symposium≫으로 거슬러 올라간다. 플라톤은 ≪향연≫에서 아리스토파네스의 입을 통해 인간의 성별 분리에 관한 기원 신화를 거론한다.

아리스토파네스에 의하면 인간의 성은 남성, 여성, 그리고 양성구유(남+여) 등 세 가지 성이 있었다. 그들은 완전하고 자족적인 인간이었으므로 결핍을 몰랐다. 신화 속에서 제3의 성으로서 양성구유hermaphrodite는 그 자체로 완벽한 존재였으며 병리적이거나 기형적인 괴물이 아니었다. 그들은 에로스의 측면에서도 타자를 필요로 하지 않는다는 점에서 자족적이었다.

양성구유에 관한 신화적 상상력은 발자크의 ≪세라피타≫에서도 발견된다. 발자크의 소설에서 보다시피 양성구유는 오늘날의 간성intersex처럼 비체로 취급당하지 않았다. ≪세라피타≫에서 신화적 양성구유인 세라피타/세라피투스는 아리스토파네스의 신화에서처럼 여성성/남성성의 완전한 균형과 조화이자 천상의 존재로 이상화된다. 세라

피타/세라피투스는 여성에서 남성으로 자유롭게 오가는 존재다. 그/
녀는 미나와 윌프레드 모두로부터 사랑받는다. 미나는 세라피투스로
서 세라피타를 사랑한다. 하지만 윌프레드는 젠더퀴어인 세라피타/세
라피투스를 오직 여성인 세라피타로만 받아들인다. 윌프레드는 세라
피타가 가진 남성성을 사랑하는 미나를 이해하지 못한다. 그 말은 윌
프레드의 경우 세라피타의 양성성을 받아들이지 못한다는 뜻이다. 윌
프레드는 자기 안의 동성애나 여성성에 경계심과 두려움을 갖고 있다.
그렇기 때문에 양성성에 열린다는 것 자체가 미나에 비해 훨씬 엄격하
고 힘들다. 윌프레드는 남성의 기득권과 남성의 시선으로 세계를 파악
하기 때문이다.

19세기 중반 산업자본주의가 가져온 물신화, 파편화 과정을 누구
보다 예리하게 포착했던 발자크는 영혼/육체, 남성/여성, 이성/감성,
본질/외양, 지성/감수성의 분열을 소설 속에서 재통합함으로써 허구
적 총체성을 회복하고 싶은 욕망에도 불구하고 그것의 불가능성을 인
지하고 있었다. 산업사회 이전의 유기적 공동체에 대한 환상을 가졌던
낭만주의자들은 낭만적 사랑에서 바로 그런 통합적 양성성을 꿈꾸었
다. 하지만 세라피타/세라피투스로의 끊임없는 가역적 변신을 통해,
남성성/여성성의 통합이 적어도 이 지상에서는 불가능함을 보여준 것
이 발자크의 《세라피타》처럼 보인다. 세라피타/세라피투스는 죽음
이후 천사가 되어 천상으로 올라간다. 그/녀 대신 미나와 윌프레드가
서로 사랑하여 지상에서 그들의 사랑이 이뤄지기를 바란다.

하지만 세속적인 쾌락, 천상의 순결한 아름다움의 간격은 여전하
다. 몸의 쾌락에 근거한 세속적 사랑이 여성의 몫이 된다면 영혼/육체
의 이분법은 훼손되지 않는 채 남는다. 여성성의 낭만화는 여성의 몸

을 삭제하는 장치로 흔히 기능한다. 남성적 환상 속에서 지고지순한 여성은 마치 몸이 없는 것처럼 상상된다. 순결한 성녀는 성모와 같은 모성으로 등치된다. 반면 몸의 쾌락에 탐닉하는 여성, 자기 몸의 주도권을 주장하는 여성은 손쉽게 창녀 혹은 탕녀가 된다. 모성적 성녀가 되거나 타락한 탕녀라는 이분법은 낭만적 사랑의 영혼/육체의 이분법에 비견된다. 이렇게 본다면 천사와 같은 순결한 여성, 고결한 여성의 신비화는 여성의 섹슈얼리티를 윤리적으로 단속하는 가부장제적 장치로 드러난다. 남성 욕망을 충족시켜주는 미학적 대상이 아니라 여성 스스로 자기 욕망을 말하는 것을 허용하지 않는다는 점에서 가부장제는 여성의 육체를 식민화해왔다.

버지니아 울프는 발자크와 유사하게 ≪올랜도≫를 통해 양성성을 실험한다. 하지만 울프의 양성성을 통합에의 갈망으로 이해하게 되면, 울프는 모더니즘의 미학 아래 젠더 정치의 보수성을 감춘 블룸즈버리의 부르주아 데카당스로 보이게 된다. 일레인 쇼왈터가 울프를 그런 식으로 읽어내는 대표적인 이론가다. 쇼왈터는 울프의 양성성을 "남성적 요소와 여성적 요소 전반에 걸쳐 정서적으로 완전한 균형과 절제"[15]라고 정의한다. 그런 양성성은 여성의 목소리와 여성 시학이 채 정립되기도 전에 여성들에게 분노의 목소리를 절제하고 균형 잡힌 마음의 통일성을 갖추라고 요구하는 것이다. 그것은 울프가 억압받는 여성의 현실을 외면한 채 조화로운 '자기만의 방'이라는 불모의 공간[16]으로 도피한 탓이라고 쇼왈터는 분노한다.

하지만 울프는 '마음의 통일성'이라는 코울리지의 양성성 개념을 주장히면서도 남성적인 동질성을 허물어내는 차이로서의 여성성을 동시에 거론한다. ≪방≫에서 울프는 서로 상충된 칸트식 초월성과 페미니즘의 정치성을, 자기 망각과 자기주장을, 미학적 탈정치화와 젠더 당파성을 주장한다. 울프의 양성성은 그 안에 이미 틈새와 차이를 드러내고 있다는 점에서 포스트 페미니스트 이론가들이 선호하는 작가가 되고 있다. 이런 맥락에서 포스트 페미니스트로 분류되는 메어리 제이코버스Mary Jacobus, 토릴 모이Toril Moi, 파멜라 코기Pamela Caughie 등은 울프의 양성성 개념을 통합이 아니라 균열과 차이로 읽어낸다.

데리다의 해체론에 영향을 받은 프랑스 페미니스트들, 그중에서도 식수Hélène Cixous는 양성성을 성차의 통합이 아니라 차이, 즉 '다른 양성성'으로 설명한다. 식수는 양성성을 총체성에 대한 환상으로 간주하는 것이야말로 거세 공포의 일종으로 파악한다. 둘이 하나로 통합되는 양성성이란 단일성으로 고착되는 것이며, 그것은 또다시 성차를 삭제하는 것이다. 그것은 분리의 기억을 고통이자 위험으로 간주함으로 원형적인 통합으로 회귀하려는 환상이다. 그와 같이 낭만적인 양성성은 결국 성차 자체를 없애고 동질성, 단일성이라는 하나의 성으로서 남근중심주의로 퇴행하는 것이라고 식수는 비판한다.

울프의 텍스트에서 비결정성, 모호성, 차이 등을 읽어내는 것은 어렵지 않다. 울프의 텍스트가 분열, 모순, 증상, 틈새, 여백을 남기고 있기 때문이다. 문제는 그런 징후적 독법이 결국은 어떤 관점에서 누구의 이해관계에 봉사하는가 하는 점이다. 동일한 텍스트라고 하더라도 당대의 맥락과 무관하게 해석할 수는 없다. 어떤 관점에서 어떻게 배치함으로써 어떻게 읽어낼 것인가를 물어본다면, 텍스트의 해석은 궁극적으로 정치적일 수밖에 없다. 후세대 페미니즘의 관점에서 자기 시대 가부장제와 '불화한' 울프를 어떻게 읽어낼 것인가? 자기 시대와 '조화'가 아니라 '불화'로 읽어내고자 하는 것 자체가 이미 정치적 프레임인 것이다. 그런 맥락에서 자기 시대와의 조화와 균형을 울프의 양성성으로 정의한다면, 그녀의 '시대착오적'인 급진성을 침묵시키는 셈이 된다. 루카치식의 사실주의적 관점에서 보자면[17], 울프의 양성성 개념은 모더니즘의 미학주의에 바탕을 둔 가벼운 역할 놀이이자 세계의 발전법칙을 알 수 없는 부르주아들의 인식론적 불확실성과 퇴폐성이 반영된 것이다. 하지만 식수가 주장하다시피 다른 양성성 개념은 끊임없이 미끄러져 나감으로써 하나의 젠더로 고정될 수 없는 것을 의미한다.

동시대를 살았던 파리의 레즈비언들처럼 울프 또한 여성의 글쓰기, 여성의 섹슈얼리티에 관해 사포에게서 영감을 얻었다. 울프는 그리스어를 배우고 그리스 원전들을 읽었다. 울프는 교육받은 아버지의 아들들은 그리스어를 배우지만 교육받은 아버지의 딸들은 아예 그런 교육으로부터 배제된다고 통탄한 바 있다. 울프 당대에 그리스어를 배운다는 것은 귀족의 서클로 진입할 수 있는 일종의 자격증과 같은 것이었다. 블룸즈버리 그룹에 속한 남자들은 상층 부르주아와 귀족들로서 대학교육과 그리스어를 배우는 것이 당연시되었다. 울프는 독학으로 그리스어를 익혀 ≪오이디푸스≫, ≪안티고네≫, ≪콜로누스의 오이디푸스≫, 그리고 사포의 시 등을 읽었다. 울프는 여성들이 자유롭게 글을 쓰고 자신의 섹슈얼리티를 표현할 수 있으려면 남성지배문화와 남성의 시선에서 벗어날 수 있어야 한다고 보았다. 그런 공간을 그리스의 레스보스섬의 사포에서 찾았다.

하지만 버지니아 울프는 파리의 레즈비언처럼 자유롭게 여성의 섹슈얼리티를 드러낼 수 없었다. 거트루드 스타인에게 실험적 언어 형식이 레즈비언 서사의 글로짓으로 기능했다면, 울프는 올랜도의 센너 이주 실험을 농담처럼 다룸으로써 가부장제의 감시의 시선을 피하면서도 젠더퀴어 코뮌의 우정과 사랑을 찬양할 수 있었다.

《올랜도》는 다른 양성성을 공연하는 가장무도회장이다. 1928년 당시 《올랜도》는 예술적으로는 혹평을 받았지만 상업적으로는 성공한 작품이었다. 울프 스스로 《올랜도》는 《파도》라는 실험소설을 쓰고 난 뒤 농담처럼 즐기면서 가볍게 구상한 것[18]이라고 말했다. 울프의 작가 노트로 인해 《올랜도》는 진지한 시적 작품이라기보다 기분 전환용 소설이자 비타 새크빌과의 사랑에서 비롯된 전기적 사실의 형상화 정도로 평가되었다. 울프가 여성 귀족이자 양성애자인 비타 새크빌과의 사랑 끝에 단지 기분 전환으로 만든 작품이 《올랜도》였던 것만은 아니었다. 울프 스스로 기분 전환용으로 썼다고 했음에도 작품은 작가의 의도를 얼마든지 배신할 수 있다.

조크의 본질이 사회적 검열을 피하면서도 무의식적인 욕망을 표출하는 것이라고 한다면, 진지한 동기의 희화화는 직접적으로 언표화할 수 없는 것을 가면무도회로 표현하는 서사적 전략일 수 있다. 울프의 장난스러운 서사 전략은 리얼리즘적인 진지성과 가부장제의 엄숙주의와 권위를 해체하고픈 욕망처럼 읽히기도 한다. 울프가 《방》과 《올랜도》를 쓰면서 의식하지 않을 수 없었던 것은 사회적 검열이었다. 제임스 조이스의 《율리시스》는 외설성으로 인하여 금서가 되었다. 《올랜도》와 《고독의 우물》 모두 동성애를 다뤘고 다같이 1928년에 출판되었지만 《올랜도》와 달리 《고독의 우물》은 금서가 되었고 외설 시비에 휘말렸다. 수전 구바 식으로 말하자면 《올랜도》는 '양피지palimpsest'[19] 서사 전략을 통해 검열을 피해갔다. 양피지에 쓴 글들은 육안으로는 보이지 않지만 불빛에 비춰보면 투명한 잉크로 적힌 것들이 드러난다. 그와 마찬가지로 가부장제의 검열을 피하려고 가시적으로는 보이지 않지만 텍스트의 무의식으로 잔존하는 것이 양피지적 서사 전략이다. 그런 서사 전략을 통해 울프는 남성의 가면 아래 감춰 둔 여성의 얼굴로서 사피즘을 변형시킨 셈이다.

21세기인 오늘날에 이르러서 ≪올랜도≫의 퀴어성은 재평가받고 있다. 오늘날 ≪올랜도≫는 SF 퀴어 소설 등으로 다양한 해석에 열려 있지만 그 당대로서는 대중적으로 인기가 있다는 것만으로 이미 본격 모더니즘 소설의 자격을 상실한 것이 된다. 고급 모더니즘 작품은 대중들의 게걸스러운 탐욕에 저항해야 한다고 오르테가 이 가세트Ortega Y Gasset는 ≪예술의 비인간화≫에서 주장했다. 본격 모더니스트들의 입장에서 보기에 상업적으로 인기를 누린 작품들은 주로 여성 작가들의 '말랑말랑한' 작품들이었다. 시장에서 잘 팔리는 여성 작가들의 작품은 바로 그 시장성으로 인해 엘리트 모더니즘의 품격을 훼손한 것으로 평가되었다. 오르테가 이 가세트와 같은 철학자에게 모더니즘 예술은 난해한 비인간적인 예술이 되어야 한다. 오르테가가 말하는 인간적인 예술은 주관적이고 감정적이며 사실주의적이고 인간의 삶이 녹아들어 있으므로 이해하기 쉽고 대중이 감정 이입하기에 편안한 작품들이다. 반면 비인간적인 예술은 대중이 쉽게 소화하고 먹어치우기 힘든 예술이다. 이성적이고 추상적이며 난해하고 인간적 감정이 배제될 때 시장의 상품화에 저항하게 된다고 보았기 때문이다.

여기서 예술의 젠더화, 위계화가 구성된다. 모더니즘이 대중성에 저항하는 엘리트 본격 예술high art이라고 할 때, 대중성, 감상성이 여성 젠더로 연결되는 것은 한순간이다. 여성 작가들의 싸구려 소설들, 자서전, 일기, 여행기, 에세이들이 시상에서 베스트셀러가 뇌는 것을 경멸하면서도 남성 모더니스트들은 내심 그들의 인기를 부러워했다. 동시에 자기 소설의 난해성이 대중의 식성과 상품성에 저항한다는 것에 자부심을 갖고 있었다. 그런 맥락에서 보자면 울프의 ≪올랜도≫가 그 당시 인기가 있었다는 것만으로도 대중적인 작품으로 취급되는 것은 자연스러운 귀결이었다. 퀜틴 벨Quentin Bell은 이 작품을 예술적으로는 별 볼 일 없지만 판매 부수에서는 ≪등대로≫의 두 배가 되었다고 기록하고 있다.[20]

≪올랜도≫의 사피즘은 양피지적 서사 기법으로 인해 문학사에서 잘 감춰진 비밀이 되었다. 레즈비언 시학은 가부장제의 검열 아래 텍스트의 무의식으로 잔존하므로, 그런 무의식을 읽어내고 발굴하는 것이 다음 세대 페미니즘의 몫이기도 하다. 제인 마커스는 ≪자기만의 방≫에서 울프가 침묵으로 남긴 공간 '…'에 주목한다. "클레는 올리비아를 좋아했다. 그들은 …을 공유했다."[21]라는 구절에서 제인 마커스는 세 개의 점, 점, 점이 보여주는 침묵의 발언으로 울프가 독자를 사피즘으로 초대하고 수사적으로 유혹한다고 주장한다.

마커스에 의하면 점으로 표시된 빈 공간은 편재하는 가부장제의 감시를 피하면서도 레즈비언적인 사랑을 표현하는 것이다.[22] 울프는 강연에 모인 사람들에게 "커튼 뒤에 누가 숨어서 지켜보는 것은 아니겠지요"[23]라고 청중에게 동의하듯 묻는다. 여성은 남성의 시선이 부재하는 곳에서도 내면화된 가부장제의 시선으로부터 자유롭지 못하다. 하지만 텍스트의 의문부호와 생략과 단절은 여성들에게 텍스트를 징후적으로 읽어내도록 해준다. 빈 공간의 정치성은 여성들 사이의 연대를 자극하면서도 가부장제의 검열을 피하도록 해준다.

하지만 울프의 ≪올랜도≫가 보여준 장난스러운 가면무도회는 비판의 대상이 될 수 있다. 파리의 레프트뱅크 레즈비언 시학에 비해 울프의 사디즘이 보수적으로 보일 수도 있지만, 런던과 파리의 사회 문화적 맥락을 감안하지 않을 수 없다. 당대의 파리의 분위기와 비교해 볼 때, 런던은 빅토리아 시대의 이중적인 성윤리가 여전했기 때문이다. 솔직하게 사는 것을 목표로 삼았던 레프트뱅크 레즈비어니즘의 선구자였던 내털리 바니는 런던의 분위기에서는 숨쉬기조차 불편하다고 말했다.

이런 사회적 분위기 속에서 ≪올랜도≫에서의 레즈비언 코드는 숨은그림찾기처럼 배치되어 있다. 넬과 올랜도의 우정과 사랑은 크로스드레싱을 통해 퀴어적인 가면무도회를 연출한다. 남성으로서 올랜도가 화류계 여성인 넬을 찾아가는 것은 빅토리아조의 위선적 관행이었다. 하지만 여성으로서 올랜도가 창녀인 넬을 만나는 것은 지배적인 성적 질서를 일탈하는 행위다. 귀족 남성 올랜도는 크로스드레싱을 통해 평민 복장의 여성으로서 넬을 만난다. 두 사람은 지배적인 신분 질서, 젠더 질서로부터 자유롭지만 주변화된다.

남성인 올랜도가 크로스드레싱을 하고 다른 여성과 사랑을 나눌 때 이것은 이성애인가? 동성애인가? 동성애가 발명되었다[24]고 한다면 정확히 무엇을 동성애라고 할 수 있는가? 이 작품에는 성별 정체성을 트랜스 하는 온갖 젠더들이 있고, 이성애 정상성을 조롱하듯 다양한 성적 지향성들이 가시화되고 있다.[25] 남자였던 올랜도는 트랜스 여행 이후 여자가 된다. 여자가 된 올랜도는 남성으로 크로스드레싱을 하고 여성을 사랑한다. 이 경우 이성애, 동성애로 고정될 수 없는 잉여가 있다는 점에서 올랜도는 퀴어적이다. 크로스드레싱/트랜스/젠더 정체성, 트랜스섹슈얼, 욕망의 문제까지 개입하게 되면, 문제는 너욱 복잡해진다. 크로스드레싱은 젠더/섹슈얼리티뿐만 아니라 계급, 인종, 종교, 신분 질서 또한 전환한다. 그로 인해 ≪올랜도≫는 온갖 트랜스 이론들이 해석의 헤게모니 다툼을 벌이는 경합장이 되고 있다.

제이 프로서는Jay Prosser ≪제2의 피부The Second Skins≫에서 울프의 ≪올랜도≫는 래드클리프 홀의 ≪고독의 우물≫과는 달리 트랜스섹슈얼의 몸을 진지하게 다루지 않고 환상으로 처리했다고 비판한다.[26] 올랜도는 400년이라는 세월을 가로질러 다양한 공간에서 남자에서 여자로 변신한다. 그 과정에서 올랜도는 ≪고독의 우물≫에서의 스티븐 고든처럼 '여성의 몸에 갇힌 남성의 영혼'에 좌절하고 고통을 경험하는 것이 아니라 유쾌하고 가볍게 변신한다. 그/녀는 가부장제가 규정해놓은 양성체계의 위계질서를 조롱하듯 가볍게 젠더 여행에 오른다. 그렇기 때문에 올랜도에게는 트랜스섹슈얼들이 지정 성별에서 벗어나 성 재지정 수술sex reassignment surgery을 통해 체현된 몸으로 변신하기 전까지 보여주는 생애사와 고통 서사가 없다.[27] 프로서가 보기에 퀴어 이론가들은 올랜도의 "트랜스젠더 횡단 서사"에 집중함으로써 젠더를 탈자연화한다. 섹스sex를 홈home이라는 은유로 비유한다면, 트랜스섹슈얼은 트랜스 여행을 마치고 남성 혹은 여성의 몸이라는 홈으로 귀향하고자 한다. 반면 게일 루빈은 트랜스섹슈얼과 달리 트랜스젠더는 변신transform하여 지정된 젠더에 안착하는 것이 아니라 젠더 사이를 건너가는 다리bridge라고 주장한다. 따라서 지정된 젠더의 홈에 도착하고자 하는 트랜스섹슈얼과 홈리스로서 길 위에서 방랑하는 트랜스젠더 사이에서는 갈등과 긴장이 생긴다. 트랜스젠더들에게는 안정된 몸으로서 홈은 없기 때문이다.[28] 다른 한편 프로서의 트랜스섹슈얼의 범위가 너무 협소하다고 비판하면서, 잭/주디스 핼버스탬Judith Halberstam은 ≪여성의 남성성Female Masculinity≫에서 인공적인 재건 수술의 개입을 원하지 않는 트랜스섹슈얼도 트랜스젠더에 포함시킴으로써 트랜스젠더의 폭을 넓혔다.[29] 성적 재건 수술, 호르몬 투여, 고통 서사의 유무에 따라 엄격하게 정체성을 판별하는 것 자체가 정상/병리를 나누고 위계화하는 정신 의료 담론에 예속되는 것이기 때문이다.

여기서 제이 프로서가 지적하고 싶었던 것은 포스트 페미니스트 젠더 이론가들이 젠더 유연성을 비유로 활용함으로써, 트랜스섹슈얼들을 탈정치화하고 비가시화한다는 점이다. 젠더를 섹슈얼리티에 종속시킨 그런 대표적인 이론가가 이브 세지윅Eve Kosofsky Sedgwick이라고 그는 비판한다. 프로서가 보기에 세지윅은 동성애, 동성 사회적 섹슈얼리티를 위해 젠더를 종속적인 위치에 배치했다. 제이 프로서가 트랜스젠더를 트랜스섹슈얼 범주에 종속시키고 싶어 했다면, 다른 한편 샌디 스톤Sandy Stone은 트랜스섹슈얼을 광범한 트랜스젠더 수행성에 포함시킨다.

트랜스젠더 연구 사이의 섬세한 경계분쟁의 사례로 레즈비언과 "부치/MTF 경계 전쟁"이 있다. 부치는 여성적인 젠더 규범, 스타일, 정체성보다 남성적인 것들을 더 편안해하는 여자를 가리키는 레즈비언 집단의 언어[30]다. 부치들이 남성성에 투자하는 정도는 크로스드레싱, 헤어스타일, 가죽, 바이크에 이르기까지 다양하다. 레즈비언 페미니스트들은 MTF(남자에서 성전환한 여성)뿐만 아니라 다양한 부치(스톤 부치, 디젤 부치 등)의 과잉 남성화를 불편하게 여긴다.[31] 반면 레즈비언 부치는 트랜스여성(MTF)을 여성을 유혹하려고 가장무도회를 하는 남성으로 취급하면서 자신들의 레즈비언 커뮤니티로부터 추방하려고 한다. 레즈비언 페미니스트들은 여자로 태어난 여성으로서의 성별 징체싱을 징화하고자 한다.

울프의 ≪올랜도≫는 거의 모든 트랜스/젠더, 레즈비언, 퀴어의 경합장이 된다. 셰익스피어 시대인 16세기부터 20세기 초반까지 살아가면서 16세기에 귀족 남성이었던 그는 20세기에 이르면 신여성으로 트랜스한다. 여기까지만 본다면 ≪올랜도≫는 포스트 페미니즘의 레즈비언, 퀴어 연구에 적합한 것처럼 보인다. 하지만 1990년대 후반 트랜스젠더 연구가 부상하게 되면서, ≪올랜도≫에 대한 퀴어적인 해석의 주가는 하락한다. 언어적 실험을 중시한 ≪올랜도≫는 평가절하되고, 반면 작품성이 떨어진다고 보았던 ≪고독의 우물≫은 '리얼' 트랜스젠더 연구에 합당한 것으로 평가절상된다.[32]

올랜도는 스티븐 고든과는 달리 진짜 남성이 되고 싶어서 고통받지 않는다. 잘못된 몸wrong body으로 인해 고통받고 우울을 경험하는 대신 그/녀는 유쾌하고 명랑한 트랜스젠더로 변신한다. 올랜도는 남자에서 여자로 변신transform한 것이 아니라 남자에서 여자로 체인지invert한 것이므로 트랜스섹슈얼 연구에 속할 수 없다는 논리를 앞세워 트랜스들을 또다시 위계화할 것이 아니라, 트랜스젠더의 범주를 확장하면서 열어두는 핼버스탬의 논의를 참고하여, 여기서는 트랜스 섹슈얼, 트랜스젠더/섹슈얼리티를 포괄하는 젠더 이주gender immigration 개념으로 올랜도를 분석해보고자 한다. 비유적으로 젠더 이주자는 원주민의 환대와 적대에 마주치지 않을 수 없으며, 그런 갈등과 균열과 투쟁 속에서 다른 양성성의 공간을 열어나가게 된다. 성별 질서 속에서 살아온 원주민으로서 몸의 경험과 기억과 사회적 습관은 새롭게 이주하는 몸과 불화하고 갈등하면서 공존의 공간과 틈새를 마련해야 하기 때문이다.

젠더 이주 공간으로서 ≪올랜도≫

≪올랜도≫의 첫 문장은 "그는 남성인 것이 확실하다. 당시의 풍습으로서는 남자인지 다소 분간 못할 모습을 하고 있었지만"[33]으로 시작한다. 그럼에도 바로 뒤따른 문장에서 전기 작가인 화자는 그가 하는 짓으로 보아서 남자임이 분명하다고 확신한다. 16세기 말엽 올랜도는 16세의 소년 귀족으로 등장한다. 남자인지 여자인지, 소년인지 소녀인지 외관상으로는 모호하더라도, 서까래에 매달아 놓은 무어인의 해골을 가지고 칼 쓰는 연습을 하고 있는 것을 보니 여자일 리 만무하다고 화자는 판단한다. 올랜도의 조부는 식민지 정복 전쟁에 나가서 타인종의 목을 베고 전리품으로 가져와 서까래에 매달아 놓았다. 여기서 전기작가의 시선을 비판할 수도 있다. 무어인의 해골로 펜싱 연습을 하다니! 식민지전쟁의 전리품으로 전시해놓은 해골에 대해 영국 제국주의의 잔혹함을 문자적으로 진지하게 비판할 수 있다. 하지만 전기작가는 이 무어인의 해골이 소년 귀족 올랜도를 비웃고 조롱하는 것처럼 보인나는 인상을 넛뭍닌다. 그런 소통을 봉해 상자 백인 남성 귀속 제국주의자가 될 올랜도를 비웃고 있기도 하다. 올랜도의 젠더는 이처럼

처음부터 대단히 모호하지만 16세기 당대의 풍습과 행동을 참작해 볼 때 남성임이 틀림없는 것으로 판명된다.

지루한 궁정을 빠져나온 올랜도가 러시아 왕녀 사샤를 만난 곳은 얼어붙은 템스강 위에서였다. 처음 본 사샤는 풍성한 러시아 복장으로 인해 남자인지 여자인지, 소년이지 소녀인지 구별이 모호하다. 사샤는 젠더 범주의 혼란이며 온갖 이질적인 것의 혼합이다. "사샤는 멜론이고 파인애플이며 올리브 나무이고 눈 속의 여우"[34]다. 신비스러운 사샤와의 만남으로 올랜도는 자신을 구속하는 궁정의 예의범절을 일탈하게 된다. 올랜도는 사샤와 함께 궁정의 벽을 넘어 대중들이 모여드는 템스 강변으로 달아난다. 템스강은 혹한으로 완전히 얼어붙고 일상은 중지된다. 두 사람은 귀족의 공간을 빠져나가 평민들의 카니발 공간으로 스며든다. 일상의 위계질서인 신분, 젠더, 인종, 섹슈얼리티 질서가 송두리째 중지된 카니발 공간에서 러시아 공주인 사샤는 털북숭이 하층 노동자 러시아 수부와도 포옹하고 영국 귀족 올랜도와도 포옹한다.

사샤가 남성복장을 한 여성으로서 여성스러운 남자 선원을 욕망하는 것인지 혹은 남자로서 거친 남성을 사랑하는 것인지 모호하다는 점에서 사샤의 욕망은 퀴어하다. 사샤의 욕망이 이성애라고 할지라도 소유에 바탕을 둔 일대일 이성애를 위반한다. 사샤는 소유와 독점을 사랑으로 우기는 연애 풍속을 조롱한다. 궁정의 축제는 신분 질서를 전제한다. 하지만 민중의 축제공간으로 도피한 러시아 귀족 여성 사샤는 여성에게 강요되는 정숙함, 성별 질서, 신분 질서를 뒤집어놓는다. 여자는 남자가 되고, 귀족적인 고상함과 우아함은 천박함과 조잡함으로 드러나고, 숭엄한 것은 세속화된다.

카니발적인 상황에서 주어졌던 젠더/섹슈얼리티 해방과 자유로운 양성성의 실험은 템스강을 얼렸던 대서리가 녹으면서 흔적 없이 사라진다. 두 사람은 사랑의 도피를 약속했지만 사샤는 혼자 러시아로 달아나버린다. 그녀는 해방의 공간에서 온갖 쾌락을 즐기다가 축제가 끝나는 순간 원래의 위치로 되돌아간다. 사샤에게 버림받은 충격으로 올랜도는 일주일 동안 죽음 같은 잠에 빠져들었다가 깨어난다. 깊은 잠에서 깬 올랜도에게 이제 루마니아 대공/비가 접근한다. 대공비는 여성의 복장을 한 드랙퀸처럼 보인다. 올랜도는 자신에게 내재한 기괴한 여성성을 투사하는 양성적인 해리엇 대공비에게서 벗어나려고 버둥거린다. 대공비는 여자인지 혹은 남성적인 몸을 가진 여자로서 크로스드레서, 트랜스여성인지 짐작하기 힘들다. 올랜도가 여성으로 젠더전환을 하고 다시 영국으로 되돌아왔을 때 대공비는 이성애 판본을 모방하는 것처럼 대공이 되어 그에게 접근한다.

올랜도가 터키 대사로 부임했던 기간에 터키에서는 민중 봉기가 발발한다. 정치적 혁명으로 터키에서 제국주의 억압자/피억압 터키 민중의 위계질서는 무너진다. 콘스탄티노플에서 영국의 대사로 부임했던 올랜도에게 공작의 작위가 수여되는 날 역시 일상이 중지된 카니발 주간이었다. 작위 수여식이 거행되던 순간 터키인들은 영국 제국주의의 억압으로부터 터키가 해방되는 기적을 기다린다. 반면 영국인들은 제국주의의 헤게모니가 흔들릴 것에 불안과 공포를 느낀다. 이런 두려움을 입증하듯 터키 민중 봉기가 발생하고 술탄은 타도된다. 올랜도는 혁명의 순간 혼수상태에 빠짐으로써, 곤란한 정치적 입장으로부터 면제된다. 그는 일주일 동안 또다시 죽음 같은 잠에 빠져든다.

그의 젠더 이주는 지배문화의 검열이 느슨해지는 축제 기간이나 영국의 성적 위계질서와는 낯선 이국적인 상황에서 일어난다. 젠더 이주로 올랜도는 성별 위계질서에 따른 비대칭적인 권력 관계를 확실히 맛본다. 올랜도는 젠더 전환으로 자기 안에서 퀴어한 불법 체류자이자 망명객이자 식수가 말하는 '다른 양성성'을 가진 인물이 된다. 여기서 화자는 섹스/젠더에 관한 세 가지 다른 해석을 소개한다. 첫째 "옷이 우리를 입는 것이지 우리가 옷을 입는 것이 아니다."[35] 그렇다면 젠더가 섹스를 구성하는 것이 된다. 두 번째 해석에 의하면 옷은 그 아래 감춰진 어떤 것의 상징이다. 이렇게 되면 젠더는 본질로 주어진 섹스를 외부적으로 표현하는 것이 된다. 세 번째로 울프는 모든 사람은 한 성에서 다른 성을 오가며, 오로지 옷만이 사람들을 남자처럼, 혹은 여자처럼 유지해준다고 말한다. 그러므로 섹스는 표면으로 드러나는 것과는 정반대일 수도 있다. 오로지 옷으로 남성과 유사성, 여성과 유사성을 연출할 뿐이다. 달리 말하자면 울프에게 사람들은 기본적으로 양성적이며, 그런 의미에서 고정된 성이란 없는 존재가 된다.

올랜도는 이 세 가지 상태를 가볍게 오간다. 소설의 첫 순간부터 올랜도는 모호한 복장으로 인해 여성처럼 착각될 수 있으며 여성성을 수행한다. 남자인 올랜도는 복장으로 인해 가볍게 여자처럼 가장무도회를 하게 된다. 이렇게 본다면 크로스드레싱만으로 올랜도는 아주 간단하게 젠더 여행이 가능한 것처럼 보인다. 하지만 젠더 이주 후에도 올랜도는 남자로 살아온 기억과 경험을 가지고 있으므로 남자처럼 행동한다. 올랜도의 남성성은 크로스드레싱으로 쉽게 변하지 않는 습관이 되고 성별 질서에 따라 사회화된 젠더 문법을 각인한 것으로 드러난다. 복장으로 인해 올랜도는 소녀/소녀, 여자/남자, 귀족 남성/평민 처녀, 동성애/이성애의 모습으로 젠더 여행하는 것처럼 보이지만, 오랜 세월

몸으로 수행한 젠더 역할에서 쉽사리 벗어날 수는 없다.

올랜도는 그야말로 옷 갈아입듯 자유롭게 젠더 이주 여행을 하는 것은 아니다. 올랜도는 영국 땅에 여성으로서 발을 딛는 순간 남성으로서 누렸던 권력, 몸의 자유, 귀족적 특권, 상속권을 전부 상실하고, 자신이 사회, 문화, 법적인 제도 속에서 여성으로서 생활해야 함을 절감한다. 남자였을 때 그의 한 손은 칼을 쥐는 데 사용되었다면, 여성으로 변하는 순간 그 손은 폭넓은 드레스 자락을 붙잡고 다른 한 손은 선장이 내민 손을 붙잡는 데 사용된다.[36]

터키 대사로 부임했다가 여성으로 트랜스하여 이성의 시대인 18세기 영국으로 되돌아온 그/녀를 기다리고 있는 것은 자신의 젠더와 관련된 소송사건이다. 혁명의 소용돌이 속에서 올랜도의 신분증 서류에 손가락 크기의 구멍이 생겼다.[37] 올랜도의 정체성 자체가 양파의 껍질처럼 벗기고 벗겨도 구멍인 것처럼 말이다. 그로 인해 올랜도의 성별은 법적 소송에 의해 재구성된다. 젠더 자체가 생물학적인 것이 아니라 법에 의해 강제적으로 구성되는 것임을 보여주는 것이 이 소송사건이다.

이 소송사건에 따르면 첫째 올랜도는 사망했다. 그러므로 재산소유권 상실자다. 둘째 올랜도는 여자다. 그러므로 재산상속권이 없다. 셋째 올랜도는 영국 공작이지만 스페인계 집시 댄서와 결혼해서 세 아들을 두었다. 그 아들들이 아버지의 재산을 자신들에게 양도해야 한다는 주장을 펼치고 있다.[38] 이 소송사건은 올랜도의 섹스, 젠더, 지위, 정체성의 문제와 결부되어 있다. 결국, 올랜도에게 여성이라는 판결이 내려진다. 그의 젠더 실험은 사회적 장지와 법적 강제로 종료된다.

주디스 버틀러식으로 말하자면 올랜도는 비동일시 형태의 트랜스

젠더_{non-identitarian forms of transgender}[39] 가 된다. 그렇다면 올랜도의 정체성을 고정시키려는 어떤 노력도 부질없는 짓인가? 올랜도의 젠더 트랜스는 오랜 세월에 걸쳐 역사적인 전환을 보여주고 있기 때문이다. 그런 맥락에서 올랜도는 사회, 문화적 관습을 가볍게 뛰어넘어 남성/여성, 남성적/여성적인 이분법을 '유토피아적으로' 거부한 것만은 아니다.

트랜스젠더화 된 몸과 생애사를 중심으로 살펴보면, 섹슈얼리티를 하나의 정체성으로 설명하는 것은 문제적이다. 외관상 올랜도는 이성애자로 보이지만 그/녀가 욕망하는 대상들은 성별 정체성과 성적 경향성 모두가 모호하고 불확실하다는 점에서 퀴어한 상황이 된다. 이성애 정상성이 주장하는 것처럼 욕망은 언제나 남녀 사이에만 흐르는 것이 아니다. 올랜도의 여성으로서 욕망은 과거 남성으로서 혼재된 양성적 경험으로 인해 퀴어해지고 구멍이 생긴다. 그로 인해 동성애인지 이성애인지의 구분은 모호해지고 섹슈얼리티의 정체성에 경계 혼란이 발생한다.

올랜도의 성전환이 당대의 젠더/섹슈얼리티를 초월하여 환상적으로 처리된 것은 아니다. 올랜도는 훈육된 젠더 관습과 사회문화적 금지에 구속받기 때문이다. 그/녀는 젠더 비대칭성과 불평등을 경험하면서 성별 정체성을 어렵게 모색한다. 올랜도는 남성이었을 때는 동성애 공포를 느낀다. 동성애가 사회적 금기이기 때문이다. 여성으로 변신했을 때 그는 여성의 우아함이 장기간 반복된 고통스러운 훈육에 의해 만들어지는 것임을 알게 된다. 루마니아 대공/비를 피해 터키로 도망 갔다가 다시 영국으로 돌아왔을 때 대공은 남자로 밝혀진다. 남자였을 때 올랜도는 정체성의 혼란을 그다지 느끼지 않으며 여성 복장을 하지 않는다. 그런데 여자였을 때 올랜도는 종종 크로스드레싱을 하고 여성과 사랑에 빠진다. 그러므로 올랜도의 젠더 유연성은 유토피아적인 놀이도 아니고, 아무런 구속 없이 자유로운 것도 아니다. 다너 해러웨이 Donna Haraway가 주장하듯 '젠더는 관계'에 의해 형성되는 것이며 사회적 맥락과 상호교차 속에서 이주하고 교차하면서 유연하게 형성된다[40]는 점을 올랜도야말로 4세기에 걸친 수행으로 드러내 보여주고 있는 셈이다.

≪고독의 우물≫과 퀴어 멜랑콜리아

파리의 레프트뱅크 레즈비언 여성들은 현대적인 관점에서 보아도 섹슈얼리티의 문제에서는 급진적이었다. 이들이 20세기 초반 파리에서 지적, 예술적, 성적 영역에서의 자유를 누릴 수 있었던 이유는 무엇일까? 프랑스는 다른 유럽국가에 비해 여성의 사회적, 정치적 지위가 뒤쳐진 편이었다. 표면적으로 보자면 1928년 영국은 여성들에게 투표권을 부여했지만 프랑스는 1944년에야 비로소 여성들에게 투표권을 부여할 정도였다. 그런 프랑스에서 레프트뱅크 레즈비언들이 거리낌 없이 성적 자유를 누리는 것이 어떻게 가능했던가?

앞 장에서 언급했다시피 내털리 바니와 같은 레프트뱅크의 여성들은 보란 듯이 레즈비어니즘을 드러냈다. 그럼에도 사회적인 처벌, 금서, 남성들의 차가운 눈총은 없었다. 그것은 이들 집단의 특수한 성격, 그리고 모더니즘의 산실이자 해방구로서 파리 레프트뱅크라는 지역과 무관하지 않았다. 이들 여성은 프랑스 여자들이 아니었다. 프랑스의 입장에서는 국외자들이었다. 게다가 교육받은 백인 상층 귀족 부르주아 외국인 여자들로서 문학살롱의 주인들이기도 했다. 거트루드 스타인의 살롱은 남성 모더니스트 작가들의 산실이었다. 내털리 바니의 문학살롱은 레즈비언들뿐만 아니라 남성 예술가들에게도 열려 있었다.

1920년대 자유로운 파리에 대한 상투적인 인상은 술과 여자, 자유분방한 섹스일 수 있다. 하지만 파리의 레프트뱅크에서 살았던 여자들의 '자유'와 '해방'에 관한 경험은 제임스 조이스, 헤밍웨이, 피카소로 대변되는 남성 예술가, 문인들의 경험과는 달랐다고 안드레아 와이스는 ≪파리는 여자였다≫에서 말한다. 양차 대전 사이 미국인들은 메트로폴리스 파리에 미쳐 있었다. 파리의 제이콥가 24번지 영국 호텔은 훗날 유명해질 작가, 예술가들이 거의 모두 거쳐갔다. 이들 남성 예술가, 작가들에게 자유는 여자와 자유롭게 연애할 권리로 받아들여졌다면, 여성들에게 자유는 여자들끼리 연애할 수 있는 자유였다.

래드클리프 홀 또한 애인인 우나 트러브리지와 함께 파리의 레프트뱅크에서 지냈다. 홀은 ≪고독의 우물≫에서 발레리(내털리 바니를 모델로 한)의 문학살롱에 모여든 사람들을 이렇게 묘사한다. "발레리의 살롱에 모여든 사람들은 누추한 시대에 아름다움을" 추구하는 당대의 엘리트 여성 예술가, 작가, 시인들이었다. 그들은 20세기의 사포를 추구하는 발레리에게서 지배적인 이성애 일부일처 규범성으로부터 자유로운 정신의 편린들을 발견했다. 20년대 파리는 런던에 비해 성적으로 자유분방한 메트로폴리스였고, 아방가르드 문학이 탄생할 수 있었던 요람이었다.

주나 반스의 ≪숙녀 연감≫, 울프의 ≪올랜도≫, 래드클리프 홀의 ≪고독의 우물≫ 모두 레즈비언 주제를 다뤘고 다 같이 1928년에 출판되었다. 래드클리프 홀은 당대 성과학을 받아들여 레즈비언을 '여성의 몸에 갇힌 남성의 영혼'으로 간주함으로써, 레즈비언을 "자연의 잔인한 장난"으로 묘사한다. 기본적으로 그녀의 입장은 레즈비언 자체를 섹슈얼리티로 인정한 것이라기보다 이성애에 바탕하고 있는 것처럼 보인다. 그럼에도 그녀의 소설 ≪고독의 우물≫은 1920년대에 혹독한 비판을 받았고 금서가 되었다. 그에 비하면 주나 반스의 ≪숙녀 연감≫ 은 레즈비언의 몸과 섹슈얼리티를 눈부시게 찬미했음에도 여성 동성 애의 전시로 인해 비난받지 않았다.[41] 반스와 울프는 레즈비어니즘을 장난스럽게 다루거나 환상적으로 처리함으로써 그것을 전면에 부각시 키지 않았다고 볼 수 있다. 반면 래드클리프 홀의 ≪고독의 우물≫은 성적인 묘사가 없음에도 여성들끼리의 사랑을 진지하고도 사실적으로 묘사한다. 비규범적 성애를 가시화했다는 점에서 이 작품은 당대의 성 별질서에 위협적인 것으로 비쳤다.

스티븐 고든은 벽장에서 벗어나 커밍아웃함으로써 사회로 '커밍 인coming in'하려는 최초의 인물이었다. 하지만 사회는 레즈비언 섹슈얼 리티에 대해 용인이 아니라 처벌을 원했다. 여성 동성애를 사실적으로 다뤘다는 사실만으로도 1920년대 영국 사회의 정서로서는 충분히 외 설적이었다. 강제적인 이성애 사회에서 비가시화, 병리화되었던 동성 애가 자기 존재를 인정하라고 요구했기 때문이다. 세 소설 모두 성전 환, 복장 도착, 동성애 등을 말하지만, 장난스럽게 다룬 반스와 울프의 소설과는 달리, 동성애를 진지하고 비통하게 표현한 ≪고독의 우물≫ 은 위험한 성애를 전파하고 전염시키고 있다는 당대의 불안과 혐오로 인해 금서가 되었다.

래드클리프 홀은 1880년 미국인 어머니와 영국인 아버지 사이에 서 태어났다. 존은 그녀의 필명이었다. 스물한 살 때 홀은 할아버지로 부터 유산을 상속받았다. 유산 덕분에 평생 돈 걱정 없이 여행하면서

래드클리프 홀과 우나 트러브리지

글을 쓸 수 있었다. 스물여덟 살 때 홀은 마벌 베로니카 배턴Mabel Veronica Hatch Batten 부인을 만났다. 종교에 부정적이었던 홀은 배턴 부인의 영향으로 ≪고독의 우물≫ 속 스티븐 고든처럼 가톨릭으로 개종했다. 홀은 마벌 부인을 통해 부인의 사촌인 우나 트러브리지와 만나게 된다. 우나와 홀의 관계는 얼마 지나지 않아 연인 사이로 발전한다. 그 이후 1934년 홀은 서른 살의 러시아 이민자인 에브게니아 솔라인Evguenia Souline을 만나게 되고, 홀/에브게니아/우나의 고통스럽고 애증이 들끓는 삼각관계는 홀이 죽을 때까지 계속되었다.

전기에 실린 사진으로 보면 래드클리프 홀은 자전적 소설 중 스티븐처럼 날렵하고 큰 키, 짧은 머리카락에 남장을 하고 있다. 연미복을 맵시 있게 차려입고 카메라를 정면으로 응시하면서 손가락 사이에 시가를 끼고 있는 홀의 모습은 20세기 초반의 전형적인 댄디처럼 보인다. 우나 트러브리지는 카우보이 복장을 하거나 연미복에 외알 안경을

4장_여자라면 시피클라 키야 엘름클라이어

걸친 모습이다.

남성은 아니지만 남성적인 여성으로서 홀의 크로스드레싱은 자기 육체로부터 소외된 몸을 가려준다. ≪도리언 그레이≫의 남성 동성애를 분석하면서 이브 세지윅은 '벽장의 인식론'을 이론화했다면, ≪고독의 우물≫에서 스티븐의 크로스드레싱은 '옷장의 인식론'으로 기능한다고 햄버스탬은 말한다. 남자 옷을 입음으로써 자신을 남성으로 젠더화한다는 점에서 스티븐의 남성복 페티시는 복장 도착이라기보다 자기소외에서 벗어나기 위한 장치다. 생물학적인 섹스를 가리는 남성복은 크로스드레서의 자아가 되고 그것이 자신의 젠더 정체성이 된다. 스티븐에게는 걸치는 옷이 곧 젠더를 인식하는 장치가 된다는 점에서 그것은 옷장의 인식론으로 기능한다.

≪고독의 우물≫이 최초의 레즈비언 소설이라는 수식어에도 불구하고 홀의 레즈비어니즘은 엄청난 논쟁을 불러일으키고 있다. 이 소설은 이성애 규범을 강화하는 것인가, 아니면 잠식하는 것인가? 래드클리프 홀은 동성애를 생물학적으로 결정된 것으로 보았는가, 아니면 선천적인 결함이자 병리적인 현상으로 여겼는가? 혹은 동성애를 여성들끼리의 낭만적인 우정으로 간주했는가? 19세기의 낭만적인 우정(비성적인)의 형태와 구분되는 여성의 성적 정체성을 주장한 것인가? 혹은 전후 퀴어한 젠더 아노미 현상을 보여준 것인가? 스티븐 고든은 자신을 "여성의 육체에 갇힌 남자"라고 생각했고 남성 복장을 하고 남자로 살았다. 그렇다면 고든은 이성애 크로스드레서인가? 레즈비언 부치인가? MTF인가? 정체화될 수 없는 젠더 퀴어인가? 이런 질문과 마주하면서 에스더 뉴턴Esther Newton은 〈래드클리프 홀과 신여성〉에서 스티븐 고든을 '신화적인 남성형 레즈비언'으로서 명명한다.[42]

스티븐 고든을 두고 다층적인 경계 다툼의 여지는 다양하게 진행되고 있다. 페미니스트들은 스티븐 고든을 안티 페미니스트라고 비판하고, 레즈비언들은 그를 이성애자라고 비난했다. 19세기식 성과학을 따르고 있는 이 소설에서 스티븐 고든은 여성이면서도 자신을 남성으로 생각하는 성별도착자이자 복장 도착자이다. 트랜스젠더 이론가인 핼버스탬은 그/녀를 레즈비언 부치가 아니라 트랜스젠더 부치[43]라 주장하고, 프로서는 스티븐을 원조 트랜스섹슈얼[44]로 간주한다. 이렇듯 트랜스젠더 성별 정체성과 레즈비언 성적 경향성 사이의 섬세한 경계 짓기 모델로는 포괄할 수 없는 잉여가 남는다. 그런 잉여로 인해 스티븐 고든은 동요하는 트랜스젠더퀴어적인 인물로 드러나게 된다.

남성적인 여성인 스티븐은 남성적 영혼과 여성적 육체, 여성이라는 젠더 지위와 남성적인 성행동 사이에서 끊임없이 협상해야 한다.[45] 스티븐은 거울에 비친 자기 모습을 본다. 운동선수처럼 날렵한 남자 같은 몸이다. 스티븐은 자기 영혼을 옥죄는 몸을 숭배하면서도 혐오한다. 자기 몸을 보면서 자신감과 동시에 연민을 느낀다. 스티븐은 자부심/자기혐오, 자기연민/자기 찬탄이라는 감정의 경제 사이에서 끊임없이 동요한다.

스티븐은 연인의 몸은 만지고 싶지만 연인이 자기 몸을 만지는 것은 허락하고 싶지 않은 스톤 부치처럼 보인다. 자신이 여성화되는 것에 대한 거부반응이 있다. 테레사 드 로레티스Teresa de Lauretis는 남성적인 여성으로서 스티븐과 같은 부치가 레즈비언 연구에 중심을 차지한 것을 부정적으로 본다. 스티븐과 같은 남성적인 여성은 남자이기를 욕망한다. 스티븐은 선생을 시시하면서 남성의 우월감을 당언한 것으로 여기는 문화적 보수주의자이다. 남성적 여성으로서 부치는 남성의 우월성을 욕망하고 남성을 모방하려고 한다는 점에서 허위의식에 빠져있다. 남성'적'일 뿐 남성이 아닌 자신을 미워하고 여성 일반을 혐오한다. 로레티스와는 달리, 핼버스탬은 다양한 여성의 남성성 스펙트럼을 기술하면서 그들에게서 양가적인 정치성을 읽어낸다.[46] 남성적이지 않은 안드로진에서부터 부드러운 부치, 디젤 부치, 스톤 부치와 같이 강한 남성성을 가진 여성에 이르기까지, 여성의 남성성은 남성/여성의 엄격한 이분법의 경계를 트랜스하고 교란하는 역할을 하기 때문이다.

래드클리프 홀이 묘사한 레즈비어니즘에 대한 또 다른 비판은 남성/여성 동성애자들을 약물중독, 우울증, 비극적인 자살 충동에 휩싸여 있는 부정적인 존재들로 형상화했다는 점이다. 홀은 '도착자'들이 바닥 인생이 될 수밖에 없도록 만드는 사회를 비판하면서도 이들을 긍휼히 여겨달라는 식으로 연민과 사회적 관용을 요청한다.

레즈비언 사이에서도 계급, 인종, 나이, 종교 등에 따라 비대칭적인 권력관계가 존재한다. 르네 비비앙이 묘사한 것처럼 레즈비언 사랑이 지배와 복종의 관계에서 벗어나 자유롭고 평등하고 행복한 유토피아의 관계는 아니었다. 그 점은 르네 비비앙의 삶 자체가 증명했다. 또한 가난한 레즈비언들은 파리의 레프트뱅크 레즈비언들과 같은 풍요로운 생활을 누릴 수 없었다. 레프트뱅크의 여성들은 대체로 교육받은 엘리트였고 부자였으며 자기 목소리를 가질 수 있는 작가들이었다. 이에 비해 빈곤층 레즈비언들은 '비규범적'인 성별 정체성과 '도착적인' 성적 지향성으로 고통받았을 뿐만 아니라 경제적 불안정으로 고통받았다.

≪고독의 우물≫에 등장하는 가난한 레즈비언들의 궁핍은 처참하다. 목사의 딸인 제이미와 같은 마을 친구인 바버라는 스코틀랜드 고향 동네에서는 도무지 함께 살 수가 없어서 파리로 도피하여 레즈비언

코뮌에서 살아간다. 제이미는 팔리지 않는 작품을 쓰는 작곡가이고 생활력은 제로다. 제이미는 바버라가 일거수일투족 도와주지 않으면 생존 자체가 힘들다. 생계수단이 없는 그들은 "너무 가난해서 가벼운 한 끼 식사마저 하늘이 내려주신 것처럼 여겼다."[47] 제이미는 자존심으로 똘똘 뭉쳐 있어서 '과도하게' 예민했다. 제이미에게 타협은 없었다. 레즈비언 커뮤니티 안에서도 경제력과 신분에 따라서 갈등의 양상은 천태만상이다. 고정된 수입도, 일정한 일자리도 없는 경우, 경제적 불안정은 그들의 삶을 최악으로 구속하는 요소가 되어버린다. 바버라는 굶주리다가 폐결핵으로 죽고 그녀 없이 살 수 없었던 제이미는 자살한다. 이 작품에서 제이미와 바버라는 레즈비언 정체성보다는 생활고로 인해 극도로 고통 받는다. 완다는 화가이지만 생활고에 허덕인다. 시인인 마거릿 롤랜드는 너무 쉽게 사랑에 빠지는 관계 중독자이다. 새로운 사랑을 시작할 때마다 다음 사랑이 시작되기 전까지 그 사랑은 롤랜드에게 영원했다. 매번 그녀의 사랑은 실패로 드러났고 그때마다 돈과 눈물로 막대한 대가를 치르고 있어서 롤랜드는 행려병자가 되어 구빈원에서 생을 마감할 것으로 보인다. 그들은 사랑 안에서 불안하고 위태롭다. 사랑 안에서 그들은 불법체류자처럼 언제 쫓겨날지 모르는 사회적 약자가 된다. 그들은 매번 더 많이 사랑하고 더 많이 상처받는다.

'평범한 시민'으로 패싱하면서 살아가려 해도 경제력이 뒷받침되지 않는다면 그들의 삶은 이중 삼중으로 힘들게 된다. 래드클리프 홀이 레즈비언의 삶을 과도하게 비참하고 궁핍하게 그렸다는 점을 후세대들은 비판하지만, 비참 그 자체가 그들의 삶의 조건이었다. 지독한 궁핍이라는 사회적 조건 자체가 그들의 성별 정체성이나 성적 지향성과 분리될 수 없기 때문이다.

이 소설에서 아버지인 필립 경이 스티븐을 애정으로 감싼 것과는 달리 엄마인 애너는 스티븐에게 냉담하다. 애너는 자신과 같이 사랑받을 수 있는 미모와 우아함과 여성스러움을 갖지 못한 딸을 혐오한다. 어머니가 딸에게 그처럼 차갑게 대하는 이면에는 이 아이에게는 '뭔가' 다른 점이 있다는 석연찮은 구석 때문이었다. 애너는 남편인 토마스 경의 사랑을 먹고 그들이 살고 있는 모턴 정원의 "따뜻한 남쪽 벽을 친친 감고 있는 덩굴 같은 삶을 살았다." 사랑받는 이성애자로서 애너는 자기가 노력하지 않아도 모든 것을 가질 수 있었고 생애 내내 결핍을 알지 못했다. 애너는 사랑으로 인한 그리움, 치욕, 모멸을 받아본 적이 없었다. 세인들의 눈에 그녀의 삶은 순결하고 명예롭고 사랑으로 충만했다. 애너의 완벽한 삶에 유일한 결함이 있다면 사내 같은 딸인 스티븐이라는 존재였다. 자신의 영광스럽고 완벽한 삶에 치욕을 가져다준 딸이 "차라리 내 눈앞에서 죽어버렸으면 좋겠다."라고 혼자 중얼거린다.[48] 그토록 달콤한 미모를 가진 어머니가 '도착적' 성애에 보여준 혐오는 잔혹했다. 엄마인 애너는 딸의 몸을 거부한다.

테레사 드 로레티스는 〈도착적인 사랑〉 장에서 엄마가 주체의 몸 이미지에 대한 나르시시즘적인 인정을 해주지 못하면 여성 주체가 육체 자아를 상실할 위협에 처하거나 혹은 존재의 결핍에 시달리게 된다고 지적한다. 몸 이미지는 상상계적 토대이거나 자아에 대한 최초의 몸 도식이 된다.[49] 레즈비언은 그런 몸 이미지를 부정당한다. 엄마가 딸의 몸 이미지를 인정하지 못하는 것이 여성적 거세다. 엄마라는 거울이 없으면 몸 이미지가 형성될 수 없다. 따라서 로레티스에게 여성의 거세는 남근의 결핍이 아니라 몸의 거세가 된다. 같은 젠더인 엄마가 딸의 몸 이미지에 대한 나르시시즘적인 가치를 인정하는 데 실패한다면, 그런 여성은 자기 몸에 대한 자존감을 획득하기 어렵다. 상상계에서 만들어지는 육체 자아의 토대가 제대로 형성될 수 없도록 하기 때문이다. 그로 인해 존재 불안과 결핍을 느끼게 된다. 그런 여성은 자기 몸과 자아로부터 영원히 소외된다.

로레티스의 이론대로라면 여성의 거세와 남성의 거세는 구별되지만 그렇다고 하여 그런 구별이 긍정적으로 레즈비언의 정체성을 구출해낸 것으로 보기 힘들다. 프로이트에게 여성은 이미 언제나 거세된 존재이므로 상징계로의 진입에 애로사항이 발생한다. 반면 로레티스는 여성의 거세를 인정하지만 여전히 문제적이다. 동성애 경향성의 모든 책임이 궁극적으로는 엄마에게 있는 것처럼 보이기 때문이다. 로레티스의 주장을 받아들인다면, 엄마가 딸의 몸을 충분히 사랑해주었더라면 딸은 레즈비언이 아니라 이성애자가 될 수 있었다는 말처럼 들린다. 이렇게 되면 딸의 섹슈얼리티에 대한 책임 또한 모성에게 전가되어버린다.

프로이트를 위시한 남성 이론가들은 어머니의 양육이 아들의 동성애에 책임이 있다고 말해왔다. 집안에서 가장 역할을 하는 무섭고 드센 엄마는 남자아이의 환상 속에게 자신을 거세시킬지도 모르는 남근적 어머니로 기능한다. 엄마의 기에 눌려 여성화된 남성으로 성장한 결과 여자 같은 남자가 되기 쉽고 그 결과 동성애자가 된다고 한다면, 어머니의 양육 태도가 남자아이를 거세하는 셈이 된다. 남자아이의 자아에게 엄마가 초자아 역할을 함으로써 남자아이는 자신을 여성적 위치에 세우게 된다. 엄마의 양육 탓에 남자아이는 여성화되거나 거세를 경험하게 된다. 반면 로레티스에 의하면 여아의 거세도 엄마의 탓이다. 그렇다면 역설적으로 엄마는 무소불위의 힘으로 남자아이든 여자아이든 상관없이 아이들의 성 정체성에 영향을 미치는 셈이 된다.

남성 전사가 되고 싶었던 스티븐은 1차 대전이 발발하자 구급차를 모는 구조대원이 되어 전선으로 나간다. 헤밍웨이 등이 구급차를 몰고 전선으로 나갔던 것처럼 스티븐은 폭탄이 빗발치는 전쟁터에서 전투 병사는 아니더라도 남자로서의 역할을 수행한다. 구급차를 몰고 폭탄이 머리 위로 스치는 전쟁터를 누비고 다니다가 스티븐은 같은 구급대의 보조 운전기사인 나이 어린 메리를 만나게 된다. 두 사람의 관계는 전우애에서 사랑으로 발전한다.

전쟁이 끝나고 파리로 돌아온 스티븐과 메리는 한동안 꿈같은 나날을 맛본다. 하지만 스티븐은 메리가 자신과 함께 산다는 이유만으로 '정상적인' 사회로부터 추방당한 채 살아야 한다는 죄의식에 끊임없이 시달린다. 1920년 당대의 성과학적인 기준으로 볼 때, 스티븐과는 달리 아름다운 여성인 메리는 '선천적인 도착'이 아니었다. 자신이 성공하고 유명해지면 메리가 행복해질 것이고 자신들과 같은 사람들도 사회에서 인정받고 존재할 권리를 얻을 수 있을 것으로 보았지만 사회는 그들에게 절대 호락호락하지 않았다.

스티븐과 산다는 이유만으로 메리가 상류층 사교모임에서 철저히 소외되는 것을 지켜보면서 자기만 아니라면 메리가 얼마든지 이성애가 지배하는 사회에서 행복하게 살 수 있을 것이라는 생각에 스티븐은 괴로워한다. 메리의 행복을 위해, 그녀를 자유롭게 해주려고 스티븐은 그녀를 떠나보내기로 결심한다. 메리와 이별한 후, 스티븐은 성적 정체성으로 고통받은 사람들의 수많은 혼령에게 시달린다. 그들은 스티븐에게 자신들의 존재를 세상이 인정할 수 있게 해달라고 매달린다. 사회가 비참하고 비천하게 비가시화한 그들에게 '이 세상에 존재할 수 있는 권리'를 달라고 스티븐은 기원한다. 자살을 암시하는 스티븐의 절규와도 같은 기도로 이 소설은 끝난다. 세상을 향한 도착자들의 비명과 분노와 절규가 스티븐의 기도를 통해 천둥소리처럼, 폭포수처럼, 우레처럼 울려 퍼진다.

자살 충동에 시달리는 스티븐은 동성애 멜랑콜리아다. 여성, 남성으로서 젠더 정체성 형성과정에서 동성애 금기와 근친상간 금기는 중요한 역할을 한다. 동성애 금지사회에서 같은 성인 아버지에 대한 사랑을 금지당함으로써, 아이는 자신이 남자아이임을 알게 된다. 여아의 경우, 어머니에 대한 사랑을 금지당함으로써 자신이 여아임을 알게 된다. 사랑 대상으로서 같은 성인 어머니를 체념함으로써 여아는 자신을 여성으로 정체화한다. 동성애 금지사회에서 같은 성의 부모는 사랑의 대상이 아니라 동일시의 대상이 되어야만 비로소 '정상적'인 젠더 정체성과 이성애를 구성하게 된다.

이처럼 젠더는 부정된 동성애 욕망을 억압해 자아 성격의 일부로 침전시킨다. 버틀러에 의하면 젠더는 동성애 애착의 거부를 통해 부분적으로 성취된다. 동성애 금지에 복종한다는 것은 동성의 사랑 대상과 작별하는 것이다. 하지만 자아는 사랑 대상을 세상 속으로 떠나보내는 것이 아니라 '마법처럼' 자기 안으로 떠나보낸다. 되돌아온 사랑 대상은 자아에게 잔인한 초자아의 역할을 떠맡는다. 자아는 초자아의 공격과 처벌에 시달리게 된다. 가학적인 초자아에게 고통받는 자아는 슬픔과 우울에 빠진다. 동성애 멜랑콜리아들은 상실한 사랑 대상을 유령처럼 자기 안에 보존하고 합체incorporation시킨다. 대상의 상실을 충분히 애도할 수 없는 그들은 멜랑콜리아가 될 수밖에 없다.

사랑에서 좌절과 상실의 경험이 스티븐을 동성애 멜랑콜리아로 만든다. 동성애 우울증은 이처럼 자아가 빈곤해지는 현상인데, 그것은 죄의식을 강요하는 초자아가 자아를 공격하기 때문이다. 초자아의 공격성과 비난으로 인해 자아는 한없이 가난하고 비참해진다. 사회적 비난의 시선에 빈곤해진 자아로 동성애 우울증에 시달리는 스티븐 고든은 신에게 의지한다. 그들을 긍휼히 여기는 신이 있다면 그들을 관대하게 보아달라고 기도한다. ≪고독의 우물≫은 우울한 비체들로서 동성애 군단, 트랜스젠더, 복장 도착자들의 슬픔으로 넘쳐난다. 이 작품에 등장하는 동성애자들은 우울증에 시달리거나 마조히스트들처럼 사랑에 매달린다.

메리에 대한 스티븐의 사랑은 헌신적이다. 하지만 메리에게 스티븐은 사랑의 이름으로 윤리적 폭력을 휘두른다. 메리가 불행하지 않다고 항의하지만 스티븐은 강제로 메리를 마틴에게 떠나보내려 한다. 메리의 불행을 견딜 수 없었던 것은 스티븐 자신이지 메리는 아니었다. 자신의 불행을 견딜 수 없어서 스티븐은 메리가 불행하다는 이유로 메리를 체념한다. 자신을 사랑의 희생자로 간주하지만 사실 스티븐은 메리를 수동적인 사랑의 희생자로 만든다.

래드클리프 홀은 정치적으로는 파시즘을 옹호할 정도였으며, 레즈비언 연인과의 관계에서 내털리 바니와는 다르게 일부일처제 배타적 소유 관계에 집착하는 인물이었다. 홀은 가톨릭으로 개종하면서 완강한 보수주의자의 면모를 보여주었다. 주변에 레프트뱅크의 유대인 친구들이 있었지만 반유대주의자였고 인종차별주의자였다. 이런 맥락에서 섹슈얼리티의 급진성이 계급적, 인종적 정치성을 담보해주는 것은 아님을 잘 보여준 인물이기도 하다.

5장
히스테리 페미니스트

근대적 증상으로서 히스테리 여성들

19세기 후반 독일에서는 다양한 형태의 여성운동이 출현했다. 20세기 초반 런던에서는 팽크허스트가 주도한 서프러제트 운동이 여성운동의 주류였다면, 베를린에서는 클라라 체트킨Clara Zetkin, 로자 룩셈부르크Rosa Luxemburg, 카를 리프크네히트Karl Liebknecht 등이 주도한 마르크스주의 여성해방 운동이 힘을 얻었다. 그들보다 앞선 자유주의 부르주아 여성들의 참정권 운동과 시민운동은 비판의 대상이 되었다. ≪독일 무산계급 여성의 역사≫에서 보다시피 클라라 체트킨은 계급해방투쟁을 통해 여성해방에 이를 것으로 보았다. 그들은 계급 적대 전선을 통해 자본가를 타파함으로써 여성해방을 달성하고자 했다. 그녀는 부르주아 자유주의 여성운동과 달리 무산계급 여성들은 남성 노동계급과 연대하여 자본가를 적으로 싸워야 한다고 보았다. 일견 부르주아 자유주의 여성운동은 프롤레타리아 여성들에게 우호적으로 연대하는 것처럼 보일지라도, 그들은 자신의 계급적 특권을 포기하지 않는다는 점에서 자본주의 사유재산의 기원으로서 가족제도에 부역하는 자들이다. 부르주아 여성들은 여성끼리 연대하여 남성을 적으로 삼아야 한다고 주장하지만,

마르크스주의 여성운동은 자본가를 적으로 삼아야 한다는 점을 체트킨은 분명히 밝힌다. 참정권 운동가들이 '불온한' 히스테리 취급을 당했다면, 계급투쟁을 통해 여성해방에 이르고자 한 마르크스주의 여성운동가들은 '광적인' 마녀 취급을 받았다. 이들은 여성의 제자리에서 벗어나 정치를 하겠다고 나서는 무질서하고 광기에 사로잡힌 무리가 되었다.

유럽이 1차 대전의 광기로 치달았던 시기, 로자 룩셈부르크와 카를 리프크네히트, 프란츠 메링Franz Mehring 등은 그것이 조국과 민족을 수호하기 위한 애국 전쟁이 아니라 제국주의의 침략전쟁이므로 참전을 거부하고 국제공산주의와 연대해야 한다고 주장했다. 클라라 체트킨 또한 〈근로 인민 여성이여〉라는 반전 선언문을 통해 반전을 호소했다. 하지만 민족주의와 파시즘이 득세하던 시절, 민족을 넘어 국제공산주의와 연대하고자 했던 스파르타쿠스단의 운동은 실패로 끝났다.

독일은 오스트리아와 함께 1차 대전에 돌입했고 패전국이 됨으로써 엄청난 대가를 치렀다. 전후 독일은 국제적으로는 패전에 따른 전쟁배상금을 갚아야 했고 국내적으로는 실업과 극심한 인플레이션에 시달렸다. 상상 초월의 인플레이션으로 마르크화는 휴지보다 못하게 되었다. 1921년 6월부터 1924년 1월에 이르기까지 2년 남짓한 기간 동안 독일의 물가는 무려 10억 배가량 상승했다. 역사상 가장 심각한 초인플레이션이었다. 초월의 물건 가격을 지불하기 위해 1조 마르크짜리 지폐가 발행되기도 했다. 이런 현상은 패전국인 독일과 오스트리아가 영국과 프랑스 등과 맺은 베르사유 조약으로 인한 전쟁 배상금으로 초래된 현상 중 하나이기도 했다. 그로 인해 독일 중하층의 삶은 무너졌고, 대중의 증오심은 공산주의자들과 유대인들에게로 쏠렸다.

패전 후 독일 사회는 충격과 격변에 휩싸였다. 기존 질서와 전통적 가치관은 의심의 대상이 되었다. 상처 입고 좌절한 젊은 세대는 기성 세대에게 환멸을 느꼈다. 독일 사회의 강력한 이데올로기로 작동했던 가족, 교회, 국가는 조롱의 대상이 되었다. 전통적으로 독일 여성의 제 자리는 3K(교회Kirche, 부엌Kuche, 아이Kind)였지만, 여성해방 운동, 자유주의 시민권 운동에 힘입어 1920년대 독일에서는 개인적인 자유, 자유연애 등이 새로운 가치로 부상했다. 수도원 학교에서 진행했던 자수, 뜨개질, 요리와 같은 가정주부 교육에서 벗어나 전문직 대학교육이 여성들에게도 열리게 되었다. 1919년 여성들에게 참정권이 부여되었다. 하지만 이런 여성운동은 2차 세계대전을 향해 가면서 또다시 퇴행했다. 제3 제국시대 이후 독일 여성운동은 침체기를 맞이하게 되었다. 여성에게는 다시 어머니와 주부로서 역할이 강조되고 모성은 미화되었다. 여성은 임신, 출산, 양육과 같은 생물학적 역할에 묶이게 되었다. 여성해방운동은 유대적이고 공산주의적인 것으로 간주되어 또다시 억압되었다.[1]

이런 시대적 상황 속에서 전후 프로이트의 무의식 개념은 세계를 바라보는 새로운 패러다임을 제공해주었다. 정신분석학은 혼란스럽기 그지없던 시대를 다른 패러다임으로 볼 수 있는 신선한 이론이었다. 오스트리아의 빈에서 출발한 정신분석학은 베를린에서 특히 환영받았다. 서구 이성 철학의 근본을 흔들어놓은 것이 정신분석학이었다. 칸트의 철학은 자신을 통제할 수 있는 보편적인 이성적 주체를 상정했다. 하지만 이성의 제국에서 전쟁의 광기, 무질서, 혼돈을 경험한 세대들은 이성 철학에 회의적이었다. 전후 세대들은 새롭게 부상한 정신분석학의 무의식 담론에 매혹되었다.

'여성은 다시 가정으로'를 외치는 시대에, '탈정치적'인 부르주아 중산층 여성들에게 열렸던 출구가 바로 정신분석이다. 정신분석의 침상에 눕는 것이 유한계급 여성들에게는 일종의 유행이 되었다. 급진 좌파 여성운동에서 보자면 이런 부르주아 여성들은 탈정치적이고 기존의 계급제도와 공모하는 유한계급이었다. 부유하지만 삶은 권태롭고 자유도 없어서 '꾀병을 앓는' 부르주아 여성들은 소위 말해 히스테리컬한 '가짜' 환자들이었다. 정신분석학의 발전은 이들 히스테리 여성 신도의 헌신이 결정적이었다.

　여성의 히스테리화는 시대적 맥락에 따라서 그야말로 히스테리컬하게 번역되었다. 18세기의 계몽 담론은 여성 히스테리의 원인을 지나친 감정의 격앙과 과도한 두뇌 사용으로 인한 광기 탓으로 해석했다. 혁명적 공화주의자였지만 여성 문제에서는 보수적이었던 루소는 모성만이 '정상적인' 여성의 이미지라는 점을 강조했다. 그는 이타적이고 희생적이며 무성적인asexual 어머니가 아닌 여자들, 여성의 제자리인 가정을 벗어나는 여자들의 무질서를 광기이자 질병으로 간주했다. 모성과 관련하여 후손을 위한 생식행위가 아닌 과다 성욕, 쾌락의 추구 등을 일탈적인 것으로 보고, 그런 욕망을 통제하고 관리함으로써 그는 여성의 몸을 가부장제가 원하는 질서와 조화를 갖춘 몸으로 훈육하고자 했다.

　19세기 산업 자본주의의가 노동력을 절실히 필요로 할 때, 히스테리는 대체로 노동하지 않는 유한계급 여성들의 게으름과 권태와 욕구불만에 의한 질병으로 간주되었다. 마르쿠제Herbert Marcuse는 역사의 발전과 문명의 진보가 가져다 준 대가를 성의 억압에서 찾았다. 1차원적인 산업자본주의 시대 '노동'생산력을 높이려는 현실원칙이 지배함으로써 성적인 쾌락원칙은 억압되지 않을 수 없었다.[2] 성적 욕망은 부부의 침실로 엄격하게 제한되었다. 성욕은 오로지 재생산을 위한 공리적 수단이었다. 빅토리아 시대 표면적으로는 도덕적 정숙주의가 지배했고 성적 방종은 엄격하게 통제되었다. 성적인 것을 입에 담는 것조차 음란하게 여겨졌다. 중산층 가정의 여성들은 성욕이 없는 것처럼 무시되었다. 체면을 존중하는 부르주아 계급은 자기 부인이 임신했다는 말조차 문자 그대로 표현하지 않고 에둘러 표현했다. 이와 같은 성적 억압의 시대에 오히려 매춘과 성병이 만연했다는 것은 빅토리아 시대의 성적 위선과 양면성의 단적인 표시였다. 성을 엄격하게 단속했지만 쾌락을 위한 남성의 성욕은 부부의 침실 바깥에서 매춘으로 만족시킬 수 있었다. 매춘의 대가는 성적 질병의 확산이었다. '문명은 매독civilization is syphillization'이라는 선언은 성적 이중성을 잘 표현한 구절이었다. 성적 억압에도 불구하고 이중적 성규범이 지배하던 시기였다.

20세기 초반 프로이트에 이르러서야 히스테리는 성적 억압에 의한 것으로 해석되기 시작했다. 프로이트의 《히스테리 연구》를 보면 히스테리 증상에는 신경마비, 경직과 마비, 발작, 간질성 경련, 틱 장애, 만성 구토, 거식증, 시각장애, 시각적 환영 등이 있다.[3] 하지만 프로이트가 대도시 빈과 베를린 등지에서 만난 히스테리 환자들은 지적 수준이 대단히 높고 자기 서사를 가진 부르주아 여성들이었다. 그들은 항상 아팠다. '나는 아프다. 고로 존재한다'는 명제로 자신을 표현하는 근대적인modern 여성들이었다. 그들은 무대의 배우처럼 증상을 몸 언어로 표현하는 데 탁월했다. 프로이트는 성적 엄숙주의와 청교도적인 금욕을 여성들에게 강요했던 시대에 히스테리 환자가 증가한 이유에 주목했다. 그는 자기 분석 침상을 찾은 수많은 히스테리 환자들을 보면서 히스테리가 억압된 성적 욕망에서 비롯된 것이라는 성적 억압가설을 세웠다. 억압되었지만 포기를 모르는 무의식적인 욕망의 표현으로서 히스테리는 꿈과 마찬가지로, 끊임없이 모습을 바꾸고 치환된다. 히스테리 환자들은 고통스러운 증상이 치유되는가 하는 순간 또 다른 증상을 드러냈다. 그들은 낫지 않으려고 애쓰면서 증상을 즐기는 것처럼 보였다. 나중에 이들 히스테리 신여성들은 페미니스트라는 이름을 얻게 되었다. 근대 정신분석 페미니즘은 이들 히스테리 환자로부터 출발하게 되었다.

인간 정신의 이해를 무의식의 영토로까지 확장한 정신분석학은 사회 전반에 엄청난 영향을 미쳤다. 정신분석학에 의하면 정신적 삶psychic life은 의식으로 통제되는 것이 아니라 꿈결처럼 무의식에 지배받는 혼란스러운 자리다. 의식 주체는 자기동일성을 유지하기 위해 분열된 정신을 힘겹게 통합하여 일관된 주체의 모습을 유지한다. 그러기 위해서는 '나' 안에 있는 분열된 '나'들을 내부 식민화해야 한다. 정신의 내부 식민화를 통해 주체는 통합된 모습을 위태롭게 유지해나간다. 이렇게 본다면 의식 주체는 무의식에 지배받는 허약한 신경증적인 존재에 불과해진다. 정신분석학의 혁명적 역할은 서구 이성 철학의 토대인 이성 주체를 이처럼 흔들어놓은 것이다. 철학, 영화, 문학, 예술은 의식이 아니라 인간 내면의 새로운 영토인 무의식에 환호했다. 전쟁의 광기는 인간이 이성적 주체라는 서구 철학의 토대를 조롱했다. 전후 독일 사회의 혼란, 불안, 무질서, 위선, 광기 등을 설명하는 데 의식의 프레임 너머에 있는 무의식만큼 적절한 것을 찾기 힘들었다.

정신분석학이 발명한 무의식은 전위예술의 새로운 수원지가 되었다. 불확실하고 요동치는 사회 분위기 속에서 베를린의 예술가들은 다양한 예술적 실험을 전개했다. 격변의 시대에 과거와 단절하는 데서 아방가르드 예술은 자신의 정치성을 찾았다. 근대에 이르러 영국에 모더니즘이 있었다면 독일에는 표현주의가 있었다. 영화적 사실주의 기법을 파괴하는 아이젠슈타인의 몽타주 기법이 영화 운동에 도입되었다. 영화 〈메트로폴리스〉로 알려진 프리츠 랑Fritz Lang은 영화 분야의 아방가르드였다. 표현주의를 대표한 극작가 베르톨트 브레히트는 예술의 총체성과 완결성을 파괴하는 데서 파시즘에 저항할 수 있는 예술의 정치성을 찾았다. 발터 그로피우스의 바우하우스 운동과 모더니즘 건축 디자인, 바실리 칸딘스키, 파울 클레의 추상미술, 아르놀트 쇤베르크의 12음 기법 등 문학, 영화, 건축, 회화, 음악 등 전방위에 걸친 전위예술의 시대가 열렸다. 정신분석학이 발명한 무의식은 전위예술에 엄청난 영향력을 미쳤다. 하지만 부르주아 여성들에게는 남성들과는 달리 좌절된 정치적 야심을 예술로 '승화'시키거나 표현할 기회는 거의 주어지지 않았다.

20세기[4]에 신생 학문으로 출발한 정신분석학은 1920년대 무렵 베를린에서 이미 성업 중이었다. 정신분석의 침상에서 분석을 받았던 여성 환자에서 여성 정신분석가로 변신한 여성들이 등장하게 되었다. 1920년대 주요한 이론 생산 작업을 했던 여성 정신분석이론가들이 헬렌 도이치, 카렌 호나이, 사비나 슈필라인, 마리 보나파르트, 멜라니 클라인, 안나 프로이트 등이다. 그들 모두 히스테리, 우울증 환자로서 정신분석가의 침상에 누웠던 적이 있다. 이들이 정신분석학에 관심을 갖게 된 것은 이들에 앞선 히스테리 여성들 덕분이기도 했다. 도라, 안나 O(베르타 파펜하임), 에미 폰 N 부인, 카트리나, 엘리자베스 폰 R 양 등, 한때는 히스테리 환자였던 그들이 있어서 여성 정신분석가도

가능해졌다.

20세기 초반 베를린, 비엔나의 부르주아 집안 여성들은 기존 질서와 전통에 순종하면서 살아갔지만 그중에서도 여성에게 억압적인 질서를 받아들이지 못하고 미치거나 아프거나로 자신의 목소리를 드러낸 여성들이 있었다. 이들 '꾀병' 환자들은 자기 이야기를 연극화했다. 그렇다면 20세기 초반 그 많은 여자는 왜 거짓말쟁이 히스테리 환자가 되었을까? 사회가 토해내거나 완전히 추방할 수도 없고, 아니면 삼키고 동화시켜 가족체제 속으로 완전히 봉합시키기도 힘든 이들 히스테리 여자들의 출현은 어떻게 가능했는가? 이들 여성에게서 새로운 여성의 모습을 찾고자 하는 이유는 무엇일까? 이러한 질문에 주목해 보고자 한다.

초기 프로이트를 찾았던 히스테리 환자들은 '서사극'을 연출했다. 이들은 아프다는 핑계로 자신에게 억눌려 있던 것들을 표출할 수 있었다. 남성들이 역사의 주체가 되어 정치를 논하고, 경제를 장악하고, 예술을 지배할 때, 자신의 언어를 갖지 못한 여성들이 드러낸 무의식적 전략은 '나는 생각한다'가 아니라 '나는 아프다'였다. 분석가의 침상에서 그들은 안나 O처럼 '개인 극장'을 연출하는 배우이자 작가이며 예술가가 될 수 있었다.

정신분석학은 이들 히스테리 환자들의 담론을 중심으로 출발한 학문이다. 이들 '꾀병' 환자들은 의학적 지식을 비웃기라도 하듯 엉터리 증상을 말했다. 멀쩡한 성대를 가진 여자가 목소리를 내지 못하고, 멀쩡한 허벅지를 가진 여자가 허벅지 마비 증상을 호소했다. 의학적 지식으로는 이해할 수 없는 이야기들을 생산해낸 이들을 통해 정신분석학은 대화 치료talking cure를 발명했다. ≪히스테리 연구≫에 등장하는 초기 히스테리 환자들의 대다수가 유대계 독일 여성들이었다. 부르주아 가정의 억압과 성적 위선이 지배할수록 그로부터 벗어나고 싶었던 여성들은 온몸으로 자신의 이야기를 극화했다. 그들은 부르주아 계급의 재생산에 오로지 봉사한 것이 아니라 동시에 그것에 흠집을 내는 인물들이기도 했다. 페미니즘 사상이 히스테리 환자들을 만들었고 그들은 후일 페미니스트가 되었다. 정신분석학에서 페미니스트를 히스테리와 동격으로 취급하는 것도 그 때문이다.

급진적 페미니즘이 남성 일반을 여성억압 세력이라고 설정한다면, 정신분석학 페미니즘은 여성억압의 기원을 아버지로 설정한다. 상징계를 지배하는 것은 아버지의 법이다. 가부장적 사회에서 딸들은 아버지의 소유물이다. 이처럼 절대적인 아버지의 지배에서 딸들은 어떻게 벗어날 수 있는가? 딸들은 아버지의 유혹과 억압으로부터 벗어나 어떻게 자신의 자리를 확보할 수 있는가? 아버지의 막강한 지배 아래 할당된 자리에서 벗어나려고 광기를 부리면서 반역을 도모하는 여자들이 히스테리 환자들이었다. 그런 이유로 프랑스 페미니스트 엘렌 식수는 자신을 히스테리 환자인 도라와 동일시하면서 새로운 여성의 탄생을 그녀에게서 찾았다.

그들은 당대의 예술가, 혁명가, 배우, 도둑, 흑마법사, 거짓말쟁이, 뱀파이어이면서 가부장제의 부역자였다. 후세대 페미니스트들의 상상력을 사로잡은 것은 히스테리 여성들이 공연하는 양가성, 혹은 다채로운 비정체성의 정체성이다. 바로 그 점에 주목해보고자 한다.

안나 O는 요셉 브로이어Josef Breuer의 유명한 히스테리 환자였다. 그녀는 마음속에 쌓아둔 이야기들을 풀어놓는 것을 '굴뚝 청소'라고 일컬었다. 안나 O의 굴뚝 청소 기법으로 인해 요셉 브로이어는 최면요법이 아니라 자유연상에 의한 대화치료를 할 수 있게 되었다.

브로이어와 프로이트가 공저한 ≪히스테리 연구≫에 따르면 안나 O가 브로이어를 찾아왔을 때 그녀의 나이는 스물한 살이었다. 그녀는 놀랄 만큼 지적이고 비판적인 안목을 지니고 있었다. 시인이 될 만한 풍부한 상상력의 소유자였다. 브로이어는 그녀의 지적 능력에 감탄한 나머지 "아무리 뛰어난 여자라도 안나 O처럼 일관성 있는 이야기를 지어낼 수는 없을 것"[5]이라고 토로했다. 그녀는 자유연상 기법을 통해 자기 상태를 스스로 분석할 만큼 영민했다.

그렇게 탁월하고 자기절제가 강한 여자가 왜 히스테리 환자가 되었을까? 그녀는 청교도적인 가족들과 함께 단조로운 생활을 하고 있었다. 브로이어는 안나가 금욕적인 집안 분위기로 인해 지적으로는 탁월했지만 성적으로는 대단히 무지한 상태[6]라고 기록했다. 단조로운 집안 분위기에서 벗어나려고 혼자서 꿈꾸는 백일몽을 그녀는 '개인극장'이라고 불렀다. 그녀는 정상적 인격과 미친 상태의 인격으로 분열되어 있었다. '사악한 자기'와 '정상적인 자기'를 관찰하는 제3의 '관찰자'가 있었다. 자기가 하는 짓을 관객처럼 지켜보는 제3의 자신까지 의식했다. 환상 속에서 그녀는 창녀와 성녀를 오갔다. 접신한 무녀처럼 다른 인격들이 그녀의 몸에 수시로 드나들었다. 유대계 독일인인 안나는 갑자기 모국어인 독일어를 알아듣지도 말하지도 못하는 증상을 드러내기도 했다. 그러다가 말문이 터지면 방언하듯 영어 혹은 이탈리아어로 말하기도 했다. 그녀에게는 다중적인 페르소나가 거주하는 것처럼 보였다.

그녀의 치료 과정은 지난했다. 한 가지 증상이 치료되면 새로운 증상이 뒤따랐다. 효심이 지극했던 안나는 아버지의 병간호에 몰두했다. 간호 중 갑자기 시커먼 뱀이 병든 아버지에게로 다가오는 환상을 보았다. 혀를 날름거리며 다가오는 뱀을 보고 쫓으려고 했지만 그녀의 몸이 말을 듣지 않았다. 몸이 마비되어 꼼짝할 수가 없었다. 자기 팔을 쳐다보는 순간 그녀의 손톱은 해골로 변하고, 손가락은 작은 뱀들로 변했다는 등의 이야기를 브로이어에게 들려주었다.

2년에 걸친 치료 끝에 브로이어는 안나 O가 완치되었다는 행복한 결말을 내렸다. 하지만 브로이어와 이 사례를 나중에 공동으로 연구했던 프로이트는 그와 입장을 달리했다. 브로이어의 사후 슈테판 츠바이크에게 보낸 프로이트의 편지에 따르면 안나는 완치된 것과는 거리가 멀었다. 브로이어가 황급히 분석을 종결한 이유는 성적으로 무지하다고 했던 안나가 브로이어 박사의 아이를 배고 고통스런 출산의 장면을 연출했기 때문이었다. 안나 O의 상상임신은 부유한 유대인 아내 마틸

데의 부에 힘입어 부르주아의 삶을 사는 브로이어에게는 재앙이었다. 브로이어는 안나의 사례를 서둘러 종결하고 마틸데와 함께 이탈리아로 도망치듯 떠났다.

안나 O라는 가명 자체가 외설적이다. O는 여성의 구멍을 상징한다. 가명에서부터 히스테리의 비밀을 알고 싶어 하는 외설적인 남성 분석가의 시선이 느껴진다. 프로이트는 안나 O 사례를 보면서 히스테리가 성적 억압에서 비롯된다는 자신의 억압 가설을 뒷받침하고자 했다. 프로이트는 안나 O가 성적으로 놀랄 만큼 무지했다는 브로이어의 말을 의심했다.

안나가 보았던 뱀의 상징성은 프로이트에게는 너무나 분명했다. 히스테리의 병인론을 성적인 억압에서 찾았던 프로이트의 입장에서 본다면 안나 O가 보았다는 뱀은 전이된 성욕의 형태와 다르지 않았다. 안나 O가 "지금 아이가 나오려고 해요. 브로이어 박사의 아이가요"라고 외치는 순간 프로이트는 쾌재를 불렀을 것이다. 히스테리 여성을 이해하는 열쇠를 손에 쥐게 되었다고 그는 확신했다.

브로이어가 완치를 선언하고 이 사례를 종결했지만 그 뒤에도 안나 O는 몇 년 동안 수많은 증상에 시달렸다. 무언의 히스테리 환자 안나 O는 여성운동을 하면서 마침내 자신의 목소리와 건강을 회복했다. 그녀는 파울 베르톨트라는 가명으로 메리 울스턴크래프트의 ≪여성의 권리 옹호≫를 독일어로 번역하고 〈여성의 권리〉라는 희곡을 창작했다. 히스테리 환자는 페미니스트 사회운동가가 되었다. 그녀는 사회 복지와 간호학을 공부했다. 간호가 귀족의 딸들이 주로 하는 자원봉사 활동이 아니라 여성의 전문직이 될 수 있도록 노력했다. 간호사가 빈곤층 딸들이 주로 도맡는 보살핌과 매춘노동이 아니라 공적인 여성의 직업이 되도록 분투했다.

부유한 유대인의 딸이었던 그녀는 인신매매되는 유대인 소녀들, 미혼모들을 위한 쉼터를 세웠다. 미혼모 보호시설을 세우고 그들에게 자활할 수 있도록 직업훈련을 시켰다. 여성과 아이들의 성적 착취와 인신매매를 반대하는 투쟁을 전개하며 평생 적극적으로 활동했다. 유대인 미혼모, 사생아, 창녀들을 위한 사회운동가로서 그녀는 독일연방 우편국의 우표에도 등장하는 인물이 되었다. 그녀는 학대받는 여성들의 고통에 깊이 공감하고 함께 투쟁했다. 그녀는 마틴 부버가 그녀의 추모사에서 말하듯 활화산처럼[7] 살았다. 안나 O라는 가명으로 알려졌던 그녀는 베르타 파펜하임Bertha Pappenheim이라는 자신의 이름을 마침내 회복했다.

프로이트의 히스테리 환자였던 도라가 수많은 사람의 상상력을 자극한 이유는 무엇일까? 심지어 엘렌 식수와 같은 프랑스 페미니스트는 도라를 새로운 여성의 모델로 삼고 자신을 도라와 동일시한다. 도라가 가부장제의 보호에서 벗어나 어떻게 새로운 여성으로 탄생할 수 있다는 것일까?

도라에 관한 상반된 해석은 무수하다. '도라는 남자들, 즉 아버지, K씨, 프로이트 사이에 교환되는 희생양이다. 아니다, 그들 세 남자를 전부 흔들어놓는 여주인공이자 여성 영웅이다. 도라는 가족의 붕괴를 촉진한다. 아니다, 도라는 가족 붕괴를 막는 데 부역한다. 그녀는 가부장제의 공모자다. 아니다, 그녀는 혁명가다. 성적 비밀의 열쇠를 쥐고 있다는 점에서 그녀는 지식의 주체다. 아니다, 그녀는 지식의 대상이자 분석대상이다. 도라는 환자다. 아니다, 그녀는 행위자다. 도라는 열려 있는 존재다. 아니다, 그녀는 완결된 존재다. 도라는 상상계적 존재다. 아니다, 그녀는 상징계에 기입된 존재다.' 이처럼 도라는 어느 한 가지로 고정되지 않는다는 점에서 무수한 해석을 유발하는 유혹적인 인물이다. 여성이 주체적 행위자인가/수동적인 행위자인가? 영웅인가? 희생자인가? 가족세포 속의 구멍인가, 구멍을 막는 봉합자인가? 불만과 이의제기자인가, 불만 세력인가? 가족 보호자인가? 개방적인가? 재봉합하는 자인가? 가족 질서 파괴자인가? 가족 질서를 밀봉하는 자인가?[8] 도라의 히스테리는 이처럼 무수한 질문을 제기한다.

도라가 아버지의 손에 이끌려 프로이트를 찾아왔을 때 그녀는 열여덟 살이었다. 3개월 동안 분석치료를 받았지만 도중에 느닷없이 상담을 중단했다. 프로이트에게 일방적으로 치료 중단을 통지하고 그녀는 떠나버렸다. 그로부터 4년이 지난 1905년 프로이트는 도라의 사례를 《히스테리 사례 분석 단편》으로 출판했다. 그리고 1923년 프로이트는 도라 사례를 재출판하면서 각주를 첨부했다. 20년이 넘는 동안 히스테리에 관한 해석과 설명에 많은 변화가 있었다고 프로이트는 각주에서 밝히고 있다. 그만큼 그의 마음속에 도라는 실패한 사례로서 앙금처럼 남아 있었다.

프로이트가 들려준 도라의 이야기들은 요약하자면, 도라의 아버지는 40대 후반의 성공한 사업가였다. 도라가 열 살 무렵 아버지는 심각한 시력 손상에 시달렸다. 시력 손상은 매독의 한 증상이었다. 그는 비엔나로 가서 프로이트에게 치료를 받았다. 그는 4년 후, 자살하겠다고 위협하면서 히스테리 증상을 보이는 딸을 데리고 다시 프로이트를 찾았다. 그녀의 증상은 만성적인 호흡곤란, 기억상실, 짜증, 신경성 기침, 발작, 편두통, 무사교성, 무력감 등이었다. 프로이트가 본 도라의 첫인상은 지적이고 호감을 주는 용모였다. 그녀는 여성학에 관심이 많았고 어디서 배웠는지 성적인 지식이 많았다.

도라의 가족은 K씨 부부와 오랫동안 절친한 사이였다. 그들은 K씨 부부와 함께 알프스의 호숫가에서 여름휴가를 보냈다. 도라는 갑자기 그곳을 떠나자고 변덕을 부렸다. K씨가 자신에게 구애를 했다는 것이었다. 도라의 아버지는 점잖은 K씨가 그럴 리 없다면서 딸의 말을 믿지 않았다. 그는 K씨 부인과도 우정을 나누는 사이였다. 도라는 아버지의 관심을 끌고 있는 K씨 부인도 미워했다. 그런 딸아이의 증상을 호전시켜달라는 것이 아버지의 부탁이었다.

도라의 관점에서 본 K씨 이야기는 아버지의 것과는 달랐다. K씨는 교회 축제를 구경시켜주겠다면서 도라를 자기 상점으로 데려갔다. K씨는 도라를 이층으로 데리고 올라갔다. 축제행렬이 다가올 시간이 되자 그는 점원을 내보내고 상점의 셔터를 내렸다. 단둘만 있는 상점에서 그는 갑자기 도라를 끌어안고 입술에 키스를 했다. 도라는 그 순간 심한 구역질을 느꼈다고 프로이트에게 말한다. 중년 남자가 어린 소녀에게 강제로 접근하는 장면에서 프로이트는 이렇게 반응한다. '이것은 열네 살의 순진한 소녀에게는 뚜렷한 성적인 자극을 불러일으킬 만한 상황이었다.'[9]

이 장면에서 도라는 아버지와 K씨가 자신을 교환하고 있다고 말했다. 아버지는 K씨 부인과 불륜관계다. 그 사실을 K씨가 눈감아 주는 대가로 아버지가 딸을 K씨에게 넘겨준 것이라고 도라는 믿었다. 프로이트는 점잖은 두 남자가 그런 도착적인 계약을 맺었을 리 없다고 부인한다.[10] 도라는 자신이 아버지와 K씨 사이에서 장기판의 졸로 이용되고 있다고 주장했지만 분석가인 프로이트마저 그녀의 말을 받아들이지 않는다. 도라의 아버지가 프로이트에게 그녀를 보낸 것은 히스테리 치료를 위해서다. 도라가 보기에 그것은 핑계다. 아버지의 소망은 자신의 내연관계에 침묵하는 공손한 딸이 되어서 돌아오는 것이었다.

도라의 사례에 등장하는 두 명의 가정교사가 있다. 한 사람은 도라의 가정교사이고 다른 한 사람은 K씨 자녀들의 가정교사다. K씨는 가정교사에게도 도라에게 하듯 구애를 했다. 도라는 자신이 가정교사와 똑같이 취급당했다는 것에 자존심이 상했다. 도라의 가정교사는 도라의 아버지를 좋아했지만 그녀 또한 버림받는다. 도라는 자신도 가정교사처럼 버림받을 수 있다는 사실에 분개한다. 프로이트는 도라가 자신을 K씨로 전이하여 복수하듯 해고했다고 분석한다. 그들이 가정교사를 버린 것처럼, 버림받기 전에 그녀가 먼저 그를 버렸다는 것이다.

도라가 프로이트를 해고한 것은 단순한 보복이 아니다. 도라의 해석에 따르면 프로이트의 관심은 물주인 그녀의 아버지를 만족시키는 데 있었다. 가정교사가 도라에게 관심을 가진 척했지만 그녀의 진정한 관심은 주인의 사랑을 받는 데 있었던 것과 유사하게 프로이트의 관심사는 물주인 도라의 아버지에게 인정받는 것이다. 도라의 해석대로라면 프로이트야말로 도라의 가정교사와 동일선상에 놓이게 된다. 프로이트의 가족 로망스에서 가족 외부인인 가정교사나 하녀들은 틈만 있으면 안정적인 부르주아 핵가족을 위협하는 세력들이다. 그들은 부르주아 가족의 안정과 안락에 호시탐탐 균열을 내면서 기생하는 존재로 취급된다. 그렇기 때문에 가족 외부의 위협 세력으로서 가정교사와 하녀는 언제든 유혹당하고 버림받고 추방당한다. 여기서 프로이트는 도라 아버지의 마음에 들려 했지만 사랑을 잃고 해고당하는 가정교사의 위치로 추락한다.

도라의 아버지가 프로이트에게 모든 것을 솔직히 이야기한 것은 아니다. 그 사실을 프로이트는 나중에 깨닫게 된다. 프로이트는 도라의 아버지와 K씨 부인 사이의 순수한 우정을 믿었지만 그것이 전부는 아니었다. 프로이트는 부르주아 사업가의 지원과 관심을 받을 수 있을 것으로 믿었지만 이용당했다는 것을 알고 치욕스러워한다. 프로이트는 자신이 가정교사와 같은 위치임을 인정하지 않을 수 없었다. 분석가는 엄마처럼 아이의 생사여탈권을 쥐고 있다기보다는 경제적으로 환자에게 의존하지 않을 수 없다. 도라의 사례는 비엔나의 부유한 부르주아 환자들에게 의존하지 않을 수 없는 분석가의 경제적 의존성이 여지없이 드러난 경우였다.

프로이트는 다양한 히스테리 여성들을 통해 많은 것을 배우고 그로부터 자기 담론을 재생산한다. 히스테리 여성 환자들은 빈번히 아버지의 유혹을 받았다고 그에게 털어놓았다. 하지만 자신도 아버지였던 프로이트는 그런 도착적 아버지를 인정할 수가 없었다. 프로이트 자신을 포함하여 교양 있고 점잖은 부르주아 신사들이 그런 짓을 했을 리 없다고 그는 믿었다.

프로이트는 히스테리 환자들의 진정성을 의심하면서, 그들의 정신적 삶에 어떤 환상이 개입하는가에 주목한다. 그로 말미암아 프로이트는 다형 도착적인 유아성욕을 발견하게 된다. 아직 사회화되지 않은 아이들에게는 근친상간, 동성애를 포함하여 모든 형태의 성욕이 환상 속에서 작동한다. 어떤 성욕이 정상이며, 어떤 행동이 여성답고, 남성다운가? 이와 같은 성적 정체성과 성별 정체성은 사회적 금기와 억압으로 인해 사후적으로 구성되는 것이다.

타자와 자신을 구별하지 못하는 아이는 자신의 환상을 아버지에게 투사한다. 유아의 다형 도착적인 성욕을 발견한 프로이트의 관점에서 본다면, 아버지가 아니라 아이가 도착적이었다. 아이는 아버지가 자신을 유혹했으면 하는 '강간 환상rape fantasy'을 갖고 있다. 아이는 자신의 유혹 환상을 아버지의 유혹으로 치환해버린다. 그렇게 하여 프로이트는 히스테리 환자들이 고백한 아버지의 유혹을 딸의 유혹으로 재해석해낸다. 음란한 환상 속에서 아이는 아버지가 자신을 유혹했다고 믿는다. 이렇게 본다면 프로이트는 도라가 아니라 도라의 아버지에게 만족스러운 분석을 내놓은 셈이다. 프로이트는 도라와 해석 투쟁 과정에서 다형 도착적인 유아성욕을 이론화하는 것으로 자신의 보수적인 모델을 정립한다.

프로이트가 도라의 치료에 실패한 이유는 그 역시 남성들의 게임에 가세했기 때문이라고 급진적 페미니스트들은 비판했다. 도라의 사례에서 보다시피 프로이트는 남성, 아버지로서의 개인적인 경험을 자기 이론에 개입시켰다. 권위 있는 중년 남성으로서 프로이트는 권력과 재력 있는 부르주아 중년 남성들 편에 서서 도라의 말문을 막았다. 게다가 남성의 구애를 자연스럽게 받아들이지 않으면 비정상으로 여겼다는 점 또한 문제가 있었다. 프로이트는 자신의 이론적 프레임에 맞지 않는 도라를 예외적이고 비정상적인 여성으로 규정했다. 그로 인해 프로이트 또한 당대의 성차별적인 이데올로기로부터 자유롭지 못했다는 것이 급진적 페미니스트들의 주된 비판이었다.

프로이트는 과학적이고 보편적인 정신분석 이론의 정립을 목표로 했다. 그는 초월적인 보편 주체의 위치에서 대상으로서 여성성을 완벽하게 분석할 수 있을 것으로 보았다. 그것은 올림푸스의 신들처럼 전지적 시점이라야만 가능한 작업이다. 하지만 보편이론으로 간주된 이론이 남성 젠더의 편견에 불과함을 보여준 사례가 도라였다. 그로 인해 보편 주체로서 분석가의 위상은 심각하게 훼손된다. 하지만 그는 환자 주변에 투사한 자신의 감정적 개입을 역전이라는 '보편적' 개념으로 정립했다. 그것이 도라의 담론을 전유한 프로이트의 힘이었다.

프로이트는 도라의 사례 분석이 단편적이라고 고백하면서도 완벽한 설명이기를 끊임없이 원한다. 절대적인 지식에 대한 욕망은 프로이트 인식론의 근본적 전제다. 남성 이론가에게 젠더 경험이 개입한다는 것을 프로이트는 받아들일 수가 없었다. 그에게 지식은 젠더를 초월한 보편적이고 완결된 전체다. 지식의 소유는 권력의 소유다. 인간에게 비밀은 없다. 입술은 침묵해도 손가락 끝은 말한다. 모든 구멍에서 비밀은 스며 나온다. 가장 은밀한 곳에 감춰진 것들도 밝혀질 수 있다는 것이 계몽주의자로서 프로이트의 믿음이었다.

하지만 여성성의 수수께끼를 풀어낼 수 있다는 자부심으로 인해 오히려 프로이트는 오이디푸스처럼 끔찍한 불안에 시달린다. 프로이트가 도라의 수수께끼를 풀지 못하면, 실패에 따른 무의식적인 처벌이 기다리고 있을 것이다.[11] 프로이트와 도라는 각자 비밀을 지닌 상태로 싸운다. 도라가 비밀을 갖고 있는 한, 지식의 경합장에서 그녀는 프로이트의 경쟁자로 설 수 있다. 도라는 K씨 부인에 대한 자신의 욕망을 고백하지 않는다. 그로 인해 도라가 지적 시합에서 이긴다면 도라의 모델이 승리하게 될 것이다.

토릴 모이의 분석대로라면 프로이트는 진퇴양난에 처하게 된다. 지식을 추구하는 과정에서 도라와 동일시한다면 프로이트 자신이 여자의 자리에 서게 된다. 말하자면 지식에 대한 욕망모델의 주요한 상징으로서 페니스를 부정하는 것이 된다. 다른 한편 도라를 지적 라이벌로 여긴다면, 도라는 스핑크스처럼 지식을 두고 그를 위협하게 된다. 도라의 지식 모델은 여성적이고, 구강적이며, 파편화되어 있다. 반면 프로이트는 단일하고 총체적인 모델을 추구한다. 프로이트가 만약 도라의 인식론적 모델을 차용한다면 그것은 거세를 뜻한다. 도라의 것은 여성적(여성 성기) 모델이기 때문이다. 프로이트의 입장에서 본다면 그것은 이미 거세된 기관이다. 이렇게 본다면 프로이트가 의식한 것보다 도라의 모델은 훨씬 더 위협적이다. 인식론상의 구멍으로 작동하는 도라의 모델을 인정한다면 페니스는 구멍이 되어버린다. 달리 말해 구멍은 남성을 여성으로 성전환시키는 것이며, 프로이트의 이론대로라면 그것은 더할 수 없는 공포이자 치욕이며 존재 불안의 근원이 된다.

도라 이전에 프로이트는 그녀의 아버지를 치료한 적이 있다. 도라의 아버지는 공장을 경영하는 부르주아 계급 남성이었다. 그는 매독으로 시력을 상실할 위험에 처해서 프로이트를 찾아왔다. 매독 치료를 한 뒤 증세가 호전되었던 환자는 신경증세를 보이는 딸 도라를 프로이트에게 데려왔다. 프로이트는 도라의 엄마를 만난 적이 없다. 그럼에도 프로이트는 부녀가 전해 준 이야기를 종합하여 그녀가 결벽증적인 '가정주부 정신병'을 앓고 있다고 단정한다. 남편의 매독 증세로 관계가 소원해진 그녀는 모든 관심을 집안일에 쏟아부었다. 하루 종일 집안 구석구석을 청소하는 '증상'을 프로이트는 '가정주부 정신병housewife psychosis'이라고 명명한다. 그녀는 청결에 대한 강박증 환자였다. 그녀가 그렇게 쓸고 닦는 이유가 무엇인지 프로이트는 알고 싶어 하지 않았다. 강박적인 청결 집착은 그 당시 가정주부에게 흔한 강박증이라고만 단정했을 뿐이었다. 그녀는 청결하게 닦아놓은 가구에 자녀들이 손자국을 내는 것을 견디기 힘들어했고 자녀들에게 냉담한 엄마로 기술되었다. 남편과 딸은 쓸고 닦는 일에 강박적이면서 냉담하고 무기력한 그녀를 무시했다.

결벽증 환자이자 가정주부 정신병자로 일컬어진 도라의 엄마는 근대시대의 전형적인 히스테리 환자였다. 남편에게서 옮은 매독으로 고생하는 그녀가 남편과의 잠자리를 거부하는 것은 당연했다. 결벽증과 불감증으로 드러난 그녀의 히스테리는 자신에게 병을 옮기고 외도하는 남편과 거리를 유지하면서 복수하는 나름의 방법이었다. 전업주부로서 홀로 독립하여 살 수 없는 그녀가 히스테리 증상을 드러내면서 남편과 자식을 괴롭히는 것 이외에 달리 취할 방법은 그다지 없어 보인다.

"움직이지 마세요. 아무 말도 하지 마세요. 내게 손대지 마세요!"
한 여성이 분석가의 소파에 누워서 소리친다. 그녀는 끔찍한 꿈 이야
기를 한다. 쥐가 못 박히고, 모든 것들이 뱀으로 변하고, 독수리 머리
를 가진 괴물에게 온몸을 물어뜯기는 꿈이다. "무서워 죽겠어요. 난 지
난 세기의 여자랍니다."[12] 이런 헛소리를 하고 있는 여자는 누구일까?
프로이트가 마치 민담을 채록하듯[13] 기록해놓은 ≪히스테리 연구≫에
등장하는 분석사례의 하나인 에미 N. 부인 이야기다. 마흔 가량의 에
미 부인은 신화시대부터 20세기 이르는 여성들의 이야기를 증상으로
표출하는 히스테리 환자였다.

　≪새로 태어난 여성≫에서 프랑스 페미니스트 엘렌 식수는 자기
자신을 히스테리 환자들이었던 N 부인, 도라, 그리고 페미니스트들과
동일시한다. 그녀는 여신, 괴물, 악마, 마녀, 주술사, 히스테리 여성을
여성적 글쓰기의 계보로 삼는다. 트로이 전쟁에서 아킬레스에게 죽임
을 당한 아마존 여전사 펜테실레이아, 테세우스에게 죽임을 당한 메두
사, 살모 충동의 엘렉트라, 20세기 히스테리 환자들인 에미 폰 N, 엘리

자베트 폰 R. 카타리나, 루시, 도라에게서 완결되지 못하고 생략부호 속에 갇힌 이야기들을 식수는 발굴하고자 한다.

엘렌 식수는 남성들의 이야기인 역사History=his story에서 매몰된 여성들의 이야기Her/story를 발굴하는 고고학자의 역할을 자처한다. 그녀들의 이야기는 형체를 알아보기 힘들고 파편화되어 있다. 조각을 맞추고 생략한 부분을 채우면서 여자 이야기꾼이 이야기하는 방식에서 식수는 여성적인 글쓰기 모델을 찾는다. 식수는 20세기 히스테리 환자들, 그 중에서도 특히 도라와 자신을 동일시한다.

> 나는 도라였다. 나는 도라의 삶을 통하여 도라가 만든 모든 인물들의 삶을 살았다. 또한 그녀를 죽인 모든 인물, 그녀가 거쳐 간 인물들, 그녀가 전율시킨 모든 인물이 되었다. 어느 날은 프로이트였다가 또 다른 날은 프로이트 부인, K씨, K씨 부인이 되었다. 도라가 그들에게 입힌 상처를 그 한 사람, 한 사람의 입장에서 경험하였다. 그리고는 마침내 나는 벗어났다. 1900년에 나는 재갈 물린 욕망이었다. 그 분노, 그 광포한 결과였다.[14]

식수에 따르면 히스테리 페미니스트로서 새로 태어난 여성들은 가부장제의 희생자이면서 동시에 혁명가였다. 비밀을 가진 스핑크스로서 지식의 주체임과 동시에 수수께끼를 풀고자 하는 남성 분석가 오이디푸스의 분석 대상이었다. 그들은 체제 전복자임과 동시에 체제 수호자였다. 남성지배 아래서 오랜 세월 식민화되었던 여성들에게서 가부장제에 오염되지 않는 진정한 여성을 찾는 것은 불가능하다. 식수는 그들의 양가성, '다른 양성성other androgyny'에 주목한다. 마녀의 역할 및 히스테리 환자라는 역할은 양면적이다.

그들은 반체제적이면서도 동시에 체제 수호적이다. 반체제적이라함은 그녀들의 증상과 발작이 보는 사람들, 관객, 집단, 남자들, 그 외의 다른 사람들로 하여금 반감을 불러일으키게 하고 또한 그들을 동요시킨다는 의미에서다. 예를 들어 마녀는 교회 규범에 반하여 병을 치료하고, 낙태 시술을 하고, 불륜을 도와주며, 기독교가 초래한 불모의 삶에 숨통을 터준다. 또한 히스테리 환자는 가족관계를 해체하고, 규칙적인 일상생활에 혼란을 초래하며, 이성의 틈새에 마법과 미신의 공간을 마련한다. 그러나 다른 한편으로 그녀들은 체제 수호적이다. 마녀들은 모두 파괴되고, 신화적 자취 이외에는 아무것도 남기지 못한다. 히스테리 환자들도 마찬가지다. 사람들은 그녀들의 증상에 익숙해지며, 치유의 여부를 떠나 그녀들은 결국 다시 가족들 속에 묻히고 만다. 그녀들의 이야기는 완결되기보다는 일종의 생략부호로 끝난다. 식수는 생략부호 속에 갇혀버린 여성들의 파편화된 이야기 속에서 여성의 역사를 발굴해내려고 골몰해왔다. 식수가 다시 쓴 ≪도라의 초상화≫도 그런 노력의 일환이다.

페미니스트들은 도라가 마침내 프로이트를 하인처럼 물리쳤을 때 안도감을 느끼지 않을 수 없었다. 여성의 몸을 장악한 남성 권력에 저항한 도라에게서 일종의 승리감을 맛본다. 하지만 헬렌 도이치의 남편이었던 펠릭스 도이치에 의하면 도라는 분석 치료가 끝난 뒤에도 오랫동안 불행했다고 전한다. 도라는 이후 페미니스트가 되었지만 행복하지 않았다. 도라만큼 끔찍한 히스테리 환자는 드물었다[15]고 말할 정도다. 그녀는 식탁에 앉아서 타인들을 불편하게 만드는 킬조이 페미니스트[16]였던 것이다.

그녀는 다양한 히스테리 증상을 보여서 가족을 괴롭혔다. '가정주부 정신병'이었던 그녀의 어머니와 같은 모양새가 되었다고 한다. 결혼 생활 내내 남편을 고문했다. 그녀의 결혼은 남성 혐오를 은폐하는 용도로 이용되었다는 것이 펠릭스의 분석이다. 도라는 정신신체적인 변비로 시달리다가 결국 결장암으로 죽었다. 펠릭스는 '그녀의 죽음은 주변 사람들에게는 축복이었다'라고 단정한다. 대담하고 눈부신 여성주의 영웅으로서 어린 시절의 도라가 늙어서는 잔소리꾼에다 불평꾼, 징징거리는 히스테리증 환자가 되었다면, 그녀를 페미니스트의 영웅이라고 할 수 있을까? 도라의 말년 삶은 반란의 화신이 아니라 패배의 선언처럼 보인다. 하지만 그것은 패배가 현실이 되었을 때 도와달라는 비명으로 들릴 수도 있었다.

히스테리 여성 분석가가 되다: 카렌 호나이

도라가 프로이트의 권위에 저항하려다 좌절한 히스테리 환자였다면, 히스테리 여성 환자로서 분석가의 분석대상이었던 여성들이 이제 분석가의 자리를 차지하게 되었다. 1920년대 프로이트의 충실한 딸과 저항하는 딸로서 서로 맞수였던 헬렌 도이치Helene Deutsch와 카렌 호나이Karen Horney는 여성정신분석가 1세대라고 할 수 있다. 두 사람 모두 프로이트계인 칼 아브람스에게 분석을 받았다. 헬렌 도이치는 프로이트의 이론을 정당화하는 역할에 헌신했다면, 카렌 호나이는 프로이트 이론에 반발하다 정신분석학회에서 추방되었다. ≪프로이트를 만든 여자들≫에서 잉에 슈테판은 '권위의 절정에 이른 1920년대 프로이트의 권위에 카렌 호나이는 어떻게 감히 도전할 수 있었을까?'라는 질문으로 그녀의 이야기를 풀어나가고 있다. 호나이는 프로이트라는 별을 빛나게 해주었던 별무리의 하나로 머물지 않았다. 헬렌 도이치가 분석가의 사랑과 인정을 받으려고 평생 노력했다면, 호나이는 남성 분석가와 지적으로 동등하게 경쟁하고자 했다. 그녀는 교태와 아양과 순종이라는 과잉 '여성성의 가면' 아래서 분석가의 인정을 받으려고 애쓰지 않았고, 프로이트 이론에 정면 대결을 시도함으로써 프로이트학파로부터 추방당했다. 추방으로 인해 자유로워진 그녀는 더욱 도전하면서 자기의 목소리를 개척했다.

피상적으로 보면 순종하는 딸로서 헬렌 도이치 대 반항하는 딸로서 카렌 호나이는 정신분석가 아버지를 사이에 두고 서로 질투하고 시기하면서 작은 전쟁을 치른 것처럼 보인다. 어린 시절부터 아버지의 딸이었던[17] 헬렌 도이치는 여성의 마조히즘을 이론화함으로써 프로이트의 여성 거세 이론을 정당화해주었다. 그녀에 따르면 여자아이가 정상적인 여성성을 획득하려면 아버지/남성의 사랑을 얻는 것이 필수적이다. 그로 인해 여자아이는 선망하던 남근 대신 거세를 자발적으로 욕망하기에 이른다. 정상적인 이성애자가 되려면 여성은 페니스 삽입을 순종적으로 받아들이고 임신 출산의 "고통 가운데서 행복을 찾거나 포기 속에서 평화를 찾게 된다"[18]는 것이다.

헬렌은 여성의 마조히즘의 양가적인 양태로서 여성의 공격성을 분석한다. 신화 속의 디오니소스를 진정한 여성해방론자로 간주하면서 바쿠스의 여사제들이야말로 남편과 자식들로부터 해방된 여성들이라고 여긴다.[19] 신화가 아니라 정치적 현실 속에서 여성의 공격성이 무대화된 사례로서 그녀는 로자 룩셈부르크, 안젤리카 발라바노프Angelika Balabanoff 등을 꼽는다. 안나 O나 마찬가지로 부유한 독일계 유대인의 딸이었던 로자 룩셈부르크는 어린 시절부터 부르주아 가부장적 가족주의에 반기를 들었다. 그녀의 공격성은 사회주의 운동을 통해 출구를 찾았다. 로자의 공격성은 부르주아 가족에서 나아가 부르주아 사회 전빈에 대한 반란으로 확장되었다. 그녀의 성마른 분노와 불굴의 투쟁정신은 조직에서 내분과 분당을 초래하기도 했지만, 그녀의 탁월한 이론

투쟁과 사회주의 정의에 대한 헌신은 당원들을 설득하도록 해주었다. 그녀가 시종일관 헌신했던 운동은 여성의 정치적, 경제적 동등권을 위한 것이었다. 앙겔리카 발라바노프는 부유한 러시아 귀족 출신이었으면서도 가족과 단절하고 빈곤한 이탈리아 철도 노동자들을 위한 사회운동에 뛰어들었다. 로자와 안젤리카의 공격성은 자신에게 열등한 페니스를 물려준 엄마에게로 향한다고 헬렌은 주장했다.

사회주의 당을 조직하고 대의에 헌신했던 이들이 일관되게 매진했던 운동이 공격적인 평화운동이었다. 로자는 세계대전을 막기 위해 '만국의 프롤레타리아들이여 단결하라'고 외쳤다. 민족주의와 애국심에 동원되어 전선으로 나가서 전사할 것이 아니라 국가, 민족을 초월하는 노동자 해방을 위한 반전 평화운동을 주창했다. 이들은 사회정의와 평화를 위해 헌신하는 데서 그들의 공격성을 승화시켰다. 반면 조직을 할 수 없었던 전통적인 여성들은 자기 아들을 전쟁터로 내몰지 않으려는 공격적인 평화운동을 전개했다. 그들은 전쟁이 아니라 평화를 위해서라면 어떤 희생도 감내할 수 있었다.

여성의 마조히즘의 양가성으로서 공격성과 평화운동을 설명해냄으로써, 후세대 페미니스트들로부터 헬렌 도이치는 안티 페미니스트이자 프로이트의 충실한 딸로 비판받았다. 정작 헬렌 본인은 나이가 들어가면서 여성의 순종적인 역할에 깊이 회의하게 되었다. 노년에 이르러 화려한 명성 뒤에 고독과 우울을 경험하면서 여성의 독립성, 자율성으로 관심의 방향을 옮겼다. 자서전에서 그녀는 자신의 순응과 환상에 대해 토로한다.[20] 자신을 스스로 폴란드 전설에 등장하는 마녀 바바야가라고 부르기도 했다. 늙은 마녀 바바야가는 어린아이들을 잡아먹는 공포스러운 존재다. 바쿠스의 여사제들처럼 자기 아이를 찢어

죽이고 먹어치우는 마녀와 자신을 동일시함으로써 가부장제에 공모해 왔던 것에 대한 회의를 드러낸 것처럼 보인다. 여성의 공격성의 승화된 형태로 로자 룩셈부르크와 안젤리카 발라바노프를 분석했지만 그들과 같은 불굴의 혁명 투사들은 감히 정신분석학이라는 편협한 틀로는 분석 불가능한 존재들이었다고 통탄하기도 했다.

카렌 호나이는 엄마의 죽음과 첫 아이의 출산 후 심한 우울증을 경험했다.[21] 그녀는 칼 아브라함에게서 정신분석을 받았지만, 분석 자체가 그녀에게 그다지 도움이 된 것 같지는 않았다고 토로했다. 정신분석은 자신이 무엇으로 인해 고통받는가는 알려주지만 적을 아는 것으로 치유가 완료된 것은 아니라고 그녀는 주장한다. 적을 알게 된 그때부터 적을 상대로 날마다 투쟁해야 하기 때문이었다. 따라서 분석이 종료되고 난 이후부터 자기 분석과 자기 치료가 필요하고 또한 가능하다고 주장하기에 이른다.

누구나 할 것 없이 스스로 분석할 수 있다면 분석가가 왜 필요하겠는가? 그뿐만 아니라 모든 것을 성적인 억압에서 찾는 프로이트의 억압 가설을 그녀는 불신했다. 그로 인해 그녀는 프로이트에게서 인정받지 못하게 되고 베를린 정신분석협회 비서직을 사직한다. 그 당시 많은 독일 지식인들과 마찬가지로 나치가 득세하기 직전인 1931년 그녀 또한 유럽을 떠나 미국으로 향하게 되고 그곳에서 에리히 프롬 등과 함께 대중적인 자아 심리학으로 전향하였다.

1920년대 독일에서 막강한 권위를 갖고 있던 프로이트에게 정면으로 맞설 수 있었던 카렌 호나이의 대담함은 어디서 왔을까? 헬렌 도이치와 달리 그녀는 처음부터 프로이트학파의 주류에 속해 있지 않았다. 정신분석학회의 핵심 세력과의 거리가 그녀에게 비판적 시선을 가질 수 있는 공간과 여유를 주었다고 보아야 할 것이다. 그녀는 정신분석학의 아버지의 인정과 사랑에 그다지 목말라하지 않았다. 1922년 〈여성의 거세 콤플렉스의 기원에 관하여〉, 1926년 ≪여성에게 나타나는 남성 콤플렉스에 관한 성찰≫을 발표하면서 프로이트학파와 그녀는 전쟁에 돌입하게 되었다. 프로이트가 ≪여성성에 관하여≫에서 남성과 동등해지려는 강렬한 욕망 때문에 여성적인 차이를 상상하지 않으려고 하는 페미니스트들이 있을 수 있다고 한 발언은 카렌 호나이를 겨냥한 것이었다. 프로이트의 남근 선망에 맞서 자궁 선망을 이론화하면서 호나이는 ≪여성의 심리학Feminine Psychology≫을 처음으로 정립하고자 했다.

인간이 어떻게 남자가 되고 여자가 되는가를 설명하는 기준은 무엇인가? 남근이 있느냐 없느냐에 따라 남자와 여자가 된다고 한다면 그것은 생물학적인 것이지 정신분석학적 설명이라고 할 수 없다. 호나이는 여성 환자들을 진료한 결과 프로이트가 주장한 것처럼 페니스의 상실이 여성의 심리를 지배하는 가장 강력한 동인이라는 가정에 동의하지 않게 된다.

카렌 호나이는 소년들에게 소중한 것이 소녀들에게도 똑같이 소중한 것으로 간주될 수 없다고 보았다. 프로이트가 말한 남근 선망과 오이디푸스화는 소년이 사회화되는 과정에 필수적이라는 점은 인정하면서도, 호나이는 소녀들의 남근 선망은 남근을 갖지 못했다는 열등감에서 비롯되는 것이 아니라 단순히 기능적인 요인에 의한 것이라고 주장한다.

여아들은 거세를 두려워하는 것이 아니라 오직 남근을 부러워한다. 그 이유는 1)서서 오줌을 눌 수 있기 때문이다. 오줌발은 힘과 전능함의 표시다. 2)시각적인 만족을 준다. 자기 성기를 눈으로 볼 수 있기 때문이다. 3)그래서 자위를 용이하게 해준다. 여성의 감춰진 성기는 눈에 잘 드러나지 않는다. 남자 성기처럼 전시용과는 무관하다. 그래서 여성은 온몸을 전시한다. 소년과 비교해본다면 여아는 발달과정 중 성기기 단계에서 성적 만족을 얻기가 상대적으로 불리하다.

이처럼 불리한 현실을 감안하지 않는다면 남근 선망이 여아들의 삶에서 필수적인 현상이라는 것을 이해하기는 어렵다. 이 단계는 여성의 완전한 발전단계의 한 과정일 따름이라고 호나이는 분석한다. 여성은 문화적, 사회적으로 경험하는 불이익으로 인해 남근을 선망한다. 하지만 그것은 해부 생물학적인 남근의 유무에 따른 것이 아니다. 여성에게 할당된 사회문화적 역할이 남근 선망을 하도록 만든다. 남성 중심 문화에서 여성의 성기에 불만을 표시하는 것은 사회적 불이익과 편견으로 인해 여성의 것이 평가절하되었기 때문이다.

프로이트가 여성이 임신, 출산을 통해 남근(아이를 통해)을 얻을 수 있다고 보았다면, 호나이는 아이가 남근의 대용물이라는(남근=아이) 등식을 거부한다. 출산은 결핍된 여성으로서 느끼는 불행에 대한 위안이 아니라 여성만이 느낄 수 있는 고유한 행복이고 총체적 경험이며 여성성의 한 표현이라고 그녀는 보았다. 자신과 환자들의 경험으로 미루어본다면, 생명의 잉태는 축복이다. 남성 환자들이 부러워한 것은 여성의 출산능력이었다. 그렇다면 프로이트는 모성을 왜 그토록 열등한 것으로 간주했을까?

그녀는 프로이트가 남성들의 자궁 선망을 여성들의 남근 선망으로 뒤집어놓았다고 보았다. 남자 환자들의 환상 속에서 임신, 출산에 대한 환상과 선망을 가지고 있다는 사실을 임상적으로 알게 된 그녀는 남근 선망이 아니라 자궁 선망을 이론화한다. 여성의 생식능력에 대한 남성의 선망은 거꾸로 여성의 출산능력을 경멸하고 무시하는 전도된 형태로 나타나게 된다. 생명 창조의 영역에서 남성이 맡은 역할은 보잘것없다. 그런 결핍을 남성들은 문화적 가치를 창출하는 방향으로 승화시킨다. 그런 결핍감은 창조적 형상화로 승화되었고 생명 창조는 동물적인 것으로 폄하되었다. 그리하여 월경하고 출산하는 불쌍하고 동물적인 여성들은 창조적인 예술 활동을 할 수 없는 비극적인 존재로 무시된다.

1920년대 주로 발표한 글들을 묶은 ≪여성의 심리학≫은 오이디푸스 콤플렉스, 거세 공포, 남근 선망, 여성적 마조히즘 등 그 당시 정신분석학의 도그마로 작동하는 것들을 공격했다. 잉에 슈테판의 말을 빌리자면 호나이는 프로이트를 향해 '임금님은 벌거숭이'라고 외쳤다.[22] 서구 사회 문화 전반 즉 국가, 법률, 도덕, 종교, 학문 등은 남성의 창조물이다. 정신분석 또한 남성 천재의 창조물이다. 그들이 만들어낸 이론들은 남성들의 공포와 불안을 투사한 주관적인 환상이다. 거세된 여성이라는 개념은 남성의 나르시시즘적인 거울에 반영된 환상과 다르지 않다.

그녀에 따르면 거세 공포와 남근 선망은 어린 소년의 환상과 다를 바가 없다. 호나이는 그것을 우화처럼 들려준다. 한 소년이 있었다. 어느 날 여자아이에게는 고추가 없는 것을 보았다. 소년은 여자아이가 어른의 말씀을 잘 듣지 않아서 벌을 받았다고 믿었다. 자기 고추도 없어질까 두려워서 소년은 아버지의 말씀을 잘 따르게 되었다.

호나이는 ≪여성에 대한 공포≫에서 거세된 여성이라는 가정은 여성에 대한 남성의 공포에서 기인한 것이며 여성이 가진 존재론적 우월성에 대한 남성의 왜곡된 인식론에서 비롯된 것이라고 지적한다. 그녀는 프로이트/람플 드 그루트Lampl de Groot의 남근 선망을 자궁 선망으로 완전히 뒤집어놓는다.

드 그루트는 만약 여자아이가 어머니를 차지하는 데 남근이 필수적이라는 결론에 이른다면 자기 생식기에 대한 열등감을 경험하게 된다고 주장한다. 어머니의 욕망을 만족시켜주는 데 남근이 필수불가결한 것이라면, 자신에게 열등한 기관을 준 어머니를 미워할 수밖에 없다. 그로 인해 여자아이는 최초의 사랑 대상이었던 어머니를 포기하고 아버지를 사랑의 대상으로 선택하게 된다. 어머니를 사이에 두고 연적이었던 아버지가 이제 여아에게는 사랑의 대상으로 전환된다. 한때의 연적은 연인이 된다.[23] 따라서 여성으로 거듭나기 위한 과정에서 경험하지 않을 수 없었던 정신적 만행과 폭력은 여성들에게 깊은 앙심을 남긴다는 것이 프로이트/그루트의 설명이다. 엄마에 대한 여자아이의 욕망을 억압해야만 정상적인 여성이 된다는 이론으로 인해 "삶에 대한 여성들의 반응 전체는 보이지 않는 강한 앙심에 기반하고 있다"[24]는 이론에 호나이는 대단히 비판적이었다.

호나이는 남성의 열등감의 전도된 표현으로서 여성에 대한 남성의 앙심을 오히려 이론화하며, 프로이트의 남근 선망 대신 자궁 선망을 제시한다.[25] 남성은 자궁 선망으로 인해 여성에게 앙금이 남아 있다. 여성 비하는 남성의 불확실한 공포심에서 기인하는 것이며 남성의 적개심 때문이다. 남성은 모든 생명의 원천인 여성을 자신들의 예술적 대상으로 만들고자 한다. 여성에 대한 칭송 또한 사랑과 욕망뿐만 아니라 남성의 공포를 숨기려는 목적에서 비롯된 것이다.

여성에 대한 사랑과 숭배는 그토록 아름답고 신성한 존재 앞에서 공포를 느낄 필요가 없다는 사기 위도다. 여성을 경시하는 태도는 열등한 존재를 두려워하는 것은 터무니없다고 스스로에게 말해줌으로써 공포심을 잠재우고 자신감을 북돋우기 위한 것이다. 문명 전체가 남성의 발명품이라는 철학에 기초하여 남성 분석가들은 소녀에 대한 소년의 환상을 투사한다. 여성이 실제로 열등한 것은 아니며 남성적인 문명에 종속된 결과라는 것이다.

호나이의 정신분석학은 1970년대 제2 물결 페미니스트들에게 환영받았고 프로이트를 대신할 수 있는 대안 모델로 수용되었다. 물론 제2 물결 페미니스트에게도 오로지 환영만 받은 것은 아니었다. 래디컬 페미니스트인 수전 브라운 밀러는 ≪우리의 의지에 반하여≫에서 마조히즘을 주장한 헬렌 도이치가 강간환상을 정당화한 것처럼, 호나이 역시 처녀의 꿈속에 무의식적인 강간환상이 자리 잡고 있다는 생각에는 동의했다고 비난한다.[26] 도이치에게 강간환상이 여성 고유의 마조히즘을 입증하는 것이었다면, 호나이에게 강간환상은 질의 우월성을 입증하는 강력한 증거였다. 그렇다면 호나이처럼 '분별 있는' 여성이 어떻게 강간환상을 언급할 수 있는가가 브라운이 제기한 의문이었다. 그것은 프로이트의 남근 중심주의를 공격하는 대신 질을 남근의 위치로 격상하려한 데서 비롯된 이론적 실패라고 보았다.[27] 수전 브라운 밀러의 과잉 비난에도 불구하고 호나이의 이론이 잊히기까지 그다지 많은 세월이 걸리지 않았다. 정신분석학을 해부 생물학적인 것에서 구출하여 사회·문화적 맥락에서 여성성이 만들어지는 과정에 주목해야 한다는 주장에도 불구하고, 생물학적 본질주의라는 이유로 호나이의 이론은 포스트 페미니스트들에게서 비판의 대상이 되었다.

호나이가 남근 선망을 자궁 선망으로 뒤집어놓는 것은 생물학적 성별 구도에 여전히 바탕하고 있다. 그녀에게 모성의 경험은 여성 고유의 경험이다. 이처럼 생물학에 바탕을 두어 여성의 진정한 본성true nature을 찾으려는 이론만큼 정신분석학의 미래에 재앙은 없다[28]고 줄리엣 미첼은 강조한다. 미첼은 전방위적인 가부장제 아래서 오염되지 않은 진정한 여성성을 찾는 것 자체가 반동적인 향수에 불과하다고 비판한다.

미첼의 주장은 포스트 페미니스트들의 해석에 지대한 영향을 미치게 된다. 프로이트의 통찰을 어떻게 활용할 것인가는 정신분석 페미니스트들의 관건이다. 가족 안에서 형성되는 자아 심리학으로 프로이트를 축소할 것이 아니라 기존의 이성적 주체를 폭파하려 한 무의식의 발명가로서의 프로이트에게 초점을 맞춰야 한다는 것이 그들의 입장이다. 안정적인 의식 주체를 해체하려고 했다는 점에서 프로이트의 이론이 혁명적인 측면이 있었다면, 그를 넘어서기 위해 페미니스트들이 생물학적인 본질로 돌아가는 것은 보수로 퇴행하는 것이라 할 수 있다. 생물학에 기대서 프로이트를 극복하려는 이론은 고정된 본질을 상정한다는 점에서 이미 반동적이고 퇴행적인 것이다.

하지만 1920년 당대의 정신분석학의 주인 담론에 위치해 있던 프로이트를 비판한 호나이의 '히스테리컬한' 정치성은 망각되지 말아야 한다. 호나이에 따르면 정신분석이론은 가치중립적이며 보편적인 이론이라기보다 관찰자로서 남성 분석가의 공포가 투사된 것이며 여성에 관한 객관적 진리가 아니라 남성의 양심이 투사된 것이다. 그런 맥락에서 프로이트의 이론은 젠더화된 이론일 뿐, 보편적이고 가치중립적인 과학적 이론으로서 진리치를 갖는 것은 아니다. 이러한 호나이의 분석은 젠더를 초월하여 보편이론의 위상을 정립하려 한 프로이트 정신분석학을 근본에서부터 흔들어놓는 것이었다. 그럼에도 호나이의 이론은 너무 쉽게 망각되었다. 단순하고 대중화된 그녀의 이론을 누가 두려워하겠는가.

귀스타브 모로, 〈오이디푸스와 스핑크스〉 메트로폴리탄 미술관, 뉴욕

6장
붉은 정의의
혁명 전사들

붉은 정의의 혁명 여전사들은 자유, 평등, 형제애brotherhood라는 근대적 이상을 공산주의 체제를 통해 실현하고자 한 인물들이다. 그들은 단지 남성 동지들의 조력자가 아니라 동등한 역사의 주체이고자 했다. 계급을 철폐함으로써 인간의 존엄을, 사유재산을 폐지함으로써 정의롭고 평등한 공산주의 사회를 건설하겠다는 이상을 그들은 믿었고, 형제자매 사이에 누구라도 동등한 권리와 의무를 공유하고자 했다. 그들은 민족, 국적, 계급, 종교, 젠더로 인해 차별받지 않는 자유로운 역사적 주체가 되기를 원했다. 그들은 남성과 동등하고 자유로운 권리와 지위를 누리기 위해 치열하게 경쟁했으며, 권력투쟁을 통해 사회 정의와 평등을 실현하고자 했다는 점에서 붉은 정의의 혁명 전사들이다.

이처럼 정치경제적, 성적인 불평등으로 인해 고통받는 인류에게 연민을 느끼는 고귀한 감정으로서 붉은 정의는 겉보기처럼 그렇게 고귀한 감정에서 기인한 것만은 아니라고 정신분석학은 주장한다. 헬렌 도이치는 여성의 공격성을 승화시킨 형태로 로자 룩셈부르크, 안젤리카 발라바노프 등의 정치적 혁명 참여를 들고 있다. 남성의 공격성

aggressiveness은 남성다움의 발로로 칭송받는다면, 여성의 공격성은 여성답지 못한 병리적인 현상으로 간주된다. 남성의 분노는 사회정의 실현으로 격상된다면, 여성의 분노는 히스테리컬한 것으로 폄하된다. 잘 교육받고 전문직을 가짐으로써 공적인 영역으로 진출할 수 있었던 남성들과는 달리, 여성에게 자기실현은 현모양처가 되는 길밖에 없었다. 집안의 남자 형제들이 신분제 사회와 계급구조를 변혁시키거나 자아성취를 하는 동안, 여성은 집 안에 머물러 있으면서 병든 부모님을 보살피고 남자 형제의 뒷바라지나 해야 한다면, 이런 부당한 대우에 비판적인 여성이 어떻게 분노하면서 공격적이지 않을 수 있을 것인가? 헬렌 도이치의 보수적인 접근에도 불구하고, 여기서 우리는 정치적, 사회적 억압으로 인해 축적된 여성의 공격성을 병리적인 증상으로 정당화해주는 역설과 마주하게 된다.

그렇다면 정의가 공격성, 시기, 질투와 같이 저열한 감정에서 비롯되었다고 분석함으로써 얻어낼 수 있는 것은 무엇인가? 만병의 근원인 사유재산에 바탕을 둔 계급사회를 철폐하면 인간은 해방될 수 있는가? 공산주의 사회에서 계급, 성별, 인종, 민족의 차별 없이 만인은 동등하고 평등하게 공존할 수 있는가? 인간이 누구나 동등하게 공존할 수 있을 만큼 '품위 있는' 사회를 만들 수 있는가? 이런 물음은 '현실 공산주의는 왜 실패했는가'라는 것과 연결된 질문일 수도 있다.

줄리엣 미첼은 ≪동기간Siblings≫이라는 저서에서 인간이 어린 시절의 외상을 극복하고 타자에 대한 존중과 연민을 배울 수 있는가라는 점에 주목한다. '외상이란 경험이 처리할 수 없을 정도로 폭력적이어서 정신적 방어의 벽을 넘어서버린 것' [1]이다. 어린 시절의 외상이란 형제자매가 출현하여 그전까지 독점했던 것들을 박탈당함으로써 자신이 소멸되는 충격에서 비롯된 상처다. 이런 상처를 극복하고 어떻게 인간이 자신의 이해관계를 넘어서 타인에게 공정할 수 있는가? 사회화가 되지 않아서 자신의 전능성을 믿는 아이는 자신에게 좋은 것$_{good}$이 선한 것$_{good}$이고, 자신에게 나쁜 것은 악한 것이라 이중화한다. 멜라니 클라인의 ≪아동 정신분석≫이 잘 보여주고 있다시피 아이는 엄마 또한 좋은 엄마와 나쁜 엄마로 이중화시킨다. 자신에게 젖과 쾌를 주는 엄마는 좋은 엄마이고, 자신에게 불쾌와 허기를 주는 엄마는 나쁜 엄마가 된다. 이처럼 단순한 선악 이분법에 사로잡혀 있는 아이가 나에게 좋은 것이 남에게도 좋은 것은 아닐 수 있다는 점을 어떻게 배우게 되는가? 타인의 고통을 어떻게 이해하게 되는가? 공존해야 하는 사회에서 그것이 관건이다.

아이는 타인의 고통에 공감이 아니라 반감을 느끼기가 오히려 더 쉽다. 유아는 오로지 자기중심적이고 자신이 우주의 중심이다. 나와 대상을 구별하지 못하기 때문이다. 이처럼 유아의 나르시시즘은 자기 보호의 한 측면이다. 어린 시절 아이는 자신이 세계의 중심이라는 원초적 나르시시즘을 갖는다. 아이의 자기사랑은 무엇보다 자신을 보호해주는 정신적 방어기제이다. 하지만 동생이 생겼을 때, 아이의 나르시시즘은 상처 입는다. 아이는 부모의 애정을 독차지하는 충만한 상태로 더 이상 되돌아갈 수 없다. 형제자매는 자신이 우주의 중심이자 유일무이한 존재라는 아이의 나르시시즘을 위협하는 존재다. 나르시시즘에 상처 입은 아이는 형제자매에 대한 경쟁심으로 퇴행 현상을 보인다. 대소변을 잘 가렸던 아이가 동생처럼 갑자기 똥오줌을 가리지 못한다. 뛰어다니던 아이가 갑자기 기어 다니고 말을 곧잘 했던 아이가 갑자기 말을 제대로 못 한다. 엄마가 자기보다 동생을 더 사랑하는 이유는 동생이 보여주는 그런 퇴행 현상 탓이라고 착각하기 때문이다.

　미첼은 형제자매 간의 강렬한 질투, 경쟁, 선망, 증오는 '평등'과 '공정'에 대한 요구로 뒤집힌다고 말한다. 그런 전도 현상은 누구도 공정한 것 이상을 가져가서는 안 된다는 강박에서 비롯된다. 장자상속은 공정하지 못한 것이다. 딸과 아들, 여자아이와 남자아이 같은 성별로 인해 법적으로 약정된 공정한 몫 이상을 누구도 챙겨가서는 안 된다. 인간이 맺은 사회계약은 만인이 평등하다는 것이다. 그런데 그런 평등의 약속을 깨는 것은 공정성에 어긋난다. 그러므로 누군가가 더 많이 누리는 것은 불공정한 것이 된다.

　니체와 프로이트는 평등한 것을 정의로운 것으로 보는 발상의 이면에는 부러움(선망)의 감정이 있다고 보았다. 부러움은 우리가 가지지 못한 것을 가지고 있으면서 그것을 즐기는 타자에 대한 부러움이다. 모두가 즐길 수 없다면 즐기는 사람을 막아야 한다는 논리가 가능해진다. 서로 평등하게 나누자는 주장에는 나보다 더 즐기는 타자에 대한 시샘이 깔려 있다. 이처럼 정의감과 공정 감각이 시샘에서 비롯된 저열한 감정이라고 한다면, 바로 그렇기 때문에 그것은 정의롭고 평등한 사회를 지향해야 할 정당한 이유가 되는 것이다. 인간에게는 내 것을 포기하더라도 남들이 갖지 못하도록 하려는 욕망이 있다. 그래서 나의 희생을 통해 타자가 누리는 쾌락을 박살낼 수 있다면, 자신의 목숨마저 희생하는 공격성과 폭력성이 드러나게 된다. 그들에게는 목숨을 걸고서라도 타인이 누리는 불공정한 쾌락을 막는 것이 사회 정의의 실현이기 때문이다.

　프로이트는 《집단심리학과 자아분석》에서 시샘에서 비롯된 적개심은 너무 강렬해서 시기하는 자신까지 해치게 된다고 말한다. 그것은 정의와 평등에 대한 요구라는 형식으로 휴전을 요청한다. 시기심은 집단감정으로 변형됨으로써 그 유해함으로부터 스스로를 방어한다. 집단정신은 아무도 다른 사람보다 더 많이 누려서는 안 되고 더 적게 누려서도 안 된다는 감정에 바탕을 둔다. 모든 사람은 똑같아야 하며 똑같은 것을 가져야 한다. 프로이트는 그래서 이런 결론을 내린다. "사회 정의란 우리도 많은 것을 단념할 테니까, 당신들도 그것 없이 견뎌야 하고 또 그것을 달라고 요구해서는 안 된다는 뜻이다. 평등에 대한 이 요구는 사회적 양심과 의무감의 뿌리다."[2] 프로이트는 시기와 선망의 뒤집힌 형태인 집단심리에서 기인하는 집단적 역사적 주체의 폭력성을 설명하고자 한다.

그는 아우구스투스의 ≪고백록≫에서 묘사한 형제들끼리 어머니의 젖을 차지하려는 경쟁을 시기심으로 설명한다. 아우구스투스는 엄마의 젖을 먹고 있는 동생을 바라보는 형의 눈에서 이글거리는 적개심을 보았다. 존 롤스John Rawls는 그것은 시기심에서 비롯된 것이 아니라 불공평한 사랑의 분배 때문이라고 말한다. 그것은 부모의 관심과 애정을 공평하게 합당한 몫으로 분배받지 못한 것에 대한 정당한 도덕적 분노다. 형제자매는 서로 경쟁할 수 있지만 이는 무력감이나 자신감의 결여에 기인한 것이 아니라, 부모의 애정에 대한 동등한 요구가 타당하다는 자신감과 공평함에 대한 자부심에서 기인한다는 것이 롤스의 주장이다. 형제자매는 상이한 욕망을 갖고 있으며 서로 똑같은 것을 욕망하는 것이 아니다. 이렇게 하여 롤스는 절대적으로 동등한 재화의 분배가 아니라 기회와 인정의 평등을 말할 수 있게 된다. 그러므로 정의의 개념은 시기에서 비롯된다는 프로이트의 주장에서 벗어나게 된다.

페미니스트 정신분석학자인 조운 콥젝Joan Copjec은 〈시큼한 정의 혹은 자유주의적 시기〉[3]에서 롤스의 정의론을 비판한다. 콥젝에 의하면 롤스는 무엇보다 시기를 질투로 오해했다. 시기는 타자의 욕망의 대상을 욕망하는 것이 아니다. 시기는 욕망과 인정의 문제가 아니다. 아우구스티누스의 ≪고백록≫에서 엄마의 젖을 먹고 있는 동생과 형의 사례에 다시 주목해보자. 엄마의 젖은 두 형제가 골고루 충분히 먹고 만족할 만큼 나올 수 있다. 그런데도 형이 동생을 시기하는 이유는 무엇일까? 그것은 젖의 불공정한 분배 때문이 아니다. 형은 동생이 누리는 향유를, 만족을 시기한다. 그것은 공정한 분배 정의로는 해결되지 않는다.

남자 형제들과 사회정의의 실현에 동참한 붉은 혁명 여전사들이 있다. 평등하고 정의로운 사회를 만들기 위해 붉은 정의의 혁명 전사들은 남자 형제들과 다 같이 역사의 주체가 되려고 욕망한다. 여성이 누리지 못하는 것을 남자 형제들만 누리도록 내버려두지 않겠다는 무의식적인 시기심이 평등을 위한 해방운동에 적극적으로 참여하게 만든다. 붉은 혁명 투사들은 가부장제가 정해놓은 사랑의 유혹 게임 안에서 밀당하면서 권력을 선점하는 것이 아니라 남자 형제와 동등하게 역사의 변혁을 주도하는 여성이 되고자 했다. 남자 형제에 대한 선망은 자유와 평등, 사회 정의 실현이라는 정치적 올바름의 형태로 위장될 수 있다. 팽크허스트와 같은 서프러제트 여성 운동가들은 오직 남자 형제들에게 투표권을 주는 것을 견딜 수 없어 했다. 남성의 특권을 함께 나누자고 주장하는 여성들은 히스테리가 되고 병리적인 주체가 된다. 마르크스주의 여성주의자들의 붉은 연애, 붉은 혁명은 붉은 악마이자 팜므 파탈의 이미지와 등치 되었다.

모스크바에는 '붉은 혁명'에 참여했던 알렉산드라 콜론타이 Alexandra

Kollontai, 클라라 체트킨Clara Zetkin 등이 있었다면, 경성에는 허정숙, 주세죽과 같은 신여성들이 근대의 징후처럼 등장했다. 그들은 남자의 조력자가 아니라 남자 형제와 똑같은 것을 요구하는 비상식적이고 비규범적인 이상한 여자들이었다. 남자들의 두려운 상상력 속에서 그들은 정치적, 경제적, 성적 권력에서도 남성 동지와 경쟁하고자 했다. 붉은 여전사들은 정의의 이름으로 더 많은 것을 가진 남성들에게서 그것을 박탈하고 파괴하기 위해 언제든 그들과 치열하게 권력투쟁을 하고 변덕스럽게 그들을 배신함으로써 그들의 자리를 차지하려고 드는 공포스러운 여자들이었다.

러시아 혁명 이후 모스크바는 사회주의의 이상을 따라 도시공간을 설계하려고 했다. 도시공간의 배치에서 국가권력의 발현을 읽어내면서 "도시는 삶과 집약된 노동의 중심"이므로, 무기력한 도시는 정복당하고 새로운 도시에 주도권을 이양하게 된다[4]고 보았던 르 코르뷔지에Le Corbusier의 주장처럼, 메트로폴리스들도 부침을 드러냈다. 러시아 제국의 영광이 빛나던 상트페테르부르크는 모스크바에 주도권을 넘겨주게 되었다. 모스크바는 단지 메트로폴리스가 아니라 호모 소비에티쿠스의 이상을 실현하기 위한 상징적인 공간이었다. 니꼴라이 체르니셰프스키Nikolay Chernyshevsky의 《무엇을 할 것인가》에 등장하는 베라, 알렉산드라 콜론타이의 《붉은 사랑》에 등장하는 바실리사 등이 꿈꾸었던 공동거주, 공동육아, 공동취사장을 갖춘 '코뮌의 집'들이 들어서게 되었다. 긴즈부르크Vitaly Lazarevich Ginzburg와 같이 혁명의 대의에 동참했던 혁신적인 건축가들은 호모 소비에티쿠스, 즉 사회주의 신인간New Man의 이상에 따라 일상생활의 개조에 필요한 도시계획을 기획했다. 혁명은 억압받고 착취당하는 사람들의 축제라고 했던 레닌의 말처럼 모스크바는 혁명을 전시하는 메트로폴리스가 되었다.[5] 적어도 보드카에 취해서 한겨울 모스크바강 옆에서 동사하는 사람들은 사라졌다. 프롤레타리아 독재를 외쳤고, 계급 불평등을 무너뜨린 집단적 세력으로서 노동자를 영웅시하는 사회이자, 노동생산성을 절실히 필요로 했던 소비에트에서 노동자들은 이념적으로 더는 무시당하는 대상이 아니었다. 모스크바에 서는 무산계급 노동자의 지위 상승이라는 노동 해방의 이상이 실험되 고 있었다.

공산주의 혁명의 이상은 원대했지만 현실은 이상을 따라갈 수 없 었다. 1차 대전 중에 진행된 볼셰비키의 러시아 혁명과, 그에 뒤따른 내전으로 초토화된 경제적 궁핍은 자본주의 시장 형태와 타협하는 신 경제정책NEP으로 전향하게 했다. 1920년대 중반에 이르러 레닌이 죽고 스탈린 독재체제가 시작됨으로써 러시아 혁명의 이상은 창대하였으나 끝은 희미해졌다.

붉은 혁명의 도시 모스크바에는 '붉은 혁명'의 주축인 신인간만 있었던 것은 아니었다. ≪여성문제의 사회적 기초The Social Basis of the Woman Question≫를 쓰고 ≪붉은 사랑Red Love≫으로 빛났던 '신여성' 알렉산드라 콜론타이도 있었다. 그녀는 유서 깊은 귀족 가문 출신[6]이었지만 러시 아 혁명에 가담했고, 세계 최초의 여성 외교관이자 혁명정부 최초의 여성 중앙당위원이었다. 그녀는 혁명정부를 위한 선전선동에 탁월했 다. 단지 정치적 선동가가 아니라 이론가로서 그녀는 레닌, 트로츠키, 부하린, 소콜니코프 등 러시아 혁명을 이끈 남성 정치가들과 함께 당 강령 초안 작업을 한 유일한 여성이었다. 그녀는 세계 최초의 여성 대 사(노르웨이 핀란드 스웨덴 등)가 되었다. 1921년 전국적인 정부 여성 부처인 제노텔을 창설하고 새로운 가족법을 개정했다. 1920년대 소비에트 여성운동의 기초를 다진 인물이었다.

알렉산드라 콜론타이는 1893년 스물한 살에 사촌이었던 블라디미르 콜론타이와 결혼했다. 여자아이에게 교육을 시킬 필요가 없다고 보았던 보수적인 엄마는 딸이 부유하지 못한 사촌과 결혼하는 것에 반대했다. 엄마의 반대에 부딪히자 고집 센 알렉산드라는 자신이 교사로서 일하면 생계유지가 가능할 것이라고 맞섰다. 그러자 엄마는 자기 잠자리 하나 정리하지 못하고 온통 책 속에 파묻혀서 몽상이나 하면서 하녀의 노동에 얹혀 공주처럼 산 주제에 무슨 일을 하겠다는 것이냐며 분노했다. 부모의 반대에도 불구하고 두 사람의 사랑을 말릴 수 없었다. 결혼 후 남편 블라디미르는 아내가 안전한 결혼생활을 버리고 위험천만한 혁명운동에 뛰어드는 것을 이해하지 못했다. 왜 여자가 현모양처에 만족하지 못하고 남성처럼 정치의 장에 투신하려는지 보수적인 남편으로서는 의문이 아닐 수 없었다. 그녀는 지적인 것에는 관심이 없었던 남편과 헤어지고, 어린 아들을 부모에게 맡긴 채 취리히로 유학을 떠났다. 취리히에서 경제학을 공부하던 알렉산드라는 영국을 방문해 영국 사회주의 운동과 접하게 되고 노동 운동사를 공부하면서 마르크스주의에 관심을 갖게 되었다. 1905년에는 상트페테르부르크의 겨울궁전 앞에서 벌어진 피의 일요일의 대학살을 목격하고 충격을 받았다. 1905년 러시아 혁명 초기 그녀는 레닌의 볼셰비키 파가 아니라 멘셰비키에 합류하기로 결심한다. 1907년의 혁명이 실패하자 1908년 독일로 망명 가서 유럽 각국을 여행했고, 카를 카우츠키Karl Kautsky, 클라라 체트킨, 로자 룩셈부르크, 카를 리프크네히트 등과 같은 사회주의자들과 교류하게 된다.

알렉산드라 콜론타이(1901)　　　　　3차 코민테른 대회에서 클라라 체트킨과 함께 한 콜론타이(1921)

　　귀국 후 그녀는 볼셰비키로 전향했고, 노동계급과 여성의 권리를 위한 투쟁의 장으로 뛰어들었다. 내전을 치르면서 사회주의를 건설해야 했던 러시아에서는 노동자계급의 해방이 급선무였으므로 여성 문제는 부차적일 수밖에 없었다. 여성 문제는 단지 집안에서의 가족 문제가 아니라 노동계급 해방과 더불어 국가의 미래와 직결된 것임을 설득하는 작업이 그녀에게는 절실했다.

　　러시아에서 신인간 개념은 볼셰비키에게 요구되는 인간품성론이었다. 그것은 젠더를 초월하는 새로운 인간 유형으로서 프롤레타리아 휴머니즘의 토대였다. 하지만 대문자 신인간New Man은 신남성new man이었으므로 그곳에 신여성의 자리는 없었다. 프랑스 혁명기 인간의 권리선언에서 여성은 어디에 있는가를 질문했던 올랭프 드 구즈Olympe de Gouges

처럼, 콜론타이도 신남성에서 배제되었던 신여성을 이론화한다. 콜론 타이는 〈신여성〉을 발표했다. 그녀에게 신여성은 1)사랑에 성공하여 결혼생활에 안착하는 정숙한 여성들도 아니고, 2)남편의 부정과 불륜을 참고 견디면서 고통 받거나 홧김에 자신도 불륜을 저지르는 유형도 아니다. 3)젊은 시절의 사랑의 비극을 곱씹으면서 세상을 원망하고 남성을 적대시하면서 늙어가는 노처녀도 아니다. 4)빈곤으로 인한 생계형 매춘이나 아니면 성욕이 승해 매춘 자체에 빠진 매춘여성도 아니다. 신여성은 이 모든 부정성에서 벗어난 '새로운' 여성이다. 그들은 경제적으로 **독립적**[7]이고 감정적으로 남성에게 의존하지 않으며 '국가, 가족, 사회 내에서 여성의 억압에 저항하는 여성'[8]이다.

콜론타이가 말한 "이들(신여성)은 지금까지 알려지지 않았던 전적으로 새로운"[9] 유형의 여성들이며 삶에 대한 독립적인 요구를 하고 자신의 개성을 주장하며 여성의 보편적 예속에 맞서서 저항하는 여성들로서 자신의 권리를 위해 싸우는 여주인공들이다. 요약하자면 콜론타이에게 신여성은 공산주의와 여성주의를 매개할 수 있는 인물이었다.

선구적 페미니스트[10]들이 그랬다시피 콜론타이 역시 시대에 따라 제각기 다른 방식으로 전유되었다. 러시아 안에서도 그녀에 대한 평가는 시대에 따라 달라졌다. 마르크스주의 혁명가, 쁘띠 부르주아 여성주의자, '바빌론의 창녀', 정치가, 외교관 등, 한편에서는 '프롤레타리아 계급의 새로운 성도덕'을 주창한 자로, 다른 한편에서는 문란한 성적 쾌락을 주장한 가정해체범으로 비난받았다. 계급투쟁에 매진해야 하는 시기에 여성 노동자, 농민들로 구성된 독자적인 여성조직을 만들어서 계급투쟁의 전열을 분열시킨 여성주의자가 되기도 했다. 그런

가 하면 공동체를 강조하면서 국가가 아동의 보호에 함께 책임져야 한다는 주장으로 인해 여성들로부터 '모성의 국유화'라는 비난과 오해와 마주치기도 했다.

레닌 사후 스탈린 시대에 이르러 그녀의 여성주의와 연애론은 공식적인 '오류'로 판명되어 비판받았다. 스탈린 시대 숙청을 피한 그녀는 스탈린 체제로 전향한 어용 지식인으로 간주되기도 했다.[11] 후배 여성주의자들에게는 날개 달린 에로스나 외치면서 날개 꺾인 젊은 세대의 생계와 미래에 대한 고민을 도외시했다는 점에서 콜론타이 자신이 그토록 비판했던 부르주아 여성주의자로 매도되기도 했다. 소비에트 연방을 벗어나 1970년대 제2 물결 페미니즘이 미국에서 부상하게 되면서, 그녀는 급진적 사회주의–여성주의자로서 해석되기도 했다.[12] 서구 근대의 신여성들이 그랬던 것처럼 콜론타이 또한 시대적 맥락에 따라서 다양한 모습으로 조명되고 있다.

콜론타이 자신은 부유한 귀족 출신이었지만 붉은 혁명가로 변신하게 된 계기가 있었다. 그것은 어린 시절 경험한 잊지 못할 두 가지 기억에서 비롯되었다. 하나는 나로드니키 당원이었던 귀족 여성 소피아 페롭스카야가 러시아 황제 알렉산드르 2세의 암살을 도모하다 붙잡혀 처형당한 사건이었다. 이 사건은 어린 콜론타이에게 충격을 안겨 주었다. 다른 하나는 가정교사 마리아 이바노브나 스트라호바와의 만남이었다. 스트라호바는 6년 동안 콜론타이의 가정교사였는데, 소설가를 꿈꾸던 어린 제자에게 여성 혁명가로서 눈을 뜨게 해주었다.

그 후 그녀는 노동계급의 절박한 경제적 상황과 접촉할 기회가 있었다. 1896년 그녀는 크론호름에 있는 직물공장을 방문했다. 그곳은 1만2천 명의 남녀 직공들이 뒤섞여 일하는 거대한 공장이었다. 공장의 환경은 불결하기 짝이 없었다. 환기가 되지 않고 악취로 숨쉬기조차 힘들었다. 공장기숙사에서 남녀노소가 뒤엉켜서 잠을 잤다. 통풍, 환기, 채광은 아예 고려 대상이 아니었다. 폐결핵, 구루병, 기아, 영양실조가 만연한 열악하고 위험한 작업장에서 아이들은 울고 보채면서도 어울려 놀았다. 그런 소란 중에 조용히 누워 있는 아이가 있다면 사망한 경우가 허다했다. 1905년 섬유 노동자 4만 명이 하루 14-15시간씩 노동하는 것을 반대하는 파업을 시작했다. 니콜라이 황제는 1905년 '피의 일요일'을 저질렀다. 무장하지 않은 평화로운 노동자들의 시위에 군대가 총격을 가해 수백 명의 노동자가 떼죽음을 당했다.

피의 일요일을 목격하면서 알렉산드라는 노동자, 농민, 빈민 여성들의 고통에 깊은 연민을 가졌다. "다른 사람이 짐승처럼 살고 있는 이상" 지금까지 살아온 생활을 계속할 수 없었다. 그들 여성의 운명이 그녀를 사로잡았고 그들의 운명에 대한 연민이 그녀를 사회주의로 이끌었다. 그래서 B. 판스워스Beatrice Farnsworth는 그녀를 가리켜 '러시아 혁명의 최후의 양심'[13]이라고 말했다. 콜론타이는 인민들의 고통스러운 삶에 대한 연민으로 인해 공산주의자로 전향하고 새롭게 태어난 여성이 되었다.

인민들의 궁핍과 노예 상태는 계급 구조적인 문제이므로 귀족 부르주아 여성들의 자비와 동정심에 바탕을 둔 자선 봉사활동으로 이들을 가난에서 벗어나게 할 수는 없었다. 자기 아이의 시체를 옆에 두고 하루 14시간씩 혹사당하는 여성 노동자들의 삶을 위해 부르주아 페미니즘이 해줄 수 있는 것은 없다고 그녀는 보았다. 부르주아 '페미니스트'들은 여성 문제가 '권리'와 '정의'의 문제라고 주장했지만, 그녀가 보기에 프롤레타리아 여성에게 모든 것은 '빵'의 문제였다. 그들이 경제적인 독립을 쟁취할 수 없다면 어떤 여성해방 운동도 공염불에 불과했다. 그녀는 마르크스주의 여성해방론만이 노예 상태의 러시아 노동자, 농민 여성들의 해방을 가능하게 할 수 있다고 보았다.

여성 이론가로서 그녀는 부르주아 자유주의 페미니스트/사회주의 페미니스트 사이에 경계를 확실히 그었다.[14] 나로드니키 운동에 가담했던 러시아의 지식인 여성들은 콜론타이에 앞서 러시아 농민, 노동자 계층 여성의 곤경에 관심을 가졌고 그들과의 자매의식을 강조했다. 그들은 계급보다는 다 같은 여성으로서의 연대에 호소하면서 여성 문제를 풀어나가려고 했다. 초기의 여성운동이 흔히 그렇다시피 러시아에서 여성운동 또한 참정권 투쟁으로부터 시작했다. 남성과 동등한 권리를 쟁취하기 위한 노력의 일환으로, 그들은 성별, 종교, 민족의 차별을 두지 않는 참정권 운동을 전개하면서 러시아여성평등권연맹을 조직했다. 그들은 여성이라는 이유로 차별받고 억압받는다는 점을 강조했다.

대부분의 귀족, 부르주아 여성들의 사회적 활동은 동정심과 자비에 호소하는 자선, 반성매매, 문맹 퇴치 운동, 계몽 교육 활동이 주축이었다. 하지만 부르주아 여성주의자들의 모임인 러시아여성평등권연맹(1905-1908)은 감상적인 자선운동이 아닌 전투적 여성참정권 투쟁이었다. 여성 억압에서 벗어나려면 신분과 계급을 막론하고 여성들끼리 연대해야 한다는 그들의 주장은 당시로서는 과격하고 급진적이었다.

콜론타이는 1908년 〈여성 문제의 사회적 기초〉를 작성하면서 여성 계몽운동을 선점하고 있던 부르주아 여성해방론자들과 대결하게 되었다. 콜론타이는 부르주아 페미니스트들의 주장이 아무리 급진적이고 여성의 이해관계를 대변하는 것처럼 보일지라도, 그들의 급진성은 어디까지나 한계가 있다고 주장했다. 여성 문제는 사소한 가정사가 아니라 사회 구조적인 문제에서 비롯된다. 하지만 부르주아 여성주의는 여성 문제를 남성 대 여성의 적대로 설정함으로써 계급 문제를 은폐한다고 그녀는 신랄하게 공격했다.[15] 여성 노동자, 농민, 빈민들의 해방을 위한 계급투쟁을 위해, 여성 노동자는 계급적으로 적대적인 부르주아 여성과 연대할 것이 아니라 프롤레타리아 계급 남성과 연대해야 한다고 보았다.

다른 한편 마르크스주의자들도 여성 문제에 관해서는 설득의 대상이었다. 마르크스주의자들은 여성 억압을 '독자적인' 주요 모순으로 보지 않았다. 그들에게 여성 억압은 계급 철폐와 더불어 자동으로 해소될 것으로 여겨졌다. 계급과는 분리된 독자적 범주로서 젠더 모순을 설정하는 것 자체가 계급해방에 적대적인 것으로 간주되었다. 마르크스주의 페미니스트로서 콜론타이는 계급해방을 위해서 여성해방이 필수적이라는 점을 설득해야만 했다. 한편으로는 부르주아 여성주의자들과 경합하고 다른 한편으로는 동지인 공산주의자 남성들을 설득하는 이중적인 작업을 그녀는 수행해야 했다.

여성이 해방되려면 무엇보다 가사노동과 자녀 양육을 사회화하고 여성의 출산과 생산 노동을 연계해야 한다. 여성이 남성에게 경제적으로 의존하지 않고 모성보호가 보장된다면, 혈연가족을 넘어 사회적 탁아와 양육이 가능할 것이기 때문이다. 그녀는 여성들이 집단생활에서의 헌신을 배워 공동체에 대한 책임과 협동을 습득하고 학습하는 신여성이 되기를 원했다. 여성이 경제적으로 독립할 때 남성에게 성적으로 종속적이고 경제적으로 의존적인 위치에서 해방될 것으로 보았기 때문이다. 가사노동, 양육의 사회화를 통해 사회적 모성이 발휘될 것이며, 소유에 바탕을 둔 자본주의 가족제도는 해체될 것이고, 공산주의 가족이 탄생할 것으로 그녀는 예견했다.

레닌이 가족 유지를 원했다면, 콜론타이는 가족의 해체를 요구했다. 그녀는 전통적인 가족을 대신할 수 있는 가족의 물질적 토대의 변혁을 원했다. 가족 해체가 공산주의의 지름길임을 주장한 그녀는 계급

해방의 대의를 흐리게 하는 불편한 소부르주아 사상가로 비판받기도 했다. 콜론타이의 주장은 계급해방이 여성해방을 자동으로 보장해주지 않는다는 점을 끊임없이 상기시키는 것이기 때문이었다.

1918년 소비에트 가족헌장은 산전 산후 휴가, 입양금지, 질병과 노후에 대한 보험 조항을 만들었다. 가족헌장이 입양을 금지한 이유는 미성년 아동에 대한 노동 착취로부터 아이들을 보호하기 위함이었다. 러시아 농민들은 아이들을 입양 형식으로 데려와서 노동력으로 부렸다. 콜론타이는 고아들이 땅을 가진 소부르주아 농민들의 손에서가 아니라, 아동보호소에서 더 잘 양육될 수 있다고 보았다. 러시아 혁명 이후 발발한 내전 동안 콜론타이의 여성 정책은 신속하게 제도 정비를 하게 되었다. 전쟁 기간에 여성노동력이 절실히 필요했으므로 여성 정책은 쉽게 통과될 수 있었다. 가족제도의 정비는 대부분 그녀의 손을 거쳐 만들어졌다. 적어도 형식적으로 러시아에서 동일노동 동일임금은 가능해졌다.[16]

레닌의 혁명정부는 여성이 자신의 성을 자녀에게 물려줄 수 있도록 했으며 사생아도 적자와 같은 법적 권리를 보장하도록 하는 가족법을 공표했다. 부인의 재산권을 인정하였으며, 이혼 후 남편이 자녀 양육비를 부담하도록 했다. 1920년에는 낙태가 허용되었다. 낙태법은 여성을 위한 급진적인 정책이기도 했지만 무엇보다 내전 상황에서 불가피한 선택이었다. 남성 노동력을 대체할 인력이 절실히 필요했고 여성을 동원하기 위해 원치 않는 임신의 경우 낙태로 '간단히' 해결하고자 했기 때문이다. 남자들이 전쟁에 차출되자 여성들은 후방에서 보급지원이나 간호 인력으로 동원되었다. 남성 노동력을 대신하여 여성들은 공장에서 부족한 일손을 채웠다. 전투병력으로 여성들은 국경에 배치되기도 했다.[17] 전쟁으로 인해 여성들은 급진적인 요구들을 할 수 있게 되었다.

≪공산주의와 가족≫에서 콜론타이는 공산주의 사회에서 가족의 개념과 남녀의 성도덕을 정립하려고 노력했다. 혁명과 더불어 남성에게 의존할 필요가 없는 새로운 인생의 가능성이 열릴 것으로 그녀는 내다보았다. 이혼할 수 있는 권리와 더불어 이혼으로 새롭게 주어진 자유를 두려워하지 말 것, 전통적인 낡은 가족과는 종말을 고할 것, 여성의 예속을 강제하는 가정생활을 개선할 것, 자본주의 국가의 가장 핵심적이고 강제적인 사회적 제도가 가족이므로 소유에 집착하는 가족 대신 공동체의 중요성을 인식할 것, 공산주의 사회는 노동자가 중심이 되는 사회이며, 그곳에서 남녀는 평등하고 자유롭게 결합할 수 있을 것 등을 역설한다.[18]

콜론타이의 가장 큰 업적은 제노텔(1921)의 창설이다. 레닌의 적극적인 지지로 이네사 아르망Inessa Armand, 콜론타이, 니꼴라예바 등이 주축이 되어 제1차 전국러시아여성노동자농민대회를 개최했다. 제노텔은 여성해방을 위한 전국적인 기구였다. 하지만 제노텔의 위원장은 이네사 아르망이 되었다. 내전 상태에서 제노텔은 군인 위안, 선물 보내기, 부상자 치료 등에 국한된 역할만 하고 있었다. 콜론타이는 제노텔이 당 사업에 동원되는 하부조직이 아니라 자율성을 가져야 한다고 강조했지만 그녀의 계획은 실행되지 않았다.

1921년 러시아 내전으로 도시는 황폐해지고 식량 배급은 힘들었다. 인민들은 극심한 경제난으로 굶주렸다. 정상적인 상황이었다면 말이 끌어야 할 마차를 굶주린 어린아이들이 끄는 지경이었고,[19] 식량을 구하기 힘들어 도시를 탈출하는 행렬이 끝없이 이어졌다. 생산성 하락, 노동자들의 열악한 삶으로 민중봉기가 급증했다. 1921년 레닌에 의해 진행된 신경제정책으로 여성 노동자들의 대량 실업 사태가 초래되었다. 동일노동 동일임금 원칙과 취업차별 철폐의 원칙이 무너지고 여성 노동자의 우선 해고가 진행되었다. 여성의 주도권을 원했던 콜론타이와 당은 갈등하게 되었고 콜론타이는 제노텔에서 해임되었다. 소련에서 여성해방은 다시 퇴행하게 되었다.

레닌은 부인 크루프스카야Nadezhda Konstantinovna Krupskaya와 함께 파리에서 망명생활 중에 프랑스계 러시아 귀족 여성인 이네사 아르망을 만난다. 아르망은 열아홉 살에 결혼했고 네 명의 자녀를 두었지만 서른 살에 이혼하고 파리로 왔다.[20] 그녀는 레닌의 사상에 깊은 감명을 받았고 평생 레닌에게 헌신했다. 크루프스카야가 오랜 망명으로 지치고 늙어 보였다면 아르망은 젊고 아름다웠다. 크루프스카야는 레닌에게 떠나겠다고 말했지만 레닌의 간곡한 부탁으로 그의 곁에 남는다. 그녀는 아르망과는 우정을, 레닌과는 동지애로 살아간다. 세 사람의 삼각관계가 막장으로 치닫지 않았던 것이야말로 공산주의 아래서 사랑보다 공동체가 우선이며 우정과 동지애를 내세웠던 것과 무관하지 않았다.

그 시절 사랑보다 우정 혹은 동지애가 더 중했던 것은 볼셰비키 혁명이라는 대의가 화급한 화두였기 때문이었다. 대의명분에 헌신하기 위해 개인적인 욕망, 감정은 기꺼이 희생할 수 있었던 혁명의 시기였다. 이네사 아르망 또한 한때는 그녀의 삶에서 레닌의 사랑이 전부였을지 모르지만 볼셰비키들에게는 대의가 없으면 사랑도 없었다. 그들은 대의를 위해 대부분의 경우 개인적 행복과 사랑을 희생했다.[21] 그렇다면 사랑과 더불어 대의가 있었고, 그녀가 사랑한 것은 레닌의 대의였다고 해도 과언이 아니었다. 세 사람의 동거는 그다지 오래가지 않았다. 이네사 아르망이 1920년 콜레라로 일찍 사망했기 때문이다.

레닌-크루프스카야-이네사의 관계는 마치 콜론타이의 단편 〈바실리사 말리기나〉에서 바실리사-블라디미르-니나의 관계처럼 읽힌다. 〈바실리사 말리기나〉에서 혁명의 대의에 헌신했던 여성 노동자 바실리사는 동지였던 남편 블라디미르가 신경제정책 시대에 이르러 물질적 안락을 추구하고 정신적으로 부패해가는 모습에 씁쓸해한다. 혁명은 끝났고 블라디미르의 볼셰비키 의식은 희미해졌다.

바실리사는 남편이 부르주아 자본가의 행태를 보이면서 혼외관계를 즐긴다는 사실을 눈치채게 된다. 남편의 외도에 상처 입지만 그녀 자신이 배타적이고 독점적인 부르주아 사랑을 인정하지 않았던 만큼, 질투와 소유욕에 사로잡히기보다 동지애를 앞세운다. 그녀는 남편이 이제 자신보다 다른 여성을 진심으로 사랑하고 그 여성도 남편을 진심으로 사랑한다는 사실을 알게 된다. 레닌의 아내 크루프스카야가 이네사에게 그랬듯이 자신이 순순히 물러난다. 여성들끼리 질투하기보다 오히려 '여성이 여성을 용서한다'는 주장을 콜론타이는 소설화한다. 바실리사는 자신의 고통보다 니나의 임신과 낙태 그리고 불륜에 뒤따르는 양심의 가책과 같은 심리적 고통을 더 배려한다. 니나의 잘못이 아니라 블라디미르의 잘못임을 알고 두 여자 사이에서 가능한 우정을 모색하려는 것으로 이 단편은 끝난다.

레닌-크루프스카야-이네사 세 사람의 사랑, 우정, 동지애는 콜론타이의 붉은 사랑의 모델처럼 보인다. 콜론타이 자신도 그런 사랑을 경험했다. 그녀가 한때 사랑에 빠졌던 표트르 마슬로프_{Petr Maslov}는 정치적 입장이 다른 멘셰비키 경제학자로, 아내와 가정에 집착하면서도 그녀와의 관계를 유지하고 싶어 하는 남성이었다. 〈위대한 사랑〉이라는 단편 속에서 그는 지적인 나타샤와 혼외관계를 몇 년째 유지하는 이기적인 지식인 남성으로 등장한다. 이 연애로 인해 그녀는 공산주의 사회에서의 사랑에 관해 깊이 고민하게 되었다. ≪날개 달린 에로스≫는 공산주의적 사랑인 '붉은 사랑'에 관한 이론서다. "공산주의 아래 새로운 에로스, 전 인류에 미치는 사랑"²²이 다름 아닌 '날개 달린 에로스'였다.

그녀의 자전적인 경험이 반영된 〈위대한 사랑〉에 등장하는 세묜은 젊고 지적인 나타샤의 에너지에 매료되어 흡혈귀처럼 의지하면서도 가정을 깨고 싶은 생각은 추호도 없는 자기중심적인 남자다. 나타샤는 세묜 세묘느이치에 대한 사랑으로 심신이 지치고 소모되는 고통을 경험하다 마침내 그로부터 독립을 선언한다. 그의 그림자 역할에서 벗어나 혁명의 대의에 헌신하겠다고 결심하지만 결국 위대한 사랑은 없었다. 위대한 사랑은 미화된 사랑이었다. 그것은 일방적으로 헌신하고 희생하는 맹목적인 사랑에 불과한 것으로 드러난다. 콜론타이에게 신여성은 사랑보다는 자신의 일을 더 중시하고, 사랑보다는 공동체를 위한 동지애와 우정을 더욱 소중한 것으로 여기는 여성이다. 사적인 사랑의 환희와 고통을 넘어설 때 진정으로 새로운 여성이 될 것으로 그녀는 주장했다.

1917년 그녀는 해군 수병이었던 파벨 드이벤코_{Pavel Dybenko}와 사랑에 빠진다. 농민 출신이었던 벤코는 그 당시 마흔 다섯이었던 알렉산드라보다 열일곱 살이나 어렸다. 10월 혁명 후 드이벤코는 해군인민위원회를 만들었고 그녀에게 결혼하자고 요청한다. 주변의 비난을 무릅쓰고 두 사람은 결혼하지만, 사랑의 유효기간은 짧았다. 드이벤코에게 젊은 애인이 생겨 5년 만에 두 사람은 결별했다. 후일 드이벤코는 스탈린 체제하에서 처형되지만 콜론타이는 스탈린 체제 아래서 ≪볼셰비키 당사≫를 저술하면서 조용히 살아남는다. 그녀 주변의 거의 모든 동지들이 스탈린 시대에 살아남지 못했다는 사실을 두고 그녀가 스탈린 체제와 공모했고 동지를 배신했다는 점에서 대단히 비판적으로 언급하는 사람들도 있다. 그런 비난에 그녀는 달리 자신이 할 수 있는 방법이 없었노라고 변명했다. 스탈린 체제 아래서 나온 ≪소비에트 여성 The Soviet Woman: a Full and Equal Citizen of Her Country≫에서 "소련 여성은 충분하고 동등한 시민권을 갖게 되었다"는 어용 지식인의 발언에서도 그런 부분은 잘 드러나 있는 셈이다.[23]

부르주아계급의 소유와 계산에 바탕을 둔 사랑과는 다른 사랑, 그것이 '날개 달린 에로스'다. 사랑은 개인적인 문제가 아니라 사회의 요구에도 부합해야 한다. 자본주의 사회에서 부르주아 가족의 기반은 부에 대한 공동소유보다 자본축적을 위한 것이다. 부의 축적에 공통의 이해가 달린 가족 구성원들은 강력한 감정적, 심리적 유대로 묶이게 된다. 부르주아 계급의 도덕은 에로스의 자유를 단호하게 제한하며 법적으로 혼인한 부부에게만 관대하다. 이들의 사랑은 서로 배타적인 소유에 바탕하고 있으면서도 성별에 따라 이중화된다. 남성은 결혼생활 외부에서 성적 관계를 돈으로 사거나 은밀한 간음을 통해 성욕을 해결한다. 반면 여성의 성욕은 전적으로 무시된다.

반면 프롤레타리아의 사랑은 성적 본능이 아니라 동지애에 대한 다면적인 경험의 추구다. 콜론타이가 본 프롤레타리아의 사랑은 1)관

계에 있어 평등(남성 이기주의와 여성의 노예적 억압의 종식)하고, 2)
타인의 권리와 타인의 마음과 영혼을 소유할 수 없다는 사실을 인식하
고, 3)동지적 감성, 즉 사랑하는 이의 내적 움직임을 이해하고 경청하
는 능력을 갖추는 것이다. 그러므로 사랑 없는 결혼을 유지하는 것은
매춘과 다를 바 없다고 그녀는 주장했다.

콜론타이에 따르면 소유에 집착하는, 사랑 없는 성관계가 '날개 없
는 에로스'다. 반면 공동체 구성원들 사이의 동지애적 사랑을 추구하
는 것이 '날개 달린 에로스'다. 날개 달린 에로스는 사랑에 근거한 관계
다. 콜론타이의 '붉은 사랑' 혹은 날개 달린 에로스는 흔히 '물 한 잔 이
론'으로 오해되었다. 물론 갈증, 배고픔 등과 마찬가지로 성욕 또한 해
소할 수 있어야 한다는 것이 그녀의 기본적인 입장이었다. 하지만 사
랑 없는 섹스에 관해서는 비판적이었다.

그녀가 비판한 것은 배타적 소유를 주장하는 부르주아 사랑 방식
이다. 남녀 모두 일부일처라는 사적 소유에 얽매여 영혼까지 소유하려
고 하면 개인의 독립적인 자아는 붕괴된다. 결혼이나 전통적 가족관
계는 사적 소유에 바탕을 둔 억압적인 봉건적 유물이다. 그러므로 사
적 소유에 근거하여 여성의 성을 억압하는 가족은 해체되어야 한다는
점을 역설한 것이었다. 그래야만 진정한 여성해방에 이르게 될 것이고
여성이 해방되었을 때 궁극적으로 공산주의 혁명은 완수될 것으로 보
았다.

하지만 혁명 시대에 그녀의 이론은 너무 급진이어서 문란하고 무
책임한 성적 자유를 주장하는 것으로 간주되었다. 섹슈얼리티 문제에
서 청교도적이었던 레닌은 "공산주의 사회에서는 성적 욕구와 사랑의
충족은 그저 물 한 잔 들이켜는 것처럼 간단하고 사소한 것"이라는 주

장은 잘못되었다고 비판했다. 갈증은 물론 충족되어야 하지만 정상적인 상황이라고 한다면 시궁창 물을 마시고 싶지는 않을 것이다. 게다가 사랑으로 새 생명이 탄생한다. 새 생명이 공동체의 미래이기에, 물한 잔 이론은 반사회적이고 반마르크스주의적이라고 그는 비판했다

레닌은 목마르면 물 한 잔 마시듯 성욕을 해소하기 위한 남녀의 결합은 소비에트 젊은이들의 도덕적 혼란을 초래할 것이라고 보았다. 레닌은 여성을 새로운 소비에트 건설을 위해 필요한 자녀의 재생산, 교육, 양육의 담당자로 규정했고, 자녀를 공산주의 인간형으로 양육하는 노동자-어머니 모델을 요구했다. 그에게 여성은 없었다. 국가건설의 노동생산성, 자녀 양육을 위한 도구적 모성으로서 여성이 있을 뿐이다. 그래서 레닌은 가족 유지가 공화국 건설에 핵심이라고 보았다면, 콜론타이는 사유재산에 바탕을 둔 가족이야말로 공화국 건설의 걸림돌이라고 보았다.

콜론타이는 여성 문제가 경제적인 독립만으로 해결될 것이라고 보지는 않았다. 그녀는 서구 망명 시절 프로이트 심리학을 공부했고 그런 측면에서 여성의 섹슈얼리티 문제에 관심을 가졌다. 섬세한 여성의 심리와 자아의식을 제대로 이해해야만 여성 문제에 접근할 수 있을 것으로 그녀는 이해했다. 하지만 계급분석과 성/사랑/결혼/이혼/자유연애의 심리적 측면은 그녀 이론에서는 평행우주처럼 각각의 궤도로 돌고 있는 것처럼 보인다. 그로 인해 섬세한 여성의 심리묘사는 개인적 취향[24]에서 벗어나지 못하는 쁘띠 부르주아적 섬세함으로 비판받았다.

콜론타이의 자유연애론은 러시아에서도 교조적인 후배 볼셰비키 활동가였던 폴리나 비노그라드스카야Polina Vinogradskaia 등으로부터 신랄하게 비판받았다. 비노그라드스카야는 콜론타이를 흠모했고 그녀를 모

델로 삼았던 후배 여성 활동가였다. 과잉 이상화는 쉽사리 실망으로 바뀔 수 있다. 젊은 세대의 입장에서 볼 때 혁명의 완수에 매진해야 하는 시기에 무슨 연애 타령이냐는 것이 비판의 골자였다. 이 점은 〈세 세대의 세 가지 사랑〉에서 제니아의 입장이기도 하다.

혁명 이후 러시아의 젊은이들에게는 자유연애가 아니라 생존이 관건이었다. 노동계급에게는 일자리가 더욱 절실했으므로 한가한 연애는 퇴폐적인 부르주아 여성들의 의식 수준과 다를 바 없다. 그런 입장에서 볼 때 콜론타이의 에로스 이론은 한갓진 사랑 타령처럼 비칠 수 있었다. 심지어 젊은 층 중에서는 혁명의 대의에 복무하기 위해 금욕을 강조하고 로맨스를 금지하기도 했다. 비노그라드스카야는 콜론타이의 자유연애론을 소부르주아 자유주의자들의 연애라고 매도하면서 계급에 대한 의무를 저버리는 것으로 비판했다. 한편 남성 사회주의자들로부터도 콜론타이는 여성 문제에 집착하면서 계급투쟁의 대의를 희석시키는 부르주아적인 여성으로 비판받았다. 스탈린 시대 콜론타이는 잘킨A. Zalkin과 같은 심리학자들의 비판 대상이었다. 잘킨은 성욕은 공산주의 문명을 건설하기 위해 억제되어야 하며, 성욕과 생산력을 동시에 추구할 수는 없다고 주장했다.[25]

콜론타이는 자신의 이론을 전파하기 위해 소설을 활용한다. 그녀의 소설은 자기 이론을 설파하고 공감을 끌어내는 도구로 활용된다. 혁명 이후 공산주의 사회에서 여성은 무엇을 할 것이며 어떻게 사랑하고 살아야 하는가라는 주제를 콜론타이는 전개하고 있다. 이 소설들은 이야기로 읽는 그녀의 이론이라고 해도 지나치지 않을 것이다.

모스크바의 사랑은 혁명에 대한 동지애, 우정이 강조되었다. 젊은 세대들마저 혁명적 대의를 위해서 사랑은 포기해야 하는 것이었으며,

금욕을 강조하는 분위기에서 날개 달린 에로스를 주장한 콜론타이는 시대착오적인 인물이었다. 애드리언 리치Adrienne Rich처럼 여성들 사이의 동지애, 우정까지 레즈비언 스펙트럼에 포함시킨다면, 콜론타이의 붉은 사랑이야말로 레즈비언 공동체에 속하는 것으로 재해석할 수도 있다. 물론 레즈비언에서 섹슈얼리티를 배제한 섹스 없는 사랑, 우정의 모델까지 포함하게 되면, 레즈비언의 성정체성이 삭제될 위험은 언제나 있다.

하지만 섹슈얼리티의 정체성을 전유하는 것에서 벗어난 진정한 레즈비언 정체성의 경계를 확정 짓기란 힘들다. 애드리언 리치가 주장한 레즈비언 스펙트럼의 한쪽 끝에 자매애로서 우정을 넣지 않는 한, 콜론타이의 사랑에서 동성애를 구체적으로 언급한 대목은 찾을 수 없다. 1920년대 파리의 레프트뱅크 레즈비언들은 역사의 소용돌이에서 비껴나 있었고, 그들만의 섹슈얼리티 혁명은 찻잔 속의 태풍이었다. 계급 해방이 최우선 과제였던 소비에트에서 콜론타이의 날개 달린 붉은 사랑은 퇴폐적이고 소부르주아적인 발상으로 몰려 날개가 꺾였다.

레닌의 신경제정책이 한창 진행 중이던 1924년에 발표된 소설이 《붉은 사랑》이다. 3부로 구성된 이 장편 소설은 1부 사랑, 2부 가정, 3부 자유라는 제목이 암시하듯, 사랑으로 결혼하고 가정을 이뤘지만 세월이 흘러 사랑은 사라지고 고통스러운 부부관계로 치닫게 된다. 남편은 볼셰비키의 혁명적 이상을 잃어버리고 부패한 자본가처럼 굴면서 불륜의 늪에 빠져든다. 이 소설에서 볼셰비키 신여성인 바실리사는 사랑 없는 가정생활에서 벗어나 진정한 자유와 독립을 찾는다.

콜론타이의 소설에서 여성 주인공은 사회주의 리얼리즘의 옹호자였던 게오르그 루카치Georg Lukács식 "프롤레타리아 휴머니스트"의 전형처럼 보인다. 루카치가 보기에 리얼리즘은 역사의 진리를 구현해나가는 프롤레타리아 주체를 통해 중단 없는 인류의 진보와 삶의 총체성을 재현하는 서사 형식이다. 그런 사실주의 서사의 주인공들이 호모 소비에티쿠스로서 신인간이다. 그들은 계급사회에서 나타날 수밖에 없는 왜곡된 인간성을 극복하고 완전한 인간 사회를 지향하는 해방된 인간이다. 해방된 인간 품성을 역사의 집단주체로서 프롤레타리아에서 찾았던 그는 "프롤레타리아 휴머니즘의 목적이란 완전한 인간성을 재건하는 것이며 계급사회에서 필연적으로 나타나기 마련인 왜곡과 파편화로부터 인간성을 해방시키는 것"[26]이라고 주장했다.

테오도르 아도르노Theodor Adorno가 긍정한 모더니즘 사조는 난해한 문학적 실험을 통해 '문화산업' 시대에 대중의 왕성한 지적 식탐에 저항하려고 했다는 데 의미가 있다. 하지만 루카치는 난해한 모더니즘을 부르주아들의 몽롱한 주관적 인식이 반영된 퇴폐적인 문학으로 매도했다. 루카치와 마찬가지로 콜론타이는 현실을 반영하는 사실적인 여성 인물을 원했다. 현실에 부딪혀 왜곡되고 파편화되었지만 혁명과업을 완수하는 과정을 통해 해방에 이르게 되는 신여성이 그녀에게는 필요했다.

콜론타이는 사실주의 서사를 통해 무시 받고 억압받았던 인민들을 계몽하려는 데 목적이 있었으므로, 그녀에게 러시아 형식주의가 추구한 난해한 형식은 그야말로 쓸모없는 것이었다. 고급 예술을 지향하는 엘리트 문학의 미학주의가 쓸모없음의 쓸모를 내세웠다면, 혁명 이후 그녀는 문학의 용도를 인민 대중을 위한 계몽의 정치에서 찾았다. 역사의 진리를 담아내는 계몽적 서사 전달이 목적이므로 그녀의 소설은 자기 이론을 쉽게 설명하기 위해 소설적 양식을 동원한 것처럼 보인다. 그런 의미에서 콜론타이의 이론과 소설 사이에는 그다지 간극이 없다.

≪붉은 사랑≫의 1부 〈사랑〉에서 바실리사는 28세의 여성 노동자로 직업은 편집공이다. 전형적인 도시 여성이자 볼셰비키 당원이며, 전쟁을 혐오하는 평화주의자다. 러시아 혁명 이후 러시아는 또다시 내전 중이었다. 볼셰비키 남성 동지들에게 여성 동지는 안중에 없다. 그들에게는 평화보다 전쟁이, 여성보다 혁명이 우선이었다. 여성보다 화급한 화두는 언제나 있었다. 여성보다는 제국주의와의 전쟁이, 여성보다는 계급투쟁이, 여성보다는 민족해방이, 여성보다는 인종이 언제나 우선이므로 여성들에게는 언제나 기다리고 인내하라고 말한다. 여성문제는 제국주의 투쟁, 계급갈등, 민족문제에 비해 부차적인 것으로 밀린다. 이에 대해 바실리사는 여성해방 없는 공산주의 혁명이 어떻게 가능한지 따져 묻는다. "세계의 절반인 여성들이 볼셰비키가 된다면 혁명과업의 절반이 이미 이룩된 것이다."[27]

1917년 혁명과 함께 등장한 신생 소비에트 체제에서 중요한 것은 사회주의에 적합하게 일상생활을 변화시키는 것이었다. 사회주의 이념에 적합한 호모 소비에티쿠스로 개조하는 문제[28]가 볼셰비키 당 지도자들에게는 주요한 과제였다. 코뮌에서의 공동생활은 소비에트 삶을 상징하는 것이었다.

바실리사는 볼셰비키로서 생활공동체 주택을 건설하고 사회주의 이념에 부합하는 삶을 계몽하고자 했다. '코뮌의 집'[29]은 유토피아적 이상을 구현한 공간으로 간주되었다. 공산주의 이념으로 새로운 사회를 만들어내려는 열망은 환경의 총체적 변화로 표현되었다. 체르니셰프스키Nikolai Chernyshevsky의 ≪무엇을 할 것인가≫에서 등장하는 여주인공

베라 파블로브나의 꿈처럼 ≪붉은 사랑≫의 바실리사 또한 공동주택을 통해 공산주의적 유토피아를 구현하고자 한다. 베라 파블로브나가 꿈꾸었던 것은 '공동체 생활, 공동 식사, 공동 취사, 노동 분업의 폐지, 인간의 변혁'[30]과 같은 총체적인 인류사의 변혁이었다. 베라의 꿈은 바실리사의 꿈이기도 했다.

공동주택사업은 처음에는 순조롭게 진행되는 듯 보였다. 하지만 공동 주택의 규칙은 지켜지지 않았고 인민들은 게으르고 여자들은 청결, 위생을 지키지 못했다. 사람들은 오래된 습관에서 벗어나지 않으려는 것처럼 보였다. 한 번의 혁명이 영구적인 혁명이 될 수는 없었다. 정치혁명이 일어났다고 하여 일상생활에서의 의식혁명이 자동으로 뒤따르지는 않는다. 보드카에 절어서 생활했던 인민들의 습관은 쉽사리 고쳐지지 않았다. 공동주택 입주민들에게 근면한 노동습관은 체화되지 않았다. 물질적 토대가 바뀌면 사람들의 의식도 바뀌리라는 낙관적 비전은 실망과 좌절로 드러나게 된다. 경제적인 요건의 향상이 삶의 태도와 의식을 전향적으로 바꿔놓지는 못한다는 점을 바실리카는 절실하게 깨닫는다.

2부 〈가정〉은 바실리사와 블라디미르 두 사람의 행복한 결혼생활이 깨지고 난 뒤부터 시작된다. 신경제정책에 올라탄 블라디미르는 자본가처럼 굴었다. 여기서 생산성을 향상하기 위한 소비에트의 신경제정책이 어떻게 자본주의의 쌍생아인지가 블라디미르를 통해 잘 드러난다. 소비에트는 생산성을 독려하기 위해 철의 노동자 이미지를 부각했고 자본주의 방식을 도입했다. 과학적 공산주의는 기술, 기계를 숭배함으로써, 인간을 기계화하는 테일러 방식으로 연결되었다. 블라디미르는 생산성을 높이고 사업적인 이익을 남길 수 있다면 자본주의적인 모델이든 뭐든 무슨 상관이냐는 입장이었다. 그에게는 바실리사가 추구하는 공동체의 이상과 같은 볼셰비키 이념은 사라진 지 오래였다.

1920년대 소비에트의 이상은 낙후된 전근대적 봉건 질서로부터 인간 해방을 약속하는 것이었다. 사회주의의 유토피아를 건설하는 것이 소비에트의 꿈이자 목표였다. 인류의 유토피아적인 꿈이 파국으로 치닫는 모습은 바샤(바실리사의 애칭)/블로쟈(블라디미르의 애칭)의 갈등을 통해 그 모습을 서서히 드러내고 있었다. 이성의 힘과 과학기술을 통해 새로운 세계를 건설하고자 하는 낭만적인 비전이 집단주의와 결합하게 되면서 유토피아는 디스토피아로 변질되고 있었다.

1920년대 자본주의 사회에서는 소비 욕망의 충족이라는 환상이 있었다. 이런 환상은 경기침체와 대공황이라는 파국을 부추겼다. 자본주의의 시장경제는 경기침체와 실업이라는 문제로 인해 장기적인 사회적 안정을 보장해주지 못했다. 이에 비해 국가가 통제하는 소비에트에서는 물자 부족으로 국가가 직접적인 소비 욕구의 만족을 가져다주지 못했다. 소비에트의 경우 다 같이 가난하다는 점에서 가난으로 평등했지만, 그래도 국가가 생존과 복지를 책임져줄 것이라는 꿈과 환상이 있어서 견딜 만했다.[31] 그런 꿈을 실현하려다 좌절한 인물이 바실리사였다면, 아예 그런 꿈을 포기하고 자본주의적인 방향으로 전환한 인물이 블라디미르였다.

3부 〈자유〉에서 붉은 혁명 전사로서 바샤는 블라디미르에게서 실패한 자신의 혁명적 이상을 보게 된다. 그를 떠난 뒤 그녀는 임신 사실을 알게 되지만 혼자 아이들을 키울 수 있도록 탁아소를 조직한다. 그녀는 아이를 공산주의 방식으로 키우고자 한다. 상실한 이상, 상처 입은 사랑과 작별한다는 것은 곧 자신의 일부와 결별하는 것이다. 사랑 자체가 타자 안에서 자신의 죽음과 만나는 외상적 사건이라는 것을 그녀는 블라디미르와의 결혼생활을 통해 배운다. 상실한 사랑을 떠나보내기까지 그녀에게는 애도의 기간이 필요했다. 블라디미르에게 투자한 애정과 시간만큼 그로부터 벗어나는 데 시간이 걸렸다. 그로부터 해방되어 자유를 맛보기까지, 바샤는 그와 함께 한 세월과 작별할 시간이 필요했다. 망설임, 연민, 인내, 우울, 분노를 거쳐 그녀는 블라디미르의 부재를 수용한다.

　사회주의 이상에 따르는 호모 소비에티쿠스의 창출은 일회적인 혁명으로 성취되는 것이 아니다. 그것은 끊임없는 자기 혁명을 통해 수행된다. 가정의 구속에서 벗어난 여성들에게 자립할 수 있는 일자리, 머물 수 있는 거처, 아이들을 키울 수 있는 공동육아제도가 없다면, 그것은 또다시 퇴행하지 않을 수 없다. 공산주의가 말하는 평등한 사회가 여성이 경험하는 불평등을 해소하지 않는다면, 평등, 정의, 인권은 공허한 구호에 지나지 않는다. 바샤가 블라디미르와 작별하는 데는 습관화된 생활로부터 탈주할 수 있는 용기와 더불어 공동체적인 삶이 있었으므로 가능했다. 바샤가 싱글맘으로 아이를 낳아서 키운다고 하여 세간의 손가락질을 받지 않을 뿐만 아니라 오히려 공동육아의 이상을 실현할 수 있는 환경이 되도록 하는 것, 그것이 콜론타이가 원했던 사회주의 사회였다.

　〈자매〉는 사람들이 호모 소비에티쿠스가 아니라 호모 이코노미쿠스로 바뀌면서 사회주의 이상과는 거리가 멀어지고 있는 상황에서 여성들끼리의 우정을 보여준 짧은 단편이다. 화자는 출판사에서 일하다가 신경제정책으로 해고당한 여성이다. 실업이 만연한 시대에 공산주의 정부 또한 여성을 우선적으로 해고했다. 그중에서도 기혼 여성이 먼저였다.

경제침체기에 구조조정이 시행되면 자본주의 사회건 공산주의 사회건 여성을 먼저 해고한다. 실질적으로 여성이 생계부양자 역할을 하더라도 남자가 가족 부양자라는 생각은 쉽게 변하지 않기 때문이다.

콜론타이는 매춘의 문제를 유물론적으로 접근한다. 〈자매〉는 여성 노동자와 매춘 여성 사이의 자매애를 다룬 것이다. 이 단편에서 부패한 관료가 된 화자의 남편은 성매매에 거리낌이 없다. 일자리에서 해고당한 화자는 노동자로서 당당하게 살지 못하고 실직자로서 슬픔, 공포, 비참함을 경험하게 된다. 화자는 실직 상태인데다가 어린 딸을 잃고 상심에 빠진다. 문란한 남편, 자신의 실직, 딸아이의 죽음 등으로 화자는 사면초가에 빠진다. 그 와중에 남편이 데려온 성매매 여성을 자기 집에서 마주치게 되고, 어이가 없지만 어린 소녀가 어떻게 하여 이 길로 나서게 되었는지를 이해하게 된다. 여기서 매춘의 문제는 무정부주의 페미니스트인 엠마 골드만Emma Goldman의 입장과 흡사하다. 〈여성 매매The Traffic in Women〉에서 골드만이 보기에 도덕주의자들에게 매춘은 단지 여성이 자기 몸을 파는 것이 문제가 아니라 결혼제도 바깥에서 몸을 파는 것이 문제다. 돈을 보고 하는 정략결혼은 하등 문제 삼지 않는 것으로 볼 때면 그렇다. 그러므로 매춘과 결혼은 도덕성의 문제가 아니라 경제적인 문제라는 것에 그녀는 주목했다.[32] 도스토예프스키의 《죄와 벌》에 나오는 쏘냐처럼 병든 부모와 어린 동생들을 보살피지 않을 수 없는 생계형 매춘 여성들을 이해하는 것으로 이 단편은 끝을 맺는다. 화자도 조만간 그녀의 처지가 될 수 있다는 공감과 연민은 두 사람을 연대하도록 해준다.

〈세 세대의 세 가지 사랑〉은 콜론타이가 자신이 말하는 날개 달린 사랑과 날개 없는 사랑이 무엇인지를 보여주면서 공산주의 사회에서 사랑이란 어떤 것인지를 설파한 장편이다. 21세기인 지금은 거의 잊힌 소설이지만, 식민지 조선 시대 일본을 거쳐 들어온 이 작품은 엄청난 논란의 대상이었다. 여기서 등장하는 여성 삼대 중 손녀 세대인 게니아의 사랑 없는 에로스로 인해 식민지 조선 지식인들 사이에서는 논란이 분분했던 작품이다.

봉건 신분제 질서는 여성의 성을 단속하지 않는 한 그런 신분제 질서를 유지하는 것이 불가능하다. 그러므로 엄격하게 여성의 성을 단속해왔다. 신분제 사회에서 남성에게 요구되는 것이 '충'이라고 한다면 여성에게 그것은 '절'이었다. 남성의 충에 해당하는 절을 중시함으로써 부계를 명확히 해두지 않는다면 신분제 사회는 무너질 수밖에 없다. 그런 사회에서 일대 충격을 가한 것이 콜론타이식의 붉은 연애였다.

이 단편은 화자인 '나'가 받은 편지의 내용으로 구성된 액자소설 형식을 취하고 있다. 화자인 나에게 올가라는 여성이 보낸 장문의 편지가 배달된다. 올가는 자신에게 일어난 일을 도무지 이해할 수가 없어서 이런 문제를 많이 접해본 같은 여성 화자에게 자기 개인사를 고백하고 이해를 청하고 있다. 이 단편은 3대에 걸친 세 여자들의 세 가지 사랑의 용도를 말한다. 1대인 할머니 마리아, 그녀의 딸인 2대 올가, 3대인 손녀 게니아, 삼대에 걸친 세 가지 사랑 이야기가 이 소설의 중심이다. 마리아는 나로드니키 계몽운동에 공감했던 귀족 여성이었다. 그녀는 귀족들의 정략결혼을 비판하면서 낭만적인 자유연애와 일부일처를 옹호했다. 그녀의 딸인 올가는 콜론타이가 내세운 날개 달린 에로스를 실천하는 여성이었다. 그녀는 사랑 없는 결혼은 매춘과 다를 바 없다고 보았으므로, 사랑이 사라지면 헤어지고 새로운 사랑을 찾는다. 엄마인 마리아는 그런 딸을 이해하기 힘들어한다. 그녀의 눈에 딸의 사랑은 문란한 다자관계처럼 보인다.

이제 엄마가 된 올가는 딸인 게니아의 사랑을 이해하기 힘들다. 게니아가 목마르면 물 한 잔 마시는 것처럼 성욕을 채우는 것에 올가는 충격을 받는다. 올가는 자신의 애인인 안드레이와 게니아가 아무렇지도 않게 성관계를 했다는 사실에 분노한다. 날개 없는 에로스 세대인 게니아는 그런 성관계를 대수롭잖게 여긴다. 이로 인해 세대마다 달라지는 사랑의 용도가 무엇인지를 보여준 소설이 〈세 세대의 세 가지 사랑〉이다.

올가의 어머니 마리아 스쩨파노브나는 1890년대의 전형적인 선동가이자 나로드니키 운동의 기수이기도 했다. 마리아는 사랑할 권리가 결혼의 권리보다 우월하다는 신념을 가진 여성이었다. 마리아는 안나 카레니나처럼 이상적인 지식인이었던 세르게이 이바노비치와 사랑에 빠져 남편과 아이들을 버리고 집을 떠난다. 자유주의자들은 이 사건을 현 체제에 대한 저항으로 간주했다. 진보적인 신문은 자유연애를 통해 결혼이라는 구질서의 봉건적인 족쇄를 끊어내고 해방과 자유를 선언한 것으로 마리아의 행동을 보도했다.[33] 두 사람은 도서관 사업, 문맹퇴치 사업을 하다가 반동으로 몰려 유배를 당하고, 그곳에서 올가가 태어난다. 그리고 그들이 유배에서 돌아왔을 때 세르게이는 영웅적인 혁명가가 되어 있었다. 사실 그의 체중은 불어났고 영혼은 부패했다. 세르게이는 농민 여성에게 임신을 시켰다. 마리아는 올가를 데리고 집을 떠난다.

성인이 된 올가는 볼셰비키 혁명조직에 가입한다. 그 조직에서 나이가 많고 결혼한 경력도 있는 콘스탄틴과 사랑에 빠진다. 두 사람은 유배를 갔지만 올가만 그곳에서 탈출한다. 페테르부르크로 숨어들어가서 부유한 기술자 M의 가정교사로 입주한다. 볼셰비키 혁명의 이상과는 거리가 먼 공학 기술자인 M에게 빠져드는 자신을 올가는 억제하지 못한다. M은 볼셰비키의 대의가 무엇인지조차 모를 정도로 역사에 무지하고 보수 반동적이다. 그에게는 병약하고 인형 같은 부인도 있었다. 올가는 정치적으로 무지하고 반동적인 유부남인 M과 사랑에 빠진다. 올가는 M의 눈짓, 습관, 삶의 방식을 혐오하면서도 그의 연약함, 어리석음까지 사랑했다.[34]

올가는 남편과는 정치적 동지로, M과는 진정한 사랑으로 결합되어 있으므로 두 사람 모두를 떠날 수가 없다. M과의 사이에서 난 아이가 게니아다. 정치투쟁의 동지애로서 콘스탄틴, 육체적 결합으로서 M, 둘 다 그녀는 포기할 수 없었다.

올가는 화학을 공부하러 갔다가, 폐결핵에 걸린 화학공장 노동자이자 혁명가인 안드레이 랴브꼬프와 사랑에 빠진다. 게니아는 스무 살이 되었고 혁명운동에 열렬히 참가하고 있다. 게니아, 안드레이, 올가 세 사람은 사이좋게 함께 살게 되었다. 안드레이의 건강도 좋아졌다. 좋은 관계를 넘어 게니아와 안드레이는 서로 성관계를 갖는다. 여기서 게니아는 올가의 사랑 전반을 심문하는 역할을 한다. 남녀 사이에 우정은 무엇이며, 사랑은 무엇인가? 우정에는 왜 섹스가 개입하면 안 되는가? 배타적 소유에 기반한 사랑을 부르주아적이라고 비판했다면 안드레이를 엄마와 딸이 공유하는 것은 왜 안 되는가? 게니아의 반문에 마땅히 대답할 말이 없었던 올가는 사랑 없는 에로스, 즉 날개 없는 에로스를 주장하는 신세대 딸을 보면서 할 말을 잃는다.

이 소설에서 1세대인 마리아가 배타적 소유관계인 일부일처제를 주장했다면 2세대인 올가는 사랑에 바탕을 둔 날개 달린 에로스를, 3세대인 게니아는 사랑 없는 성관계로서 날개 없는 에로스를 주장하고 있다. 이런 신세대의 사랑을 어떻게 받아들여야 하는가? 새로운 도덕성과 새로운 욕망이 이런 형태여야 하는가? 성관계에 사랑, 열정, 고통과 같은 어떤 감정이 실리지 않는 건조한 욕망의 충족에 불과한가? 올가가 보기에 그런 행위에 사랑은 없다. 사랑을 부정하면서 목이 마르면 물 한 잔 마시듯 섹스를 하는 신세대의 사랑법을 올가는 이해하지 못한다.

올가는 자신이 선점한 사랑의 대상인 안드레이를 딸인 게니아가 단순한 성욕의 도구로 사용한 것에 상심한다. 사랑의 세대교체에서 늙은 엄마가 젊은 딸을 이길 수는 없다. 배타적 소유 관계를 부정했지만, 경쟁 상대가 된 딸과 안드레이를 공유하는 것에 대한 분노는 아니었을까? 게니아가 다른 남자를 만나서 임신하고 낙태한다고 했을 때도 이처럼 실망하지는 않았을 것이다. 반면 게니아는 엄마에게 가장 소중한 것이 무엇이며, 그것을 빼앗으면 엄마의 관심과 사랑이 전적으로 자신에게 쏠릴 것인지를 무의식적으로 파악한다. 엄마와 딸 사이에 교환되고 있는 대상은 안드레이다. 안드레이를 엄마에게서 빼앗아옴으로써 게니아는 엄마의 사랑을 자신에게로 환기시킨다. 모녀 사이의 사랑을 매개하는 역할이 안드레이다. 이 소설에서 안드레이가 무슨 생각인지는 전혀 드러나 있지 않다. 그는 엄마와 딸 사이에 교환되는 빈 공간으로 기능하고 있기 때문이다.

콜론타이의 날개 달린 에로스는 봉건 유교 문화의 잔존 이데올로기와 강요된 근대화 이데올로기가 혼재된 식민지 조선으로 건너오게 되면서, 각자의 입장에 따라 다른 방식으로 전유 된다. 공산주의자 남성, 부르주아 민족주의자, 맑스걸 들은 각자의 관점에서 콜론타이의 날개 달린 에로스를 문화 번역하고 활용했다. 그 중심에 붉은 연애를 실천한 혁명 투사 허정숙이 있었다.

영국과 아편전쟁 이후 중국 상해는 제국주의 열강들의 경합장이었다. 상해는 동아시아 최대 항구도시이자 중국과 열강이 맺은 치욕스러운 불평등조약의 상징인 조계가 있었다. 상해의 조계는 치외법권과 행정권까지 갖고 있었으므로 일본 경찰이라 하더라도 그곳에 함부로 들어가서 조선인들을 검거하거나 체포할 수 없었다. 상해는 조선의 독립운동가들뿐만 아니라 세계 각국의 사람들이 모여들어 민족해방을 꿈꾸는 국제도시가 되었다. 하지만 상해에 모여 임시정부를 수립했던 조선인들에게 1920년대 초반은 울분의 시절이었다. 미국 윌슨 대통령의 민족자결주의를 믿고 파리강화회의, 워싱턴회의에 파견된 조선대표단은 문전박대를 당했다.

사회주의 인터내셔널은 '공산주의자들에게 조국은 없다' '만국의 노동자들이여 연대하라'고 외쳤지만, 막상 1차 세계대전이 발발하자, 사회주의자들마저 인터내셔널에 등을 돌렸다. 만국의 노동자들은 각자 '조국'의 편에 섰다. 이에 레닌의 주도로 다시 조직한 국제기구가 국제공산주의자연합 즉 코민테른Communist International이었다. 코민테른은 조직의 이념에 따라 약소국의 민족해방운동을 지원해주었다. 민족해방운동을 공산화 전략의 연장으로 보았기 때문이다. 식민지 조선에서 고려공산당청년회, 서울청년회, 북풍회 등에 소속된 청년들은 일제의 검거를 피하고 공산주의를 학습하기 위해 모스크바로 떠났다. 모스크바 공산대학은 제국주의 팽창에 식민지가 된 아시아의 약소국(몽골, 조선, 베트남, 중국 등) 출신 젊은이들을 혁명지도자로 양성하는 곳이었다. 조선공산당 비서였던 박헌영은 코민테른에 활동계획을 보내 지원을 얻어내고, 모스크바공산대학으로 보낼 유학생 숫자를 확보하기도 했다. 그 시절 사회주의자들은 모스크바에서 '붉은 혁명'의 가능성을 엿보았다.

반제국주의 항일운동과 더불어 반봉건 계급혁명에 몰두했던 조선 사회주의자들이 기댈 언덕은 러시아였다. 1920년대 모스크바는 식민지 조선의 사회주의자들에게는 이념적 고향이자 희망의 도시였다. 1920년 모스크바에서 열린 제2차 코민테른 대회는 조선인 대표(박진순)를 공동의장단으로 배석시켜주었다. 레닌의 코민테른은 식민화된 조선의 대표성을 인정하고 활동자금도 지원했다. 코민테른은 사회주의 인터내셔널을 대체한 국제적인 공산주의 조직이었고 그런 명분에 부합한 것이 식민지가 된 조선의 공산주의 조직이었다.

알렉산드라 콜론타이의 '붉은 사랑'은 러시아 대륙을 횡단하여 봉건 유교 가부장제와 일제의 강제적 근대화가 혼재하고 있는 강점기 조선으로 건너왔다. 콜론타이의 '붉은 사랑'은 공산주의자들을 통해 소개되었다. 조선에서 간행된 잡지에 콜론타이에 관한 언급은 상대적으로 많은 편이었다.[35] 하지만 소개하는 사람의 입장, 젠더에 따라 그녀의 이미지는 다양했다.[36] 콜론타이의 붉은 사랑을 받아들였던 식민지 조선의 신여성은 '맑스걸 트로이카'로 일컬어졌던 허정숙, 주세죽, 고명자 등이다. 이들은 모스크바에서 유학하고 '붉은 사랑'과 '붉은 혁명'에 몸담았다. '붉은 피아니스트' 주세죽[37]은 코레예바라는 예명으로 박헌영과 함께 모스크바 공산대학에서 공부했다. 붉은 연애의 기수였던 허정숙은 일본, 미국 유학을 마치고 6개월 단기 코스로 모스크바공산대학을 다녔다. 허정숙은 콜론타이의 공산주의 연애법을 몸소 실천함으로써 조선의 콜론타이로 불렸다. 강경 대지주 집안의 딸이었던 고명자는 김단야와 함께 모스크바공산대학에서 공부하고 20년대에 귀국했다.

그 시절 붉은 연애의 혁명 전사들이었던 맑스걸들은 마르크스 사상에 입각하여 조선여성동우회를 결성했다. 그들은 봉건유교의 관습에 따른 조혼 폐지, 혼인의 자유, 이혼의 자유, 혼자 아이를 낳아서 키울 자유, 남의 아이들까지 함께 돌볼 수 있는 소비에트식 가족제도를 주창했다. 신여성의 아이콘인 나혜석은 파격적인 연애담으로 당대의 일급스타이자 자유연애의 대명사였다. 하지만 맑스걸들에게 그녀는 "철학이 부족"한 자유연애주의자쯤으로 취급되었다. 그들에게 콜론타이 이론은 여성해방의 철학을 제공해주었다. 가사노동과 자녀 양육을 국가가 책임짐으로써 여성들이 해방될 수 있고, 경제적 자립을 성취하고 사랑에 바탕을 둔 자유로운 연애가 가능함을 철학화해 준 콜론타이의 여성해방론을 그들은 스펀지처럼 흡수했다. 그들은 콜론타이의 ≪붉은 사랑≫에 등장하는 바실리사처럼 사랑이 식었음에도 혼인관계를 유지하는 것은 매춘이나 다를 바 없다고 보았다.

기생이었던 정칠성은 한남 권번을 뛰쳐나왔다. 공산주의가 주장한 신분 철폐, 계급 철폐와 만인 평등사상은 그녀에게 봉건 유교 신분제 질서의 질곡에서 벗어날 수 있는 이론적 지평을 열어주었다. 조혼한 남편과 사별한 정종명은 콜론타이의 여성해방론에 환호했다. 정종명은 봉건 유교적 남녀차별을 청산할 수 있는 가능성을 붉은 사랑과 경제적 자립에서 찾았다. 혼전 동거를 상상할 수 없는 조선 사회에서 주세죽과 박헌영, 허정숙과 임원근은 동거 중이었고, 고명자는 조혼으로 조강지처가 있는 김단야와 사랑에 빠졌으며, 김조이는 조봉암과 갓 신혼살림을 차렸다. 그들은 붉은 사랑의 예찬론자인 경성의 맑스걸들이었다. 그들은 축첩 폐지를 넘어 여자들도 정부를 두고 살자거나 여자 공창이 있으면 남자 공창도 만들어야 한다면서 당대로서는 시대착오적인 발언들을 쏟아내고 있었다. 이들은 유교 가부장제, 일본제국주의, 공산주의, 민족주의, 근대적 계몽주의가 혼재하는 시대에 붉은 사랑을 전면에 배치함으로써 당대의 스캔들 제조기가 되었다.

1925년 ≪신여성≫ 10월호에는 한 장의 사진이 실렸다. 단발머리를 한 세 여자 허정숙, 주세죽, 고명자가 눈부신 햇살 아래서 청계천에 발을 담그고 있다. 세 여자는 동지이자 친구로서 단발을 하기로 작정하고 "쾌활한 용기"를 내어 가위로 서로의 머리를 잘라주었다. 허정숙은 〈나의 단발과 단발 전후〉[38]에서 "웬일인지 서로 알지 못한 위대한 이상과 욕망이나 이룬 듯이" 기뻤던 그 순간의 기분을 기록하고 있다. 1920년대 식민지 조선에서는 단발했다는 것만으로 신여성의 표식이 되었다. 그것은 남성의 시선에 구애받지 않고 '나 독립된 인격체'[39]라고 시위하는 것으로도 볼 수 있었다. 허정숙은 남성 혁명동지의 반려자가 아니라 남성과 동등한 위치에서 혁명동지였던 거의 유일한 신여성이다.

1920년대는 3·1운동의 여파로 일제가 '무단통치' 대신 영리한 '문화통치'를 내세운 시기다. ≪조선일보≫, ≪시사신문≫이 친일 진영의 몫이 었다면 ≪동아일보≫는 '민족진영의 몫'으로 창간되었다. 극우

왼쪽부터 허정숙, 주세죽, 고명자

에서 극좌까지 온갖 단체들의 주의 주장이 난무했다. 문화통치는 '원주민'들에게 언론이라는 불만의 배출구를 마련해줌으로써 식민 지배를 더욱 원활히 하려는 전략이었다.[40] 일제의 유화정책으로의 전환과 더불어 한때는 항일운동에 가담했던 남성 지식인들은 대거 친일로 전향했다.

이광수는 〈민족개조론〉을 발표[41]하면서 조선인들의 나태하고, 신의 없고, 이기적이고, 모래알갱이처럼 분열하는 정신 상태를 꾸짖었다. 여성운동계에서는 기독교 여성운동이 세력을 확장했다. 1922년 조선여자기독교청년회YWCA가 김필례, 김활란, 유각경의 주도로 창립되었다.

심훈의 《상록수》의 모델이 되었던 최영신 등도 이에 속한다. 그들이 내세운 기독교 사업은 수양회, 금주운동, 생활개선 운동, 공창제 폐지, 물산장려운동, 여성 지위 향상 운동, 지방 여학생을 위한 기숙사 마련, 농촌계몽 운동, 이재민 구호, 국제적인 문화교류와 친선 도모 등이었다.

사회주의 여성 운동가들이 보기에 기독교 교육 계몽운동은 정작 조선 여성들이 시달리고 있는 삼중고는 외면하고 있었다. 마르크스주의 혁명 여성 운동가들인 허정숙, 주세죽, 박원희 등은 일제로부터의 착취라는 제국주의 모순, 봉건 신분 질서의 모순, 가부장제로 고통받는 여성모순이라는 삼중의 억압을 강조했다. 그들의 시각에서 볼 때, 무엇보다 여성의 경제적 자립 없는 여성해방은 헛된 구호에 불과했다.

1924년 11월 허정숙은 수가이라는 필명으로 부인문제에 관한 글을 썼다. 〈여성해방은 경제적 독립이 근본〉이라는 제목의 기사에서 조선 여성은 한 남자의 아내, 한 집안의 며느리로서 자기 존재가 인정될 뿐, 자기 자신은 없다고 말한다. 그녀가 보기에 한 개인으로서 '여자는 없다.' 그러다 보니 여성들은 자기 존재가 상실되어 개성이 말살되고 인권은 유린당한 채 낡은 도덕과 인습에서 탈피하지 못하고 있다. 여성도 개성을 지닌 자유로운 존재로서 인정받는 것이 시급하다. 하지만 계층별로 여성의 처지가 같은 것은 아니다. 상류층 여성은 오직 몸을 치장해 남자의 노리개, 성의 제공자, 집안의 꽃으로 존재한다면, 중하층 부인은 남편에게 기생하는 대신 육아와 가사노동을 담당하는 가정 노예로 전락한다. 중하층 부인들은 노동계급이 되더라도 지위의 변화가 그다지 없는데, 그 이유는 임금이 남성에 비해 훨씬 낮을 뿐 아니라 열악한 작업환경과 가사노동이라는 이중고에 시달리기 때문이다. 이처럼 조선 부인들의 문제는 경제적 독립을 성취하지 못하고 기생충 생활을 하기 때문이라고 기사는 분석한다.[42] 여기서 한 걸음 더 나아가 허정숙은 ≪신여성≫지에 실린 〈문밧게서 20분〉이라는 글에서 여성은 경제적으로 자본가인 남성의 노예가 되어 있기 때문에 해방이 힘들다고 주장한다. 따라서 여성 개인의 경제적 독립이 아니라 사회조직의 변혁 운동을 통해 여성해방이 가능할 것으로 보았다.[43]

　허정숙이 ≪신여성≫을 맡으면서 잡지는 사회주의 선전선동을 위한 팸플릿처럼 변했다. '완전한 개성을 살리기 위해 여성을 이중 노예로 만드는 우리의 환경에 반역하는 절실한 자각이 있어야 한다.' '이 절실한 자각 아래 우리 여성은 같은 처지에 있는 여성들끼리 뭉쳐야 한다'고 목청을 높였다. 그로 인해 허정숙은 자유주의 부인해방투사라는 조롱의 대상이 되었다. 화요회 동지 중에는 계급 해방보다 여성해방을 앞세우는 그녀에게, 결국은 부르주아 계급 여성에게 더 많은 자유를 주자는 반동적인 여성주의자라며 비난을 쏟는 이도 있었다.

허정숙의 여/성해방 논리가 콜론타이식의 붉은 사랑으로 대중화
되면서 그녀의 정치성은 희석되고 대중의 호기심 거리가 되었다. 분단
이후 그녀는 남한의 역사에서 삭제되었다가 1988년에야 복권되었다.
허정숙의 망각에는 월북한 공산주의자라는 이유가 절대적이었다면,
허정숙에 대한 오해에는 1920-30년대 선정적인 언론이 한몫을 했다.
잡지 ≪삼천리≫에 실린 〈붉은 연애의 주인공들〉이라는 글 등을 통해
당대의 신문과 잡지들은 그들을 추문 거리로 제공했다. ≪조선일보≫
는 자본주의 제3기의 병폐인 소비문화의 선봉에 선 신여성이나 모던
걸을 유녀, 탕녀라고 질타했다. 식민지인들로서 경험하는 사회적 불안
심리는 성적으로 헤픈 여성들에게 투사되었다.

이광수는 허정숙을 모델로 한 〈혁명가의 아내〉라는 소설에서 여성
사회주의자를 색욕에 따르는 인물로 조롱한다. 혁명가 공산几産은 이름
부터 조롱의 대상이지만, 폐병에 걸려 공산共産주의 이념을 실천해 보
지도 못하고 앓아눕는다. 한때 그의 진취적 성격에 이끌려 옛 애인을
버리고 그와 결혼한 정희는 그런 남편을 혁명가답지 못하다고 구박하
고, 남편의 치료를 맡은 의사 오성과 불륜 관계에 빠진다. 그녀는 정조
를 지키는 것은 봉건사상이고, 부르주아 근성이라 여기며 자신의 불륜
을 혁명가다운 용기로 합리화한다. 공산이 죽은 후 정희와 동거에 들
어간 오성이 임신한 정희를 다툼 끝에 발로 찬다. 정희는 유산 후유증
으로 죽게 된다. 옛 혁명가 동지들은 정희가 남편을 간호하다 병을 얻
은 것으로 오해하고 정희를 남편 옆에 묻어 준다. 이로써 그녀도 혁명
가의 대열에 서게 된다.

민족주의자들과 공산주의자들이 사랑의 용도를 두고 서로 다투던
시절, 김억과 서광제는 서로 다른 입장에서 콜론타이를 수용한다. 당

시 카프 소속이자 조선영화예술협회의 회원으로 사회주의 계열 영화 운동에 참여했던 서광제[44]는 콜론타이의 ≪붉은 연애≫를 일본식인 ≪적연赤戀≫으로 번안하여 ≪조선일보≫[45]에 실었다. 반면 김억은 콜론타이의 〈세 세대의 세 가지 사랑〉 중에서도 주로 게니아의 사랑 방식을 문제 삼았다.[46] 보수적 민족주의자였던 김억은 게니아의 날개 없는 에로스에 초점을 맞춰 "곰팡내가 코를 찌르기" 때문에 급진적인 콜론타이의 연애론을 도무지 용납할 수 없다고 주장한다. 유교적인 조선 사회에서 목마르면 물 한 잔 마시듯 성적 갈증을 해소하기 위한 섹스라는 것은 도저히 용납될 수 없었다. 사랑이 전제되지 않은 섹스만을 주장하는 게니아의 급진적 연애관이 수용될 공간은 없다고 김억은 주장한다.

반면 서광제와 같은 남성 사회주의자들은 ≪붉은 사랑≫의 바실리사를 모델로 전유한다. 남성 사회주의자들에게도 독립된 주체로서 여성 같은 것은 없었다. 그는 사회주의 남성이 혁명의 과업을 수행하는 데 이처럼 지혜와 독립성과 경륜을 가진 현명한 바실리사와 같은 조력자 여성이 있다면 얼마나 좋겠느냐고 감탄한다. 그는 이 소설 자체를 여성을 계몽하고 지도하는 데 이용할 필요가 있다고 본다. 생활의 독립으로 대등한 관계가 되지 않는다면 인류의 해방은 없다[47]거나 혁명 사업을 완수하려는 남성은 가정을 돌볼 여유가 없으므로 가정생활은 독립적이고 경제력을 갖춘 여성이 책임을 맡는 게 좋다는 식으로 그는 말한다. 여성은 혁명운동의 동반자가 아니라 혁명의 보조자이자 남성이 계몽시키고 계도해야 할 대상이라는 것이다.

여성의 경제적 독립성과 관련하여 1930년 11월 ≪삼천리≫에 〈男便(남편)在(재)獄(옥).亡命(망명) 중 妻(처)의 守節(수절)問題(문제)〉라는 설문조사가 실렸다. 〈세 세대의 세 가지 사랑〉에서 올가의 남편인 콘스탄틴이 유배지에서 유배되어 있을 동안 올가는 다른 남성인 M과 관계를 맺는다. 게다가 남편과 다를 바 없이 M 또한 사랑한다고 그녀는 말한다. 이와 비슷하게 남편이 사회주의 운동을 하다가 투옥되거나 만주로 망명하여 집을 비우고 떠돌 때 여성들은 정조를 지켜야 하는지에 관한 설문조사가 있었다는 것 자체가 흥미롭다.

그 당시 허정숙, 이덕요, 김일엽은 여성이 정절을 지키고자 해도 경제적인 문제가 해결되지 않는 한, 아내 혼자 남편의 출옥까지 기다릴 수 없을 것이라고 대답한다. 바로 그렇기 때문에 서광제는 여성의 경제적 자립이 중요하다고 말한다. 그래야만 혁명투사로서의 남편이 혁명의 과업에만 몰두할 수 있기 때문이다.

허정숙은 〈세 세대의 세 가지 사랑〉에 등장하는 올가와 흡사하게 공산주의 운동의 동지였던 임원근과 사랑에 빠진다. 허정숙과 임원근은 1925년 허정숙의 아버지 허헌이 사장 대리로 있던 ≪동아일보≫에 입사했다. 허정숙은 우리나라 여기자 1호가 된다. 허정숙과 임원근은 ≪동아일보≫에서 부부 기자로 근무했다. 그 시절 드물게 정규 직장을 가지고 있던 두 사람의 월급은 주변 동지들의 생활비와 활동자금으로 거의 충당되었다. 둘은 1925년 5월 '철필구락부 임금인상 투쟁'에 가담한 후 퇴사한다.

그해 12월 제1차 조선공산당 탄압사건 때 임원근은 구속된다. 임원근이 구속되고 장인인 허헌이 사위의 변론에 힘쓰고 있을 때 경성을 뒤흔든 스캔들이 터진다. 허정숙이 복역 중인 임원근에게 다른 남자가 있다고 고백한 것이다. 그것도 임원근이 속한 화요회와는 적대적인 공산주의 파벌 북풍회 소속인 송봉우를 만나면서 이혼장을 들고 임원근을 면회 간다. 그 이후 허정숙은 북풍회의 송봉우와 공공연한 동거에 들어간다.

허정숙의 '붉은 연애' 행각은 사회주의 독립운동가들뿐만 아니라 세간의 입방아에 오르게 된다. 허정숙은 이에 대해 '시대착오적인' 급진적 태도로 당당하게 맞선다. "정조는 무엇이며 누가 만들었느냐. 남자들은 여러 여자를 첩으로 두고 술집 여자와도 놀아나면서 왜 여자에게만 정조를 강요하느냐"며 "성적 해방과 경제적 해방이 극히 적은 조선 여성에게만 사회가 일방적으로 정조를 요구하는 것은 여성의 본능을 무시하는 행위"라고 비판한다.

이런 연애 사건으로 인해 허정숙에게는 콜론타이식 붉은 사랑의 구현, 진보적 혹은 희박한 정조관을 가진 여자라는 딱지가 따라다니게 되었다. 하지만 자유연애관은 여성의 인권과 개성을 말살하는 과거의 봉건적 인습에 저항해야 한다는 그녀의 신념과 무관한 것이 아니었다. 사랑 없는 결혼은 고문이라는 것이 그녀의 신조였다. 서대문형무소에 수감된 남편 임원근을 찾아간 허정숙은 사랑 없는 결혼은 매춘이라는 콜론타이식 붉은 연애관을 그대로 실천한다. "당신과 행복했다, 하지만 서로에게 더 상처 주기 전에 정리했으면 한다. 옥바라지는 계속하겠다. 당신과는 아이 아버지로서, 전 남편으로서 합당한 관계를 유지했으면 좋겠다."며 임원근과 동지로 남기로 한다. 사회주의자로서 임원근은 담담히 받아들였지만 '몹시 슬프고 우울해 보였다'고 전한다.[48]

북풍회 소속인 송봉우와의 사랑으로 인해 허정숙은 북풍회와 화요회 양측으로부터 맹비난을 받았다. 조선청년공산주의자들은 파벌로 극심하게 분열되어 있었다. 그 와중에 허정숙은 화요회 소속인 임원근을 버리고 북풍회 소속인 송봉우와 사랑에 빠짐으로써 화요회 쪽에서는 허정숙이 송봉우를 통해 북풍회에게 내부기밀을 **빼돌리면서** 내통한다고 비난받았다면, 북풍회에서는 송봉우가 허정숙에게 놀아나느라고 북풍회의 기밀을 넘겨주고 있다고 비난했다.[49]

송봉우 다음으로 허정숙이 선택한 최창익은 송봉우와는 반대 파벌인 서울청년회 소속이었다. 그로 인해 허정숙은 지조도 의리도 없는 창부로 매도되었다. 그녀는 악의적인 가십에 상처 입지 않았다. 그녀는 그런 추문이 진보 여성에 대한 보수사회의 질투라면서 무시할 만한 배짱을 가졌다. 허정숙은 최창익에게 무장투쟁을 위해 남경으로 가자고 먼저 제안한다. 허정숙은 각각 아버지가 다른 두 아들을 경성에 두고 최창익과 함께 중국민족해방군대인 팔로군 부대에 참전했다.

남경으로 가자면서 허정숙이 최창익에게 "나는 예전에 당신이 뿔 달린 괴물인 줄 알았어요"라고 했을 때 최창익은 그녀에게 "난 당신이 창부라고 생각했었지"라고 응수했다고 한다.[50] 두 사람은 남경에서 결혼식을 올렸다. 남경의 한 식당에서 올린 결혼식에서 그녀는 "저는 최창익 선생과 동지이자 남편으로 지내게 되어 행복합니다. 최 선생이 다섯 번째 남편이라는 설도 있고 일곱 번째 남편이라는 설도 있으나 정확히 말하면 세 번째 남편입니다. 그리고 결혼식은 이번이 두 번째입니다."[51]라고 웃으면서 말했다. 최창익과 헤어지고 1946년 그가 재혼했을 때 결혼식장에서 허정숙은 축사를 했다.

허정숙은 애인 관계였던 송봉우가 1929년경 공산주의 운동으로 체포된 뒤 전향하자 그와 헤어진다. 세인의 입방아에 오르내리기 좋게도 신간회[52] 해산에 대한 월간 ≪삼천리≫ 특집에서 허정숙의 전남편과 현재 애인 사이에 논쟁이 벌어졌다. 송봉우는 신간회 해산에 찬성했다. 이유인 즉 "소부르주아들의 정담 유희"라는 것이었다. 반면 임원근은 신간회 해산에 반대했다. 신간회 해산 주장에 대해 그는 "좌익 소아병 내지 관념론"[53]을 비판했다. 그 이후 허정숙은 ≪조선일보≫ 기자이자 평론가인 신일룡과 연인 사이가 된다.

허정숙은 사랑과 혁명운동을 병행하는 데 어려움이 없는 타고난 운동가처럼 보인다. 소위 말해 그녀는 여장부 스타일이었다. 그녀가 사랑으로 인해 전전긍긍한 흔적을 찾기는 어렵다. 그녀에게 사랑은 인정 투쟁이자 권력 관계였고, 그런 권력 관계에서 그녀는 주도권을 쥐었다. 자신이 주도적으로 사랑을 선택했으므로 사랑에서 수동적이고 끌려다니는 약자의 경험을 한 적이 없고 사랑의 거절로 인해 고통스러워하지 않은 특이한 여성이었다. 아무리 여성 혁명가라고는 하지만 유교 가부장제가 엄혹한 시절에 어떻게 그럴 수 있었을까 궁금하지 않을 수 없다.

허정숙은 애인이든, 동지든, 남편이든, 그들과의 관계에서 주도권을 빼앗기지 않았다. 허정숙의 인정 투쟁은 줄리엣 미첼의 이론을 떠오르게 만든다. 줄리엣 미첼은 매 맞는 환상이 동생(형제자매)이 생길 때 나타나는 것으로 분석한다. 내 의자를 빼앗는 또 다른 아이는 내 사랑의 탈취자다. 내 자리를 빼앗고 내 사랑을 앗아감으로써 나의 전능성에 수치와 굴욕감을 안기는 것이 바로 이들 타자다. 아이는 환상 속에서 자신의 자리를 빼앗는 자들을 아버지가 처벌해주기를 원한다.[54]

처음에 아이는 수동적으로 자신이 매 맞는 자리에 있었다면, 나중에는 자신이 때리고 싶은 형제를 매 맞는 자리에 세운다. 아버지에게 처벌받는 형제를 보면서 아이는 그 장면을 즐긴다. 허정숙은 사랑을 독차지하기 위해 매 맞는 자리에 남자 형제들을 세웠다. 허정숙은 주도권을 빼앗기지 않으려고 사랑에 빠진 남성들을 거세하거나 교환함으로써 자신의 자리를 유지해나간 붉은 혁명가다. 그녀는 처음에는 최창익을, 다음에는 채규형을 그리고 박헌영을 국가가 처벌하도록 넘겨준다. 절대적 강자인 김일성 주석의 사랑을 얻어내려는 인정 투쟁에서 그녀는 월북한 남로당 출신으로서는 거의 유일하게 살아남은 인물이었다.

사랑과 선망의 대상은 시기와 파괴의 대상으로 어느 틈에 바뀔 수 있다. 동료들 사이에서 선망하는 대상은 쉽사리 파괴하고 싶은 대상으로 뒤집힌다. 1936년 최창익과 허정숙이 연안으로 떠나 공산당 팔로군에 들었을 때, 한때 맑스걸 트로이카 중 한 사람이었던 고명자는 일본 경찰에 체포되어 고문받고 전향서를 쓰고 나오게 된다. 그 이후 고립무원이었던 그녀는 친일로 전향한 문인들이 만든 잡지 ≪동양지광≫에서 기자로 일한다. 고명자는 "하루에 수십 번씩 과거라는 깊고 어두운 우물로부터 수치심과 자책감과 증오심이 슬금슬금 기어나와"[55] 그녀의 발목을 잡는 사회적 고통과 역사적 우울을 앓고 있었다. 고문을 견디지 못해 일찌감치 전향한 고명자는 허정숙이 최창익과 함께 연안으로 떠났다는 사실에 미칠 것 같은 질투를 느낀다. 뉴스에서 연안이라는 지명이 나오면 귀를 세우고 들었다. 연안이 일본군에게 함락되었으면 하고 은근히 바랐다. 친자매보다 가까웠던 허정숙은 고명자의 롤모델이었다. 고명자는 잘못된 판단과 일제의 고문에 못 이겨 친일파로 전향했다는 수치심에 시달렸다. 자신과는 달리 역사의 대의에 헌신하는 허정숙에 대한 강력한 질투가 그녀에게 솟구쳐 나왔다. 나이 스물 무렵 동우회, 근우회에서 처음 정숙을 만났을 때부터 그녀는 "정숙처럼 되고 싶었다."[56] 고명자는 허정숙의 독립성과 열정을 보면서 깊은 선망과 질투를 동시에 느낀다. 그렇다면 공산주의적인 정의사회 실현,

만인이 평등한 사회라는 구호는 가장 저열한 감정인 선망envy으로부터 나온다는 멜라니 클라인의 정신분석 이론을 떠올리지 않을 수 없다.

멜라니 클라인은 질투와 시기심을 구분한다. 질투는 갖고 있는 것을 잃어버리는 것에 대한 공포다. 시기는 자기가 원하는 것을 타자가 갖고 있는 것을 볼 때 생겨나는 고통이다. 질투는 쾌락의 소유인 반면, 시기는 쾌락의 결여에서 비롯된 것이다. 하지만 타자가 즐기고 있는 것을 내가 가지면 시기심이 소멸될 것이라는 생각은 착각이다. 시기하는 사람을 만족시키려는 노력은 부질없는 짓이다. 시기하는 자가 파괴하고 싶은 것은 타자가 누리고 있는 바로 그 만족 자체이기 때문이다. 분노, 탐욕, 질투의 시선은 손해/이익/소유 등에 초점을 맞추고 있지만, 시기의 사악한 시선은 타자의 향유 그 자체를 훔치려 한다. 질투는 타자의 쾌락을 강탈하지만 쾌락을 향유할 수 있는 능력 자체를 박탈하지는 않는다. 반면 시기는 바로 그런 능력 자체를 박탈하고자 한다.

아버지 허헌과 딸 허정숙은 그 당시로서는 흔치않은 부녀 관계였다. 정신분석학적 비유를 들자면, 딸인 허정숙이 아버지 허헌을 유혹했다. 허헌 또한 근친상간적으로 딸의 유혹에 넘어갔다. 진보적인 민족주의자 변호사 허헌은 딸에게 영향을 미쳤을 뿐만 아니라 딸에게 영향을 받기도 했다. 딸의 유혹으로 허헌은 딸과 함께 월북하게 된다. 허정숙은 병약했던 어머니가 오랜 투병 끝에 명을 다하자 근우회에서 함께 활동했던 동갑내기 친구인 유덕희를 아버지에게 소개했다. 유덕희와 허정숙은 동갑이었다. 허정숙은 자기가 차지하고 싶었던 아내의 자리에 자신의 더블로서 유덕희를 앉혔을 수도 있다. 그리고 친구는 새어머니가 되었다. 허헌은 딸의 모든 연애사를 놀라울 만큼 관대하게 받아주었고 딸은 아버지의 뜻과 외로움을 잘 이해해주었다.[57]

1946년 최창익은 허정숙과 헤어진 뒤 젊은 여자와 결혼했다. 허정숙은 소련파 출신 채규형을 선택했다. 북에서 만난 채규형은 최창익과는 다른 노선에 있었던 인물이다. 그녀는 번번이 다른 파벌의 남자를 선택했고 그때마다 동지들을 배신했다는 비난을 감수해야 했다.[58] 김기림은 여자들은 남자의 노선 변경에 따라 자신의 노선도 바꾼다고 조롱했다. 김기림의 주장은 소위 운동하는 여자들은 운동을 하다 보니 사랑에 빠지는 것이 아니라 사랑 때문에 운동을 선택한다는 비난이었다. 김기림의 비판을 온몸으로 보란 듯이 조롱한 인물이 허정숙이다. 그녀는 자기 주도로 남자를 선택하고 노선을 결정하고 조직을 결성했다. 그것이 그녀의 정치적 감각이었다. 그녀는 남자들의 파벌 싸움에서 살아남을 남자를 선택할 수 있었던 정치적 안목의 소유자였다.

파벌 짓는 것은 남자들의 습관이고 허정숙은 그런 파벌 짓기와는 거리가 먼 존재였을까? 그보다 허정숙의 정치적 감각이 권력투쟁에서 승자가 될 수 있는 남자에게 매력을 느꼈다고 보아야 할 것이다. 그녀는 지적 동료이자 혁명 동지가 될 수 있는 남성에게 사랑의 감정이 불타올랐다. 남자 자체보다 그 남자가 상징하는 권력, 지식, 명예에 대한 은밀한 질투심과 경쟁의식으로 그런 남자들을 선택했다가 용도가 다하면 버렸다. 그녀는 비판에 열려 있었고 파벌 짓는 남자들이 보지 못하는 것을 상대 진영의 남자들에게서 찾아냈다. 그로 인해 파벌 짓는 남성들은 권력투쟁에서 살아남지 못한 반면, 허정숙은 배신자, 변절자라는 비난을 받으면서도 살아남을 수 있었다. 상대방으로부터 자신을 방어할 수 있는 정치적 전략을 취해올 수 있었던 탁월한 '편의주의' 때문이었다. 여기서 편의주의란 '가장 가까이 있는 가능성에 복종하는 것이자, 가능성을 최대한 활용하는 것'을 의미한다.[59] 이렇게 본다면

편의주의란 어느 노선에 줄을 서야 하는지에 대한 날카로운 정치적 관점과 사태를 통찰하는 재빠른 감각이다.

남성 사회주의자들이 가장 두려워했던 것은 여성의 성적 자율성이 성적 방종으로 연결되는 것이었다. 그들은 콜론타이의 붉은 연애를 다른 목적, 즉 사회주의 운동에 유익한 용도로 재해석하면서 혁명동지로서의 여성들을 삭제했다. 신분 질서 폐지와 만인 평등을 주장했지만 공산주의자 남성들 또한 축첩을 당연한 것으로 여겼던 유교 문화권에서 숨 쉬면서 자랐다. 그런 분위기 아래서 여성들의 다자적 관계는 도무지 용납될 수 없는 것이었다. 만병의 근원으로서 봉건적인 가족제도를 꼽았던 남성 사회주의자들도 연애의 문제에서는 전혀 진보적이지 않았다. 그들은 자율적인 여성이 아니라, 국가와 계급을 위해 헌신하는 남성을 위해 희생하는 여성을 원했을 뿐이었다. 즉, 혁명 전선에서도 빨래하고 밥해주면서 도와줄 여자를 원했다. 허정숙은 그런 남성들을 보면서 '사회주의 남성들은 ≪자본론≫을 읽은 것이 아니라 여전히 ≪사서삼경≫ 시대에 사는 것은 아닐까'[60] 라는 회의에 젖었다.

자유연애를 주장했던 신여성 나혜석, 김일엽, 김명순 등은 길 위에서 떠도는 이미지로 남아 있다. 붉은 사랑의 혁명 전사를 꿈꾸면서 사랑하는 사람과 함께 모스크바로 떠났던 주세죽, 고명자 등은 역사의 희생양으로 생을 마감했다. 반면 허정숙은 월북한 공산주의자들의 권력투쟁 과정에서 거의 유일하게 살아남았다. 그녀는 탁월한 정치적 안목을 가진 여성 정치가로서 존중받으며 천수를 누리다 자연사했다. 1991년 그녀의 나이 83세였다.

1981년 해외동포원호회 부위원장으로 재임
시 재미한국인 학자들을 초대히여 건배를
하는 모습

1948년 남북 협상에 참석하여 여성단체를 대표해
축사를 낭독중인 허정숙

마무리

이 책은 지금으로부터 한 세기 전인 1920년대 전후 유럽에서 활보했던 '불온한' 신여성들에 관해 분석해보겠다는 야심찬 기획에서 비롯되었다. 하지만 다양한 범주(국가, 민족, 계급, 인종, 종교, 교육, 트랜스/젠더, 섹슈얼리티)들이 교차하는 글로벌한 신여성 현상의 분석은 필자의 능력을 넘어선 것이었다. 결과적으로 기획은 지연되고 계획은 변경되고 범위는 축소되었다. 갈팡질팡했던 기획은 처음의 의도와 달리 한정된 시공간에서 살았던 몇몇 특정한 신여성들이 쓴 소설, 전기, 수필 등과 같이 협소한 범위의 담론 분석에 머물게 되었다. 시작은 창대하였으나 마무리는 초라해진 것에 대한 변명인 셈이다.

후세대들은 자기 시대가 앞선 시대보다 생활수준, 평균수명, 행복지수 등 여러 측면에서 향상되었다고 믿고 싶어 한다. 과거보다 현재가 낫고 현재보다 미래가 더 나아질 것이라는 희망은 불확실한 삶에 의미를 부여해주고 위안을 제공해준다. 1세기 전 사회적 약자들의 삶보다는 현재 우리의 삶이 훨씬 나아졌다는 믿음이야말로 사회운동과 정치적 실천을 위한 추동력이 될 수 있다. 하지만 역사는 필연적인 법칙에 따라 진보하는 것이라기보다 역사의 우연성 +α가 있는 것처럼 보인다. 21세기의 관점에서 보더라도 한 세기 전 '신'여성들이 더욱 전위적이고 전복적이었다는 사실이야말로 역사가 선형적으로 발전한다는 주장에 대한 반증일 수 있다.

그런 역사적 과정에서 특정한 사건은 '반딧불의 잔존'처럼 희미한 기억으로 깜빡이다가 망각되면서 부침을 거듭하기도 했다. 20세기 초반의 신여성 현상도 마찬가지였다. 그들의 망각과 매몰, 발굴과 복원에 어떤 법칙이 있는 것은 아니다. 백 년의 시차를 가로질러 그들의 이야기를 기억하고 기록하는 것 자체가 하나의 정치적 배치다. 누구를 어떻게 기억하고 어떤 사건을 어떻게 재해석할 것인가는 자기 시대적 맥락, 해석자의 이해관계와 결코 무관하지 않다. 그런 의미에서 여기 재현된 신여성들은 해석자의 관점에서 표절, 인용, 편집, 배치, 짜깁기한 것이라고 볼 수 있다.

유럽 중심주의 관점에서 보자면 근대유럽은 정치·경제·문화적으로 세계의 수도였다. 이성의 제국이라고 자부했던 근대 유럽에서 아이러니하게도 '세계'대전이 두 차례나 발발했다. 근대적 테크놀로지를 이용한 근대전은 과거의 전쟁들과는 비교할 수 없을 만큼 엄청난 파괴력을 발휘했다. 유럽에서 1920년대는 수많은 죽음을 목도한 전쟁과 전쟁 사이의 시기였다. 전쟁은 역설적이게도 완강했던 가부장적 질서와 사회적 관행을 폭력적으로 전환시키는 정치적 수단이 되었다. 전쟁의 광기를 경험한 젊은 세대들은 기성세대의 특권과 지배 질서에 반발했다. 국가, 계급, 인종, 젠더, 섹슈얼리티, 민족 해방투쟁이 동시다발적으로 전개되었다. 이 시기 동안 남성들이 비운 자리는 여성들에게 점령당했다. 가부장적 규범과 질서에 대항하는 다양한 신여성 현상들이 폭발적으로 터져 나온 것이다.

규범적 젠더 질서의 관점으로서는 이해하기 힘든 '퀴어한' 신여성 현상은 근대적 현상이자 증상이 되었다. 성별 이분법에 따라 근대의 부정성은 여성성으로 연결되었다. 전후 런던의 동성애자는 '독일병'에 걸려 나라를 지키기에는 너무 허약한 '여성화된' 남자로 매도되었다. 파리의 레프트뱅크 레즈비언들은 '미국병'에 걸려 '남성화된' 여성으로 비난받았다. 남성에게는 긍정적인 덕목들이 여성들에게는 부정적인 증상이 되었다. 근대적 계몽주의와 더불어, 계급차별, 인종차별, 성차별 등이 흔들리기 시작한 시기였으므로, 그런 동요를 저지하기 위해서라도 남성의 것을 욕망하는 여성은 더욱더 병리적인 존재로 봉쇄되었다. 근대가 권장한 남성다움이 공격성, 경쟁심, 개인주의, 자부심, 독립성이었다면, 반면 여성들에게 나타난 그런 현상들은 병리적 증상으로 간주되었다. 이와 같은 성별 분업에 따라 남성은 공적 영역으로 진출하여 정치적 주체이자 경제적 주체가 되었고, 여성은 사적인 영역에 머물면서 집안의 천사가 되었다.

중세 동안 여성의 제자리에서 일탈한 여성들, 당대의 종교적인 믿음에 위배되는 천문학적 지식을 탐했던 여성들, 인체의 신비를 알고 낙태의 비법을 통해 여성의 수치를 삭제하는 데 공모한 늙은 여성들, 약초의 효용을 익히고 의술을 배워 치료를 담당했던 여성들, 보름달 밤에 바쿠스의 여사제들처럼 광란의 춤을 추고 영아살해를 했던 여성들은 마녀라는 이름으로 처벌받았다. 마녀화되는 여자들은 시대마다 모습을 달리하면서 어디서나 언제든지 존재했다. 20세기 초반의 마녀들은 붉은 혁명 투사가 꿈인 여성들, 이성애 재생산주의에 저항하면서 아마조네스 코뮌을 만들고자 했던 레즈비언 뱀파이어들, 여성에게도 참정권을 달라면서 폭력적으로 시위했던 서프러제트들, 적군을 사랑하여 조국을 배신한 부역자 여성들, 남자를 수없이 갈아치우고 재산을 탕진하는 타락한 여자들, 앓아눕거나 분노하는 히스테리 여성들이었다.

앞서 보았다시피 1920년대라는 특정한 시대에 런던, 파리, 베를린,

모스크바에서 살았던 다형 도착적인 신여성들을 대략 물신주의자, 레즈비언 뱀파이어, 젠더퀴어 멜랑콜리아, 히스테리증자, 붉은 혁명 투사 등으로 범주화했다. 탐욕스럽게 자원을 '탕진하는' 물신주의 여성들은 근대가 가져다준 소비 공간과 공모하면서 가부장제에 기생하는 여성들로 치부되지만, 그들의 '도착적' 욕망은 이성애 섹슈얼리티와 공모하면서도 일탈하고 자본주의의 생산궤도에서 탈주하는 얼룩이었다. 그들의 수동적 공격성은 가부장적 자본주의의 숙주를 변형시키거나 치환하려는 충동과도 맞닿아 있었다. 레즈비언 젠더퀴어 멜랑콜리아들은 사랑하는 사람의 상실을 애도하면서도 그들과 결코 작별할 수 없었다. 그들은 사랑의 종교의 신봉자로서 자부심과 사회적 비체로서의 수치심 사이를 오가는 우울증자들이었다. 외관상 현모양처이자 효성스러운 딸이며 다정한 누이로 패싱하는 순종적인 히스테리 여성들은 아픈 몸으로 자기 반란을 도모했다. 히스테리증자의 반란은 끝내 기존 가족 질서로 재포획되고 봉합되는 것으로 비판받지만, 다른 한편 그들은 아픈 몸이라는 가장무도회를 연출함으로써 가부장제 안에서 지적 권력을 확보해냈다. 남자 형제들과 경쟁하면서 사회정의를 실현하고 싶어 했던 붉은 혁명 투사들은 겉으로 보이는 모습이 전부는 아니었다. 그들은 더 많이 챙겨간 공정하지 못한 형제들을 시샘하고 아버지에게 매를 들도록 부추기는 배반의 정치를 통해 사회정의와 평등을 실현하려는 충동에 사로잡혔다고 볼 수도 있기 때문이다.

이런 신여성 현상들이 표출되기까지는 메트로폴리스가 주는 익명성이 한몫했다. 도시가 너희를 자유롭게 해주리라는 환상처럼, 메트로폴리스의 익명성은 다른 가능성을 도모할 수 있는 잠정적인 해방구였다. 그로 인해 성적 소수자들의 목소리가 가시화되기 시작했다. 전근대적, 전통적 지역 사회에서 개인들은 자신의 퀴어한 욕망을 표현하는 것이 거의 불가능했다. 하지만 근대 자본주의가 부여해준 일자리 소득과 경제적 독립은 개인들에게 다양한 성적 경향성과 성적 자율성을 어느 정도 누릴 수 있도록 해주었다. 그들은 남성적인 여성성으로 가장무도회를 하고, 드랙을 연기하면서 규범적인 젠더 정체성, 이성애 정상성에 균열을 가했다.

그렇다고 이들이 정치적으로 급진적이고 올바르기만 했던 것은 아니다. 그들은 종종 보수적이고 흔히 인종차별적이며 가끔 파시즘에 동조했다. 전후의 반유대주의 분위기 속에서 유대인이면서도 반유대주의에 가세하기도 했다. 성적으로는 급진적 레즈비언이면서 정치적으로는 반동적인 경우도 있었다. 성적 소수자로서 그들이 욕망한 것은 정치적 전위에 서서 투쟁하기보다는 이성애자와 마찬가지로 평범한 생애 서사를 누릴 평등한 기회였다. 이처럼 하나의 범주로 묶을 수 없는 다형 도착적인 모습으로 그들은 자기 삶을 견디고 바꾸고 사랑했다.

본 기획은 다양한 신여성들의 다름의 스펙트럼을 무대화하려는 것이지 평가하거나 윤리적으로 해석하려는 것이 아니다. 함께 기획하고 논의하고 질문할 수 있었던 동료들과 연구소가 있었음에 그나마 이 기획이 책 형태로 마무리될 수 있었다. 함께 공부할 지적 동료들이 있다는 것은 엄청난 자원이자 행운의 조건이다. 그것을 가능하게 해준 여성문화이론연구소와 여이연 출판사에게 감사드린다.

참고문헌

가시마 시게루, ≪백화점의 탄생≫, 장석봉 옮김, 뿌리와이파리, 2006.

가이 오크스, ≪게오르그 짐멜: 여성문화와 남성문화≫ 김희 옮김, 이화여자대학교출판부, 2004.

강혜경, 〈일제하 허정숙의 기자활동〉, 한국 민족운동사학회, (전자저널, 국립도서관 디지털자료실).

게오르그 짐멜, ≪짐멜의 모더니티 읽기≫, 김덕영 · 윤미애 옮김, 새물결, 2005.

게일 루빈, ≪일탈≫, 신혜수 외 옮김, 현실문화연구, 2015.

기타야마 세이이치, ≪멋의 사회사おしゃれの社 会史≫, 朝日新聞社, 1991.

김경일, 〈식민지시기 신여성의 미국체험과 문화운동〉, ≪한국문화연구≫ 11호, 이화대학교
    한국문화연구원.

김수진, ≪신여성, 근대의 과잉: 식민지 조선의 신여성 담론과 젠더정치, 1920-1934≫, 소명출판,
    2009.

낸시 프레이저, ≪전진하는 페미니즘≫, 임옥희 옮김, 돌베개, 2017.

너멀 퓨워, ≪공간침입자≫, 김미덕 옮김, 현실문화연구, 2017.

니꼴라이 체르니셰프스키, ≪무엇을 할 것인가: 새로운 사람들에 관한 이야기≫, 서정록 옮김,
    열린책들, 2009.

다너 해러웨이, ≪겸손한 목격자@제2의_천년.여성인간©_앙코마우스™을 만나다≫, 민경숙 옮김,
    갈무리, 2006.

데이비드 하비, ≪모더니티의 수도, 파리≫, 김병화 옮김, 생각의 나무, 2005.

래드클리프 홀, ≪고독의 우물 1, 2≫, 임옥희 옮김, 펭귄클래식코리아, 2010.

레이 초우, ≪원시적 열정≫, 정재서 옮김, 이산, 2004 .

레이먼드 윌리엄스, ≪이념과 문학≫, 나영균 옮김, 문학과 지성사, 1982.

롤랑 바르트, ≪밝은 방≫, 김웅권 옮김, 동문선, 2006.

루이스 A. 틸리 · 조앤 W. 스콧, ≪여성, 노동, 가족≫, 장경선 · 박기남 · 김영 옮김, 후마니타스,
    2008.

르 코르뷔지에, ≪도시계획≫, 정성현 옮김, 동녘, 2003.

리타 펠스키, ≪근대성의 젠더≫, 김영찬 · 심진경 옮김, 자음과 모음, 2010.

린 헌트, ≪인권의 발명≫, 전진성 옮김, 돌베개, 2009.

_____, ≪프랑스 혁명의 가족로망스≫, 조한욱 옮김, 새물결, 1999.

맹정현, ≪리비도로지≫, 문학과 지성사, 2009.

멜라니 클라인, ≪아동정신분석≫, 이만우 옮김, 새물결, 2011.

미셀 바렛 외, ≪페미니즘과 계급정치학≫, 신현옥 · 장미경 · 정은주 편역, 여성사, 1995.

미셀 푸코, ≪성의 역사≫, 이규현 옮김, 나남, 2010.

바버라 베아트리스 판스워스, ≪알렉산드라 콜론타이≫, 신민우 옮김, 풀빛, 1996.

박차민정, ≪조선의 퀴어≫, 현실문화연구, 2018.

박태원, ≪천변풍경≫, 깊은샘, 1999.

박해천, ≪콘크리트 유토피아≫, 자음과 모음, 2011.

발터 벤야민, ≪문예이론≫, 반성완 편역, 민음사, 1992.

_____, ≪발터 벤야민 선집 2≫, 최성만 옮김, 도서출판 길, 2007.

_____, ≪발터 벤야민 선집 5≫, 최성만 옮김, 도서출판 길, 2008.

버지니아 울프, ≪세월≫, 대흥, 1999.

_____, ≪자기만의 방≫, 이소연 옮김, 펭귄클래식코리아, 2010.

_____, ≪올랜도≫, 박희진 옮김, 솔출판사, 2010.

_____, ≪댈러웨이 부인≫, 정명희 옮김, 솔, 1996.

_____, ≪댈러웨이 부인≫, 최애리 옮김, 열린책들, 2009.

베네딕트 앤더슨, ≪상상의 공동체≫, 윤형숙 옮김, 나남출판, 1991.

베르너 좀바르트, ≪사치와 자본주의≫, 이상률 옮김, 문예출판사, 2017.

벤 싱어, ≪멜로드라마와 모더니티≫, 이위정 옮김, 문학동네, 2009.

브뤼노 라투르, ≪우리는 결코 근대인이었던 적이 없다≫, 홍철기 옮김, 갈무리, 2009.

빠울로 비르노, ≪다중≫, 김상운 옮김, 갈무리, 2004.

사데크 헤다야트, ≪눈먼 부엉이≫, 배수아 옮김, 문학과지성사, 2013.

사카이 다카시, ≪통치성과 '자유'≫, 오하나 옮김, 그린비, 2011.

서지영, ≪경성의 모던걸: 소비, 노동, 젠더로 본 식민지 근대≫, 여이연, 2013.

세라 블래퍼 허디, ≪어머니의 탄생: 모성, 여성 그리고 가족의 기원과 진화≫, 황희선 옮김,
    사이언스북스, 2010.

소래섭, ≪불온한 도시 경성은 명랑하라≫, 웅진지식하우스, 2010.

소스타인 베블런, ≪유한계급론≫, 김성균 옮김, 우물이 있는 집, 2012.

손석춘, ≪코레예바의 눈물≫, 동하, 2016.

송진희, 〈허정숙의 생애와 활동 : 사상과 운동의 변천을 중심으로〉, 순천대학교 학위논문, 2004.

수전 벅 모스, ≪발터 벤야민과 아케이드 프로젝트≫, 김정아 옮김, 문학동네, 2004.

_____, ≪꿈의 세계와 파국≫, 윤일성 옮김, 경성대출판부, 2008.

스콧 피츠제랄드, ≪위대한 개츠비≫, 김영하 옮김, 문학동네, 2009.

_____, ≪밤은 부드러워≫, 정영목 옮김, 문학동네, 2018.

신영숙, 〈일제시기 여성운동가의 삶과 그 특성 연구〉, ≪역사학보 150≫, 역사학회, 1996.

실비아 페데리치, ≪캘리번과 마녀≫, 황성원　김민철 옮김, 갈무리, 2011.

아담 스미스, ≪도덕감정론≫, 박세일·민경국 옮김, 비봉출판사, 2010.

아우구스트 베벨, ≪여성과 사회≫, 선병렬 옮김, 한밭 출판사, 1982.

안드레아 와이스, ≪파리는 여자였다≫, 황정연 옮김, 에디션더블유, 2008.

알랭 바디우, ≪사랑예찬≫, 조재룡 옮김, 길, 2008.

＿＿＿, ≪사도바울: 제국에 맞서는 보편주의 윤리를 찾아서≫, 현성환 옮김, 새물결, 2008.

알렉산드라 콜론타이, ≪붉은 사랑≫, 정호영 옮김, 노동사회과학연구소, 2013.

알렌카 주판치치, ≪정오의 그림자≫, 조창호 옮김, 도서출판b, 2005.

앤서니 기든스, ≪현대 사회의 성, 사랑, 에로티시즘≫, 황정미·배은경 옮김, 새물결, 1996.

앨리스 에콜스, ≪나쁜여자 전성시대≫, 유강은 옮김, 이매진, 2017.

앨버트 허시먼, ≪열정과 이해관계≫, 나승현 옮김, 나남출판사, 1994.

에밀 졸라, ≪여인들의 행복 백화점1, 2≫, 박명숙 옮김, 시공사, 2012.

에바 일루즈, ≪사랑은 왜 아픈가≫, 김희상 옮김, 돌베개, 2013.

엘리자베스 라이트, ≪라캉과 포스트페미니즘≫, 이소희 옮김, 이제이북스, 2000.

엘린 식수·카트린 클레망, ≪새로 태어난 여성≫, 이봉지 옮김, 나남, 2008.

연구공간 수유+너머 근대매체연구팀, ≪신여성: 매체로 본 근대여성풍속사≫, 한겨레신문사, 2005.

염상섭, 〈至上善을 위하여〉, ≪新生活≫, 1922.

오토 바이닝거, ≪성과 성격≫, 임우영 옮김, 지식을만드는지식, 2012.

우미영, 〈서양체험을 통한 신여성의 자기구성방식〉, ≪여성문학연구≫ 12, 한국여성문학학회, 2004.

웬디 브라운, ≪관용: 다문화제국의 새로운 통치전략≫, 이승철 옮김, 갈무리, 2010.

윌리엄 리치, ≪욕망의 땅≫, 이은경 옮김, 동문선, 2006.

이상, ≪날개≫, 문학과 지성, 2005.

이철, ≪경성을 뒤흔든 11가지 연애사건≫, 다산초당, 2008.

임옥희, ≪젠더 감정 정치≫, 여이연, 2015.

임우경, ≪중국의 반전통주의 민족서사와 젠더≫, 연세대학교 박사학위 논문, 2003.

잉에 슈테판, ≪프로이트를 만든 여자들≫, 이영희 옮김, 새로운사람들, 1996.

정수일, 〈진고개〉, ≪별건곤≫, 1929년 9월호.

제인 오스틴, ≪오만과 편견≫, 윤지관·전승희 옮김, 민음사, 2003.

조르주 디디 위베르만, ≪반딧불의 잔존≫, 김홍기 옮김, 길, 2012.

조르주 아감벤, ≪장치란 무엇인가?≫, 양창렬 옮김, 난장, 2010.

조선희, ≪세 여자 1, 2≫, 한겨레출판, 2017.

조앤 스콧, ≪페미니즘의 위대한 역설≫, 공임순·최영석·이화진 옮김, 앨피, 2006.

주디스 핼버스탬, ≪여성의 남성성≫, 유강은 옮김, 이매진, 2015.

주디스 허먼, ≪트라우마≫, 최정현 옮김, 열린책들, 2012.

줄리아 크리스테바, ≪정신병, 모친살해, 그리고 창조성: 멜라니 클라인≫ 박선영 옮김, 아난케, 2006.

줄리엣 미첼, ≪동기간≫, 이성민 옮김, 도서출판 b, 2015.

지그문트 바우만, ≪액체근대≫, 이일수 옮김, 강, 2009.

카트리네 마르살, ≪잠깐 애덤 스미스씨, 저녁은 누가 차려줬어요?≫, 김희정 옮김, 부키, 2017.

태혜숙 외, ≪한국의 식민지 근대와 여성의 공간≫, 여이연, 2004.

폴 비릴리오, ≪속도와 정치≫, 이재원 옮김, 그린비, 2004.

프란츠 파농, ≪검은 피부, 하얀 가면≫, 이석호 옮김, 인간사랑, 2013.

프로이트, ≪꼬마 한스와 도라≫, 김재혁 · 권세훈 옮김, 열린책들, 1998.

프리드리히 니체, ≪비극의 탄생/반시대적 고찰≫, 이진우 옮김, 책세상, 2005.

피터 브룩스, ≪육체와 예술≫, 이봉지 외 옮김, 문학과 지성사, 2000.

한정숙, 〈알렉산드라 콜론타이와 여성주의: "부르주아" 여성주의 비판에서 사회주의적-급진적 여성해방론으로〉, ≪러시아 연구≫18권2호, 2008.

＿＿＿, 〈사회주의 혁명에서 여성해방을 꿈꾸다〉, ≪여성주의 고전을 읽는다≫, 한길사, 2012.

허정숙, 〈문밧게서 20분〉, ≪신여성≫, 1925년 4월호.

＿＿＿, ≪조선 녀성운동의 지도자를 모시고≫, 조선로동당출판사, 1988.

헤겔, ≪헤겔미학≫, 두행숙 옮김, 나남출판, 1996.

호미 바바, ≪문화의 위치≫, 나병철 옮김, 소명출판, 2012.

홍창수, 〈서구 페미니즘 사상의 근대적 수용연구〉, ≪상허학보≫ 제 13집, 2004.

A Kardiner, and H. Spiegel, *War, Stress, and Neurotic Illness*, rev.ed., *The Traumatic Neuroses of War*, New York: Hoeber, 1947.

Angus Fletcher, *Allegory: The Theory of a Symbolic Mode*, Cornell University Press 1982.

Barbara Evans Clements, *Bolshevik Feminist: The Life of Alexandra Kollontai*, Bloomington: Indiana University Press, 1979.

Beatrice Farnsworth, *Aleksandra Kollontai, Socialism, Feminism, the Bolshevic Revolution*, California: Stanford University Press, 1980.

Bell Queentin, *Bloomsbury*, London: Weidenfeld & Nicolson, 1968.

Charles Darwin, *The Expression of Emotions in Mand and Animals*, London: John Murray, 1904.

DiBattista Maria, *Virginia Woolf's Major Novels: The Fables of Anon*, New Haven: Yale University Press, 1980.

Djuna Barnes, *Ladies Almanack*, Dalkey Archive Press, 1928.

＿＿＿, *Nightwood*, New York: Harcourt, Brace Co., 1937.

Elaine Marks, "Sappho 1900: Imaginary Rcne Viveins, Charles Maurras and the Rear of the Belle Epoque" in *Marranos as Metaphor: The Jewish presence in French Writing*, N.Y.: Columbia University Press, 1996.

Elaine Showalter, *The Female Malady: Woman, Madness, and English Culture 1830–1980*, Virago Press Ltd., 1980.

_____, *A Literature of Their Own: British Women Novelists from Brontë*, Princeton: Princeton University Press, 1977.

Elfriede Jelinek, *Krankheit oder Moderne Frauen*, Hamburg, 1992.

Ellen Moers, *The Dandy: Brummell to Beerbohm*, New York: Viking, 1960.

Eve Kosofsky Sedgwick, *Between Men: English Literature and Male Homosocial Desire*, New York: Columbia University Press, 1985.

Frank Kermode ed. T. S. Eliot's "Ulysses, Order, and Myth" in *The Collection of T.S. Eliot*, New York: Harcourt Brace Jovanovich/Farrar, Straus and Giroux, 1975.

Gabrielle Colette, *The Pure and the Impure*, trans. Herma Briffault, New York: Farrar, Straus and Giroux, 1966.

Helene Deutsch, "On Female Homosexualtiy", *The Psychoanalytic Reader*, ed. R. Fleiss, New York: International University Press, 1948.

Herbert Marder, *Feminism and Arts: A Study of Virginia Woolf*, Chicago: The University of Chicago Press, 1968.

Jean-Joseph Goux, *Symbolic Economics: After Marx and Freud*, Ithaca: Cornell University Press, 1990.

Jessica R. Feldman, *Gender on the Divide: The Dandy in Modernist Literature*, Ithaca: Cornell University Press, 1993.

Joan Copjec, *Imagine There's No Woman: Ethics and Sublimation*, Massachusetts: MIT Press, 2004.

_____, *Read My Desire: Lacan against the Historicists*, MIT Press, 1994.

Joan Scott, *The Fantasy of Feminist History*, Durham and London: Duke University Press, 2011.

Judith Halberstam and C. Jacob Hale, "Butch/FTM Border Wars: A Note on Collaboration." *GLQ* 4.2: 283–285, 1998.

_____, *Female Masculinity*, Durham: Duke UP, 1998.

Judith Butler, *Gender Trouble: Feminism and the Subversion of Identity*, New York: Routledge, 1990.

_____, *Undoing Gender*, New York: Routledge, 2004.

Julie Grossman, *Rethinking the Femme Fatale in Film Noir*, New York: Palgrave Macmillan, 2009.

Juliet Mitchel, *Psychoanalysis and Feminism*, London: Kern Associates, 1974.

_____, *Woman: The Longest Revolution: Essays on Feminism, Literature, and*

Psychoanalysis, London: Virago, 1984.

Kathleen Chapman and Michael DuPlessis, "'Don't Call Me Girl': Lesbian Theory, Feminist Theory, and Transsexual Identities", *Cross Purposes: Lesbians, Feminists, and the Limits of Alliance*, Dana Heller, ed., Bloomington: Indiana UP, 1997. 169–185.

Laura Mulvey, "Pandora's box: Topographies of Curiosity," in *Fetishism and Curiosity*, London: BFI. pp. 53–64, 1996.

Lee Hermione, *The Novels of Virginia Woolf*, New York: Holmes and Meier, 1977.

Lillian Faderman, *Surpassing the Love of Men: Romantic Friendship and Love between Women for the Renaissance to the Present*, New York: William Morrow, 1981.

Makiko Minow-Pinkney, *Virginia Woolf & the Problem of the Subject*, New Brunswick: Rutgers University Press, 1987.

Malcolm Bradbury, "The Novel in the 1920's", *The Twentieth Century*, ed. by Bernard Bergonzi, London: Barrie & Jenkins, 1970.

Mary Ann Doane, "Remembering Women: Psychical and Historical Constructions in Film Theory" in *Psychoanalysis and Cinema*, ed. E. A. Kaplan, London: Routledge, 1990.

_____, "Subjectivity and Desire: An(other) Way of Looking" in *Contemporary Film Theory*, ed. A. Easthope, New York: Longman, 1993.

Mary Lynn Broe ed., *Silence and Power: A Revaluation of Djuna Barnes*, Carbondale, IL: Southern Illinois University Press, 1991.

Matt Houlbrook, *Queer London: Perils and Pleasures in the Sexual Metropolis, 1918–1957*, Chicago, 2005.

Melcolm Cowley, *Exile's Return: A Literary Odyssey of the 1920's*, New York: Viking, 1994.

Miriam Hansen, "The Return of Babylon: Rudolph Valentino and the Female Spectator," in *Babel and Babylon: Spectatorship in American Silent Film*, Cambridge: Harvard University Press, 1991.

Nancy Topping Bazin, *Virginia Woolf and the Androgynous Vision*, New Brunswick: Rutgers University Press, 1973.

Newton Esther, "The Mythic Mannish Lesbian: Radclyffe Hall and the New Woman", *Palatable Poison*, Columbia University Press, 2002.

Mary Ann Doane, *Femmes Fatales: Feminism, Film Theory, Psychoanalysis*, New York: Routledge, 1991.

Oscar Wilde, *The Picture of Dorian Gray*, Harmondsworth: Penguin, 1985.

Pamela L. Caughie, *Virginia Woolf & Postmodernism: Literature in Quest & Question of Itself*, Chicago: University of Illinois Press, 1991.

Prosser Jay. *Second Skins: The Bodily Narratives of Transsexuality*. New York: Columbia University Press, 1998.

Rene Vivien. *The Muse of the Violets*. Nainad, 1982.

Sara Ahmed. *The Cultural Politics of Emotion*. New York: Routledge, 2015.

Sara Mills. *Discourses of Difference: An Analysis of Women's Travel Writing and Colonialism*. London: Routledge, 1991.

Shari Benstock. *Women of the Left Bank: Paris 1900-1940*. London: Virago Press, 1987.

Sheila Rowbotham. "Afterword" in Kollontai. *Love of Worker Bees and A Great Love*. London: Virago Press, 1999.

Sianne Ngai. "The Cuteness of Avant-Garde." *Critical Inquiry* 31, University of Chicago Press. pp. 811-847, 2005.

Susan Gubar and Gilbert Sandra M.. *No man's Land: The Place of the Woman Writer in the Twentieth Century*. New Haven: Yale University Press, 1988.

Susan Gubar. "Blessing in Disguise: Cross-Dressing as Re-Dressing for Female Modernists". *Massachusetts Review* 22, 1981.

Susan Kingsley Kent. *Gender and Power in Britian: 1664-1990*. New York: Routledge, 1999.

Terresa de Lauretis. *The Practice of Love: Lesbian Sexuality and Perverse Desire*. Indiana University Press, 1994.

Toril Moi. *Sexual/Textual Politics: Feminist Literary Theory*. New York: Routledge, 1985.

Virginia Woolf. *Orlando: A Biography*. New York: Harcourt, 1928.

Wai Chee Dimock. "A Theory of Resonance". *PMLA* 112.5: 1060-1071, 1997.

서론

1) 근대시기 조선의 신여성 분류에 대해서는 김경일, ≪신여성, 개념과 역사≫(푸른역사, 2016) 참조. 주로 근대문물로서 신교육을 받았는가의 유무 가부장제의 억압에 대한 의식 각성의 여부에 따라서 신여성, 모던 걸/구여성, 전통적인 여성으로 주로 분류되었다. 신영숙은 "여학교를 졸업한 지식층 여성"과 "농촌과 노동 여성으로 이뤄지는 광범한 대중 여성"으로 구분하고, 최숙경과 이배용은 학력 정도에 따라서 "해외 유학을 한 지도적 신여성" "고등여학교 졸업의 중간층 직장 신여성" "고등 여학교 졸업의 중간층 전업주부 신여성" "문자해독 정도의 노동 신여성"처럼 학력을 중심으로 신/구 여성을 구분했다. 오숙희는 교육과 상관없이 봉건적 가부장제에 저항한 진정한 신여성/공모한 구여성으로 구분했다.

2) 브뤼노 라투르, ≪우리는 결코 근대인이었던 적이 없다≫, 홍철기 옮김, 갈무리, 2009.

3) 낸시 애스터는 당시 수상이었던 처칠에게 "당신이 내 남편이라면 독살하고 싶네요."라고 말한 일화로 유명하다. 처칠은 그 말에 대해 "당신이 내 아내라면 그 독약을 기꺼이 들겠소"라고 응수했다. "아직 술이 덜 깼어요?"라고 애스터가 말하자 "난 내일이면 술이 깨서 제정신이겠지만, 당신 얼굴은 내일도 여전하지요."라는 처칠의 블랙 유머를 통해 더 잘 알려진 여성 정치가가 되었다. 요즘 같으면 성희롱이라고 할지도 모를 처칠의 응수는 그녀를 농담의 희생물로 삼는 블랙 유머로 소비되었다.

4) 너멀 퓨워, ≪공간침입자≫, 김미덕 옮김, 현실문화, 2017, 33–36쪽.

5) Susan Gubar & Sandra M. Gilbert, *No Man's Land: The Place of the Woman Writer in the Twentieth Century, Vol. 1: The War of the Words*, Yale University Press, 1987.

6) 폴 비릴리오, ≪속도와 정치≫, 이재원 옮김, 그린비, 2004, 88쪽.

7) 산업자본주의 이전에도 그리고 이후에도 빈곤층 여성들은 언제나 일했다. 부르주아 여성들과는 달리 하층 여성들은 집안일뿐만 아니라 가족생계 보조를 위해서 작업장, 공장에서도 일했다. 여성의 가사노동과 임금노동은 가족생계 부양자인 남성 노동자를 보조하는 역할에 주로 머물렀다. 산업화 이후 생산 활동이 가구 단위에서 공장으로 이전하자, 노동계급 남성들은 임노동자가 되었다. 가족임금경제 아래에서 여성들은 가족의 필요에 따라 유동적으로 노동했다. 그러다 보니 성별 노동 분업화되고 여성은 가치가 낮은 저임금노동에 종사했다. 이렇게 본다면 경제적 독립을 위한 직장과 일자리에 대한 요청은 여성에게는 불가했던 고급한 일자리를 허용하라는 요구이기도 했다.

1장

1) 미셸 푸코, ≪성의 역사≫ 1권, 이규현 옮김, 나남, 2016, 53–54쪽.

2) John D'Emilio, "Capitalism and Gay Identity" in *Powers of Desire: The Politics of Sexuality*, New York: Monthly Review, 1983, pp. 110–113.

3) 서프러제트는 참정권 운동을 하는 페미니스트들을 경멸적으로 부른 명칭이다.

4) Matt Houlbrook, *Queer London: Perils and Pleasures in the Sexual Metropolis, 1918-1957*, The University of Chicago, 2005, pp. 1-12.

5) Matt Houlbrook, *Ibid*, "This is London", pp. 7-9.

6) 세지윅은 19세기 몰리하우스처럼 퀴어들의 장소를 급습하여 철저히 단속할 수 있었음에도 경찰은 발본색원하지 않았다고 말한다. 정도 이상으로 퀴어 현상이 퍼져나가지 않도록 주기적으로 단속하면서도 하위문화로서 퀴어들이 모여드는 공간을 눈감아주기도 했다는 것이다. Eve Kosofsky Sedgwick, *Epistemology of Closet*, University of California Press, 1990.

7) Matt Houlbrook, *Ibid*, pp. 48-54.

8) 리튼 스트레이치, ≪빅토리아 시대 명사들≫, 태혜숙 옮김, 경희대학교출판문화원, 2003 참조. 스트레이치는 빅토리아 시대의 유명인사들을 영웅화하는 기존의 전기에 대항하여 새로운 전기의 문법을 만든 것으로 유명하다. 버지니와 울프와 레너드 울프 부부가 경영한 호가스 출판사에서 프로이트 전집을 영어로 번역하기도 했다.

9) Matt Houlbrook, *Ibid*, pp. 195-200.

10) *Ibid*, p. 10.

11) 폴 비릴리오, ≪속도와 정치≫, 이재원 옮김, 그린비, 2004, 129-130쪽.

12) Sara Ahmed, *The Cultural Politics of Emotion*, Routledge, 2015, Second Edition, pp. 2-5.

13) Charles Darwin, *The Expression of Emotions in Man and Animals*, ed. F. Darwin, John Murray, 1904, pp. 13-14.

14) 가이 오크스, ≪게오르그 짐멜: 여성문화와 남성문화≫, 김희 옮김, 이화여자대학교출판부, 1993 참조.

15) 에릭 홉스봄, ≪혁명의 시대≫, 정도영·차명수 옮김, 한길사, 2017, 131쪽.

16) 리타 펠스키, ≪근대성의 젠더≫, 김영찬·심진경 옮김, 자음과 모음, 2010, 23쪽.

17) 위의 책, 80쪽.

18) 위의 책, 82-84쪽.

19) 위의 책, 91-93쪽.

20) 오토 바이닝거, ≪성과 성격≫, 임우영 옮김, 지식을만드는지식, 2012, 712쪽.

21) 위의 책, 722쪽.

22) 리타 펠스키, 앞의 책, 90-102쪽.

23) 주디스 허먼, ≪트라우마≫, 최정현 옮김, 열린책들, 2012 참조.

24) 버지니아 울프, ≪댈러웨이 부인≫, 정명희 옮김, 솔, 1996, 90-96쪽.

25) Abram Kardiner and Herbert Spiegel, *War, Stress, and Neurotic Illness*, rev. Hoeber, 1947, p. 1.

26) Elaine Showalter, *The Female Malady*, Virago, 1987, p. 177.

27) Henry Head and G. Holmes, "Sensory Disturbances from Cerebral Lesions," *Brain* 34(2-3), 1911, Oxford University Press, pp. 102-254.

28) 1901년 ≪꿈의 해석≫이 출판되었고 프로이트는 1901년을 정신분석의 원년으로 삼았다.

29) Jane Gallop, *Feminism and Psychoanalysis: The Daughter's Seduction*, The Macmillian Press LTD, 1982, p. 27.

30) ≪지각의 현상학≫에서 메를로 퐁티는 시각, 촉각, 청각, 후각 등이 동시적으로 기능하면서 총체적으로 소통한다고 보았다. 이들 감각은 상호작용에 의해서 통일체를 형성하고 하나의 세계로 접근하는 통로를 산출해준다. 그래서 '촉각적인 것 안에서 가시적인 것이, 가시적인 것 안에서 촉각적인 것이 이중적으로 위치하고 교차한다.' 하지만 메를로퐁티의 시각은 이들 다양한 감각들을 통합해서 하나의 세계를 지각하는 지도(map)의 역할을 한다는 점에서 또다시 위계화된다. Merleau-Ponty, *The Visible and the Invisible*(Northwestern University Press, 1968), trans by Alphonso Lignis, p. 134. 반면 이리가레에게 촉각과 시각은 상호의존적인 것이 아니라 오히려 촉각이 시각에 우선적이다. 촉각은 시각의 기원이다. 촉각은 비가시적이며 시각의 보이지 않는 환경이다. 촉각은 능동적인/수동적인, 주체/대상과 같은 구별에 선행한다. Irigaray, *Ethique de la difference sexuelle*, Paris: Minuit, 1984.

31) 발터 벤야민, 앞의 책, 90쪽.

32) 이런 시각적 무의식에 젠더 무의식이 개입하지 않는다고는 말할 수 없다. 발터 벤야민, ≪발터 벤야민 선집 2≫, 최성만 옮김, 도서출판 길, 2007, 156쪽; 박해천, 〈시선의 모험〉, ≪콘크리트 유토피아≫, 자음과 모음, 2011 참조.

33) 수전 벅모스, ≪아케이트 프로젝트≫, 조형준 옮김, 새물결, 132, 295쪽.

34) Malcolm Bradbury, "The Novel in the 1920's" in *The Twentieth Century*, ed. by Bernard Bergonzi, London: Barrie & Jenkins, 1970, vol 7, pp. 180–221.

35) 루이 페르디낭 셀린느, ≪밤 끝으로의 여행≫, 이형식 옮김, 동문선, 2004.

36) 트랜스베스타이트는 1910년 진보적인 독일 성과학자 마그누스 히르쉬펠트가 만든 신조어다. 태어날 때 지정된 성별과는 다른 옷을 입는 사람을 지칭한다. 트랜스베스타이트는 호르몬 투여, 성전환수술 등으로 몸을 변형하려는 욕망은 없지만, 관습적으로 할당된 젠더 복장을 하지 않는 사람을 지칭하며 주로 남성에게 해당되었다. 트랜스베스타이트는 근대 초기에는 트랜스젠더로서의 욕망은 없지만 특정한 복장으로부터 성애적 쾌락을 얻는다는 점에서 일종의 도착으로 간주되었다. 근대 초기와는 달리 오늘날 크로스드레싱은 트랜스베스타이트에 담긴 도착이라는 편견을 배제하려는 중립적인 용어로 사용한다. 크로스드레싱은 지정 성별에 어울리지 않는 옷을 입는 실천을 성애적 쾌락충동과 관련짓기보다 중립적으로 서술하기 위한 용어로 받아들여지고 있다.

37) 스콧 피츠제럴드, ≪밤은 부드러워≫, 정영목 옮김, 문학동네, 2018, 38쪽.

38) 감정구조란 "사회적, 물질적 성격을 띠는 것이면서도 완전히 명료하고 규정지어진 활동으로 자라나기에 앞서 태아적 국면에 있는 일종의 정서 및 사고"를 포착해내는 "현재적인 실천적 의식"이자 구조를 지닌 형성물을 의미한다(레이먼드 윌리엄스, ≪이념과 문학≫, 나영균 옮김, 문학과 지성사, 1982).

39) Susan Kingoley Kent, *Gender and Power in Britain: 1664–1990*, New York: Routledge, 1999, p. 154.

40) Jessica R. Feldman, *Gender on the Divide: The Dandy in Modernist Literature*, Ithaca: Cornell University Press, 1993, p. 3.

41) 리타 펠스키, 앞의 책, 164–168쪽.

42) Ellen Moers, *The Dandy: Brummell to Beerbohm*, New York: Viking, 1960, p. 13.

43) Oscar Wilde, *The Picture of Dorian Grey*, Harmondsworth: Penguin, 1985, p. 160.

44) Shari Benstock, *Women of the Left Bank: Paris 1900–1940*, London: Virago Press, 1987, p. 52.

45) Peter Zima, "From Dandyism to Art or Narcissus *Bifrosn*", *Neohelicon* 12, 1985, pp. 201–220(유정화, ≪오스카 와일드 희곡 연구: 댄디의 양면성을 중심으로≫, 경희대박사학위논문, 2010, 40쪽에서 재인용).

46) 원래 인류학자인 메리 더글러스가 사용한 개념으로 사회적으로 정해진 제자리에서 벗어나는 존재들을 비체(abject)라고 한다.

47) Matt Houlbrook, *Queer London: Perils and Pleasures in the Sexual Metropolis, 1918–1957*, University of Chicago Press, 2005, pp. 22–23.

48) A Modern Gomorrah, *John Bull*, (London 13 June 1925). 런던에서 간행되었던 인기 있는 주간지.

49) Matt Houlbrook, *Ibid*, pp. 22–23.

50) Miriam Hansen, "The Return of Babylon: Rudolph Valentino and the Female Spectator," in *Babel and Babylon: Spectatorship in American Silent Film*, Harvard University Press, 1991.

51) Sara Mills, *Discourses of Difference: An Analysis of Women's Travel Writing and Colonialism*, Routledge, 1991.

52) 줄리아 크리스테바는 왜 우리 시대에 다시 콜레트를 소환하는가, 라는 질문에 답하려고 500쪽이 넘는 분석을 제시하고 있다. 무엇보다 콜레트는 자기 당대를 뛰어넘는 새로운 언어의 창조자였다고 크리스테바는 주장한다. 한때 유명했지만 여성 작가들은 너무 빨리 망각되고 너무 쉽게 평가절하된다. 후세대 페미니스트들의 재평가 이전에는 콜레트 역시 평가절하된 여성 작가 중 한 명이었다. Julia Kristeva, *Colette*, Columbia University Press, 2004, trans. by Jane Marie Todd, 참조.

53) Mathilde de Morny, the Marquise de Belbeuf(1863–1940)는 모르니 공작의 딸이자 나폴레옹 3세의 조카이며 지인들 사이에서 미시라는 애칭으로 불렸다. 화가이자 조각가, 소설가였지만 그녀의 예술적 재능보다는 그녀의 남성 복장과 태도로 유명해졌다.

54) 최근에 이르러 미시가 트랜스젠더라는 입장에 회의적인 분석이 나오기도 했다. Kadji Amin"Ghosting Transgender Historicity in Colette's The Pure and the Impure", *L'Esprit Créateur*, Johns Hopkins University Press, 2013, p. 53.

55) 〈단발낭, 화류계에서 학창생활에 머리깍고 남복한 여학생. 그는 한남권번에 있든 강향란〉, ≪동아일보≫, 1928년 1월 20일 자.

56) Susan Gubar, "Blessing in Disguise: Cross-Dressing as Re-Dressing for Female Modernists", *Massachusetts Review* 22, 3, 1981, p. 501.

57) Susan Gubar, *Ibid*, pp. 477–508.

58) 인버전(inversion)은 젠더 도치이다. 여성이 남성의 자리를 차지하는 것을 뜻하는 심리학 용어이다. 전통적으로 남성에게 부여했던 특권체계를 뒤집으려는 것이다. perversion은 이성애 섹슈얼리티가

아니라는 점에서 성 도착으로 명명한다.

59) Gubar, *Ibid*, p. 501.

60) Shari Benstock, *Ibid*, p. 181.

2장

1) 낸시 프레이저, ≪전진하는 페미니즘≫, 임옥희 옮김, 돌베개, 2017, 133쪽.

2) 앤서니 기든스, ≪현대 사회의 성, 사랑, 에로티시즘≫, 황정미·배은경 옮김, 새물결, 1996, 214쪽.

3) 카트리네 마르살, ≪잠깐 애덤 스미스씨, 저녁은 누가 차려줬어요?≫, 김희정 옮김, 부키, 2017, 31쪽.

4) 버지니아 울프, ≪자기만의 방≫, 펭귄클래식코리아, 이소연 옮김, 2010, 82-83쪽.

5) 리타 펠스키, ≪근대성과 페미니즘≫, 김영찬·심진경 옮김, 거름, 1998, 117쪽.

6) 北山 晴一(기타야마 세이이치), ≪おしゃれの社会史(멋의 사회사)≫, 朝日新聞社, 1991 참조.

7) 가시마 시게루, ≪백화점의 탄생≫, 장석봉 옮김, 뿌리와 이파리, 2006, 78-80쪽.

8) 동일한 단어인 페티시즘을 마르크스주의적인 개념으로 사용할 때는 물신주의로 번역하고, 정신분석학적인 개념으로 지칭할 때는 구별하기 위해 페티시즘으로 번역한다.

9) 멜라니 클라인, ≪아동 정신분석≫, 이만우 옮김, 새물결, 221-235쪽 참조.

10) 줄리아 크리스테바, ≪정신병, 모친살해, 그리고 창조성: 멜라니 클라인≫, 박선영 옮김, 아난케, 2006, 241-246쪽 참조.

11) 위의 책, 241-245쪽 참조.

12) 그것은 마치 스타에 대한 팬들의 광적인 사랑이 쉽사리 증오로 뒤집히는 것과 유사하다. 숭배의 대상은 공포를 은폐하기 위한 것일 수 있으므로, 틈새만 있으면 사랑은 증오로 드러날 수 있다.

13) Laura Mulvey, "Pandora's box: Topographies of Curiosity", *Fetishism and Curiosity*, London: BFI, 1996, p. 56.

14) Laura Mulvey, *Ibid*, pp. 56-57.

15) Naomi Schor, "Female Fetishism: The Case of Georges Sand", *Poetics Today 6*, 1985, pp. 301-310.

16) Naomi Schor, *Ibid*, pp. 305-306.

17) F. 스콧 피츠제럴드, ≪위대한 개츠비≫, 북트랜스 옮김, 북로드, 2012, 134쪽.

18) 베르너 좀바르트, ≪사치와 자본주의≫, 이상률 옮김, 문예출판사, 2017, 115쪽.

19) 위의 책, 116쪽.

20) 마리아 미즈, ≪가부장제와 자본주의≫, 최재인 옮김, 갈무리, 2014, 228-229쪽.

21) 베르너 좀바르트, 앞의 책, 163쪽.

22) 위의 책, 169쪽.

23) 위의 책, 288쪽.

24) 소스타인 베블런, ≪유한계급론≫, 김성균 옮김, 우물이 있는 집, 2012, 101-102쪽.

25) 프랑스혁명이 모든 인간은 평등하다고 선언하게 되자 그렇다면 여자들이라고 하여 왜 평등하지

않겠는가라는 여자들의 질문이 당연히 뒤따르게 되었다. 프랑스 인권선언 이후 올램프 드 구즈는 여성과 여성 시민의 인권에 관한 문제를 제기하게 된다. 그러자 남성의 지배체제를 유지하기 위해 신체에 근거를 둔 두 성 간의 차이가 강조되기 시작했다는 것이다. 알리스 슈바르처, ≪사랑받지 않을 용기≫, 모명숙 옮김, 미래인, 2008, 51쪽 참조.

26) EBS 1, 2016. 11. 14. 0시 방영한 〈셀프리지 백화점의 비밀〉 참조.

27) 가시마 시게루, 앞의 책, 131-2쪽.

28) 위의 책, 99-110쪽.

29) Angus Fletcher, Allegory: The Theory of a Symbolic Mode, Cornell University Press, 1982, pp. 131-132.

30) 산업화 이전의 유기적인 자연, 즉 부패와 소멸의 순환을 반복하는 자연을 뜻한다. 수전 벅모스, ≪발터 벤야민과 아케이드 프로젝트≫, 김정아 옮김, 문학동네, 2004, 99쪽 참조.

31) 수전 벅모스, 위의 책, 133쪽.

32) 위의 책, 137쪽.

33) 제인 오스틴, ≪오만과 편견≫, 윤지관 · 전승희 옮김, 민음사, 2003, 1쪽.

34) 스틸레토 힐(Stiletto heel)은 길면서 얇고 굽이 높은 하이힐, 부츠를 말한다. 한국에서 일반적으로 "뾰족구두"라 부르는 게 스틸레토 힐이다. (출처: 위키피디아)

35) 수전 벅모스, 앞의 책, 138쪽.

36) 위의 책, 139쪽 참조.

37) 위의 책, 139쪽.

38) 임옥희, ≪젠더, 감정, 정치≫, 여이연, 2016, 〈마조히즘의 경제〉 참조.

39) 리타 펠스키, 앞의 책, 128쪽.

40) 에밀 졸라, ≪나나≫, 정봉구 옮김, 예문, 2014, 328쪽.

41) 위의 책.

42) 위의 책, 265쪽.

43) 위의 책, 535쪽.

3장

1) 브뤼노 라투르, ≪우리는 결코 근대인이었던 적이 없다≫, 홍철기 옮김, 갈무리, 2009, 179쪽 재인용.

2) 발터 벤야민, 〈역사의 개념에 대하여〉, ≪발터 벤야민 선집 5≫, 최성만 옮김, 도서출판 길, 2008, 339쪽.

3) 조르주 아감벤, ≪장치란 무엇인가?≫, 양창렬 옮김, 난장, 2010, 75-76쪽.

4) 위의 책, 79쪽 재인용.

5) 위의 책, 79쪽.

6) 프리드리히 니체, ≪비극의 탄생/반시대적 고찰≫, 이진우 옮김, 책세상, 2005, 288쪽.

7) Shari Benstock, Women of the Left Bank: Paris, 1900-1940, Virago, 1986, p. 51.

8) 미국에서는 2015년 대법원 판결에 의해 동성결혼이 합법화되었다. 합법화되었다고 하여 오랜 세월

사람들이 쌓아온 편견으로부터 쉽게 벗어나는 것은 아니다. 동성애 혐오는 법적인 것만으로 해결되는 것은 아니기 때문이다.

9) 게일 루빈, ≪일탈≫, 신혜수 외 옮김, 현실문화연구, 2015, 187쪽.

10) 위의 책, 191-192쪽.

11) 조르주 디디 위베르만, ≪반딧불의 잔존≫, 김홍기 옮김, 길, 2012.

12) Joan Scott, "French Seduction Theory" in The Fantasy of Feminist History, Duke University Press, 2011.

13) Shari Benstock, op.cit., pp. 76-78.

14) Ibid., pp. 74-75.

15) 리디 살베르, ≪일곱 명의 여자≫, 백선희 옮김, 뮤진트리, 2013, 66쪽.

16) Shari Benstock, Ibid., p. 51.

17) 게일 루빈, 앞의 책, 194-195쪽.

18) 래드클리프 홀, ≪고독의 우물≫, 임옥희 옮김, 펭귄클래식, 2005, 352쪽.

19) Shari Benstock, op.cit., p. 51 재인용.

20) 안드레아 와이스, ≪파리는 여자였다≫, 황정연 옮김, 에디션더블유, 2008, 115-120쪽.

21) 프랑스 유혹이론은 성별 사이의 에로틱한 놀이문화를 강조한다. 이 이론은 유혹하는 귀족 / 유혹에 빠진 농민여성, 가해자 남성 / 피해자 여성, 쾌락의 주체 남성 / 고통받는 수동적 여성과 같은 관습적인 해석을 거부한다. 또한 남성의 욕망과 여성의 욕망 사이의 차이를 중시하고 에로틱한 쾌락 추구를 부각시키면서 열정의 경제를 강조한다. 프랑스 궁정에서 여성적인 유혹 기술은 귀족 남성의 공격성, 야만성을 조련했다는 점에서 오히려 여성이 수동적인 피해자가 아니라 적극적이고 주도적인 역할을 했다. 그런 맥락에서 프랑스 궁정에서 여성은 유혹의 기술을 통해 오히려 존중받았다고 보수적인 이론가 모나(Mona Ozouf) 등은 주장한다. 이에 관해서는 Joan Scott, The Fantasy of Feminist History, Duke University Press, 2011 참조.

22) Sidonie-Gabrielle Colette, The Pure and the Impure, New York: Farrar, Straus and Giroux, 1966, trans. Herma Briffault, pp. 79-97.

23) Nicole G. Albert, Lesbian Decadence: Representations in Art and Literature of Fin-de-Siecle France, Routledge, 2016, trans. by Nancy Erber and William Peniston, Part 1 참조.

24) Shari Benstock, Ibid., p. 281.

25) Ibid., p. 293.

26) 그 당시 에로티카로 인기를 끌었던 남성 작가가 피에르 루이스(Pierre Louÿs)였다. 그는 사포와 동시대의 여성 시인 빌리티스의 전기를 포함하여 번역을 하기도 했다. 내털리는 그에게 푸지와의 관계를 그린 자기 작품을 보여주고 자문을 구한 다음 무시해버렸다고 한다. 당대의 유명작가들, 레미 드 구르몽(Remy de Gourmont), 앙드레 제르망(André Germain), 에즈라 파운드(Ezra Pound)에게도 자문을 구하고는 마찬가지로 무시해버렸다고 한다.

27) George Wickes, *The Amazon of Letters: The Life and Loves of Natalie Barney*, Putnam Pub Group, 1976, p. 48.

28) Lillian Faderman, *Surpassing the Love of Men: Romantic Friendship and Love between Women for the Renaissance to the Present*, New York: William Morrow, 1981, p. 362.

29) Elyse Blankley, "Return to Mytilene: Rene Vivien and the City of Women", *Women Writers and the City*, ed. by Squier, University of Tennessee Press, 1984 pp. 45–67.

30) 게일 루빈, ≪일탈≫ 3장 〈한 여인이 내게 나타났다〉 참조.

31) 위의 책, 185–224쪽. 비비앙에 관한 연구가 1차 자료 부족으로 얼마나 힘들었던가에 관해서는 ≪일탈≫의 2장 미주 7번을 참조하기 바란다.

32) Elyse Blankley, *op.cit.*, pp. 45–46.

33 게일 루빈, ≪일탈≫, 197쪽 재인용.

34) 위의 책 199쪽에서 재인용.

35) 위의 책, 199쪽.

36) Rene Vivien, *The Muse of the Violets*, Nainad, 1982, p. 39.

37) Susan Gubar, "Sapphistries", *Signs: Journal of Women in Culture and Society 10*, 1984, pp. 43–62.

38) 알렌카 주판치치, ≪정오의 그림자≫, 조창호 옮김, 도서출판b, 2005, 85쪽.

39) 프리드리히 니체, ≪선악의 저편≫, 김정현 옮김, 책세상, 2002, 441쪽; 알렌카 주판치치, 앞의 책, 85–94쪽.

40) 프리드리히 니체, 위의 책, 513쪽.

41) 게일 루빈, 앞의 책, 214쪽 재인용.

42) 알렌카 주판치치, 앞의 책, 74쪽.

43) Helene Deutsch, "On Female Homosexuality", *The Psychoanalytic Reader*, ed. R. Fleiss, New York: International University Press, 1948, pp. 237–260.

44) 게일 루빈, ≪일탈≫, 220쪽.

45) Elaine Marks, "Sapho 1900: Imaginary Renée Viviens and the Rear of the Belle Époque" in *Marranos as Metaphor: The Jewish presence in French Writing*, N.Y.: Columbia University Press, 1996, pp. 43–58.

46) Elaine Marks, *Ibid.*, pp. 43–45.

47) 1976년 비비앙의 소설 ≪한 여자가 나에게 나타났다≫가 영어로 번역되었다. 자넷 포스터가 번역한 이 소설의 서문을 게일 루빈이 썼다.

48) Elaine Marks, *Ibid.*, pp. 40–48.

49) 이런 비판에 대해 게일 루빈은 1976년 비비앙의 소설에 서문을 쓸 당시 비비앙과 인종 문제를 연결시켜 생각해보지 못했다고 시인한다. 게일 루빈, ≪일탈≫ 중 〈한 여인이 나타났다〉 개정판 후기 221–224쪽 참조.

50) 안드레아 와이스, 앞의 책 참조.

51) Andrew Field, *Djuna: The Life and Times of Djuna Barnes*, New York: Putnam's, 1983, p. 101.

52) 어니스트 헤밍웨이, ≪파리는 날마다 축제*A Moveable Feast*≫, 주순애 옮김, 이숲, 2012.

53) 리디 살베르, ≪일곱 명의 여자≫, 백선희 옮김, 뮤진트리, 2013 ,57~94쪽.

54) Mary Lynn Broe ed. *Silence and Power: A Revaluation of Djuna Barnes*, Carbondale, IL: Southern Illinois University Press, 1991, pp. 3~23.

55) Shari Benstock, *op.cit.*, p. 249.

56) Djuna Barnes, *Lady's Almanac*, Dalkey Archive Press, 1992, p. 55.

57) 이 소설이 출판되었던 1935년 독일에서는 나치의 반유대주의 뉘른베르크 인종법이 통과되었다.

58) 결혼한 이성애자/혼외의 이성애자, 단정한 동성애자/문란한 동성애자, 다형 도착자/BDSM 동성애자 하는 식의 섹슈얼리티의 위계질서에서 이들은 최하층 천민에 속한다.

59) 주나 반스, ≪나이트우드≫, 이예원 옮김, 문학동네, 2018, 21~23쪽.

60) 위의 책, 79~81쪽.

61) Djuna Barnes, *Nightwood*, New York: Harcourt, Brace Co, 1937, p. x.

62) Shari Benstock, *Ibid.*, p. 127.

63) 오토 바이닝거, 앞의 책, 410~416쪽.

64) Catharine R. Stimpson, "*The Mind, the Body, and Gertrude Stein*", Shari Benstock, *Ibid.* p. 184에서 재인용.

65) Shari Benstock, *Ibid.*, p. 19.

66) *Ibid.*, p. 19

67) Katherine Anne Porter, "*Gertrude Stein: A Self-Portrait*", *Harper's* 195, December 1947, pp. 519~527.

68) Shari Benstock, *Ibid.*, p. 188.

69) *Ibid.*, p. 189.

4장

1) Shari Benstock, *Ibid.*, p. 24.

2) *Ibid.*, p. 26.

3) Susan Stanford Friedman, "Psyche Reborn: Tradition, Re-Vision, and the Goddess as Mother Symbol in H.D.'s Epic Poetry", *Women's Studies: An Interdisciplinary Journal* 6, 1979, pp. 147~160. 미학적 형식으로서 모더니즘에 대한 논의는 다양하다. 이런 현상을 영국에서는 모더니즘이라고 말하지만 독일에서는 표현주의로 일컬었다. 케너(Hugh Kenner)는 ≪에즈라 파운드 시대(The Pound Era)≫에서 에스라 파운드 현상을 모더니즘 현상으로 주장하기도 한다. 이처럼 다양하게 진행된 모더니즘을 하나로 말하는 것은 힘들지만, 여기서는 수전 프리드먼이 분석한 모더니즘의 정동에 주로 초점을 맞췄다.

4) Frank Kermode, "Ulysses, Order, and Myth" in *The Collection of T.S. Eliot*, ed., T. S. Eliot's, New York:

Harcourt Brace Jovanovich/Farrar, Straus and Giroux, 1975, p. 177.

5) Malcolm Cowley, *Exile's Return: A Literary Odyssey of the 1920's*, New York: Viking, p 38.

6) 버지니아 울프, ≪자기만의 방≫, 이소연 옮김, 펭귄클래식코리아, 2010, 183–191쪽.

7) Sandra M. Gilbert, "Soldier's Heart: Literary Men, Literary Women, and the Great War" in *Speaking of Gender*, ed. Elaine Showalter, Routledge, 1989, pp. 270–82.

8) Sandra M. Gilbert and Susan Gubar, *No man's Land: The Place of the Woman Writer in the Twentieth Century*, Yale University Press, 1988, p. 3.

9) Susan Gubar, *op.cit.*, pp. 125–150.

10) Sandra M. Gilbert and Susan Gubar, *op.cit.*, pp. 3–30.

11) 미셸 푸코, ≪사회를 보호해야 한다≫, 박정자 옮김, 동문선, 1998, 34쪽. 클라우제비츠의 '정치는 다른 수단에 의해 지속되는 전쟁이다'라는 말을 뒤집어 푸코는 '전쟁은 다른 수단에 의해 지속되는 정치'라고 말한다. 그에게 불평등한 권력 관계, 전쟁은 실패한 정치의 한 표현이다.

12) Jane Marcus, "Thinking Back Through Our Mothers", *New Feminist Essays on Virginia Woolf*, ed. Jane Marcus, London: The Macmillan Press, 1981, p. 1.

13) Sigmund Freud, "Feminie Sexuality", *SE*, vol 19, trans by James Strachey: "Femininity", *SE*, vol. 22 참조.

14) 버지니아 울프, ≪자기만의 방≫, 108–135쪽.

15) Elaine Showalter, *A Literature of Their Own*, Princeton University Press, 1979, p. 263.

16) *Ibid.*, p. 282.

17) 토릴 모이, ≪성과 텍스트의 정치학≫, 임옥희 외 옮김, 한신문화사, 1994, 5–7쪽 참조.

18) Virginia Woolf, *Writer's Diary*, ed. Leonard Woolf, London: Hogarth Press, 1953, pp. 117–118, 124.

19) Sandra M. Gilbert and Susan Gubar, *The Madwoman in the Attic: The Woman Writer and the Nineteenth-Century Literary Imagination*, Yale University Press, 1979, p. 73.

20) Quentin Bell, *Bloomsbury*, New York: Basic Books, 1968, p. 140.

21) 버지니아 울프, ≪자기만의 방≫, 139–140쪽.

22) Jane Marcus, "Thinking Back Through Our Mothers" in *New Feminist Essays on Virginia Woolf*, ed. Jane Marcus, London: The Macmillan Press, 1981, p. 169.

23) 버지니아 울프, ≪자기만의 방≫, 이소연 옮김, 펭귄 클래식스, 2010, 39쪽.

24) 푸코는 동성애 행위는 어느 시대나 있었지만 성행위만으로 어떤 사람을 특정하여 동성애자로 말하게 된 것은 19세기의 발명품이라고 주장한다. 애너메리 야고스, ≪퀴어이론 입문≫, 박이은실 옮김, 여이연, 2012, 20–30쪽.

25) 게일 루빈, 앞의 책 5장 〈성을 사유하기〉 참조.

26) Jay Prosser, *Second Skins: The Body Narratives of Transsexuality*, Columbia University Press, 1998, p. 168.

27) *Ibid.*, p. 168.

28) 주디스 핼버스탬, ≪여성의 남성성≫, 유강은 옮김, 이매진, 2015, 232-234쪽 참조.

29) 위의 책, 234쪽 참조.

30) Gayle Rubin, "Of Catamites and Kings: Reflections on Butch, Gender, and Boundaries," in *The Persistent Desire: A Femme-Butch Reader*, ed. Joan Nestle, Boston: Alyson Publications, 1992, p. 467.

31) 주디스 핼버스탬, 앞의 책 4장 〈레즈비언의 남성성〉 참조.

32) Jay Prosser and Laura Doan, *Palatable Poison*, Columbia University Press, 2002, ≪고독의 우물≫에 대한 비평 선집이다.

33) Virginia Woolf, *Orlando: A Biography*, New York: Harcourt, 1928, p. 1.

34) *Ibid.*, p. 117.

35) Virginia Woolf, Orlando, Penguin Classics, 2000, p. 26.

36) *Ibid.*, p. 117.

37) *Ibid.*, p. 188.

38) *Ibid.*, pp. 188-189.

39) Judith Butler, *Gender Trouble: Feminism and the Subversion of Identity*, Routledge, 1990, p. 24.

40) 다너 해러웨이, ≪유인원, 사이보그, 그리고 여자≫, 민경숙 옮김, 7장 〈마르크시즘 사전 속의 젠더: 한 단어의 정치학〉, 227-264쪽 참조.

41) 안드레아 와이스, 앞의 책, 4장 참조.

42) Esther Newton, "The Mythic Mannish Lesbian: Radclyffe Hall and the New Woman", *Palatable Poison*, pp. 89-108.

43) Judith Halberstam, *Female Masculinity*, pp. 75-110.

44) Jay Prosser, op.cit., pp. 135-169.

45) Judith Halberstam, op.cit., pp. 75-150.

46) Judith Halberstam, Chapter 4, "Even Stone Butches Get the Blues" in Female Masculinity, Duke University Press 1998, pp. 111-128.

47) 래드클리프 홀, ≪고독의 우물 2≫, 임옥희 옮김, 펭귄클래식, 2008, 262쪽.

48) 위의 책, 55쪽.

49) Terresa de Lauretis, *The Practice of Love: Lesbian Sexuality and Perverse Desire*, Indiana University Press, 1994, p. 262.

5장

1) 로제마리 나베-헤르츠, ≪독일여성운동사≫, 이광숙 옮김, 지혜로, 2006.

2) H. 마르쿠제, ≪에로스와 문명≫, 김인환 옮김, 나남, 2004 참조.

3) 프로이트 · 브로이어, ≪히스테리 연구≫, 김미리혜 옮김, 열린책들, 1998, 15쪽.

4) 프로이트의 ≪꿈의 해석≫이 출판된 1900년을 정신분석학 원년으로 삼고자 한다.

5) 프로이트 · 브로이어, 앞의 책, 64쪽.

6) 위의 책, 36쪽.

7) 잉에 슈테판, ≪프로이트를 만든 여자들≫, 이영희 옮김, 새로운사람들, 1996, 49쪽.

8) Jane Gallop, Feminism and Psychoanalysis: The Daughter's Seduction, MaCmillan, 1982, pp. 132–150.

9) 프로이트, ≪꼬마 한스와 도라≫, 김재혁 · 권세훈 옮김, 열린책들, 1998, 215쪽. 요즘 관점에서 보자면 이것은 성추행 장면이다. 프로이트는 2차 가해자쯤 될 것이다. 열네 살 소녀를 덮친 중년 남성의 접근에 성적인 흥분을 느끼지 않은 것을 비정상으로 말하고 있는 분석가라고 한다면 페미니스트들의 입장에서는 무엇이라고 할까?

10) 프로이트 · 브로이어, 앞의 책, 222쪽.

11) Toril Moi, "Representation of Patriarchy: Sexuality and Epistemology in Freud's Dora", Dora's Case, eds. by Charles Bernheimer and Claire Kahane, New York: Columbia University Press, 1985, pp. 194–197.

12) 프로이트 · 브로이어, 앞의 책, 71–72쪽.

13) 정신분석학의 과학화를 지향한 프로이트의 사례분석을 민담 채록으로 표현한 것은 프로이트를 과학자라기보다 작가로서 읽어내겠다는 의미에서다. 프로이트에게 이야깃거리들을 제공해주었던 원저자로서 히스테리 환자들은 사라졌지만 프로이트의 기록은 남았다. 민담의 집단 저자가 누군지는 알 수 없는 것처럼 ≪히스테리 연구≫에 등장하는 여성들은 여성의 수수께끼를 풀려고 하는 과학자 프로이트의 지식욕에 저항하는 여자들로서 남아 있다.

14) 엘렌 식수 · 카트린 클레망, ≪새로 태어난 여성≫, 이봉지 옮김, 나남, 2008, 179–180쪽.

15) Felix Deutsch, "A Footnote to Freud's "Fragment of an Analysis of a Case of Hysteria"", Dora's Case, eds. by Charles Bernheimer and Claire Kahane, New York: Columbia University Press, 1985, pp. 35–44.

16) Sara Ahmed, The Promise of Happiness, Duke University, 2010, pp. 50–88.

17) 헬렌 도이치는 유명한 유대인 변호사인 아버지를 좋아해서 자신도 법률가가 되려고 했지만 여자는 법률가가 되지 못한다는 사실에 좌절하고 심리학자로 전향했다. 도라처럼 가정주부였던 엄마와의 관계가 좋지 못했다. 여성의 자연 유산에 대해서, 사실은 엄마와 닮고 싶지 않다는 임산부의 무의식적 거부감이 태아를 살해하는 것이라고 설명한다. Janet Sayers, "Helene Deutsch", Mothers of Psychoanalysis: Helene Deutsch, Karen Horney, Anna Freud, Melanie Klein, W.W. Horton & Company, 1991, p. 25.

18) Helene Deutsch, "On Female Homosexuality," in The Psychoanalytic Reader, ed R. Fliess, New York, International Universities Press, 1948, p. 231.

19) Paul Roazen, Helene Deutsch: A Psychoanalyst's Life, New York: Doubleday, 1985, pp. 83–88.

20) 잉에 슈테판, 앞의 책, 275–277 쪽.

21) 위의 책, 279-305쪽.

22) 위의 책, 298쪽.

23) Lampl de Groot, "The Evolution of the Oedipus Complex in Women", *International Journal of Psycho-Analysis* 9, ed. R. Fleiss, New York: International University Press, 1948, pp. 180-96.

24) Karen Horney, "The Denial of the Vagina", *Feminine Psychology* ed. by Harold Kelman, New York: Norton, 1973, pp. 148-149.

25) Bernard, J. Paris, "The masculinity complex," in *Karen Horney: A Psychoanalyst's Search for Self-Understanding*, New Haven, Yale University Press, 1994.

26) 수전 브라운 밀러, 《우리의 의지에 반하여》, 박소영 옮김, 오월의봄, 2018, 499-501쪽.

27) 위의 책, 500쪽.

28) Juliet Mitchell, *Psychoanalysis and Feminism*, New York: Vintage Books, 1974, p. 128.

6장

1) 줄리엣 미첼, 《동기간》, 이성민 옮김, 도서출판 b, 2015, 38쪽.

2) 프로이트, 〈집단심리학과 자아분석〉, 《프로이트 전집 15: 문명 속의 불만》, 김석희 옮김, 열린책들, 1997, 140쪽.

3) 조운 콥젝, 《여자가 없다고 상상해봐》, 김소연·박제철·정혁현 옮김, 도서출판b, 2015, 274-283쪽.

4) 르 코르뷔지에, 《도시계획》, 정성현 옮김, 동녘, 2003, 19쪽.

5) 수전 벅 모스, 《꿈의 세계와 파국: 대중 유토피아의 소멸》, 윤일성·김주영 옮김, 경성대학교, 2008.

6) Barbara Evans Clement, *Bolshevik Feminist: The Life of Alexandra Kollontai*, Bloomington: Indiana University Press, 1979, p. 3.

7) 강조는 필자의 것. 콜론타이는 신여성을 정의하면서 독립성을 대단히 강조했다. 경제적 독립뿐만 아니라 남성에게 정서적으로 의존하는 것에서 벗어나 상황이 힘들더라도 독립적인 정신과 의지를 가져야 함을 강조했다. 신여성들은 사랑보다는 '독립적인 일'에 열정을 갖는 인물들이다. 이정희, 〈알렉산드라 콜론타이(1872-1953)의 사회주의 여성해방 사상〉, 《서양사론》 vol. 99, 2008, 103-141쪽 참조.

8) 한정숙, 〈사회주의 혁명에서 여성해방을 꿈꾸다〉, 《여성주의 고전을 읽는다》, 한길사, 2012, 241쪽.

9) 위의 책에서 재인용.

10) 콜론타이 자신은 여성주의를 부정적으로 보았고 그들과 자신을 엄격히 구별했다. 러시아 혁명기 마르크스주의자들은 페미니즘을 여성참정권 운동을 주창하는 부르주아 여성주의로 한정해서 사용했다. 여기에 관해서는 한정숙, 위의 책, 225-232쪽 참조.

11) E. H. Carr, *Socialism in One Country Vol. 1*, Macmillan Company, p. 43.

12) 한정숙, 〈알렉산드라 콜론타이와 여성주의: "부르주아" 여성주의 비판에서 사회주의적-급진적 여성해방론으로〉, 《러시아 연구》 Vol. 18: no. 2, 2008, 287-345쪽.

13) Beatrice Farnsworth, *Aleksandra Kollontai: Socialism, Feminism, and the Bolshevik Revolution*,

Stanford University Press, 1980, p. 56.

14) 알렉산드라 콜론타이·블라디미르 일리치 레닌, ≪콜론타이의 여성 문제의 사회적 기초·세계 여성의 날≫, 서의윤 옮김, 좁쌀한알, 2018, 53쪽.

15) 위의 책, 54-59쪽.

16) 마이클 피어슨, ≪레닌의 연인 이네사≫, 임옥희 옮김, 나무와 숲, 2006, 289쪽.

17) 위의 책, 286-289쪽.

18) Alexandra Kollontai, "Communism and the Family" in Selected Writings of Alexandra Kollontai, trans by Alix Holt, Allison & Busby, 1977.

19) 위의 책, 287쪽.

20) 이네사 아르망의 전기적인 사실은 위의 책 참조.

21) 마이클 피어슨, 앞의 책, 316쪽.

22) Sheila Rowbotham, "Afterword" in Kollontai, Love of Worker Bees and: A Great Love, London: Virago Press, 1999, p. 368.

23) Alexandra Kollontai, "The Soviet Woman—a Full and Equal Citizen of Her Country" in Alexandra Kollontai: Selected Articles and Speeches, Moscow: Progress Publishers, 1984, pp. 3-4.

24) 한정숙, 앞의 책, 263-264쪽.

25) 이정희, 앞의 책, 124쪽.

26) Georg Lukács, Studies in European Realism: A Sociological Survey of the Writings of Balzac, Stendhal, Zola, Tolstoy, Gorki and Others, London: Merlin Press, 1972, p. 5.

27) 알렉산드라 콜론타이, ≪붉은 사랑≫, 정호영 옮김, 노동사회과학연구소, 2013, 16쪽.

28) 기계형, 〈1920년대 소비에트러시아 사회주의 건축실험: 구성주의 건축가 모이세이 긴즈부르크와 코민의 집〉, ≪러시아연구≫ 제23권 2호, 서울대학교 러시아연구소, 2013.

29) 기계형은 돔 코무나, 즉 코뮌의 집과 콤무날카를 구분한다. 코뮌의 집은 사회주의 이상을 대변한 공동체 주택프로젝트였다고 한다면, 콤무날카는 기존의 혁명 이후 귀족이나 부르주아의 주택을 국유화한 공간으로서 다수의 가족이 거주하면서 화장실, 식당, 복도, 현관 등을 공유하지만 공동체 주택의 이상과는 거리가 먼 것으로 이해한다. 기계형, 위의 논문 참조.

30) 니꼴라이 체르니셰프스키, ≪무엇을 할 것인가: 새로운 사람들에 관한 이야기≫, 서정록 옮김, 열린책들, 2009.

31) 수전 벅모스, ≪꿈의 세계와 파국≫, 윤일성·김주영 옮김, 경성대학출판부, 2008, 5장 2절 가정의 공간 참조.

32) Emma Goldman, "The Traffic in Women," in Anarchism and Other Essays, New York: Dover, 1969, pp. 19-20.

33) 콜론타이, 〈세 세대의 세 가지 사랑〉, ≪위대한 사랑≫ 이현애·정호영 옮김, 노사과연 2013, 176쪽.

34) 위의 책, 185쪽.

35) 홍창수, 〈서구 페미니즘 사상의 근대적 수용연구〉, 《상허학보》 제13집, 2004.

36) 배상미, 〈식민지 조선에서의 콜론타이 수용과 그 의미〉, 《여성문학연구》 33권, 2014, 1~32쪽 참조. 서광제는 콜론타이의 연애론이 조선사회 혁명운동에 도움이 된다는 유용론을, 보수적인 김억은 무용론을 주장했다. 남성 사회주의자들과는 달리 정칠성과 같은 여성 사회주의자들은 유교 가부장제의 정절 이데올로기에 대한 대안으로 콜론타이에게서 성애의 자유를 수용하고자 했다.

37) 손석춘, 《코레예바의 눈물》, 동하, 2016, 109쪽.

38) 허정숙, 〈나의 단발과 단발 전후〉, 《신여성》, 1925년 10월호.

39) 조선희, 《세 여자》, 한겨레출판, 2017, 13쪽.

40) 손석춘, 앞의 책, 107쪽.

41) 이광수, 〈민족개조론〉, 《개벽》 1922년 5월호.

42) 허정숙, 《동아일보》 1924. 11. 3.

43) 허정숙, 〈문밧게서 20분〉, 《신여성》, 1925년 4월호.

44) 월북하여 영화감독으로 활동했던 서광제는 임화와 마찬가지로 처형당했다.

45) 서광제, 〈연애와 신부인: 알렉산더 미하이로우나 코론타이의 《적연》을 읽고〉, 《조선일보》 1928년 11월 9~15일 연재.

46) 김억, 〈《연애의 길》을 읽고서—콜론타이 여사의 작〉, 《삼천리》, 1932년 2월.

47) 서광제, 앞의 글.

48) 조선희, 앞의 책, 211~212쪽.

49) 위의 책 147~8쪽.

50) 위의 책, 318쪽.

51) 위의 책, 375쪽.

52) 1927년 2월 '민족 유일당 민족협동전선'이라는 표어 아래 민족주의를 표방하고 민족주의 진영과 사회주의 진영이 제휴하여 창립한 민족운동단체다. 민족진영이 주도권을 장악하자 사회주의 진영 쪽에서 해산을 결의하게 되고 전국적인 조직이었던 신간회는 그로 인해 4년 만에 해체된다.

53) 조선희, 위의 책, 242쪽.

54) 줄리엣 미첼, 《동기간》, 이성민 옮김, 도서출판b, 145~180쪽.

55) 조선희, 《세 여자 2》, 한겨레출판, 2017, 39쪽.

56) 위의 책 53쪽.

57) 허근욱은 허헌과 유덕희의 딸로 이대 영문학과 재학시절 아버지 허헌과 함께 월북했다. 그녀는 6·25 때 사랑과 문학의 자유를 찾아 월남했다. 간첩으로 몰려 옥살이를 하고 출옥한 뒤 소설가로 조용히 살았다. 언니 허정숙을 만나기 위해 방북 신청을 했지만 허락되지 않았고 허정숙은 1991년 사망했다. 2017년 3월 8일 허근욱도 운명을 달리했다. 그녀가 아버지 허헌과 언니 허정숙에 관해서 쓴 글 〈나의 아버지 허헌과 언니 허정숙〉은 《역사비평》 28호에 실려있다.

58) 조선희, 앞의 책 2권, 213쪽.

59) 빠울로 비르노, 《다중》, 김상운 옮김, 갈무리, 2004, 147~148쪽.

60) 조선희, 앞의 책 1권, 379쪽.